KB058414

MERLIN5

마법사의 날개

A WIZARD'S WINGS

MERLIN 5

마법사의 날개
A WIZARD'S WINGS

토머스 A. 배런 지음 | 김선희 옮김

T. A. BARRON

arte

종잡을 수 없는 마법사 그 자신에게,
그리고
그 마법사가 결국 자신의 잃어버린 시간의 비밀을 밝히는 걸
들으러 모인 모두에게 이 책을 바칩니다.

차 례

저자의 말 · 11
프롤로그 · 16

1부_   1. 반짝이는 빛줄기 · 25

          2. 세 가지 보물 · 38

          3. 나무딸기 시럽 · 46

          4. 저 멀리 출입구가 열리는 소리 · 59

          5. 밝게 빛나는 영혼 · 69

          6. 탈출 · 82

          7. 크르 아라논 · 99

          8. 나는 정처 없이 떠돕니다 · 111

          9. 불쏘시개 · 125

2부_   10. 나무를 깨우자 · 131

          11. 엘리리아나의 손 · 148

          12. 결심 · 158

          13. 낯선 방문객 · 167

          14. 눈 폭풍 · 180

          15. 도살자 · 190

          16. 우르날다의 질문 · 198

          17. 씨앗 · 211

          18. 아이들을 모으자! · 224

          19. 안개의 마음 · 230

20. 핀의 발라드 · 242

21. 하늘을 가득 메운 새 떼 · 255

22. 기습 공격 · 270

23. 배 · 278

3부_
24. 어마어마하게 깊은 바다 · 293

25. 새로운 하루 · 309

26. 황금빛 왕관 · 315

27. 하늘을 날다가 추락한 자 · 328

28. 오랫동안 잊힌 땅 · 335

29. 원 안의 별 · 349

30. 첫 번째 진동 · 362

31. 출입구 · 373

32. 가장 긴 겨울밤 · 381

33. 멀리서 들려오는 나팔 소리 · 391

34. 두 세계의 결합 · 402

35. 기적 · 417

36. 멀린의 선택 · 424

에필로그 · 443

약 10년 전, 나는 꿈을 꾸었다. 놀라울 정도로 생생하고, 실로 신비한 꿈이었다. 꿈속에서, 익사 직전의 소년 하나가 바위투성이 해안으로 떠내려왔다. 그 소년은 자신의 어린 시절에 대해 전혀 기억하지 못했다. 자신의 이름조차 기억하지 못했다. 그리고 그 소년은 자신을 기다리고 있을 그 영광스러운 운명에 대해서도 전혀 알지 못했다.

사실, 나도 몰랐다. 왜냐하면 나는 이 외롭고, 보기 흉한 소년이 마법사 멀린이라는 걸 전혀 깨닫지 못했으니까. 소년은 아서 왕의 전설적인 스승, 카멜롯의 마법사, 시대를 통틀어 가장 위대한 마법사와 닮은 구석이라고는 눈을 씻고 봐도 없었다. 아니, 이런 사실을 발견하는 것이야말로 멀린의 수많은 경이로움 중 하나라 할 수 있을지도 모르겠다.

하지만 이건 그저 한 가지 놀라움에 지나지 않는다. 이 서사시를 4권까지 읽은 독자들은 이 마법사가 경이로움으로 가득하다는 사실을 이미 알고 있다. 멀린은 시력의 진정한 본질에 대해, 자신의 가족에 대해, 그리고 자신의 유산에 대해 나를 놀라게 했다. 또한 멀린은 핀카이라의 신비한 섬으로 우리를 이끌었다. 고대 켈트족 시인들을 제외하고는 제대로 알려지지 않은 미지의 섬. 켈트족 시인들은 그 섬을 파도 속에 존재하는 섬이라고, 유한한 생명의 지구와 불멸의 사후 세계 사이의 다리라고 부르곤 했다.

핀카이라는 멀린의 고향이 되었다. 멀린이 사랑하는 사람들이 모두 그곳에 있다. 리아, 심, 엘런, 카이르프레, 그리고 할리아. 할리아는 사슴 여인으로, 멀린에게 수사슴처럼 달리는 법, 두 귀가 아니라 온몸으로 듣는 법을 가르쳐 주었다. 위대한 매 트러블, 위대한 정령 다그다와 사악한 정령 리타 고르는 육체적으로 존재하지 않을지라도, 절대 멀리 떨어져 있지 않다.

이 신비로운 섬에 대해서는 멀린의 엄마가 가장 잘 묘사했다. 멀린의 엄마는 드루이드의 눈으로 핀카이라를 바라보았다. 핀카이라를 해안에 휘몰아치는 안개와 같은 장소라고 했다. 그 여인은 그 섬을 '중간 지대'라고 불렀다. 물도 아니고 공기도 아니지만, 둘 모두이면서도 완전히 다른 '안개'처럼 말이다. 핀카이라는 유한한 삶과 불멸, 어둠과 빛, 부서지기 쉬우면서도 영원한 곳이다. 그것이 사실상 얼마나 부서지기 쉬운가 하는 것은, 젊은 멀린이 이 책에서 직접 깨닫게 될 것이다. 이 책은 '멀린의 잃어버린 시간' 서사시의 막을 내릴 것이다.

이 책에서, 멀린은 또한 자기 자신의 정령이 지닌 새로운 측면들을 발견하게 될 것이다. 자신의 정령이 그 자체로서 진정으로 '중간의 것'이라는 점을 말이다. 마법사가 될 운명을 타고난 멀린은 실질적으로 인간도 아니며, 그렇다고 신도 아니다. 완전하게 어두운 것도 아니며, 완전하게 밝은 것도 아니다. 멀린이 아서의 스승이 되었을 때, 그의 위대한 지혜는 자신의 근본적인 인간성에서, 그리고 인간의 약함과 무한한 가능성 모두를 이해했을 때 튀어나올 것이다. 그리고 멀린의 위대한 힘은 자연과 문명, 남성성과 여성성, 의식과 꿈이 만나는 지점에서 나올 것이다.

멀린이라는 캐릭터가 지닌 깊이의 대부분은 바로 이런 특징에서 나온다고 나는 확신한다. 또한 이 때문에 멀린은 이상주의적인 어린 왕의 완벽한 스승이 될 것이다. 공정한 사회를 바라는 왕의 이상은 자신의 왕국에서는 실패하겠지만, 마음의 왕국에서는 굳건히 완성된다. 너무나 굳건해서 멀린의 제자 아서 왕은 결국 '과거와 미래의 왕(Once and Future King)'으로 추앙받을 것이다. 그래서 15세기 이전으로 거슬러 올라가는 이야기 속에서, 멀린이 오랫동안 다리를 놓은 건설자이자 통일자, 수많은 세계와 수많은 시간의 마법사로 인식되었다는 건 그다지 이상하지 않다.

멀린의 다리 건설의 범주는 놀라울 정도다. 위대한 통치자에게 조언을 해주는 멀린 자신은, 잠시 뒤, 집 없이 떠도는 방랑자한테 조언을 구한다. 산허리를 방랑하는 초록빛 눈동자의 늙은 늑대한테도 조언을 구한다. 자신의 동료들에게 기독교의 상징 '성배'를 찾도록 촉구하는 바로 그 멀린이, 때로는 강과 나무의 정령을 지닌 드루이드 스승으로서 연설을 하곤 한다. 전통적인 이야기 속에서, 악마를 아버지로 둔 바로 그 멀린이 또한 성인과도 같은 어머니를 두고 있다. 이 모든 것 중에서 가장 눈에 띄는 것은, 수천수백 년 전의 이야기들에 영감을 준 바로 그 멀린이 오늘날 우리의 삶 속에 고스란히 남아 있다는 사실이다. 21세기가 밝아왔음에도, 멀린은 그 어느 때보다 더 생생하게 살아 있다.

물에 빠져 죽을 뻔했던 소년은 1권 『잃어버린 시간』의 도입부에서 해안에 내동댕이쳐진 자신의 범상치 않은 운명을 예측할 수 없었다. 사실, 그날을 돌아보며, 나이 든 마법사는 이렇게 읊조린다.

눈을 감고 바다의 넘실거리는 호흡을 빨아들이면, 아주 오래전 그날이 아직도 생생하게 떠오른다. 거친 바다는 죽은 듯 차가웠다. 내 폐에 공기가 하나도 남지 않은 것처럼, 아무런 희망도 없었다. …… 내가 그날을 아주 또렷하게 기억하는 건 어쩌면 내 영혼에 난 상처와도 같은 그 고통이 영원히 사라지지 않을 것이기 때문이다. 아니면 그날이 완전한 끝을 의미하기 때문인지도 모른다. 아니 어쩌면, 그날이 끝과 동시에 시작을 의미하기 때문인지도 모른다. 내 잃어버린 시간들의 시작을……:

이윽고, 나는 멀린의 가장 위대한 경이로움을 이해하게 되었다. 그 운명의 날, 해안으로 밀려온 소년은 그냥 평범한 아이가 아니었다. 신화적인 인물 그 이상이었다. 소년은 그 자체로 하나의 은유였다.

어쩌면, 그 소년과 마찬가지로, 우리 각자는 뭔가 감춰진 재능을 간직하고 있을지도 모른다. 모두에게, 심지어 우리 자신에게조차 보이지 않는 재능이지만, 그럼에도 아직 그곳에 남아서, 발견되기를 기다리고 있는 것이다. 누가 알겠는가? 어쩌면, 그 소년과 마찬가지로, 우리는 약간의 마법을 간직하고 있을지도 모른다. 마법사가 될 소질을 갖춘 마법.

이전의 책들과 마찬가지로, 나는 내 아내 커리와 편집자 패트리샤에게 감사를 표한다. 제니퍼 헤런과 내 아이들을 포함해서, 내가 이전에 고마움을 표했던 모든 이들에게 다시 한번 감사의 뜻을 전한다. 하지만 누구보다도 내 영감의 근원인 멀린에게 감사를 표해야 할 것이다.

토머스 A. 배런

아, 여름 바람 같은 날개를 달고,

나는 유령 같은 인간들을 뒤에 남겨두었다.

불길한 바다 근처, 어두운 숲을 통해,

은빛 둥근 달 아래.

언덕 위, 계곡 아래, 저 멀리.

점점 칙칙하게 변해가는 저녁노을을 향해

나, 멀린은, 날아갔다.

- 로버트 윌리엄스 뷰케넌(Robert Williams Buchanan)의 발라드

"멀린과 하얀 죽음(Merlin and the White Death)"에서

날개여, 나를 데려가다오! 내가 얼마나 꿈꿔왔던가, 그날 이후 수 세기 동안, 그곳의 그 시간으로 돌아가기를, 모든 것을 바꿔 버린 그 선택 앞에 다시 서기를……

하지만 그런 갈망은 아무 소용이 없다. 잃어버린 생각은 다시 되살아날지 몰라도, 잃어버린 날은 영원히 사라져 버렸으니까. 그리고 설령 그때로 돌아갈 수 있다 할지라도, 나는 다른 선택을 할 수 있을까? 아마 그럴 수 없을지도 모른다. 하지만 내가 어떻게 확신할 수 있을까? 그 모든 세월이 지나고 나서도, 나는 아는 게 별로 없다.

하지만 내가 아는 한 가지가 있다. 그 오래전, 그날의 선물. 날개는 깃털을 매단 팔보다 훨씬 근사하다. 날개는 신비하기도 하고, 기적이기도 하다. 몸이 하늘 높이 떠 있으면 정신이 고양되니까.

소년은 맨발을 물에 담근 채 홀로 앉아 있었다.

소년의 모랫빛 머리카락은 경쾌하게 구불구불 흘렀지만, 앞을 바라보는 진흙투성이 작은 호수 같은 갈색 눈동자는 기이하게도 슬퍼 보였다. 혼자라서 그런 건 아니었다. 소년이 기억하는 한, 팔 년 혹은 십 년 대부분을 혼자 살아왔다. 다른 사람들이 소년을 식사 자리에 부르거나, 하룻밤 휴식을 위해 짚을 채워 만든 침대를 제공하거나, 혹은 사냥감을 나눠줬을 때에도, 소년은 고독만이 자신의 진짜 동료라는 걸 잘 알고 있었다.

소년의 삶은 이름처럼 단순했다. 류(Lleu). 부모님이 죽기 전에 그 이름을 물려준 것인지, 여행 중에 만난 누군가가 지어준 것인지, 소년은 알지 못했다. 게다가 그런 게 왜 중요할까? 소년의 이름은 그저 한 단어였다. 한 음절이었다. 그 이상은 아니었다.

소년은 갈대 하나를 뽑아, 마치 그것이 자그마한 창이라도 되는 양, 손가락으로 갈대 줄기를 쓱 훑어 내렸다. 이윽고 물 위에 둥둥 떠다니는 낙엽을 향해 툭 던졌다. 제대로 맞았다. 나뭇잎이 가라앉으며, 작은 호수에 잔물결이 일었다. 물결이 소년의 발가락을 간질이자, 소년은 살짝 미소 지었다.

문득, 자기가 던진 창이 자그마한 연보라색 딱정벌레 한 마리를 쫓아낸 걸 알아차리고는 몸을 앞으로 숙였다. 자그마한 곤충은 도리깨질 하며 물에 젖은 두 날개를 움직이려 버둥거렸지만 잘 되지 않았다. 조금 있으면, 딱정벌레는 곧 물에 빠져 죽을지도 모른다. 소년은 다리를 쭉 뻗어, 발가락 위로 딱정벌레를 올리고는, 조심스레 물가로 건져냈다.

"안녕, 친구, 조금만 참아. 햇빛을 받으면 넌 다시 날게 될 거야."

소년은 그 자그마한 곤충을 손에 잡고, 두 날개에 부드럽게 바람을 불어주었다.

마치 대답하듯, 딱정벌레는 몸을 파르르 떨며 하늘 위로 곧장 날아올랐다. 이윽고, 소년의 머리 쪽을 향해 방향을 틀었다. 타다닥 소리를 내며 소년의 귀에 내려앉더니, 대롱대롱 매달린 곱슬머리 위로 기어올랐다.

"내가 좋니?"

소년은 쿡 웃음을 터트리며 작은 호수를 향해 몸을 돌렸다. 소년은 방랑하다 핀카이라의 이 호숫가로 가끔 오곤 했는데, 이곳은 야영하기에 좋았기 때문이다. 낮이 짧아지며 물가에 얼음이 어는 지금 이 계절에도, 이 호수에는 여전히 쫄쫄쫄 신나게 물이 흘렀다. 한두 번 정도, 소년은 이곳에서 꿩을 잡은 적이 있었다. 물가에 줄지어 서 있는 나무딸기로 배를 채우기도 했다. 무엇보다 이곳은 조용했다. 이따금 파렴치한 깡패 떼를 만나곤 하던 길에서 멀찌감치 떨어져 있었으니까.

깡패 떼를 만나기는 했지만, 그리 오랫동안은 아니었다. 소년은 누구든 다 앞지를 수 있었다. 필요하면 멈추지 않고 하루 종일 달릴 수도 있었다. 소년은 물 밖으로 한쪽 발을 들어 올려 살갗을 유심히 살펴보았다. 발은 낡은 신발 가죽처럼 두툼하고 거칠었다. 하지만 신발 가죽보다는 훨씬 좋았다. 이 발바닥은 닳아 없어지지 않을 테니까. 발에게 필요한 건 바로 이곳 호수뿐이었다. 하루 종일 걷고 난 뒤 발을 담글 수 있는 곳.

류의 얼굴이 굳어졌다. 류는 겨울 하늘을 훑어보았다. 묵직한 회색 구름이 호수 저 멀리, 헐벗은 나무 위로 흘러갔다. 류는 다시 발을 내려다보며 자신에게 정말 신발 한 켤레가, 또는 적어도 샌들 한 켤레는 꼭 필요하다는 생각을 했다. 앞으로 다가올 추운 날을 견디기 위해서는, 먹을거리를 찾기 위해 길게 뻗어 있는 눈밭을 건너야 할 날들을 위해서는…….

확실히, 고아로 살아간다는 건 나름대로 장점이 있었다. 류는 원하는 곳은 어디든 돌아다닐 수 있고, 좋아하는 곳 어디서든 잠을 잘 수 있었다. 때로 환하게 붓질한 저 위 하늘이 류의 천장이 되었다. 먹을거리가 귀했지만, 어쨌거나 보통 구하긴 구했다. 류는 많은 걸 바라지 않았다. 보통은 바라는 만큼 구했다. 하지만……, 류는 그 이상의 것을 갈망했다. 나무딸기 덤불에 아직 매달려 있는 잎사귀 때문에 붉게 물든 차가운 물속에 발을 다시 담그고, 다른 장소와 시간을 생각했다. 기억이지만, 너무나 오랜, 결코 잊을 수 없는 시간.

류는 그 여자의 이름을 기억할 수 없었다. 얼굴조차 기억나지 않았다. 눈동자 빛깔, 입 모양, 머리카락 길이. 이 모든 것이 꿈보다 더 깊숙하게 묻혀 있었다. 류는 그 여자의 이름을 알지 못했다. 목소리조차 알지 못했다. 그 여자가 자신의 엄마인지조차 확신이 서지 않았다.

하지만 그 여자의 냄새는 또렷하게 기억났다. 낙엽처럼 흙냄새가 났다. 여름날의 장미 열매처럼 톡 쏘는 향기가 났다. 조팝나무보다 향이 더 강렬했다.

그 여인은 류를 꼭 감싸 안아주었다. 류가 아는 것보다 훨씬 더 많이. 이따금, 류는 여기와 같은 호숫가에 앉아서 찌르레기 지저귀는 소리를 들었을 것이다. 갈대 사이로 불어대는 바람소리를 들었을 것이다. 류는 그 여자가 자신에게 노래를 불러주었다는 걸 분명하게 느꼈다. 그렇다. 그 여자는 노래를 불러주었다! 어떤 노래인지, 어떤 멜로디인지, 류는 알지 못했다. 하지만 류는 그 여자가 자신을 꼭 안고, 향기로운 피부로 자신을 보듬고, 부드럽게 노래 불렀다는 걸 기억했다.

문득, 류는 몸서리쳤다. 분명 공기 중의 갑작스러운 한기 때문이라고 생각했다. 이맘때쯤이면 햇살이 약해지고, 바람이 차갑게 느껴졌다. 이미 호수 저편에는 얼음이 얼기 시작했다. 일 년 중 가장 긴 밤이 곧 다가오리라는 걸 류는 알고 있었다.

하지만 류는 수많은 겨울을 살아남았다. 적어도 대여섯 번의 겨울을. 그리고 이번 겨울에도 살아남을 것이다. 류는 내일 남쪽으로, 해안 가까이로 이동할 것이다. 그곳의 초원은 대부분 얼지 않고 그대로 남아 있었다. 눈이 내린다 해도, 하루 이틀 정도 지나면 녹았다. 시커먼 안개가 끊임없이 일렁이며 일그러진 형상과 무시무시한 얼굴을 만들어내는 해안선에 너무 가까이 다가가는 모험을 하지 않는 이상, 류는 괜찮을 거다.

불. 지금 필요한 건 불이었다. 류는 옷 주머니 속으로 손을 넣어, 마른 나무껍질 한 움큼과 철광석 한 쌍을 꺼냈다. 철광석은 불꽃을 만드는데 결코 실패한 적이 없었다. 류는 자신의 몸을 따뜻하게 할 거다. 또한 그날 아침 어떤 남자가 친절하게 던져준 말린 고기 한 점을 먹을 거다. 그리고 밤을 보내기 위해 야영을 할 거다.

류는 자리에서 일어나 강둑을 훑어보며 진흙에 발을 옮겼다. 모닥불을 잘 피우기 위해 필요한 나무의 두께와 무게를 경험으로 잘 알고 있었다. 새끼손가락만큼 가는 나뭇가지 몇 개, 좀 더 큰 나뭇가지 한두 개, 그리고 다리통만큼 굵은 나무 한 개 이상. 마른 불쏘시개는 찾기가 훨씬 어려웠다. 특히 일 년 중 이맘때에는. 그래서 불쏘시개를 항상 가지고 다녔던 것이다. 그렇지 않으면 옷의 천 조각을 뜯어서 사용해야 할지도 몰랐다. 하지만 옷을 태우는 건 자신의 담요를 태우는 것과 마찬가지였다.

류는 나무딸기 뒤에서 쓸 만한 커다란 나무를 찾아냈다. 비바람에 산사나무에서 떨어져 나온 것이었다. 류는 그곳으로 달려갔다. 하지만 나뭇가지는 생각보다 훨씬 무거웠다. 너무 무거워 옮길 수 없었다. 끌 수도 없었다. 그럼에도 불구하고, 류는 시도했다. 온 힘을 다해 끌어당겨 보았다. 하지만 여전히 꼼짝하지 않았다.

"좋아, 그렇다면, 내가 널 잘라 버릴 거야! 불을 피울 수 있을 정도면 되니까."

류는 크게 혼잣말을 했다.

류는 나뭇가지의 갈라진 틈에 발을 단단히 딛고, 위쪽을 움켜쥐었다. 있는 힘껏 잡아당겼다. 나뭇가지가 꿈틀거리며, 약간 삐걱거렸지만 꺾이지는 않았다. 한 번 더 해봤지만, 역시 마찬가지였다.

"이제 그만 좀 잘라져 줄래?"

류가 두 손으로 나뭇가지를 다시 잡는 순간, 칼 하나가 갑작스레 허공을 갈랐다. 칼날에 나뭇가지가 쉽사리 잘려 나갔다. 옮기기에 딱 알맞은 크기의 나뭇가지가 진흙투성이 땅에 데굴데굴 굴렀다.

류는 깜짝 놀람과 동시에 감사한 마음에, 휙 돌아보았다. 하지만 감사의 말은 목구멍 안으로 쏙 들어가 버리고 말았다. 그곳에, 자신을 바라보며, 언젠가 본 적 있는 무시무시한 전사 한 명이 서 있었다. 키가 엄청나게 크고 건장한 남자가 뿔 달린 해골을 가면처럼 쓰고 있었다. 가면 뒤로 분노에 찬 눈동자가 이글거렸다. 설상가상, 전사는 묵직한 칼 두 개를 갖고 있었는데, 양쪽 팔에 꽁꽁 휘감겨 있었다.

희한하네. 저 칼은…….

류는 생각했다.

류는 침을 꼴깍 삼켰다. 불현듯 깨달았다. 그 칼은 인간의 손에 들려 있는 게 아니었다. 아니, 그 칼은 바로 그 남자의 팔이었다. 어찌된 영문인지, 칼이 전사의 튼튼한 어깨에 달려 있었다.

가면을 쓴 남자가 소년에게 다가왔다. 마치 저 멀리서 들려오기라도 하는 것처럼 묵직하고 둔탁한 목소리로, 남자가 명령했다.

"이름을 말하라, 소년."

"아, 저, 저는…… 류라고 합니다, 나, 나리. 사람들이 저를 그렇게 부릅니다."

류는 대답하려 했지만, 목에서는 그저 낑낑거리는 소리만 나왔을 뿐이었다.

"집은 없나?"

"없습니다, 나리."

"부모님도 없고?"

"없습니다, 나리."

전사는 호탕하게 웃었다. 칼처럼 생긴 팔 하나가 위로 쓱 올라갔다.

"그렇다면, 애송이 꼬마, 넌 내 첫 번째 제물이 되어줘야겠구나."

1부

1
반짝이는 빛줄기

이것은 그저 나무가 무성한 숲속 길을 따라 걸어가는 친숙한 산책이 아니었다. 아니, 산책과는 너무 달랐다. 이것은 비행에 훨씬 가까웠다.

반짝이는 빛줄기가 얼키설킨 나뭇가지를 뚫고 들어와 숲 바닥이 환하게 빛났다. 내가 걸음을 옮길 때마다 낙엽이 켜켜이 쌓여 푹신푹신한 풀밭이 나를 위로 들어 올리는 것 같았다. 나는 숲 사이로 도약할 수 있을 것 같은, 또는 황금빛 나비들처럼 나뭇가지 사이로 날 수 있을 것 같은 느낌이 들었다. 분명히 숲속 길을 전에도 수없이 걸었었다. 하지만 이처럼 밝으면서도 동시에 어두운 듯 보인 적은 한 번도 없었다. 이렇게 신비함과 동시에 명료함으로 가득 찼던 적은 한 번도 없었다.

할리아는 내 손을 잡고, 나와 똑같이 발걸음을 옮겼다. 하지만 그 이상이 있었다. 할리아에게는 사슴 같은 우아함이 깃들어 있었다. 할리아는 발가락을 오므리고 팔을 휘저으며, 단순한 움직임의 아름다움을 잘 알고 있었다. 확실히, 할리아는 움직임 그 자체였다. 저 높은 나뭇가지에서 빙글빙글 돌다가 떨어지는 나뭇잎처럼 유연하면서도, 자신의 고동색 머리카락을 어루만지는 숲의 산들바람처럼 우아하게 움직였다.

나는 우리가 지난 몇 달 동안 함께 걸었던 그 수많은 걸음걸이를 떠올리며 씩 웃었다. 할리아가 자신의 종족과 함께 살며 자신들의 생활 방식을 배우도록 나를 처음 초대했을 때, 사슴 종족의 연장자 몇몇은 반대했다. 기나긴 회의와 격렬한 논쟁이 이어졌다. 결국 나는 사슴 종족이 아니었으니까. 게다가, 나는 인간이었으니까. 그러니 어떻게 나를 믿고 자신들의 가장 귀중한 삶의 비밀을 내게 알려줄 수 있단 말인가? 인간은 사슴 종족을 그렇게나 자주 사냥하고 죽였다. 단순히 사슴 고기 몇 조각을 얻기 위해서 말이다.

하지만 결국 할리아가 이겼다. 내가 어떻게 할리아의 목숨을 구해줬는지 따위의 이야기는 연장자들의 마음을 움직이지 못했다. 내가 핀카이라의 땅을 위해 무엇을 이룩했는지 따위도 마찬가지였다. 연장자들의 마음을 움직인 건 그보다 훨씬 단순하면서도 강력한 것이었다. 나를 향한 할리아의 사랑. 그 사실 앞에서는 가장 회의적이었던 연장자조차도 결국 포기하고 말았다. 그래서 그 뒤로, 나는 실개천에서 물의 흐름을 방해하지 않고 물을 마시는 방법을 배웠다. 땅을 마치 내 자신의 일부처럼 느끼는 방법을 배웠다. 그리고 활짝 열려 있는 대기 속에서 듣는 법도 배웠다.

그런 발걸음으로 우리는 그렇게 걸었다! 할리아는 오래된 발자국이 숨어 있는 목초지로, 바구니 또는 옷감을 짤 수 있는 거머리말 줄기가 웃자란 곳으로, 그리고 수많은 새끼 사슴들이 태어난 비밀의 숲속 빈터로 나를 이끌었다. 때때로 우리는 몸을 곧게 펴고 성큼성큼 발걸음을 옮겼다. 지금처럼 말이다. 그리고 가끔은, 암사슴과 수사슴이 되어 나란히 달렸다. 그럴 때면, 땅을 밟고 걸어가는 게 아니라 땅 위를 헤엄쳤다.

하지만 오늘 이 길에서, 할리아는 그 어느 때보다 더 가깝고 친밀하게 느껴졌다. 오늘밤, 우리가 숲의 저 건너편에 닿으면, 나는 할리아에게 내 비밀의 장소, 그러니까 내가 그 위에 앉아 별을 바라보던 바위 '스타게이징 스톤'을 보여줄 거다. 그리고 그곳에서 내가 아껴온 선물을 할리아한테 줄 거다. 나는 기대에 부풀어 내 작은 가죽 가방을 톡톡 두드려봤다. 여러 가지 면에서 그 선물은 이미 할리아의 것이라는 걸 나는 잘 알고 있었다.

바로 앞의 개울을 바라보며, 나는 강둑을 따라 늘어선 구스베리* 덤불에 닿지 않도록 지팡이를 들어 올렸다. 그러고는, 아무 말 없이, 우리는 허공으로 펄쩍 뛰어올랐다. 우리의 네 다리가 한꺼번에 도약했다. 마치 한 사람의 다리인 것처럼. 우리 아래, 강물이 번들거렸다. 수면은 나뭇가지 아래를 지나거나 이끼로 뒤덮인 돌 위를 지날 때조차 빛으로 살아 움직였다. 우리는 강둑 반대편에 부드럽게 내려섰다. 그리고 계속 길을 걸어 내려갔다.

나는 주위를 응시했다. 이제 보다 더 예리해지고, 잃어버린 시력보다 더 진짜 같은 내 투시력은 빛나는 장면과 풍부한 색감에 압도되었다. 내 지팡이에 새겨진 상징들조차 우리를 둘러싼 마법에 의해 반짝이는 것처럼 보였다. 빗물에 씻긴 나뭇가지 위에서 이슬이 영롱하게 반짝이고, 숲 바닥은 오렌지색, 진홍색, 갈색빛으로 넘실거렸다. 눈이 툭 튀어나온 턱만큼이나 커다란 다람쥐 한 쌍이 우리 머리 위, 나뭇가지를 허겁지겁 지나가며 쉴 새 없이 재잘거렸다. 부드러운 너도밤나무 나무껍질은 거울처럼 태양을 반사했다. 보리수 나뭇잎은 흐르는 시냇물처럼

---

*까치밥나무과에 속하는 구스베리 열매는 새콤달콤한 소스를 만든다.

27

부드럽게 흔들렸다. 붉은색이 점점이 박힌 진녹색 이끼 덩어리가 참나무와 소나무의 튼튼한 나무뿌리 사이에 자리 잡았다. 때로는 노란색 독버섯의 행렬이 거기에 합류하기도 했다.

송화 가루가 사방에 흩날렸다. 전나무 잎에서 나온 송진은 인동보다 더 달콤했다. 단풍나무 잎사귀 안에 컵처럼 담겨 있는 빗물에서 풍겨 나오는 향기는 늪지대 물웅덩이만큼이나 진했다. 그리고 이미 땅에 떨어져 나무라기보다는 흙처럼 변해 버린 나뭇가지에서도 송화가 날렸다. 나는 냄새를 맡을 수 있었다. 멀지 않은 곳에서부터, 여우 굴의 사냥감 냄새를. 그리고 나는 알고 있었다. 여우는 우리가 다가오는 걸 냄새로 알아차릴 수 있다는 것을.

뒤쪽 시냇물 소리가 나뭇가지 사이에서 속삭이는 바람과 합류했다. 그리고 늘 그렇듯, 숲의 바람 속에서 수많은 목소리가 또렷하게 들려왔다. 굵게 한숨짓는 참나무 소리, 딱딱거리는 물푸레나무 소리, 휙휙 리드미컬하게 움직이는 소나무 소리. 수많은 목소리, 그렇다, 그리고 그 모든 소리 중에서 하나의 소리, 살아 있는 숲의 통일된 숨소리.

경이로움이 가득한 곳.

이 말은 내가 핀카이라에 대해 들었던 첫 번째 묘사인데, 오늘처럼 이렇게 실감나게 느껴진 적은 없었다. 특히 이곳, 드루마 숲의 깊숙한 곳. 핀카이라의 다른 대부분 지역에 이미 눈과 서리를 몰고 온 혹독한 겨울바람조차 이곳에는 스며들 수 없는 것 같았다. 몇몇 숲속 동물들은 각자 자기의 굴과 텅 빈 통나무로 숨어들고 수많은 나무들은 갈색으로 칙칙하게 변해 버렸지만, 드루마 숲은 여전히 생명으로 고동쳤다.

그것만이 이 숲을 다른 곳과 다르게 만드는 건 아니었다. 핀카이라의 대부분 지역은 여전히 오랜 세월 동안의 의심, 심지어 증오 때문에 고통

받았다. 그 고통으로 핀카이라에 사는 수많은 종족들이 분열되고, 서로로부터 그리고 특히 인간 종족으로부터 떨어져 지냈다. 하지만 이곳은 달랐다. 스탕마르가 마름병을 퍼트려서 섬에 사는 생명체들이 낮에 모습을 드러내기를 두려워했을 때에도, 이곳은 평화롭게 남아 있었다. 이곳에서는 누군가의 행운이 누군가에게 힘을 가져다 주었다. 누군가의 죽음은 모두에게 슬픔을 불러왔다. 이곳은 진정으로 이상적인 하나의 공동체였다.

할리아가 내 손을 꼭 잡아서, 우리 둘 다 발걸음을 멈추었다. 나는 할리아의 시선을 쫓아갔다. 우리 머리 위 나뭇가지에 기이하게 생긴 새 한 마리가 앉아 있었다. 머리 위의 자주색 볏. 꼬리를 따라 나 있는 불타는 듯한 진홍색 깃털. 알리아 새였다! 알리아 새는 우리를 조용히 지켜보며, 수심에 잠겨 고개를 까닥거렸다. 그러고는, 황홀한 무지갯빛을 내뿜으며 숲으로 날아올라 이내 모습을 감추었다.

"긴 꼬리 알리아 새야. 행운의 징조인걸."

할리아가 속삭였다.

그 순간, 뭔가가 내 등에 부딪치는 바람에 나는 엉덩이 높이까지 오는 고사리 줄기 속으로 벌러덩 넘어지고 말았다. 고사리 줄기 사이를 뒹굴다가, 마침내 큰 바위에 쿵 부딪쳤다. 머리가 빙빙 돌았다. 나는 고사리를 피해 기어 나왔다. 목에 감겨 버린 가죽 가방을 힘겹게 똑바로 풀었다. 그러고는 지팡이를 찾아 몸을 일으키려 했다.

"잘 왔어, 오빠. 오빠는 진짜 내가 내려앉기에 안성맞춤이라니까."

단단하게 엮은 덩굴 옷을 입은 리아가 두 손을 허리춤에 차고 낄낄거리며 웃었다.

"그러면 그렇지. 대단한 환영 인사로군! 그렇게 꼭 요란하게 착륙해야겠어?"

내가 투덜거렸다.

리아는 손을 뻗어 내 팔을 잡아당기며 나를 일으켜 세웠다.

"글쎄, 그러지 않으면 오빠가 날 알아차리지도 못하잖아."

리아는 잠시 말을 멈추고는 할리아를 향해 윙크를 날렸다.

"오빠는 로맨스의 세상에 푹 빠져 있으니까 말이야."

할리아의 얼굴이 발 근처에 있던 야생 제라늄 잎사귀처럼 새빨갛게 물들었다.

"리아!"

"하카-하카-티키-티치."

자그마한 동물이 리아의 소맷자락에 달린 잎사귀 주머니 밖으로 고개를 빼꼼 내밀고는 낄낄거렸다. 털북숭이 자그마한 머리가 웃으며 까딱거리고, 기다란 귀가 자기 얼굴을 찰싹찰싹 때렸다. 그러는 사이, 한쪽으로 일그러진 입이 활짝 열리며, 이빨 세 개가 드러났다. 이빨이 눈동자처럼 온통 초록색이었다.

"하카-하카-티치. 사랑에 빠진 가엾은 인간! 재치를 잃어버렸어. 이제 균형도 잃어버리고! 하-하-하카-치."

그 작은 동물이 귀에 거슬리는 소리로 재빨리 말했다. 너무 빨라 무슨 말인지 알아듣기 어려웠다.

나는 그 동물을 향해 으르렁거렸다.

"조용히 해, 말라빠진 귀! 아니면 널 그냥……."

할리아가 다가와 손가락으로 내 입을 막았다.

"이제 그만해. 저 녀석은 스컬리럼퍼스 종족(Scullyrumpus)*이야. 원래 저 녀석들은 모두 다 엄청난 장난꾸러기들이라고. 그러니 저 녀석도 어쩌지 못해, 젊은 매."

할리아가 내 친근한 이름을 부르는 걸 들으니, 갑자기 화가 누그러졌다. 마법의 웅덩이처럼 깊은 할리아의 커다란 갈색 눈동자를 바라보자, 분노가 사라졌다. 내가 생각할 수 있는 거라고는 내 곁에 있는 여인뿐이었다. 내가 사랑하는 여인. 나는 가까이 몸을 숙여 천천히 준비를 했다.

"뽀뽀해! 뽀뽀해! 어설픈 인간에게는 더 이상 말이 필요 없지. 그냥 뽀뽀해! 하카-하카-하카카카."

자그마한 동물이 커다란 귀를 팔랑거리며 외쳤다.

나는 몸을 곧추세우며 리아를 노려보았다.

"왜 그 귀찮은 녀석을 데리고 다니는 거야?"

리아는 신나는 표정으로 나를 바라보았다. 심지어 털이 덥수룩한 녀석의 목을 긁어주기까지 했다.

"스컬리(Scully) 말하는 거야? 아, 우리는 공통점이 엄청 많거든. 스컬리는 나처럼 숲의 일부라고. 게다가 나처럼 나무에서 살잖아."

"그리고 예의범절이라고는 눈을 씻고 봐도 없고."

내가 덧붙였다.

리아가 고개를 끄덕였다.

"그것도 나랑 비슷하네."

나는 어쩔 수 없이 방긋 웃었다.

"알았어. 하지만 너희는 아까처럼 나한테 불쑥 떨어지지 않을 수는

---

*원서에는 대부분 Scullyrumpus로 써 있지만, 이 책에서는 리아가 처음 이름을 부를 때처럼 '스컬리'로 표기합니다. -편집자

없는 거야?"

"왜? 그렇게라도 해야 오빠가 겸손해지지."

실망스럽게도, 할리아가 살며시 웃었다.

"너 때문에 계속 까지고 부러지잖아!"

내가 끙끙거리며 투덜거렸다.

"오-차-우-차. 이제 어설픈 인간이 진짜 화가 났네."

자그마한 동물이 무서운 듯 발을 벌벌 떨며 삑삑거렸다. 그러더니 리
아를 향해 소리쳤다.

"이제 가는 게 좋겠어. 다음번에는 저 인간이 넘어질 거야, 우리 위로
말이야!"

스컬리는 옆구리를 움켜잡고 낄낄 웃었다. 어찌나 심하게 웃는지 리
아의 주머니 밖으로 떨어질 뻔했다.

"너도, 사슴 누나. 빨리 달아나, 하-치-하-치. 발굽 달린 발로 최대한
빨리!"

스컬리가 할리아에게 말했다.

나는 도저히 그 말을 듣고만 있을 수는 없었다.

"그만해, 스컬리. 한 번만 더 날 모욕했다가는 널 진짜 벌레로 만들어
버리겠어."

나는 지팡이를 휘둘렀다.

그런데 녀석은 내가 예상했던 것처럼 겁을 먹고 주머니 속으로 후다
닥 들어가지 않고, 험악한 표정으로 나를 노려보았다. 그러고는 소리 높
여 말했다.

"내 이름은 스컬리럼퍼스 에이버 이 핀달레어(Scullyrumpus Eiber y
Findalair)라고. 성 빼고 이름 앞부분만 부르면 다야? 넌 정말 하찮고 건

방진 인간이군."

"건방지다고? 지금 나보고 건방지다고 했어?"

내가 고함쳤다. 관자놀이가 쿵쾅 뛰기 시작했다.

리아가 손을 들어 올리며 말렸다.

"그만해, 멀린."

그러더니 소맷자락에 매달린 동물을 노려보았다.

"그리고 너, 스컬리. 이러고 있기에는 오늘 날이 너무 좋지 않아?"

리아는 고개를 설레설레 저으며, 갈색 곱슬머리를 흔들었다.

"자 이제, 오빠. 오빠도 우리랑 함께 가자."

"함께 가자고?"

"그래. 난 지금 하늘을 나는 법을 배우고 있는 중이거든."

나는 리아를 노려보았다.

"넌 먼저 날개를 자라게 해야 할 거야."

"그렇게 말고, 이 멍청한 오빠야."

리아는 잎사귀 달린 허벅지에 두 손을 문질러 물기를 닦아냈다. 그러고는 자그마한 오렌지색 동근 물체를 허리춤에 달았다. 그 동그란 물건은 지금은 아무런 빛도 나지 않았지만, 때로는 갑자기 활활 타오르기도 했다. 불의 고리(the Orb of Fire). 리아가 불의 고리를 보관하고 있는 건 옳았다. 왜냐하면 다른 전설적인 핀카이라의 보물들처럼, 불의 고리는 엄청난 힘을, 그리고 대단한 신비로움을 지니고 있었으니까. 리아는 마침내 준비를 마치고, 근처에 매달려 있는 두툼한 덩굴 하나로 손을 뻗었다. 그러고는 확신에 찬 목소리로 말했다.

"이렇게 말이야."

스컬리가 고개를 끄덕이며 귀를 팔랑거렸다. 그와 동시에, 주머니 안으로 깊숙이 들어가 버렸다.

리아는 손과 발로 덩굴을 꽉 잡고는 바스락거리는 솔송나무 언어로 뭔가를 나지막하게 중얼거렸다. 즉각, 리아 뒤의 나무둥치가 곧게 펴지며, 덩굴과 리아를 들어 올렸다. 리아가 다시 한 번 명령을 내리자, 덩굴이 갑자기 휙 움직이며, 리아를 나뭇가지 꼭대기 쪽으로 내동댕이쳤다. 리아가 날아올라 허공에서 두 번 빙그르르 돌더니 또 다른 덩굴을 잡는 모습을 보고, 할리아와 나는 둘 다 감탄했다. 리아는 이번에 크게 원을 그리며 그네를 타듯 빙 돌았는데, 그 바람에 우리 머리 위로 솔잎과 잔가지가 비처럼 쏟아져 내렸다. 리아는 다시 한 번 덩굴에서 손을 놓고, 몸을 휙 돌려, 두 팔을 마치 날개처럼 옆으로 쭉 뻗었다. 아주 잠깐, 리아는 허공을 날았다.

할리아가 내 팔을 꼭 붙잡았다.

"저러다 떨어지겠어!"

나는 긴장했다. 바짝 조바심이 일었다. 내가 바람을 일으켜줘야 하는 걸까? 다른 덩굴을 건네줘야 하는 걸까?

내가 미처 뭘 하기도 전에, 문득 솔송나무가 바스락 움직였다. 기다랗고 넓적한 나뭇가지 하나가 쭉 뻗어 나와 리아의 온몸을 감쌌는데, 리아의 몸무게 때문에 나뭇가지가 휘청거렸다. 재빨리, 나무가 리아를 내려놓았다. 바로 땅 위에서, 리아는 자유롭게 구르고, 허공에서 빙빙 돌아, 두 다리로 땅에 부드럽게 내려섰다. 이윽고 리아가 활짝 웃었다. 리아는 우리 앞으로 성큼성큼 걸어와, 툭 튀어나온 소맷자락을 쓰다듬었다. 그곳에 스컬리가 쏙 들어가 있었다.

할리아가 한숨을 쉬었다.

"리아, 너 진짜 대단하다!"

"고마워, 너도 한번 해볼래?"

리아가 헝클어진 머리카락과 옷매무시를 가다듬으며 대답했다.

할리아의 둥근 눈동자가 놀라움으로 초롱초롱 빛났다.

"아니, 아니. 아주 오래전에 잃어버린 날개를 갈망하는 너희 인간들과 달리, 우리 사슴 종족은 하늘을 날 필요가 없어."

"너도 한때는 용 친구의 등에 올라탄 적이 있잖아?"

리아가 할리아에게 상기시켜 주었다.

"그건 귀니아의 생각이었지 내 생각은 아니었어! 나는 곧장 뛰어내렸 잖아."

리아가 나를 바라보았다.

"그럼 오빠는 어때, 멀린? 한번 해볼래?"

내가 주저하는 걸 보고는, 리아가 이렇게 덧붙였다.

"오빠가 충분한 용기를 내려면 그 턱수염이 무성하게 자랄 때까지 기 다려야 하는 거야?"

할리아가 나를 걱정스러운 표정으로 바라보았다.

"하지 마, 젊은 매."

"나는 용기가 부족한 게 아니야."

나는 턱을 쓰다듬으며 단호하게 말했다.

"똑똑하군, 똑똑해. 잘났군, 잘났어."

리아의 소맷자락에서 깐족거리는 목소리가 들렸다.

"이제 조용히 좀 해. 멀린이 한번 해보라고 내버려둬."

리아가 스컬리를 야단치고는 내게 돌아서며 말했다.

"이제, 여기 오빠가 어떻게……."

리아의 말을 무시하며, 나는 지팡이를 옆으로 툭 내팽개치고, 검을 풀고, 덩굴에 손을 뻗었다. 퉁명스럽게, 나는 바스락거리는 나무 언어로 말했다. 놀랍게도, 덩굴이 위쪽으로 뻗으며 나를 높이 데리고 갔다. 바람이 얼굴에 스치고, 헝클어진 검은 머리카락 사이로 흘러내리며, 옷소매를 펄럭거렸다. 나는 자신감이 차올라 소리쳤다. 덩굴이 솔송나무 나무둥치 주변으로 휙 움직이며, 허공에 우아하게 곡선을 그렸다. 나는 나뭇가지 주변을 오르락내리락하며 날았다. 하늘 높이 솟아오르는 매처럼 자유롭게 날았다.

하늘을 나는 기쁨에 얼굴이 상기되어, 다시 한 번 나무에 대고 소리쳤다. 새로운 덩굴 하나가 내 옆구리를 낚아챘다. 가장 높은 지점에 이르러, 덩굴을 옆으로 던지고 새로운 덩굴을 잡으러 펄쩍 뛰었다. 잠시, 나는 땅 위에서 높이 떠올랐다. 날개를 달고 하늘을 나는 존재가 된 느낌이었다. 내가 덩굴에 손을 뻗을 때조차, 길고 유연한 덩굴이 내 손과 발 주위를 감쌌다.

나는 덩굴을 단단히 잡고, 아래를 향해 곤두박질쳤다. 그러면서도 갑작스럽게 떠오를 준비를 했다. 덩굴이 나를 다시 나뭇가지 위로 데려가 줄 걸 알았으니까. 내가 용기가 부족하다고? 말도 안 돼! 리아는 지금 똑똑히 알아야 한다. 아래로, 아래로, 아래로, 나는 속도를 냈다. 초록색과 갈색이 소용돌이쳤다.

바지직! 아래쪽 뾰족한 나뭇가지가 내 등에 부딪혀 완전히 두 동강이 나 버렸다. 나무에서 바스락거리는 신음소리가 터져 나왔다. 덩굴이 세차게 몸을 흔들어 나를 털어내 버렸다. 나는 텅 빈 허공으로 내동댕이쳐지며, 고사리 밭으로 곧장 날아갔다. 리아가 내 몸에 착륙하며 나를 내동댕이친 바로 그 고사리 밭으로. 나는 쿵 땅에 부딪치고, 고사리 밭을 데굴데굴 굴러 커다란 바위에 다시 부딪쳤다.

내가 할 수 있는 거라고는 고개를 드는 것밖에 없었다. 하지만 아주 잠깐이었다. 나는 고사리 줄기 속으로 다시 쓰러졌다. 온몸이 욱신거렸다. 특히 어깻죽지 사이의 부드러운 부위가 아팠다. 나는 끙끙거리며 일어서려 버둥거렸지만, 갑자기 다시 어지러워져서 쓰러지고 말았다.

할리아와 리아가 달려왔다. 둘이 함께 나를 고사리 밭 밖으로 끌어내, 부드러운 잔디밭에 눕혀주었다. 입 안에서 나뭇잎을 뱉어내며, 나는 이렇게 중얼거릴 수밖에 없었다.

"도대체…… 어떻게 된 거야?"

할리아는 그저 고개를 저을 뿐이었다. 리아는 이번에는 아무 말도 하지 않았다. 리아 주머니 속의 그 자그마한 녀석도 아무 말 하지 않았다. 분명 자신이 내가 손을 뻗으면 닿을 곳에 있다는 걸 알고 있는 게 틀림없었다.

"하늘을 날려면 용기 이상이 필요한 것 같군."

내가 비틀거리면서 말했다.

그 말에, 솔송나무가 갑자기 실룩 움직였다. 나뭇가지 높은 곳에서, 솔방울 하나가 툭 떨어져 내 이마를 정통으로 맞혔다.

내가 신음하자, 리아가 고개를 끄덕이며 말했다.

"맞아, 훨씬 더 많은 게 필요해."

2

세 가지 보물

마침내 일어설 만큼 충분히 안정을 되찾은 것 같았기에, 나는 근처 시냇가로 비틀비틀 걸어가 머리를 푹 담갔다. 차가운 물이 두 뺨을 때리고 혓바닥을 얼얼하게 만들었다. 나는 곧 기운을 차렸다. 그때조차도, 내가 나무뿌리나 나뭇가지에 걸려 넘어지지 않고 걷기까지는 몇 분이 더 걸렸다. 그리고 덩굴을 타고 하늘을 나는 동안 벗겨져 나간 내 가죽 가방을 찾기까지 또 몇 분이 걸렸다.

내 가방을 찾은 건 리아였다. 머리 위 저 높은 곳, 활 모양으로 휜 솔송나무 가지에 가방이 대롱대롱 매달려 있었다. 리아가 삐걱거리는 소리를 날카롭게 내자 나무가 흔들렸다. 가죽 가방이 떨어져 내렸지만, 아래쪽 나뭇가지에 또 걸리고 말았다. 그러자 가방이 뒤집히며 그 안에 든 내용물이 숲 바닥으로 와르르 쏟아져 내렸다. 버드나무 뿌리, 로즈마리, 스프라이트 밤 연고, 끝이 하얀 버섯 등 내 치유의 약초들이었다. 거기에 소중한 물건 세 가지도 있었다. 씨앗 하나, 악기 줄 하나, 그리고 깃털 하나.

둥근 조약돌보다 크지 않은 씨앗이 맨 먼저 바닥에 닿아, 폭신폭신한 잔디밭 위에 통통 튀고는 데굴데굴 구르다 내 발 근처에서 멈추었다. 나는 씨앗을 들어 손바닥 위에 올렸다. 전에도 몇 차례 그랬던 것처럼, 씨앗의 마법과도 같은 맥박이 느껴졌다. 마치 심장이 뛰는 것 같았다. 내가 씨앗을 맡게 되었을 때 들었던 말을 떠올렸다.

만약 네가 이 씨앗을 심을 적당한 장소를 찾는다면, 이 씨앗은 언젠가 네가 상상할 수 있는 그 어떤 것보다 더 진기한 열매를 맺을 거야.

나는 이마를 찌푸렸다.

씨앗을 심을 적당한 장소……

도대체 그게 어디일까? 내가 그걸 어떻게 알 수 있을까?

문득, 자줏빛 이끼로 뒤덮인 나무뿌리 위로 축 늘어져 있는 악기 줄이 보였다. 불에 타 시커멓게 그을려 뒤틀린 줄. 줄을 향해 손을 뻗다 할리아와 눈이 마주쳤다. 사슴과도 같은 할리아의 눈동자에 담긴 이해한다는 표정이 나를 격려해 주었다. 왜냐하면 할리아도 이 변색된 낡은 줄이 악기에서 남은 유일한 것임을 잘 알고 있었으니까. '수선공의 마가목'이라 불리는 전설적인 나무에서 내가 직접 만든 프살테리움. 할리아도 이 줄에 놀라운 능력이 있다는 걸 잘 알고 있었다.

나는 악기 줄을 주우며 세 번째 자그마한 보물의 흔적을 찾아 주변을 훑어보았다. 땅바닥에서는 보이지 않기에, 위를 올려다보았다. 뒤엉킨 솔송나무 나뭇가지 사이로 들어오는 빛의 조각들을 따라갔다. 그렇다! 깃털은 내 가죽 가방 바로 아래, 나뭇가지 위에 살며시 놓여 있었다. 은색과 갈색 줄무늬 깃털을 보니 원래 주인이 떠올랐다. 성마른 매, 트러블, 내 목숨을 구하기 위해 자신의 목숨을 바친 바로 그 매.

바람이 살랑거리며 날개에 닿자, 날개는 우아하게 아래로 떨어져 내렸다. 바람을 타고 빙그르르 춤을 추었다. 한때 트러블이 즐겨했던 것처럼. 드디어, 깃털이 다가오며, 내 어깨를 부드럽게 스쳐 지나갔다. 이윽고 내 손바닥 위에 떨어졌다.

"잘 잡았네, 어설픈 인간. 네 가방이 저 위에 있다니, 참 안타깝네! 다시 한번 덩굴 줄을 타 보면 어때? 하카, 하카-하치-하치-치-치."

스컬리가 리아의 소맷자락에 달린 보금자리에서 고개를 쓱 내밀며 시끄럽게 떠들었다. 이윽고 귓등을 벅벅 긁어대며, 신이 난 듯 큰 소리로 웃어재꼈다.

어설픈 인간.

스컬리는 그 말을 속사포처럼 내뱉었다. 마치 한 단어처럼 들렸다. 나는 화가 치밀어 올랐지만 꾹 참았다. 손목을 살짝 돌려, 가죽 가방에 신호를 보냈다. 즉각, 가방이 흔들리기 시작했다. 나뭇가지가 흔들리며, 우리에게 솔잎을 흩뿌렸다. 가죽 끈이 우아하게 풀리고, 엉켰던 매듭도 스르르 풀렸다. 잠시 뒤, 가죽 가방은 완전히 풀려나, 잔가지 주위를 날아 땅에 툭 떨어졌다.

스컬리가 눈살을 찌푸리며 꽥꽥 고함쳤다.

나는 가죽 가방을 주워 들었다.

"덩굴 줄은 필요 없어."

스컬리는 또 고함쳤다. 하지만 이번에는 소리가 좀 낮아졌다.

"자, 이제 그만해."

리아가 녀석의 자그마한 검은 코에 손가락을 얹으며 타일렀다.

"정말 멋지게 잘했는데. 오빠가 도약의 기술을 잘 연마했네, 그렇지?"

리아가 나를 주의 깊게 바라보았다.

"조금, 하지만 아직 갈 길이 멀어. 아주 멀지. 자그마한 물건을 원하는 곳으로 보내는 것과 내 자신을 내가 원하는 곳으로 보내는 건 완전히 다른 문제야."

나는 가방 끈을 묶으며 대답했다.

할리아는 가느다란 손가락으로 자기 머리카락을 가볍게 쓸어 넘기며 말했다.

"난 널 믿어! 지난번에 네가 도약을 통해 누군가를 멀리 보내려 했을 때는, 우리 둘 다 결국 유령의 늪지대 한가운데로 빠지고 말았잖아."

"하차-헤차-헤치-치-치. 거긴 정말 멋진 곳이지."

스컬리가 끽끽거렸다.

나는 이마를 찡그렸다.

"너 지금 그곳에 가고 싶은 모양이구나?"

처음으로, 나는 스컬리 얼굴에서 진정한 두려움의 빛을 어렴풋이 보았다. 일그러진 미소가 싹 사라지고, 귀가 신경질적으로 꿈틀거렸다. 스컬리는 무척 놀란 표정이었다. 그 자그마한 녀석한테 살짝 미안한 느낌이 들었다. 불현듯, 스컬리가 웃음을 터트렸다.

"하카차-차-차, 치치. 어설픈 인간이 다시 속아 넘어갔네! 하카, 하카, 호-호-히, 호-호-히, 호호."

화가 치밀어 뭐라 입을 여는데, 그때 할리아가 끼어들었다.

"우리 이제 그만 가야하지 않아, 젊은 매? 나한테 보여줄 게 있다고 했잖아."

할리아가 머리카락을 장난스럽게 흔들며 눈빛을 보냈다.

"그렇지."

나는 그 성가신 동물한테 눈을 흘기며 대답했다. 그러고는 할리아를 향해 몸을 돌려 덧붙였다.

"그리고 너한테 줄 것도 있고."

"어디 가는데?"

리아가 물었다.

"스타게이징 스톤. 너도 잘 아는 곳이잖아."

리아가 고개를 끄덕였다.

"함께 야영하기에 더 없이 좋은 곳이지."

내 어깨가 축 늘어졌다.

"그 말은…… 너도 같이 가겠다는 뜻이야?"

나는 말버릇 없는 고약한 리아의 동행을 가리키며 물었다.

"저 녀석도 같이?"

리아가 가까이 몸을 기대어, 내 울퉁불퉁한 지팡이 자루에 손을 얹었다.

"일행이 있으면 도움이 될 거야. 둘은 요즘 너무 많은 시간을 함께 붙어 보내고 있어. 나무들이 온통 그 이야기를 숙덕거린다니까."

할리아가 고개를 갸우뚱하며 물었다.

"정말? 나무들이 뭐라고 하는데?"

"아, 그냥 소곤거리더라고!"

"뭐라고 하는데?"

할리아가 다시 물었다.

리아가 방긋 웃었다.

"음…… 둘이서 마치 잎사귀에 달라붙은 꿀처럼 딱 붙어 있다고."

스컬리가 눈을 흘기며 끼어들었다.

"사랑의 속삭임이로군. 아! 내 두 귀를 진흙으로 틀어막고 싶어지네."

"그거 좋은 생각이군. 한번 해보지 그래."

내가 제안했다.

"어쨌든, 우리도 그쪽 방향으로 가는 중이야. 내일모레 엄마를 만날 거야. 엄마는 지금 카이르프레하고 여행 중이잖아, 오빠도 알겠지만……. 엄마가 날 초대했어. 하룻밤 같이 머물자고."

리아는 장난기 가득한 말투로 이어 물었다.

"오빠도 같이 갈래?"

"아니. 나도 엄마하고 카이르프레를 보고 싶어. 하지만 난…… 다른 할 일이 있어."

"그럴 것 같더라. 그럼, 오늘 밤이 한동안 오빠를 볼 수 있는 마지막 기회가 되겠네."

리아가 아는 체를 했다.

나는 한숨을 내쉬고는 할리아를 향해 돌아섰다.

"우리 꼼짝없이 어쩔 수 없게 된 것 같은데."

할리아가 내 손등을 부드럽게 매만졌다.

"잎사귀에 달라붙은 꿀처럼."

우리 머리 위로 나뭇가지가 몸을 흔들며 서로 부딪쳤다. 마치 박수를 치는 것 같았다. 나무뿌리, 잎사귀, 그리고 숲 바닥에 수북이 떨어져 있는 나무껍질 위로 빛이 어른거렸다. 자주색 단풍나무 밑동에 둥지를 틀고 있던 동글동글한 고슴도치 한 마리가 따뜻한 빛이 닿자 고개를 들어 올렸다. 고슴도치는 자그마하고 검은 눈동자로 우리를 주의 깊게 바라보며, 한 명 한 명 조용히 훑어갔다. 마침내 우리가 자기 낮잠을 방해하지 않으리라 결론을 내린 것 같았다. 고슴도치는 뻣뻣한 등에 고개를 다시 올려놓고는 눈을 감고 까무룩 잠이 들었다.

리아가 내 지팡이 머리를 톡톡 두드렸다.

"오빠가 혹시 걱정할까 하는 말인데, 나는 스타게이징 스톤이 있는

데까지 지름길로 갈게. 그래야 둘이 함께 있는 시간을 조금이라도 더 가질 수 있을 테니까. 그래도 꼭 기억해. 어디서나 나무들이 보고 있다는 걸 말이야."

리아가 눈썹을 치켜떴다.

나는 걸음을 옮겼다. 갑자기 몸이 뜨거워지는 느낌이었다.

분명 나의 불편함을 즐기면서, 리아가 내 귀에 속삭였다.

"둘만의 시간을 잘 즐겨봐."

리아의 소맷자락 안에서, 스컬리가 콧방귀를 꾸었다.

"어설픈 인간은 뭘 어떻게 해야 하는지 알지 못해."

내가 뭐라 미처 대답하기도 전에, 리아가 손을 들어 올려 우리 위에 뻗어 있는 솔송나무의 가장 낮은 나뭇가지를 붙잡았다. 리아는 나뭇가지에서 그네를 타며, 우리를 향해 손을 흔들었다.

"거기서 저녁 먹을 때 봐."

"기다려. 스타게이징 스톤까지 지름길은 없어. 이리로 가야 한다고."

내가 리아를 말렸다.

"거기도 길은 길이지. 하지만 가장 빠른 길은 아니야."

리아가 대답했다.

그 말과 함께, 리아는 세 번 연속 휙휙 소리를 냈다. 솔송나무 나뭇가지가 거의 땅에 닿을 듯 아래로 축 늘어졌다. 리아의 얼굴이 밝아지며, 곱슬머리가 출렁거렸다. 스컬리도 따라하자, 털이 난 뺨에 귀가 팔랑거렸다. 한 번 더 휙 소리가 나고, 나뭇가지가 위로 쑥 올라가, 둘을 허공으로 날려버렸다.

"위-히-히."

리아가 팔다리를 쫙 펴며 소리쳤다. 리아가 내려오기도 전에, 잎사귀가 다 떨어져 나간 참나무 나뭇가지 하나가 쭉 뻗어 리아를 잡았다. 그 나뭇가지가 리아를 잠깐 감싸주더니, 이윽고 리아를 더 높이 데리고 갔다. 그러고는 나무 꼭대기 너머로 리아를 내동댕이쳤다. 그러자 기다리고 있던 백향목 나뭇가지가 사방에 솔방울을 흩날리며, 리아를 몇 차례 사랑스럽게 이리저리 어르고는 마침내 앞으로 휙 던졌다. 잠시 뒤, 리아가 즐거워 외치는 소리가 희미해져 갔다. 주변의 나무들이 속삭이고 재잘거리는 소리 사이로.

리아가 사라지는 모습을 바라보며, 나는 미소 지었다.

"리아는 반은 독수리고, 반은 나무야."

"그래, 그리고 리아는 이 숲을 좋아하는 것만큼 널 좋아해."

할리아가 말했다.

"왜 그런 말을 하는 거야?"

할리아는 그저 허리를 굽혀 수액이 묻은 솔방울을 주웠다. 그걸 얼굴에 가져다 대고는, 깊이 숨을 들이쉬었다. 잠시 뒤, 할리아가 솔방울을 내게 내밀었다. 할리아처럼, 나는 그 향기를 맛보았다. 무척이나 싱싱하고 진했다.

"왜냐하면 리아는 알고 있으니까. 우리한테는 둘만의 시간이 최고의 선물이라는 걸."

할리아가 부드럽게 속삭였다.

3

나무딸기 시럽

숲의 끝자락에 이르기도 전에, 리아가 요리를 하러 피운 모닥불 냄새가 먼저 훅 밀려왔다. 군침 도는 연기가 스카프처럼 할리아와 나를 구불구불 휘감으며, 뒤얽힌 나뭇가지에서 벗어난 풀밭 빈터로 우리를 끌어당겼다. 깎아지른 듯 가파른 야트막한 언덕이 우리 앞에 솟아 있었다. 그 위에 평편하고 둥근 바위 하나가 모자처럼 자리 잡고 있었다. 내가 그 위에서 별을 바라보던 바위, '스타게이징 스톤'. 그 바위 위에서 연기가 구불구불 피어올랐다. 연기는 가느다란 나무처럼 갈라져 나와 해 질 녘 하늘과 어우러졌다.

우리는 무릎 높이의 풀밭 안에서 잠시 발걸음을 멈추어 둘 만의 시간을 보냈다. 서로를 바라보았다. 둘은 함께 호흡했다. 나는 손을 내밀어 손가락으로 할리아의 턱을 어루만졌다. 할리아는 수줍게 고개를 돌렸지만, 외면하지는 않았다. 나는 가까이 다가가 할리아의 얼굴을 내 쪽으로 돌리고, 그 입술에 부드럽게 내 입술을 맞추었다.

"우리 오빠 에르먼도 알고 있었어. 오빠가 정령들이 사는 사후 세계로 떠나기 전에 한 말 기억해?"

할리아가 속삭였다.

나는 고개를 끄덕였다.

"네가 다시 행복해질 날이 올 거라고 했었지."

할리아는 침을 꼴깍 삼켰다. 그러고는 뺨에서 물기를 닦아냈다.

"오빠가 말했어. 내가 기쁨으로 넘쳐날 거라고. *봄에 물이 넘쳐나는 것처럼.*"

한참을 가만히 있다가, 할리아가 차분하게 말했다.

"나는 오빠 없는 삶은 상상할 수 없어, 젊은 매."

"나도 너 없는 삶은 상상할 수 없어, 할리아."

나는 목소리를 가다듬었다.

"너한테 주고 싶은 게 있어. 오늘 밤 별빛을 받으며 주려 했는데, 지금 주는 게 더 나을 것 같아. 우리 둘만 있을 때."

"나한테 뭘 더 주려는 건데?"

"이거야."

나는 가죽 가방 안에 손을 넣어, 불에 타 시커멓게 그을려 돌돌 말린 프살테리움 줄을 조심스럽게 꺼냈다.

"널 위한 거야."

할리아의 사슴 같은 눈동자가 반짝거렸다. 천천히, 얼굴에 미소가 번져갔다. 나는 할리아가 기억하고 있다는 걸 알았다. 이 줄이 한때 우리의 목숨을 구했다는 것을. 또한 자신의 친구, 귀니아의 목숨을 구했다는 것을.

"이걸 나한테 주겠다고?"

할리아가 물었다.

"응, 네게 줄 거야."

나는 할리아의 손에 그 줄을 건넸다. 비록 시커멓게 탄 모습이었지만, 줄은 놀라울 정도로 유연하게 휘었다. 손바닥 안에서 편안히 자리를 잡았다.

할리아가 숨을 몰아쉬었다.

"이 줄을 볼 때마다 네 힘이 얼마나 강해졌는지 생각하게 돼."

내가 부드럽게 대답했다.

"강해진 게 또 있어."

"그 오래된 수수께끼 기억나? 음악의 기원에 대한, 그리고 마법의 기원에 대한 수수께끼 말이야."

나는 할리아가 펼친 손, 그리고 그 손 안에 쥔 귀중한 물건을 유심히 살펴보았다.

"어떻게 내가 잊을 수 있겠어? *음악의 근본은 어디에 있을까?*"

할리아가 고개를 끄덕였다. 이윽고 그 문장을 마저 말했다.

"*음악은 줄 안에 있을까, 아니면 그 줄을 튕기는 손 안에 있을까?*"

나는 할리아의 손에 내 손을 얹으며 내가 준 선물을 감쌌다.

"둘 다 모두에게 있지. 하지만 무엇보다 네 손 안에 놓여 있어."

"아니, 가장 위대한 음악은 우리 둘의 손길이 닿는 곳에 놓여 있어."

할리아가 대답했다.

나는 그저 미소만 지었다.

이윽고, 우리는 손을 놓았다. 할리아는 그 귀중한 물건을 자주색 옷에 달린 주머니 속에 조심스럽게 넣으려 했다.

나는 할리아의 팔을 잡았다.

"기다려봐. 나한테 더 좋은 생각이 있어."

재빨리, 나는 할리아의 손목에 줄을 감고는 그 끝을 마법의 매듭으로 묶었다.

"자 이제, 팔찌야."

할리아는 선물을 유심히 살펴보고는 내게 속삭였다.

"고마워."

"천만에, 내 사랑."

우리는 손에 손을 맞잡고 언덕을 올라갔다. 뻣뻣한 풀포기가 우리 다리를 가볍게 스쳤다. 앞으로 나아가는 사이, 연기 냄새는 더욱 짙어졌다. 다른 냄새도 같이 밀려왔다. 입맛이 돋는 향긋한 냄새. 우리는 언덕 꼭대기 근처에서 잠시 걸음을 멈추었다. 언덕을 올라오느라 숨이 찼다. 우리는 서로의 얼굴을 잠시 마주보았다. 밤이 되어 어둑어둑해졌다. 이맘때에는 밤이 빨리 찾아온다. 이윽고, 우리는 아무 말 없이, 다시 오르기 시작했다.

언덕 꼭대기에 이르렀을 즈음, 구름 같은 연기가 우리 위로 불어왔다. 연기가 너무 짙어서 눈과 목이 따끔거릴 정도였다. 우리는 콜록콜록 기침을 하며 옆으로 몸을 피해, 손을 저어 연기를 밀쳐냈다. 드디어 공기가 맑아지고, 그 덕분에 평상시처럼 숨을 쉴 수 있게 되자, 리아의 모습이 눈에 들어왔다. 리아는 스타게이징 스톤에서 우리를 내려다보고 있었다. 리아는 바닥에 편하게 다리를 꼬고 앉아, 탁탁 타고 있는 불을 살피고 있었다.

"어서 와."

리아가 모닥불 속에 나뭇가지 하나를 툭 던져 넣으며 차분하게 말했다.

"대단한 환영이네. 넌 사람들을 집에 온 것처럼 편안하게 느끼게 만드는 법을 알고 있구나."

내가 기침을 하며 목소리를 가다듬었다.

스컬리는 모닥불 가까이 폴짝 뛰어가 잔가지 하나를 툭 던져 넣었다. 녀석이 예의 그 빠른 말투로 깐족거렸다.

"우리 집에서는 어설픈 인간이 저녁을 요구할 수는 없어, 없고말고."

나는 눈살을 찌푸렸다.

"우리 집에서는, 넌 저녁거리가 될 거야."

"둘 다 그만해. 그냥 연기 좀 난 걸 가지고 뭘 그래?"

할리아가 눈을 비비며 말했다.

우리는 함께 둥근 돌 옆으로 기어 올라갔다. 할리아는 나보다 훨씬 더 우아하게 올라갔다. 우리가 평편한 바위 윗부분에 이르자, 할리아가 옷자락에 손을 뻗어 기다랗고 가느다란 과일 하나를 꺼냈다. 그 과일이 모닥불 불빛을 받아 분홍색으로 빛났다. 할리아는 그 과일을 리아에게 주었다.

"여기. 저쪽에 있는 나무에 마지막으로 남은 스트링푸르트야. 이걸 익혀 먹기에 너무 늦게 온 건 아니지?"

"전혀."

리아가 그걸 받아 들어 껍질을 재빨리 벗겨내고는 세모난 씨앗 몇 개를 빼냈다. 씨앗을 다시 할리아에게 건네고는, 우윳빛 흰 속살을 커다란 검은 과일 껍질이 든 그릇 안에 넣었다.

"이제 음식이 더 풍성해졌네."

먹을거리는 정말로 많았다. 돌 위, 각양각색의 콩 껍질 네 개가 리아를 둘러싸고 있었다. 달콤한 사사프라스 자투리, 비트, 순무. 그리고 호두, 밤, 껍데기 깐 아몬드. 거기에 마름모꼴 양파 새싹, 노란색과 갈색 버섯들, 전나무 솔방울, 통후추, 그리고 민트 잔가지 몇 개. 세발솥 역할을 하는 서로 얽힌 세 개의 가지 위에, 리아는 끓는 냄비를 매달아놓았다. 송진이 묻어 있는 보리수 나무껍질 몇 개도 있었다. 리아 뒤쪽, 호밀 줄기를 엮어 만든 매트 위에는 두툼한 벌집 조각 하나, 갖가지 약초와 향신료, 거기에 컵처럼 만든 잎사귀가 놓여 있었다. 나는 그곳에 달콤한 버터플라이 우유가 담겨 있다는 걸 알고 있었다.

할리아는 자리에 앉아 아몬드 껍데기와 막대기로, 마치 분쇄기와 절굿공이처럼 씨앗을 빻기 시작했다. 곧, 할리아는 씨앗을 갈아 분홍색이 도는 가루로 멋지게 만들어냈다. 그러고는 냄비 안에 가루를 솔솔 뿌렸다. 리아는 고맙다며 고개를 끄덕였다. 그러고는 이제 막 보글보글 끓기 시작하는 음식을 계속 휘저었다.

연기가 잦아들고 나니, 진한 향이 공기에 가득 찼다. 수액이 지글지글거리며 새빨갛게 타는 소나무 나뭇가지들이 냄비 아래에서 톡톡 튀며 식식 소리를 냈다. 나는 리아와 할리아 사이에 자리를 잡고 앉아, 염소의 방광에 리아의 옷만큼이나 신선하고 생생해 보이는 덩굴을 얼키설키 묶어서 장식한 리아의 병에 손을 뻗었다. 나는 호두나무 껍질 두 개를 자그마한 컵처럼 이용해, 그 안에 짙은 자주색 액체를 따랐다.

"나무딸기 시럽 먹을 사람?"

내가 리아와 할리아에게 자그마한 컵을 내밀며 물었다.

"정말 멋진데. 첫 서리가 내린 지 한 달 남짓 지났는데, 지금 봄을 조금이나마 느낄 수 있다니, 정말 큰 선물이야."

할리아가 툭 튀어나온 바위에 등을 기대어, 한숨을 쉬며 말했다.

"음, 나도 정말 기뻐, 멀린. 오빠가 그걸 기억해내다니. 나는 저녁 준비하느라 병이 거기 있는 것도 까먹었지 뭐야."

리아도 입을 달싹이며 동의했다.

나는 팔꿈치로 살며시 리아를 툭 쳤다.

"네가 있는 곳이라면 반드시 마실 만한 달콤한 게 있다는 것쯤 나도 이제 알지."

"그래도 숫자 세는 법은 배우지 못했잖아."

털북숭이 녀석이 리아의 허벅지에 앉아 투덜거렸다. 녀석의 밝은 초록색 눈동자가 기대에 찬 눈빛으로 나를 바라보았다.

어쩔 수 없이, 나는 스컬리의 조개껍데기에 시럽을 따라주었다. 녀석에게 그걸 건네자, 녀석의 자그마한 손이 조개껍데기를 낚아채서는 얼굴로 들어 올렸다. 수염이 파르르 떨렸다. 녀석은 냉큼 다 마셔 버렸다. 잠깐 멈추어 숨을 쉬지도 않았다. 마침내 조개껍데기를 내려놓자, 녀석의 이빨 세 개가 자주색으로 물들어 있었다.

나는 감사의 말을 기다리지 않았다. 나는 내 몫으로 한 잔 따른 뒤, 병마개를 막아 한쪽으로 치워두었다. 첫 모금을 마시자 향이 폭발하며, 달콤한 봄이 내 입 안에 가득 찼다. 더불어 내 가슴에는 핀카이라의 들판과 숲과 해안에 대한 감사의 마음이 가득 찼다. 이곳에서는 모든 맛이 더 풍부하고, 모든 향이 더 진하며, 모든 빛깔이 훨씬 더 선명한 것 같았다.

"우리가 함께 이 시간과 이 장소에 영원히 머물 수 있으면 얼마나 좋을까?"

내가 생각에 잠겨 말했다.

할리아는 나를 흘끗 쳐다보았다. 할리아의 표정이 마치 포근한 불꽃 같았다.

"우리한테 나무딸기 시럽이 떨어지지 않는 한 말이야."

리아가 대꾸했다. 리아는 그릇으로 쓰려고 만들어놓은 두툼하고 보드라운 나뭇잎을 향해 손을 뻗었다. 이윽고 우리에게 스튜를 각각 담아 주었다. 스컬리의 그릇은 땅바닥에 놓았다. 그 그릇은 스컬리가 들기에는 너무 무거웠으니까. 스컬리는 툴툴거리며 리아의 다리에서 기어 내려와 김이 모락모락 나는 그릇을 감쌌다. 그러는 사이, 리아는 할리아와 내게 보리수 나무껍질을 하나씩 주었다. 숟가락으로 사용하라고.(아니, 숟가락이 부서지면 향신료로 넣어 먹으라고.)

나무 열매 맛이 짙은 스튜를 맛보는 사이, 꽃잎처럼 연보라색을 띠던 마지막 남은 낮 공기가 완전히 사라져 버렸다. 빛이 희미해졌지만, 별은 아직 떠오르지 않았다. 나는 하늘을 올려다보며 별을 바라볼 기회를 어림잡았다. 실망스럽게도, 굼뜨게 움직이는 구름이 북쪽에 엄청나게 많았다. 구름은 이미 어둑어둑해져 가는 하늘을 가로질러 퍼져 나가기 시작했다. 마치 고요하고 평온한 항구 속으로 서서히 전함이 몰려오는 것 같았다.

이윽고, 리아가 황금색 과자를 좀 만들어 주었다. 버터플라이 우유 크림을 위에 얹으니, 민트를 뿌린 과자가 완벽한 디저트가 되었다. 그러니까, 만약 리아가 이미 마음속에 또 다른 디저트를 염두에 두고 있지 않았다면 말이다. 사실, 리아는 두 가지를 염두에 두고 있었다. 먼저, 우리에게 신선한 벌집 조각을 건넸다. 장미꽃 열매의 은은한 맛이 났다. 그러고는, 모닥불 석탄 아래에서, 이 계절에 맛볼 수 있는 마지막 사과를 꺼냈다. 드루마에서 가장 늦게 꽃을 피우는 과실수의 선물로, 꿀과 계피를 잔뜩 넣어 구운 사과였다.

우리가 김이 모락모락 피어오르는 달콤한 사과 조각을 나누자, 리아는 세발솥과 냄비를 치우더니, 소나무 나뭇가지 몇 개를 모닥불 속에 던져 넣었다. 즉각, 불꽃이 다시 솟아올랐다. 나는 흔들리는 불빛 속에서 내 그림자가 이리저리 흔들리는 걸 알아차렸다. 그걸 보며, 내게 좋은 생각이 떠올랐다. 손가락으로 그림자를 가볍게 톡톡 두드리며, 불꽃을 향해 고개를 까딱거렸다.

즉각, 내 그림자가 모닥불 가까이로 도약했다. 그러더니 리아 뒤의 바위 선반 위로 몸을 던져 빙글빙글 춤추기 시작했다. 스컬리는 이 모습을 보고 두려워 비명을 지르며, 들고 있던 사과 조각을 떨어트리고는, 리아의 소맷자락 은신처로 허둥지둥 도망쳤다. 우리들은 모두 깔깔 웃었다. 내 그림자는 계속해서 불빛 속에서 신나게 뛰어다니며, 멋지게 뛰어오르고 돌고 구르고 회전했다.

리아의 종소리 같은 웃음소리가 밤하늘에 울려 퍼졌다.

"아기 새가 둥지 속에서 뛰어다니는 것 같아. 날 수 있는 방법을 찾으려고 말이야."

"아니, 네가 날 수 있는 방법을 찾으려고 뛰어다니는 모습을 닮았어."

내가 대답했다.

그 말에, 우리 모두 웃음을 터트렸다. 물론, 스컬리는 제외하고. 스컬리는 리아의 잎이 무성한 주머니 속에 꼭꼭 숨어 있었다.

마침내, 나는 그림자에게 손짓했다. 별난 행동이 순식간에 멈추었다.

"잘했어, 정말 잘했어. 이제 됐어, 내게로 돌아와."

하지만 그림자는 내 명령을 따르지 않았다. 부루퉁해서, 두 손을 허리춤에 올리고는 잠시 나를 노려보았다. 그러고는 모닥불 반대편에 자리를 잡고 앉았다. 나는 내 그림자를 잘 알고 있었기에, 그저 고개를 설레설레 젓기만 했다.

"봐서 알겠지만, 내 그림자는 그 어느 때보다 말을 잘 듣는다니까."

내가 중얼거렸다.

"정말이야, 네 그림자는 주인만큼이나 말을 잘 들어."

할리아가 손목에 떨어진 꿀을 핥으며 말했다.

"맞아, 게다가 그림자는 그저 춤추는 걸 좋아하는 걸지도 몰라. 춤추는 걸 좋아한다고 뭐라고 할 수는 없잖아?"

리아가 맞장구를 쳤다.

"그럴 수는 없지."

나는 하늘을 올려다보았다. 우리 머리 위로 지나가는 짙은 먹구름을 보며 얼굴을 찡그렸다. 구름이 이미 페가수스를 가렸다. 맨 먼저 나타나는 별자리를.

"젠장! 오늘 밤 별 구경은 그른 것 같아."

내가 소리쳤다.

할리아가 내 무릎에 손을 얹었다.

"초조해하지 마, 젊은 매. 그래도 여전히 아름다운 밤이잖아. 정말 아름다워."

할리아는 불빛에 반짝이는 팔찌를 매만졌다.

서늘한 바람이 머리 위의 구름을 몰아내며 저 아래 숲속을 스쳐 지나가자, 나무들이 신음하며 탁탁거렸다. 바람이 우리 언덕 꼭대기를 가로질러 불어오자, 밤공기 속에서 낙엽들이 소용돌이쳤다. 리아가 조용히 팔을 뻗어 호두나무 껍질 하나하고 보리수 조각 두 개를 바람에 날아가기 전에 잡았다. 불꽃이 탁탁 소리를 냈다. 할리아는 몸을 따뜻하게 하려 내 곁에 바짝 붙어 앉았다. 나는 나뭇가지 하나를 석탄 속으로 툭 던졌다. 하지만 바람은 더 매섭게 불어왔다. 나뭇가지는 연기도 나지 않았다.

리아가 두 손으로 몸을 감싸며 말했다.

"갑자기 겨울이 닥친 느낌인데."

"맞아. 하지만 사실, 겨울은 이미 우리한테 왔어. 심지어 드루마 숲조차도 지금은 생동감이 줄었어. 구운 사과와 나무딸기 시럽도 그 사실을 바꿀 수는 없지. 일 년 중 가장 긴 밤도 이제 2주 밖에 남지 않았잖아."

할리아가 동의했다.

나는 고개를 끄덕거렸다. 뭐라 설명할 수 없을 정도로 침울한 기분이 들었다.

"여름은 영원히 지속되지 않아. 그 어떤 것도 마찬가지야. 핀카이라에서 보내는 우리들의 시간조차도……."

내가 생각에 잠겨 말했다.

내 말에, 할리아가 긴장하며 손을 뺐다.

"제발, 지금은 아니야. 난 그런 거 생각하고 싶지 않아."

"미안해. 나는 그저……."

할리아가 이마를 찌푸렸다.

"나는 네 검도 생각하고 싶지 않다고."

"나는 지금 검 이야기를 하고 있는 게 아니야."

내가 못마땅해져서 말했다.

"음, 그렇다면, 그건 브리타니아라 불리는 곳에서 온 젊은 왕 이야기겠군. 언젠가 그 검을 전해주겠다고 네가 약속한 바로 그 사람."

"그 사람 이야기도 아니야. 내 꿈속에서 그 사람 얼굴을 자주 보지만 말이야."

나는 목소리를 가다듬었다.

"아니, 내 이야기는 우리 모두가 알고 있는 사실에 대한 거야. 인간의 피를 물려받은 리아와 내가 언젠가는 핀카이라를 떠나야 한다는 사실

말이야."

"왜? 어쩌면 위대한 정령 다그다가 그 우스꽝스러운 낡은 법을 바꿀지도 모르잖아?"

리아가 모닥불을 살리려 석탄을 쿡쿡 쑤시면서 물었다.

나는 고개를 저었다. 바람이 다시 거세게 불었다.

"다그다는 자기가 원하는 건 뭐든 할 수 있어. 게다가, 그건 그저 어리석은 규칙일 뿐이라고."

"하지만 그렇지 않아! 너도 그건 알고 있잖아. 그건 모든 세상들이 따로따로 균형을 갖추어 존재해야 한다는 규칙의 일부란 말이야. 지구, 사후 세계, 그리고 그 중간 어디쯤에 존재하는 핀카이라 말이야."

"나도 알아, 안다고. 하지만 다그다 자신도 놀랐을지도 몰라. 오빠가 어린 나이에 스탕마르를 무찔렀을 때 놀랐던 것처럼 말이야."

리아가 대꾸했다.

스탕마르. 그 이름이 바람보다 더 싸늘하게 불어왔다. 핀카이라를 다스릴 임무를 맡은 인간이 어떻게 그렇게 타락하고 비뚤어질 수 있을까? 스탕마르는 신뢰를 완전히 무너트렸다. 그리고 거기에 다른 무언가가 더 있었다. 스탕마르가 불러온 마름병의 기나긴 시간은 여전히 이 땅에 깊숙이 상처로 남아 있었다.

스탕마르가 다스리기 전에 핀카이라의 다양한 종족들 사이에 어떤 문제가 있었는지 모르지만, 지금은 그 어느 때보다 훨씬 더 심해졌다. 나는 할리아의 사슴 종족을 떠올렸다. 자신들 사이에 이방인 하나를 받아들이는 걸 무척이나 탐탁하게 여기지 않는다. 그리고 협곡 독수리들은 더 이상 모습을 드러내 보이지도 않는다. 한때 동맹을 맺은 사이였지만, 소인들은 거인들과 말도 섞지 않았다. 그리고 소인들의 영토로 들어갈 정도로 어리석은 인간들은 절대 살아서 돌아오지 못할 것이다. 이런 사례는 차고 넘쳐났다.

물론, 그 모든 것이 스탕마르의 잘못만은 아니었다. 리타 고르가 이 모든 일에서 끔찍한 역할을 했으니까. 정령의 세계에 존재하는 장군이자 다그다의 영원한 적, 리타 고르가 스탕마르를 타락시키고 스탕마르를 협박해 사람들 사이에서 분노와 불신을 조장했다. 그래서 리타 고르 자신이 결국 통치할 수 있었다. 리타 고르에게는 여러 세계들 사이의 균형은 안중에도 없었다. 오직 권력을 갈망했을 뿐이다.

설령 그렇다 할지라도, 스탕마르는 리타 고르에게 저항했어야 했다. 더 현명해야 했다! 나는 두 주먹을 불끈 쥐며, 지금 빛이 들지 않는 깜깜한 굴속에 갇혀 지낼 스탕마르를 떠올렸다. 스탕마르는 뼈가 마침내 썩어 없어질 때까지 그곳에 갇혀 있을 것이다. 잘 떨쳐 버렸다! 누구도, 어쩌면 아주 오래전 나와 우리 엄마를 죽이려 했던 그 멍청한 디나티우스를 빼고, 스탕마르처럼 내게 분노를 일으키지 못했다. 내가 왜 이러는 걸까? 왜 내가 그 분노를 떨쳐낼 수 없는 걸까?

그건 바로 스탕마르가 단순히 사악한 통치자 이상이었기 때문이다. 심지어, 내가 자신에 맞섰을 때 나를 베어 버리려 했던 전사 이상이었기 때문이다. 스탕마르에게는, 그 모든 것 이외에도, 한 가지가 더 있었다. 스탕마르는 내 아버지였다.

할리아가 그 어느 때보다 부드럽게 내 이마를 어루만졌다.

"있잖아, 젊은 매. 지금은 그 모든 것을 다 잊자. 오늘은 우리들 시간이야. 그 어떤 것도 우리한테서 이 시간을 빼앗아 갈 수는 없어."

나는 고개를 끄덕였다. 하지만 내 안 저 깊숙한 곳에서는 확신이 서지 않았다.

4

저 멀리 출입구가 열리는 소리

그날 밤, 우리는 바람을 피해, 스타게이징 스톤에서 미끄러지듯 내려와 가파른 산비탈을 따라 언덕 아래로 걸어 내려갔다. 세찬 바람이 무성한 풀숲 사이를 윙윙 스쳐 지나가며, 꽁꽁 언 손가락처럼 우리를 마구 할퀴어댔다. 근처 숲 나뭇가지가 끊임없이 바스락거리며 울어대는 소리에 잠을 청하기가 정말 어려웠다.

이윽고, 다른 사람들은 모두 잠에 빠져들었다. 할리아는 사슴처럼 편안히 웅크리고, 리아는 나뭇가지 안에서 쉬는 것처럼 팔다리를 쭉 뻗었다. 리아는 손가락으로 옷에 달린 덩굴을 만지작거렸고, 스컬리는 리아의 주머니 속에서 드르렁드르렁 코를 골며 잠이 들었다. 오직 나만 눈을 뜨고 이리저리 뒤척이며, 풀 베개를 만지작거리며 편안한 자세를 찾았다. 그러는 내내, 짙은 먹구름이 머리 위로 서둘러 지나갔다. 별빛이 구름 사이로 잠깐 나올 때마다, 구름이 재빨리 별빛을 가려 버렸다. 별을 보려던 밤이 결국 이렇게 되었다!

나는 좀 쉬어야 했다. 내 마음속에서 일렁이는 파도를 가라앉힐 수 있는 기억의 조각을 찾기를 바라며 하루를 되돌아보았다. 팔찌, 그리고 팔찌를 받았을 때의 할리아의 미소. 덩굴, 그리고 잠깐 동안이지만 하늘을 나는 전율. 그러다 그것이 결국 너무나 갑작스럽게 끝났지만. 느긋하게 우리를 빤히 쳐다보던 자그마한 고슴도치. 드디어, 나는 내가 찾던 환영(vision)을 생각해냈다. 천천히 땅에 떨어지던 트러블의 은색과 갈색 줄무늬 깃털. 나는 깃털이 편안하고 우아하게 공기를 타며 떨어지는 모습을 마음속으로 그려보았다. 반복하고 또 반복해서. 이내, 나는 편안해졌다. 그리고 마침내 잠이 들었다.

자연스럽게, 나는 깃털이 우아하게 둥둥 떠다니는 꿈을 꾸었다. 하지만 이번에는 깃털이 어마어마하게 컸다. 적어도 나와 비교해서는 그랬다. 왜냐하면 내가 그 깃털 위에 올라타, 바람의 흐름에 몸을 맡기고 있었으니까.

아주 오래전에 한 번, 나는 트러블이 밤하늘을 나는 동안 그 등에 올라탄 적이 있었다. 그때 트러블은 나를 태우고 날았다. 그리고 지금 다시 그렇게 했다. 비록 이번에는 자신의 깃털에 나를 태웠지만 말이다. 서늘한 공기가 얼굴에 불어왔다. 보이지 않는 내 눈에서 눈물이 났다. 나는 몸을 따뜻하게 하려 깃털 깊숙이 파고들었다. 바람이 불어올 때마다 깃털이 떨렸다. 나도 떨렸다. 우리 둘 다 바람 속에서 한 몸처럼 움직였다.

자유. 내가 느낀 건 바로 자유였다. 바람이 이끄는 대로 둥둥 떠다니는 자유. 나는 내가 어디로 가는지 알 필요가 전혀 없었다. 신경 쓰지도 않았다.

불현듯, 세상이 어두컴컴해졌다. 은색과 갈색 줄무늬 깃털이 뿌연 회색으로 바뀌었다. 새로운 바람이 불어왔다. 그 어느 때 보다 더 싸늘했다. 나는 깃털을 꽉 붙잡고, 떨어지지 않으려 버둥거렸다.

군인처럼 금속 고리를 팔뚝에 찬 거대한 팔 하나가 하늘 위 짙은 어둠 밖으로 불쑥 나왔다. 아니, 팔이 아니었다. 무시무시하게 빛나는 칼이었다. 잠깐! 그건 팔이면서도 무시무시한 칼이었다. 나는 깃털 위에서 덜컥 겁이 났다.

칼날이 구름을 가르며 아래로 내려왔다. 칼날이 곧 깃털을, 그리고 나를 두 동강 낼 거다. 칼날을 피할 수는 없었다. 내 자신의 죽음을 막을 수는 없었다. 칼이 점점 더 가까이 다가왔다. 칼날 끝이 핏빛으로 변했다. 새로 솟아난 피! 칼이 내 팔을 내리치며, 내 피부 깊숙이 박히려 할 때…….

나는 잠에서 깨어났다. 가쁜 숨을 몰아쉬며 몸을 벌벌 떨며, 팔을 움켜잡았다. 옷 사이로, 땀이 흥건하게 배어났다. 나는 내 피부를, 내 팔을 느낄 수 있었다. 심장이 고동쳤다. 나는 그저 꿈일 뿐이라고 내 자신을 타일렀다. 하지만 끔찍할 정도로 생생해서 마치 진짜처럼 느껴졌다.

나는 몸을 돌려 투시력으로 구름을 올려다보았다. 칼은 보이지 않았다. 치명적인 팔도 보이지 않았다. 별 하나 없었다. 그저 불길하고 짙은 먹구름만 있을 뿐.

나는 등을 펴고 일어나 앉았다. 공기 중에 기이한 긴장감이 돌았다. 소름이 돋았다. 구름은 점점 더 짙어지며, 산더미처럼 모여들기 시작했다. 빛이 들어올 틈 하나 없었다. 곧 움직임의 그 어떤 흔적도 보이지 않았다. 어떤 형태 혹은 존재도 어렴풋이나마 느낄 수 없었다. 이런 하늘은 전에 본 적이 없었다. 완벽한 어둠, 밤의 마지막 어둠.

내 검이 칼집 안에서 윙윙 소리를 내기 시작했다. 칼자루에 손을 얹으니, 떨리는 소리가 점점 커지면서 내 팔과 가슴까지 떨리는 것 같았다. 이윽고 저 멀리서, 쿵쾅거리는 소리가 희미하게 들려왔다. 마치 천둥

소리 같았다. 아니, 저 멀리 떨어진 해안 어딘가에 파도가 부딪치는 소리 같았다. 이유는 모르겠지만, 뭔가가 나를 부르는 것 같았다. 내게 손짓하는 것 같았다.

나는 조심조심 자리에서 일어섰다. 잠에 흠뻑 빠져 있는 친구들에게 눈길을 주지도 않고, 가파른 산비탈을 오르기 시작했다. 뭐라 분명하게 말할 수도 없는 열망에 쫓겨, 나는 속도를 내기 위해 풀포기를 붙잡으며 재빨리 위로 움직였다. 머지않아, 숨을 가파르게 몰아쉬면서 언덕 꼭대기에 이르렀다. 나는 스타게이징 스톤 꼭대기에 우뚝 섰다. 바람에 내 옷자락이 이리저리 나부꼈다.

우르릉 쾅쾅 소리는 점점 더 커졌다. 주변의 공기가 긴장하며 딱딱 소리를 냈다. 머리 바로 위 구름이 갑자기 움직이더니 살짝 틈이 벌어지며, 곳곳에서 번개가 내리쳤다. 사나운 소리를 내며 불어대는 바람에 밀려, 빛의 조각이 퍼지면서 스스로 여러 모양을 만들어냈다. 아니, 하나의 특이한 모양이었다. 얼굴. *인간의 얼굴.*

"젊은 멀린."

구름 속에서 나타난 얼굴이 억양 없는 단조로운 목소리로 말했다. 목소리가 숲과 저 멀리 언덕을 가로질러 메아리쳤다.

"다그다."

나는 지레 겁을 먹고 자그맣게 중얼거렸다. 우리가 몇 년 전, 사후 세계의 영원한 안개 속에 감싸여 '영혼의 나무'의 반짝이는 나뭇가지 아래에서 함께 서 있던 때 이후 나는 정령의 왕을 본 적이 없었다. 그런데 지금, 다그다가 은빛 머리카락의 나약한 인간의 모습으로 나타났다. 왠지 모르겠지만, 다그다는 훨씬 더 늙어 보였다.

"비참한 소식을 가지고 왔다. 최악의 위험한 순간이 다가왔다."

다그다가 선언하듯 말했다. 다그다의 말이 바람에 흔들렸다.

"위험이라고요? 누구에게요?"

내가 물었다.

짙은 먹구름이 다그다의 얼굴을 스쳐 지나가며, 은빛 얼굴에 그림자를 드리웠다.

"너한테, 멀린, 그리고 네가 사랑하는 사람들에게도. 하지만 무엇보다도, 네 고향이었던 이 세계, 핀카이라라 불리는 바로 이곳에 위험한 순간이 다가왔다."

나는 어깨 너머, 리아와 할리아가 잠들어 있는 저 아래 어둠을 흘끗 내려다보았다. 그러고 나서 다시 하늘을 올려다보며 물었다.

"어떻게요, 위대한 정령이여? 이 위험이 언제 닥칠까요?"

"이미 닥쳤다. 엄청난 싸움, 엄청난 슬픔이 앞에 놓여 있다는 사실이 나는 두렵다."

다그다가 단호한 어조로 말했다. 쩌렁쩌렁한 목소리가 밤공기를 타고 울려 퍼졌다.

짙은 구름이 다그다의 눈동자 위로 미끄러져 갔다. 다그다는 구름이 지나갈 동안 침묵 속에서 기다렸다.

"일 년 중 밤이 가장 긴 날, 우주는 오래전에 시작되었던 변환을 마무리할 거다. 그런 일이 일어나면, 핀카이라와 사후 세계는 위험할 정도로 아주 가깝게 움직이게 돼. 사실, 두 영토가 거의 맞닿을 정도로 무척 가까워질 거야."

"그게 위험한가요?"

"그렇다! 해 질 녘에, 두 세계 사이의 출입구가 열릴 테니까. 양쪽에서 서로 건너서는 안 되는 출입구. 그러면 말할 수 없을 정도로 많은 걸 잃게 될 거다."

유령과도 같은 실구름이 다그다의 빛나는 얼굴을 스치며 흘러갔다.

"네가 똑똑하게 기억하고 있는 곳에 출입구가 나타날 거다. 몇 년 전에 거인들이 춤을 추었던 바로 그 원형 돌무더기 말이다."

다그다는 마치 그 말이 크나큰 부담처럼 느껴지는 듯, 말을 멈추고 기다렸다.

"그리고 그 문을 통해 리타 고르와 그가 이끄는 군대가 쳐들어온다."

다그다가 은빛 눈썹의 미간을 찌푸렸다.

"나는 지금도 사후 세계에서 리타 고르가 이곳으로 건너오지 못하게 막으려고 노력하고 있어. 하지만 수많은 용감한 정령들의 도움에도 불구하고, 나는 그 자를 막을 수는 없다. 나는 그자가 문이 열리자마자 불사의 군대를 핀카이라로 보낼까봐 두렵단다. 리타 고르는 너의 세계를 탐내고 있어. 이곳이 지구와 사후 세계를 이어주는 다리니까."

나는 돌 위에서 몸을 곧추세웠다.

"하지만 리타 고르가 이곳에 쳐들어온 뒤에라도 당신이 추적해올 수는 없나요?"

다그다의 빛나는 눈썹이 모아졌다.

"난 그럴 수 없다. 핀카이라를 잃는 위험에도 불구하고……. 리타 고르는 내가 자기를 따라오기를 바라고 있어. 사후 세계를 방치하도록 말이야. 나는 그자가 군대의 일부만 핀카이라로 데려올 거라는 걸 이미 알고 있어. 나머지 군대는 뒤에 남겨두겠지. 그래야 정령의 세계를 쉽사리 정복할 기회를 잡을 테니까."

"하지만 리타 고르한테 양쪽에 다 군대가 있다면, 당신은 왜 그렇게 할 수 없죠?"

"그건 말이야, 우리의 숫자가 너무 적기 때문이다. 그리고 내게는 또 다른 이유가 있어. 리타 고르조차도 이해할 수 없는 이유지."

우울한 대답이 돌아왔다.

"당신이 그자를 막을 방법은 없나요?"

내가 애원했다.

다그다의 얼굴이 굳어졌다.

"난 내가 할 수 있는 일을 전부 다하고 있는 중이다. 게다가 이것도 있지. 만약 내가 출입구로 정령들을 보낸다면, 나는 우주의 가장 기본적인 원칙 하나를 깨게 될 거다. 세계는 따로 떨어져 존재해야만 해. 안 그러면 전부 다 파괴될 테니까."

다그다의 빛나는 눈동자가 약간 어두워졌다.

"하지만 핀카이라가 파멸되잖아요! 다그다, 절 용서하세요. 그건 그냥…… 너무 가혹해요."

나는 고개를 가로저었다. 바람이 내 두 뺨과 이마를 때렸다.

다그다의 목소리가 다시 한 번 언덕 위로 울려 퍼졌다. 그런데 어찌 된 영문인지 그 목소리는 바로 옆에 있는 것처럼 가깝게 들렸다.

"난 너를 용서한다, 젊은 친구."

나는 숨을 거칠게 몰아쉬며 물었다.

"왜 저한테 좀 더 일찍 말해주지 않으셨어요?"

"난 네 도움 없이 리타 고르를 막아 세우기를 바랐단다. 그자가 네 세계에 이르기 전에. 하지만 그런 희망은 사라졌지."

"그렇다면 이제 아무런 희망도 남아 있지 않다는 말이로군요."

"아니다. 여전히 한 가지 희망이 남아 있다. 비록 무척 약하기는 하지만. 만약 핀카이라의 많은 거주민들이, 그러니까 인간뿐만 아니라 다른 종족들도 다 함께, 때맞춰 원형 돌무더기 안에 모인다면, 리타 고르의 공격을 물리칠 방법을 찾아낼지도 모르지. 수많은 고통과 더불어 많은 생명을 잃게 되겠지만, 그것만이 우리의 유일한 희망이란다."

다그다가 정정해주었다.

"그렇다면 우리는 죽을 운명에 처했군요. 핀카이라의 거주민을 모두 모으는데 2주가 아니라 2년이라는 시간이 있다 할지라도, 절대 불가능할 거예요! 이곳에 얼마나 큰 슬픔과 의심이 존재하는지 몰라서 하는 말씀이세요? 스탕마르의 통치 이후 대부분의 종족들은 서로에 대한 두려움 속에서 살아가고 있다고요. 특히 저희 인간들에 대해서요."

나는 가슴을 두드리며 한탄했다.

"나도 그건 잘 알고 있다. 그리고 그건 네 아버지가 다스리던 시절보다 훨씬 오래전에 시작되었지. 아주 오래전, 지금은 아득히 잊어버린 시절……. 하지만 우리는 지금 그것에 관심이 없어."

다그다가 침울하게 대답했다.

다그다가 잠시 말을 멈추었다. 흐릿한 다그다의 눈동자가 나를 뚫어지게 바라보고 있는 게 느껴졌다.

"그 모든 종족을 모두 잘 알고 있는 사람만이 그들을 뭉치게 할 수 있다. 소인들과 함께 일을 하고, 늪지 유령들과 함께 걷고, 말하는 나무들이랑 살아 있는 바위들과 대화를 나눈 사람. 인어 종족과 헤엄치고, 바람 누이와 하늘을 날고, 거인의 어깨에 올라탔던 사람."

나는 바위 끝까지 주춤주춤 뒤로 물러났다.

"설마…… 아니요, 전 못해요. 못한다고요."

흘러가는 구름 때문에 잔물결이 이는 다그다의 빛나는 얼굴이 나를 차갑게 노려보았다.

"불가능하다고요! 설령 제가 군대를 소집할 수 있다 해도, 저는 그들을 어떻게 이끄는지도 몰라요. 물론 싸울 수는 있어요. 하지만 저는 아직 전사가 아니란 말이에요. 아니요, 아니요, 저는 다른 거라고요. 어쩌면 예언자일 수는 있겠지요. 비록 제 두 눈으로 볼 수는 없다고 하더라도요. 어쩌면 치유자일 수는 있어요. 또는 일종의 음유시인일 수도 있고요."

나는 바위에 무릎을 꿇고, 두 손을 꽉 쥐었다.

"아니면 마법사. 전쟁보다는 평화를 훨씬 더 사랑하는 인간. 하지만 분명히 말하는데, 평화를 사랑하는 사람이라 할지라도 자신이 사랑하는 땅에 해를 끼치려는 자들과 당당히 맞서 싸워야 할 시간이 있는 거다. 그리고 그래, 자신이 소중하게 여기는 사람들을 위해."

다그다가 단호하게 말했다.

나는 두 손을 움켜잡고 고개를 숙였다. 얼마나 지났을까, 다시 얼굴을 들었다.

"단 2주 만에요? 그건 없는 것과 진배없어요."

"우리한테 주어진 시간은 그것밖에 없어. 가장 긴 겨울밤에 성공하기 위해서는, 너는 자신의 가장 큰 적을 무찔러야 할 거야."

다그다가 우렁차게 말했다.

"저한테 말씀해주세요. 승리의 가능성이 있기나 한 거예요? 조금의 가능성이라도 있나요?"

나는 간청해 물었다.

다그다는 한참 동안 나를 유심히 살펴보다가 대답했다.

"그래, 기회가 있다. 하지만 핀카이라의 모든 실이, 그것의 모든 색깔이 묶여 견고한 줄을 만들어야만 한다. 그리고 그러기 위해서는, 가장 진귀한 씨앗이 마침내 집을 찾아야 한다."

나는 어리둥절해 고개를 저었다.

"가장 진귀한 씨앗이라고요? 설마 여기 있는 이 씨앗을 말씀하시는 건가요?"

나는 내 가죽 가방을 두드리며 물었다.

"어쩌면. 하지만 씨앗은 여러 가지 형태를 취한단다."

즉각, 다그다의 은빛 주름살이 환해졌다. 목소리는 더 굵어졌다. 단어 하나하나가 밤공기 속에서 울려 퍼졌다.

"이 말을 명심해라, 젊은 마법사. 핀카이라의 운명이 지금보다 더 의심스러웠던 적은 없었어. 너는 분열 속에서 통일을, 약함 속에서 강함을, 죽음 속에서 환생을 얻게 될 거다. 하지만 그것조차도 네가 세계를 구하는데 충분하지 않을지도 모른다. 왜냐하면 특정한 시간의 전환점이 되면, 모든 것을 완전히 얻었을 때, 모든 것을 완전히 잃게 될 테니까."

바람이 산비탈을 스쳐 지나가며, 저 아래 숲에서 스산한 소리를 토해 냈다. 머리 위의 구름이 물러가며 걷혔다. 내가 지켜보는 사이, 다그다의 얼굴이 희미해지더니, 마침내 완전히 사라져 버렸다. 오직 다그다의 말만 남아 있었다. 그 말이 내 머릿속에서 열병처럼 욱신거렸다.

이윽고 무언가 또 다른 소리가 들려왔다. 기이하고 불길한 삐걱거림. 막연하게, 저 멀리 출입구가 열리는 소리처럼 들렸다.

5

밝게 빛나는 영혼

마침내 새벽이 왔다. 새벽은 어찌나 천천히 희미하게 다가오는지, 밤이 그냥 남아서 꾸물거리는 것 같았다. 회색 구름이 하늘을 수놓으며, 숲은 물론이고 우리가 밤을 보내는 풀밭을 뒤덮었다. 공기는 지난밤보다는 훨씬 더 차분했지만, 한기는 여전했다. 숲은 잠잠했다. 하루가 시작되었음을 알리는 새 한 마리 없었다.

나는 옷깃을 얼굴에 끌어당기며 으스스 몸을 떨었다. 아침의 서늘함 때문만은 아니었다. 내가 다그다의 환영을 보고 난 뒤에 잠이 들었는지 아닌지, 확실하지 않았다. 나는 그저 어둠 속에서 넘어지지 않으려 버둥거리며 언덕을 비틀비틀 걸어 내려왔다는 것만 기억날 뿐이었다. 하지만 다그다의 환영과 말은 내 마음에 깊게 새겨졌다. 지혜의 상징 일곱 개가 내 지팡이에 새겨진 것처럼 또렷하게. 다그다의 얼굴이 나타나기 전에 꿈을 꾼 게 막연하게 기억났다. 하늘을 나는 꿈. 아니, 추락하는 꿈. 하지만 다그다가 나에게 말한 무자비한 현실은 그 기억을 옆으로 밀어 버렸다.

핀카이라의 운명이 지금보다 더 의문스러운 적은 없었어.

목 뒤에 할리아의 따뜻한 숨결이 느껴졌다. 뒤돌아보니, 호수처럼 깊은 할리아의 눈동자가 나를 그윽하게 바라보고 있었다. 나는 일어나 앉아 할리아의 뺨을 가볍게 어루만졌다.

할리아는 자기 머리카락에 묻은 지푸라기를 떼어내며 물었다.

"잠을 설쳤구나, 그렇지?"

"응. 어떻게 알았어?"

"그냥 알아. 네 얼굴이…… 무척 어둡잖아."

나는 할리아가 선택한 단어에 몸이 굳어졌다.

할리아가 살짝 시선을 떨구었다.

"나도 잠을 설쳤어. 아, 젊은 매, 정말 끔찍한 꿈을 꿨어."

나는 할리아에게 팔을 부드럽게 감쌌다.

"무슨 꿈인지 말해줄 수 있어?"

"그러니까…… 내가 사랑하는 누군가를 잃는 꿈이었어."

할리아가 아랫입술을 깨물었다.

나는 할리아를 살며시 안아주었다. 이제 다그다의 오래된 법률은 우리가 직면한 문제 중 가장 사소한 것이라고 어떻게 할리아한테 말해줄 수 있을까? 할리아가 두려워해야 할 미래란 내가 브리타니아라는 곳으로 살러 가는 게 아니라, 리타 고르와의 전투에서 죽게 되리라는 것을 어떻게 말해줄 수 있을까?

나는 할리아의 풀어 헤친 머리카락 깊숙이 손가락을 넣었다. 나는 그저 떠오르는 말을 부드럽게 말했다.

"그 어떤 것도 우리를 갈라놓을 수는 없어. 너도 알잖아. 거리도, 시간도, 심지어……."

"쉿, 그런 말은 하지 마. 미래에 대한 말도 하지 말고. 그저 현재에 기뻐하자. 지금 우리가 함께 있는 이 시간을."

할리아가 집게손가락을 내 입술에 올리고는 부드럽게 말했다.

할리아의 말에 위안을 받을 수 있었으면 하고 바랐지만, 아니면 내가 할리아에게 위안을 줄 정도로 확신을 얻을 수 있었으면 하고 바랐지만, 나는 그런 느낌은 전혀 받지 못했다. 나는 몸을 옆으로 돌려, 할리아의 머리카락을 쓰다듬으며, 그 빛나는 눈동자를 유심히 살펴보았다. 꺼져 가는 불씨가 떠올랐다.

"아, 둘 다 일어났네. 어서 와서 아침 먹어."

리아의 목소리가 위쪽에서 들려왔다. 리아가 언덕 꼭대기에 서서 손을 마구 흔들고 있었다.

조용히, 할리아와 나는 빽빽하게 늘어선 풀 사이를 걸어, 함께 언덕을 올라갔다. 이따금 숨을 고르려 쉬기도 했다. 잠시 뒤, 우리는 언덕 꼭대기에 이르렀다. 스타게이징 스톤의 평편한 표면에 올라섰다. 그곳에 리아가 이전처럼 바닥에 다리를 접고 앉아 있고, 주변에는 지난밤 먹다 남은 음식이 있었다. 리아의 어깨에는 털이 보송보송한 스컬리가 자리 잡고는 비트 조각을 와작와작 씹고 있었다.

"어서 와, 스컬리가 전부 다 먹어치우기 전에."

리아가 손짓했다. 입 안에 벌집이 한 가득이었다.

"저리 가 버려, 어설픈 인간. 내 아침 뺏지 말고!"

그 작은 동물이 재빨리 말했다.

리아가 벌집 두 개를 들어 올렸다.

"신경 쓰지 마. 얘는 아침마다 심통이 나 있으니까."

"네가 어떻게 알아?"

내가 물었다. 나는 스컬리의 눈초리를 염두에 두지 않고, 지팡이를 내려놓고 돌 위에 앉았다. 할리아도 옆에 앉았다. 우리는 순식간에 계피 크림을 얹은 아몬드, 스위트베리, 톡 쏘는 맛의 보리수 껍질, 그리고 장미 열매 젤리를 얹은 비스킷을 실컷 먹었다. 그리고 리아의 나무딸기 시럽 남은 것으로 이 모든 것을 마무리했다.

나는 여전히 추워, 두 팔로 내 몸을 꼭 감싸 안았다.

"하늘을 나는 연습 또 하는 거야? 덩굴로 연습하면 훨씬 쉬워."

리아가 그 모습을 보고는 장난스럽게 말했다.

"아니, 추워서 그래. 그냥."

나는 리아의 장난에 반응하지 않고, 딱 잘라 말했다. 그러고는 지난밤 모닥불 석탄에 까맣게 그을린 돌을 내려다보았다.

"바람이 우리 석탄을 온통 흩날려 버려서 애석하네. 불이 있으면 좋을 텐데."

"불은 필요 없어."

리아가 팔을 뻗어 '불의 고리'를 허리춤에 묶어 놓은 덩굴을 풀었다.

"난 이걸 어떻게 사용하는지 아직 잘 몰라. 어쨌거나 이것의 원래 용도는 말이야. 그래도 다른 뭔가는 배웠지."

리아는 오렌지색 둥근 물체를 돌 위에 놓았다. 그러고는 그 위에 손을 뻗어, 손가락을 빛나는 표면에 닿을락말락할 정도로 올렸다. 이윽고 눈을 지그시 감았다. 몇 초가 흘렀다. 둥근 물체가 갑작스럽게 불꽃을 내며 환해지더니 자그마한 태양처럼 빛났다.

할리아는 숨을 몰아쉬었다. 나도 깜짝 놀라 등을 곤추세웠다. 우리는 놀란 표정으로 서로를 바라보았다. 그리고 리아를 바라보았다. 스컬리는 우리는 안중에도 없이 리아의 팔에서 미끄러져 내려와 두 손을 그불에 대고 몸을 녹였다.

리아가 미소 지으며, 우리에게 가까이 오라고 채근했다.

"불의 고리가 원래는 치유를 위한 것일 거야. 부러진 뼈가 아니라 부러진 영혼을 치유하겠지. 하지만 어떻게 사용하는지 알 때까지는 자그마한 멋진 난로가 되어줄 거야. 안 그래?"

"그렇고말고. 그리고 이렇게 벌겋게 달아오르는 건 모두, 새끼 사슴에 난 점처럼 아름답지."

할리아가 나를 불그스름한 둥근 물체 가까이 잡아당기며 대답했다.

"새끼 사슴보다 훨씬 더 유용하지."

스컬리가 지껄였다.

"너보다는 훨씬 더 유용하겠지."

나는 스컬리의 소란스러운 말대꾸를 못 들은 체하고 불의 고리를 향해 손바닥을 쭉 폈다. 웬만한 화로보다 더 따뜻했다. 벌거벗은 언덕에도 생명을 가져올 수 있는 꽃 피는 하프, 또는 누군가의 소원을 실현시켜줄 수 있는 꿈의 소환자와 같은 핀카이라의 전설적인 다른 보물들처럼, 이 물건은 이루 헤아릴 수 없는 힘을 지녔다. 하지만 지금 당장, 약간의 온기만으로도 충분히 힘이 되었다. 나는 리아를 돌아보며 물었다.

"여기에 빵 구워본 적 있어?"

"몇 번 있었지. 하지만 잘되지는 않았어. 이 열기는 좀 이상해. 몸이나 머핀이 아니라, 영혼을 위한 것 같아."

리아가 갈색 곱슬머리를 넘기며 말했다.

"어쨌든 느낌은 좋은데. 하지만 이 열기에 대해서는 네 말이 맞아. 이 열기는 살갗보다는 그 아래에서 더 잘 느낄 수 있는 것 같아."

내가 대답했다.

리아가 고개를 끄덕였다.

"오빠가 처음 이걸 내게 어떻게 묘사했는지 기억 나? 밝게 빛나는 횃불이 아니라 밝게 빛나는 영혼과 같다고 했잖아."

"맞아. 그리고 내가 말한 영혼이 빛나는 사람은 바로 너였어. 그것도 똑똑히 기억이 나."

리아의 얼굴이 조금 더 환하게 빛났다. 불의 고리에서 나온 빛이 반사되어서 환해졌는지도 모르겠다.

"다그다가 이걸 어떻게 묘사했는지도 기억 나? 불의 고리는 누군가 현명한 자의 손에 있을 때, 희망과 기쁨에 불을 붙일 수 있다고 했어. 살고자 하는 의지에도 불을 붙일 수 있다고 했어. 언젠가 내가 그렇게 하고 싶어."

그러더니 리아가 입술을 굳게 다물었다.

나는 아무 말도 하지 않았다. 다그다의 이름을 듣고, 나는 다시 얼어붙었다. 즉각, 나는 혼란스러워졌다. 할리아는 내 마음의 변화를 눈치 채고, 나를 걱정 어린 표정으로 바라보았다. 나는 다그다가 어떤 경고를 해줬는지 할리아에게 몹시도 말하고 싶었다. 하지만 그렇게 할 수는 없었다. 아직은 아니었다. 생각하는 것만으로도 너무나 힘이 들었다. 말하는 건 훨씬 더 힘들 거다.

리아에게도 말할 준비가 되어 있지 않았다. 몹시도 그러고 싶었지만. 나는 리아가 벌집 부스러기를 마저 먹어치우는 모습을 침울하게 바라보았다. 리아도 핀카이라를 걱정했다. 하지만 지금 리아에게 말한다면, 리아는 나처럼 무기력하게 느낄 수밖에 없을 거다. 거기에 또 있다! 내가 어찌어찌하여 거인, 소인, 협곡 독수리, 그리고 인간 종족까지, 그 모든 종족들에게 서로 힘을 합치도록 설득할 수 있다 쳐도, 그렇게 짧은 시간 동안 어떻게 이 넓은 영토를 다 돌아다닐 수 있겠는가?

리아가 팔을 뻗어 내 각반을 잡아당겼다.

"멀린, 뭐하는 거야? 오빠는 불의 고리를 생각하고 있는 거 아니지, 그렇지?"

내 목이 뻣뻣하게 굳었다.

"음, 난 그저…… 도약을 생각하고 있었어. 도약이 얼마나 유용할지 말이야, 그러니까, 여행할 때. 있잖아, 나는 이 섬을 한순간에 전부 돌 수 있을 거야! 하지만 아니…… 그건 불가능해. 어쨌든, 내가 그런 도약을 배우려면 적어도 백년은 걸릴 테니까."

스컬리가 콧방귀를 뀌었다.

"너한테는 천년은 걸릴걸."

할리아가 고개를 가로저었다.

"왜 그렇게 오래 걸려야 하지, 젊은 매? 넌 이미 지팡이나 작은 가방 같은 물건을 마음대로 옮길 수 있잖아? 그런데 왜 네 자신을 옮길 수 없는 거야?"

잠시, 나는 환하게 빛나는 불의 고리를 물끄러미 쳐다보았다.

"왜냐하면 자신을 도약시키기 위해서는 모든 마법 전체를 완벽하게 함께 움직여야 하기 때문이야. 그리고 그러기 위해서는, 마법사는 또한…… 음, 완벽한 전체가 되어야 하거든."

"완벽한 바보가 아니고? 헤카, 헤카, 헤-헤-호."

스컬리가 날카로운 목소리로 깐족대며 비웃었다.

할리아는 스컬리의 말을 무시하고, 궁금한 듯 고개를 갸우뚱했다.

"그러니까, 마음, 육체, 정신을 아무런 빈틈없이 지니는 걸 말하는 거야? 그건 정말 어렵겠는데."

"맞아. 조그마한 빈틈이라도 있다면, 마법은 잘못될 거야. 그 결과는 끔찍할 테고."

내가 대답했다.

리아가 손을 저으며 말했다.

"전부 다 잊어버려, 멀린. 오빠가 해낼 수 있다 하더라도 그건 여행의 방법이 아니야."

"그럼, 뭐가 여행의 방법인데?"

"날개! 맞아, 진짜 날개. 핀카이라에 살던 인간들이 아주 오래전, 잃어버리기 전에 지니고 있던 날개."

"만약 그 오래된 이야기가 사실이라면, 그렇다면……."

내가 말을 꺼냈다.

"그건 사실이야."

리아가 확신에 찬 어투로 말했다.

"음, 그게 사실이든 아니든, 도약이 훨씬 더 뛰어나. 훨씬 빠르고, 훨씬 직접적이지."

리아의 얼굴에 평온하고 만족스러운 표정이 잔잔하게 스쳐 지나갔다.

"아, 하늘을 나는 건 속도 따위와는 견줄 수 없어."

리아가 두 눈을 감고, 마치 꿈꾸듯 말을 이었다.

"상상해봐…… 오빠의 두 날개가 움직이고, 공기가 오빠 몸무게를 지지해주는 걸 느껴봐. 모든 감각을 깨워봐. 저 아래 땅 위로 솟구치는 시간을 가져봐. 몸과 함께 영혼도."

리아가 말하는 사이, 불현듯 뭔가 내게 떠올랐다. 어쩌면, 내가 꾸었던 꿈……. 다만 그게 무엇인지 확신이 서지 않았다.

리아가 눈을 떴다.

"만약 하늘을 날 수 있다면, 멀린, 정말로 날 수 있다면, 오빠는 그

차이를 확실하게 알게 될 거야. 오빠는 도약으로 여행할 필요가 없어. 오빠는 지금 그걸 모를 뿐이야!"

"정말이야? 네가 잊었나본데, 나는 이미 날아본 적이 있어. 사실 두 번씩이나. 스탕마르의 성에서, 그리고 바람 누이 아일라와 함께."

나는 호두나무 껍질 하나를 들어 리아에게 건넸다.

"하지만 그건 자신의 힘으로 진짜 난 게 아니었어. 트러블이 오빠를 성까지 태워줬고, 또 아일라는 바람이잖아."

나는 짜증스럽게 눈썹을 치켜떴다.

"차이가 뭔데?"

리아가 한숨을 쉬었다.

"직접 확인해봐."

내가 할 수 있는 거라고는 그저 얼굴을 찌푸리는 일뿐이었다. 스컬리는 리아의 어깨 위에 다시 한번 자리 잡고 앉아 내 표정을 보며 의기양양했다. 스컬리가 깩깩 찍찍거리며 웃느라, 기다란 두 귀가 팔랑팔랑 움직였다.

마침내, 리아가 손을 들어 스컬리를 조용히 시켰다.

"그저 가능성을 생각해봐, 멀린. 만약 오빠가 날 수 있다면, 원하는 곳 어디든 갈 수 있다고. 그러니까, 서쪽 바다를 건너, 잊힌 섬까지 말이야. 오빠가 나한테 말했잖아. 그곳에 언젠가는 한번 꼭 가보고 싶다고. 기억 안 나?"

리아의 눈동자가 살짝 빛났다.

"똑똑히 기억하지. 그리고 난 네가 뭘 말하는지 감 잡았어! 부인하지는 마. 넌 잊힌 섬이 잃어버린 날개와 관련이 있다는 오래된 풍문에 대해 생각하고 있는 거지?"

"부인하지는 않을게. 난 그저 오빠가 그곳에 가서 무슨 일이 있었는지 알아내면 좋겠어."

"그리고, 내가 그걸 알아내서 너한테 멋지고 커다란 날개 한 쌍을 가져다달라고?"

리아가 무심한 듯 어깨를 으쓱해 보이며, 웃음을 꾹 참았다.

"뭐, 오빠가 원한다면."

나는 고개를 절레절레 저었다.

"넌 지금 결코 있을 수 없는 망상에 사로잡혔어, 리아! 그 소문이 사실이라 해도, 네가 잊고 있는 사소한 문제가 하나 있어. 그 섬 전체를 둘러싸고 있는 그 빽빽한 마법의 거미줄 때문에 누구도 그 섬에 접근하지 못해. 그래서 지금까지 누구도 그곳에 가지 못했어. 그 뒤로 말이야, 그러니까……."

"날개를 잃어버린 뒤로. 그걸 생각해봐, 멀린. 날개가 있으면 오빠가 더 빨리 도착할 수 있을 거야."

리아가 말을 끝마쳤다.

나는 그저 우거지상을 할 수밖에 없었다. 내가 왜 빨리 여행해야 하는지 리아가 이해할 수 있으면 좋을 텐데! 내게 좋은 방법이 있으면 좋을 텐데! 그래 아이디어. 이제 어떻게 하면 좋을지에 대한 아이디어가 내게는 절실했다.

"날개가 있으면 우리 어깻죽지의 고통도 싹 풀릴걸. 오빠 어깨가 아프다는 걸 부인할 수는 없어, 안 그래?"

리아가 다그쳤다.

"부인하지 않아."

나는 어깨를 움직였다. 그러고는 몸을 옆으로 돌려, 팔꿈치를 바위에 기댔다.

"하지만 누구도 확실히 알지는 못해. 그 고통이 정말로 잃어버린 날개 때문인지, 아니면 완전히 다른 이유 때문인지. 어쩌면 그건 핀카이라에서 살아가는 일부일지도 몰라."

"흠, 그게 사실이라는 건 누구나 다 알아. 어쩌면 젊은 마법사들만 제외하고 말이야."

리아가 대답했다.

갑자기 스컬리가 거칠게 끽끽거렸다. 하마터면 리아의 어깨에서 떨어질 뻔했다.

"아무도 모르는 사실은 말이야, 왜 날개를 잃어버렸냐 하는 거야."

리아가 말을 이었다.

"맞아. 나는 카이르프레가 말하는 걸 들었어. 그 문제에 대한 답을 찾는다면 자신의 도서관 절반을 기꺼이 내놓겠다고 말이야."

할리아가 두 다리를 우아하게 움직여 따뜻한 불의 고리 가까이 다가오며 불쑥 말했다.

내 오랜 스승이 내게 그것과 비슷한 말을 했던 사실을 떠올리며 나는 고개를 끄덕였다.

"카이르프레의 이론에 따르면, 다그다가 아주 오래전에 사람들한테 날개를 줬대. 그러고 나서 무슨 일이 일어났는데, 그 일 때문에 다그다가 영원히 회수했다는 거야."

"다그다 자신만이 그 이유를 알겠지. 사람들은 그런 벌을 받을 만큼 정말 끔찍한 짓을 저질렀을 거야."

리아가 얼굴을 찡그리며 말했다.

"정말로 끔찍한 짓."

할리아가 그 말을 되풀이했다.

리아가 손을 뻗어 마지막 남은 스위트베리 두 개를 집어 들었다. 하나는 자기 입 속에 쏙 넣고, 그러고 나서 다른 하나를 허공에 톡 던졌다. 스컬리가 그 자그마한 손으로 냉큼 낚아채더니 일그러진 미소를 짓고는 꿀꺽 집어삼켰다.

"저기, 있잖아! 이제 우리 출발해야 할 것 같아. 엄마를 만나러 가려면 내가 시간이 별로 없거든. 그리고 난 그 전에 먼저 할 일이 있어."

리아가 말했다.

"무슨 일인데?"

내가 물었다.

"아, 그런 일이 있어."

"넌 장난기 어린 새끼 사슴의 표정을 하고 있는데?"

할리아가 알아차렸다.

"내가? 이유는 말해줄 수 없어."

리아가 천진난만하게 대답했다.

리아는 마법의 불의 고리를 움켜쥐었다. 그러자 즉각 열기가 잦아들었다. 리아가 그걸 허리춤에 묶으며, 자신의 자그마한 동료를 향해 고개를 까닥했다. 스컬리는 뭔가 알아듣기 어려운 말을 재잘거리며, 리아 어깨에 팔을 둘렀다. 그 둘을 바라보며, 나는 트러블이 내 어깨 위에 어떻게 올라타곤 했는지를 떠올렸다. 트러블은 발톱으로 나를 꽉 움켜쥐었었다. 나는 여전히 트러블과 함께였다. 트러블한테 영감을 받은 그 이름을 여전히 지니고 있는 것처럼.

리아는 할리아와 내게 손을 흔들고는, 바위에서 폴짝 뛰어내려 언덕을 성큼성큼 걸어 서둘러 내려갔다. 나는 리아의 이름을 부를 뻔했다.

하지만 그러지 않았다. 나는 그럴 수 없었다. 나는 웃자란 풀 사이를 걸어 내려가는 리아를 그저 지켜보기만 했다. 잠시 뒤, 리아는 숲속으로 모습을 감추었다. 불의 고리가 리아의 옆구리에서 달랑달랑 움직였다.

6

탈출

할리아는 내 손을 잡았다. 어찌된 일인지, 할리아의 손길이 내게는 불의 고리보다 더 따뜻했다.

"무슨 일인지 말해줘, 젊은 매."

나는 자리에 앉았다. 뭘 어떻게 말해야 할지 확신이 서지 않았다. 내 신발이 거친 바위 표면 위에서 비비 꼬였다. 상쾌한 아침 공기가 살며시 불어와, 근처 숲에서 바스락거렸다. 우리가 앉아 있는 이 언덕이 마치 일렁이는 바다 한가운데 있는 섬처럼 느껴졌다. 그리고 언제든 파도가 일어 우리를 덮칠 것 같은 느낌이 들었다.

"뭔가 널 괴롭히고 있어. 네가 말한 것 말고 또 다른 뭔가가. 그게…… 우리 둘에 관한 거니?"

할리아가 말을 이었다.

"아니, 그런 거 아니야."

"그럼 말해봐. 무슨 일인데?"

나는 힘겹게 숨을 꼴깍 삼켰다.

"말하면 너 화낼 텐데."

"네가 속으로 고통받는 모습을 지켜보는 게 더 화가 나. 나한테 말하는 게 도움이 된다면 그렇게 해. 부탁이야."

할리아의 예의 그 훈훈한 갈색 눈동자가 나를 바라보았다.

나는 숨을 들이켰다.

"알았어. 어젯밤, 나는 환영을 보았어. 구름 속의 얼굴, 그건……."

갑작스레 쿵 소리가 저 멀리서 흘러나와 나를 사로잡았다. 나는 끊임없이 커져가는 그 소리를 주의 깊게 들었다. 마치 엄청난 폭풍우가 재빨리 다가오는 것 같았다. 내가 어젯밤에 들었던, 나를 다그다에게 이끌었던 쿵쾅거리는 소리와는 달랐다. 이 소리에는 정교함이 없었다. 그저 쿵쿵거릴 뿐이었다. 머지않아 우리 아래 커다란 바위가 들썩이며 박자에 맞추어 끊임없이 진동했다. 할리아가 내 팔을 꽉 움켜쥐었다. 언덕 아래 나무가 마구 요동치기 시작했다. 잎이 다 떨어져 나간 늙은 느릅나무 가지가 뚝 부러지더니 땅바닥에 털썩 떨어졌다. 우리가 방금 전까지 잠자던 곳에서 그리 멀지 않은 장소였다.

나는 바위 끝자락으로 미끄러지지 않도록 지팡이를 꽉 움켜잡았다. 쿵쿵거리는 소리는 계속 이어져 산비탈이 마구 덜거덕거렸다. 시간이 갈수록 더욱 심해졌다. 할리아의 표정이 내게 말했다. 달리고 싶다고. 사슴이 되어 숲속으로 달아나고 싶다고. 하지만 나는 고개를 저어, 할리아에게 잠자코 있으라고 일렀다. 왜냐하면 나는 이 소리를 전에도 들은 적이 있었으니까. 그것도 여러 번. 이것은 핀카이라 땅을 기억할 수 없을 정도로 오랫동안, 셀 수 없을 정도로 여러 계절 동안 요동치게 만든 소리였다.

거인의 발자국 소리.

모습 하나가 안개 자욱한 숲속에서 나타났다. 산비탈 그 자체와 마찬가지로, 그 모습이 나무 위로 불쑥 솟아났다. 이윽고, 나는 거인의 거친 머리카락, 넓은 어깨, 우람한 팔을 알아차릴 수 있었다. 하지만 아직까지 얼굴의 특징을 알아볼 수는 없었다. 그러는 내내, 쿵쿵, 쿵쿵, 그 소리는 더 커져갔다. 이제 나는 확실히 볼 수 있었다. 그것이 남자라는 것, 헐렁한 노란색 조끼를 입고 넓은 갈색 각반을 차고 있다는 것을. 바리갈의 주민들이 입는 옷. 그 남자 거인은 우리를 향해 쿵쿵 다가왔다. 인간이 밀밭 사이로 성큼성큼 걸어오는 것처럼, 숲을 헤치며 걸어왔다.

마침내, 거인의 분홍색 눈동자가 보였다. 움푹 꺼진 동굴 같은 입 안에는 보기 흉한 이빨이 가득했다. 입 위로 코가 달려 있었는데, 통통불은 감자처럼 툭 튀어나와 있었다. 내가 어쩔 수 없이 기억할 수밖에 없는 코.

"괜찮아, 내 친구 심이야."

내가 할리아의 어깨에 손을 얹으며 안심시켰다.

"젊은 매, 그 환영이라는 건 뭐였는데?"

"내가 나중에 모두 말해줄게, 약속해."

심은 몇 걸음 더 성큼성큼 걸어와 산비탈 아래에 이르렀다. 커다란 손으로 소나무를 옆으로 밀치며 숲 밖으로 걸어 나왔다. 심이 소나무에서 손을 떼자, 솔방울과 솔잎이 나뭇가지에 부딪치며 비처럼 우수수 쏟아져 내렸다. 심은 한 걸음 더 가까이 다가와, 커다란 발을 산비탈에 올렸다. 심의 무게 때문에 스타게이징 스톤이 흔들렸다. 근처에 놓인 내 지팡이가 굴렀지만, 나는 가까스로 제때에 움켜잡을 수 있었다. 드디어, 거인(그리고 산비탈)이 잠잠해졌다.

할리아와 나는 조심조심 일어섰다. 심의 볼록한 코끝이 우리를 마주 보고 있었다.

"오랜만이야, 친구. 네가 이 언덕 꼭대기에서 우리를 만나서 정말 다행이야. 우리가 네 털북숭이 발가락을 올려다보는 대신 네 얼굴을 똑바로 볼 수 있으니까."

심의 콧구멍에서 나오는 따뜻한 바람 때문에 중심을 못 잡고 휘청거리며 내가 말했다.

놀랍게도, 심은 내 농담에 웃지 않았다. 살며시 미소 짓지도 않았다. 오히려, 표정 없는 얼굴이 일그러지기만 했다. 심은 한 번 눈을 깜박였다. 참나무 새싹만큼이나 커다란 속눈썹 때문에 할리아가 쓸려갈 뻔했다. 심이 쉰 목소리로 말했다.

"나는, 이번만큼은, 널 만나서 반갑지 않아, 멀린, 그리고 너, 할리아."

내 그림자가 내 발 근처에서 팔 하나를 흔들며 요동쳤다.

심은 이해한다는 듯 고개를 끄덕였다.

"그리고 너, 마법사의 대단한 그림자."

짙은 그림자는 거만하게 턱을 내밀고 젠체했다.

나는 그림자를 애써 무시하고 심에게 물었다.

"왜? 무슨 일 있어?"

나무로 뒤덮인 둔덕만큼이나 심의 빽빽한 눈썹이 한데 모아졌다.

"사악한 왕, 네가 스탕마르라고 부르는 자가, 오늘 아침 탈출했어! 그 자가 어디로 갔는지 아무도 몰라."

갑자기 무릎에 힘이 쫙 빠졌다. 나는 비틀거렸다. 하마터면 둥근 바위 모서리에 부딪칠 뻔했다. 할리아가 내 팔을 잡아주었다. 이윽고, 미심쩍다는 듯 심에게 물었다.

"정말이야? 저기 북쪽 동굴에 갇혀 있었던 거 아니야? 거기서는 누구도 탈출하지 못하잖아?"

"정말이야. 확실히, 분명히, 완전히. 간수 둘을, 아니 어쩌면 셋을 맨손으로 때려죽이고 도망쳤대."

심이 대답했다.

나는 내 이마를 철썩 쳤다. 어떻게 이런 일이 일어날 수 있을까? *스탕마르가 탈출했다니!* 스탕마르가 무슨 짓을 하려는 걸까? 리타 고르의 군대에 다시 합류하려는 걸까? 아니, 잠깐만. 스탕마르는 이미 사악한 정령이 세운 계획의 일부가 된 건 아닐까?

심은 코를 실룩거렸다. 분명 이 모든 일이 불쾌한 것 같았다.

"또 다른 나쁜 소식도 들었어, 멀린. 살아남은 간수가 그러는데, 스탕마르는 누군가를 찾으려고 안달이 났다는 거야. 그래, 그 누군가는 지금 커다란 위험에 처한 거야."

나는 주먹을 불끈 쥐었다.

"나를 말하는 거구나."

"아니, 다른 사람을 말하는 거야. 네 엄마, 엘런."

심이 대꾸했다.

"우리 엄마? 확실해?"

나는 소리쳤다. 심장이 쿵쾅거렸다.

심은 침울하게 고개를 끄덕였다.

"간수가 그러는데, 스탕마르는 어제까지만 해도 엘런이 핀카이라로 돌아왔다는 걸 몰랐대. 그런데, 엘런이 돌아왔다는 사실을 알고는, 화를 냈대. 엄청 화를 냈대."

나는 으르렁거렸다.

"우리 엄마가 자신을 배반했다고 생각하는 거야. 엄마가 나를 포함해 자신의 적들과 동조했다고 믿는 거라고. 복수하러 탈출한 게 분명해.

빨리 엄마를 찾아야 해!"

할리아가 맨발로 바위를 쿵 찼다.

"기다려, 젊은 매. 네 엄마가 어디 있는지 리아가 알잖아, 그렇지 않니? 우리가 리아를 찾으면, 리아가 우리를 곧장 네 엄마한테 데려다 줄 거야."

"리아, 나무 소녀 말이야?"

심이 물었다.

"여기 오는 길에 리아를 보았어. 멀지 않아. 뭔가 묵직한 걸 끌고 가던데. 커다란 새 한 마리 같았어. 바로 저쪽이야."

심이 깊은 생각에 잠기며 커다란 아랫입술을 쭉 내밀었다.

어리둥절해서, 나는 심이 가리키는 곳을 살펴보았다.

"새라고? 도대체 새로 뭘 어쩌자는 거지?"

"내가 그곳으로 데리고 가 줄게. 그게 가장 빨라."

심이 거대한 나무처럼 몸을 이리저리 흔들며 제안했다.

할리아는 미심쩍은 듯 고개를 갸웃거렸다.

"난 달려갈게."

내가 미처 말리기도 전에, 할리아는 나를 제지했다.

"멀지 않을 거야. 금방 따라갈게."

"그렇다면 나도 너랑 함께 달려갈게. 심! 우리한테 길을 알려줘."

내가 힘주어 말했다.

심은 몸을 획 돌리는 것으로 대답했다. 심의 팔꿈치가 스타게이징 스톤을 툭 치는 바람에, 바위가 하마터면 무너져 내릴 뻔했다. 바위조각 몇 개가 언덕 아래로 떼굴떼굴 굴러 떨어졌다. 심이 묵직한 발을 떼자, 저 아래 숲이 흔들렸다. 그러고 나서 또 한 걸음, 또 한 걸음. 어쨌든 할리아와 나는 균형을 잃지 않았다. 우리는 심을 쫓아 언덕 아래로 돌진했다. 우리 다리가 뻣뻣한 풀 사이를 갈랐다.

마치 땅 위를 달리는 두 개의 생명체가 아니라, 연못을 가로질러 흐르는 물결과 같이 서로 연결된 존재처럼, 우리는 빨리 더욱더 빨리 달렸다. 우리 몸이 앞으로 기울고, 우리 팔은 땅에 닿고, 우리 목 근육은 쭉 뻗었다. 할리아의 옷과 내 옷이 녹아내리며 빛나는 털로 바뀌었다. 팔은 다리가 되고 발은 발굽으로 변해, 땅 위를 힘껏 내달렸다.

나는 양쪽에 각각 다섯 개의 뿔이 달린 머리를 내 동료를 향해 돌렸다. 할리아는 쉽사리 움직이며, 발걸음마다 허공에서 춤을 추었다. 할리아는 역시 할리아였다. 분명했다. 커다란 두 눈이 그걸 말해주었다. 하지만 여인의 모습으로 있을 때보다 지금이 훨씬 더 할리아답다는 건 반박할 수 없었다. 바람을 가르며 달리는 할리아는 무척이나 우아했다. 어젯밤의 환영과 심이 전해준 소식 때문에 두려웠지만, 다시 한번 할리아 옆에서 달린다는 사실이 나는 무척이나 기뻤다.

우리는 심을 따라 숲으로 들어갔다. 심의 거대한 두 다리 때문에 부러진 나뭇가지 위를 펄쩍펄쩍 뛰었다. 땅이 흔들렸지만, 위험하다고 생각하지 않았다. 왜냐하면 내 사슴 다리가 땅을 마치 내 몸의 일부처럼 유연하게 다루었으니까. 나는 다시 한번 드루마 숲의 생명력을 알아차렸다. 마치 겨울이 왔다는 사실을 받아들이지 않으려는 것 같았다. 나뭇잎이 다 떨어져 나간 나뭇가지 한가운데에도 이끼가 피어 있었다. 얼음 조각 사이에서도 신선한 물이 졸졸 흘렀다. 나는 달리며 잠자리의 날갯짓 소리를 들었다. 향기로운 고사리 싹 냄새를 맡았다. 그리고 땅 아래 숨어 있는 굴을 느꼈다. 수 세기 동안 자그마한 동물들이 파놓은 굴에는 늙은 나무뿌리가 단단하게 박혀 있었다.

우리는 나무가 없는 빈터에 들어섰다. 빠르게 흐르는 강물이 흩뿌리는 물보라로 빈터는 물을 한껏 머금고 있었다. 북슬북슬한 털로 뒤덮인 심의 맨발이 우리 바로 앞에서 우뚝 멈추었다. 할리아와 나는 속도를 줄였다. 처음에는 빨리 걷다가 나중에는 천천히 발걸음을 옮겼다. 등이 좁아지며 위로 곧게 펴졌다. 턱이 쏙 들어갔다. 우리는 앞으로 발걸음을 옮기며, 다시 한번 두 다리로 걸었다.

우리 앞에, 빈터가 갑자기 끝나고 벼랑이 나타났다. 시끄럽게 흘러가는 강물이 내려다보였다. 그곳 벼랑 끝에, 리아가 서 있었다. 리아는 초집중하고 있는 것처럼 보였다. 자기 위에 우뚝 솟아 있는 거인한테 눈길조차 주지 않았으며, 거인의 발목 근처에 두 사람이 서 있는 것조차 전혀 알아차리지 못했다. 심의 말처럼, 리아의 등에는 엄청 커다란 새 한 마리가 얹혀 있는 것처럼 보였다. 나는 그것이 새가 아니라는 걸 불현듯 깨달았다.

그건 날개 한 쌍이었다! 늪지대에서 자라는 적갈색 넓적한 양배추 잎사귀를 어린 버드나무 가지로 엮어 만든 것이었다. 날개를 만들기 위해 분명 엄청난 공을 들인 게 틀림없었다. 바깥쪽 테두리에 형형색색의 깃발처럼 매달려 있는 주름 같은 이끼 조각에서 리아의 솜씨가 여실히 드러났다. 지금, 리아는 자기 옷의 실로 사용되는 연두색 덩굴로 자기 등에 날개를 묶느라 분주했다.

나는 고개를 절레절레 저었다. 저 창작물을 만들기 위해 리아는 얼마나 많은 날들을(아니, 몇 주를) 보냈을까? 의심할 것도 없이, 리아는 자신의 창작물을 시험하기 위해 이곳을 신중히 골랐다. 만약 우리의 저녁 식사를 준비하느라 그렇게 많은 시간을 보내지 않았다면, 리아는 분명 어제 이 시험을 강행했을 것이다.

계속해서 헉헉거리는 심의 숨소리에도 불구하고, 우리는 조용히 지켜보았다. 나는 입술을 깨물었다. 리아가 정말로 자신이 무슨 짓을 하고 있는지 알고나 있는 걸까? 하지만 리아를 막을 수는 없었다. 결국 리아는 리아였으니까.

리아는 입을 굳게 앙다물고, 벼랑에서 뒤로 물러섰다. 그러는 내내, 거만한 표정의 스컬리는 리아의 다리에서 허겁지겁 내려와 벼랑 끝에 섰다. 리아가 걸음을 멈춰, 허리춤의 불의 고리를 재빨리 풀어 풀밭 위에 올려놓았다. 그러고는 똑바로 서서 집중했다. 두 눈에는 결의가 이글거렸다. 리아는 두 팔을 쭉 펼치고는 날개를 최대한 넓게 폈다. 이끼 주름이 산들바람에 나부꼈다.

스컬리는 두 귀를 쫑긋 세우고, 저 아래 힘차게 흘러가는 강물을 흘끗 내려다보았다. 그러더니 손을 흔들며 소리쳤다.

"날아올라! 날아올라!"

리아가 앞으로 몸을 숙였다. 앞으로 뛰어가며 자신이 직접 만든 날개를 펄럭였다. 요란한 소리가 났다. 벼랑 끝에 이르자, 위로 펄쩍 뛰어올랐다. 강물 위로 멋지고 그럴싸하게 떠올랐다. 리아의 날개가 허공을 휘저었다. 리아가 날아올랐다! 리아는 들뜬 함성을 지르며 다시 날갯짓을 했다. 그때 갑자기 한쪽 날개에 구멍이 났다. 버드나무 가지가 풀리고, 잎사귀 천이 북 찢어졌다. 리아는 허공에서 한쪽으로 휙 기울고는 아래로 곤두박질쳤다. 그리고는 벼랑 뒤로 사라졌다. 스컬리가 펄쩍펄쩍 뛰며 비명을 질러댔다.

"리아!"

할리아와 나는 동시에 소리쳤다. 우리는 리아가 사라진 곳으로 달려갔다. 스컬리는 벼랑 끝 너머를 살펴보았다. 스컬리의 자그마한 이마에 주름이 생겼다.

저 아래, 강이 굽어진 곳에 있는 물웅덩이에 잎사귀와 나뭇가지, 덩굴이 제멋대로 나뒹굴었다. 찢겨 나간 양배추 잎사귀들이 허공에 훨훨 떠다니다 그 잡동사니 위로 떨어졌다. 즉각, 나는 가파른 강둑을 서둘러 내달렸다. 내 그림자도 따라왔다. 그림자가 두 팔을 마구 휘저었다. 그런데 훨씬 더 큰 그림자 하나가 우리 위를 덮쳤다. 심의 커다란 팔이 아래로 내려왔다. 심은 놀라울 정도로 섬세하게 박살난 물건을 집어 들었다. 그러고는 물에 젖은 잡동사니를 빈터로 끌고와 우리 옆에 부드럽게 내려놓았다.

스컬리가 그 위로 허둥지둥 올라가, 리아의 흠뻑 젖은 머리카락을 잡아당겼다. 다행스럽게도, 리아는 얼굴을 들고는 자그마한 동물에 코를 살며시 비볐다. 리아는 풀밭 위에서 몸을 비틀며 끙끙 신음을 토했다. 일어설 힘이 없었기에, 자기 팔에 붙은 흠뻑 젖은 나뭇잎들을 진저리치듯 털어냈다. 그러고는 몸에 매단 장치를 벗어 옆으로 휙 던져 버렸다.

"날개가 있으면 뭐해? 단단하게 붙어 있지 않다면 아무 소용없잖아."

리아는 이마를 쓱 문지르며 투덜댔다.

나는 흠뻑 젖은 리아의 어깨 위에 손을 올렸다.

"그래도 난 네가 단단히 붙어 있어서 기뻐."

"나도."

할리아가 리아의 목에 난 상처를 살펴보며 말했다.

"나도 기뻐. 넌 완전 미쳤구나, 리아. 네 오빠처럼 말이야."

심이 허리를 숙여 찢어진 날개 조각을 살펴보며 큰 소리로 말했다.

"아니, 우리 오빠가 나보다 훨씬 더 해."

리아가 곱슬머리에서 부러진 나뭇가지를 떼어내면서 대답했다.

나는 살짝 웃음이 나왔다. 그때 스컬리가 그 깐족대는 말투로 덧붙였다.

"훨씬 더 하지. 아주 많이! 하지만 리아도 어설프기는 마찬가지야. 호-호-호, 어설픈 여자! 헤카-치카-차-하-하."

스컬리는 신이 난 듯 낄낄거리며 리아의 옷에 달린 덩굴을 사다리처럼 타고 소맷자락에 오르기 시작했다. 리아는 스컬리의 얼굴에 물방울을 휙 튀겼다.

"나한테 건방 떨지 마, 스컬리. 난 여전히 네가 좋아하는 탈것이라고, 기억해."

"날개를 달지 않는다면! 덩굴 밧줄을 이용해 나는 게 더 좋아, 내가 말했잖아."

스컬리는 리아에게 질세라 재빨리 대답했다. 리아가 자신에게 또 물방울을 튀기기 전에, 스컬리는 두 귀를 팔랑거리며 리아의 소맷자락 주머니에 쏙 들어갔다.

나는 리아 옆에 무릎을 대고 앉아 물었다.

"어디 부러진 데 없어?"

"없어. 그냥 좀 까지고 긁혔을 뿐이야."

리아의 시선이 옆에 있는 망가진 물건으로 옮겨갔다.

"난 이게 정말 잘될 줄 알았는데."

리아가 벌떡 일어났다. 손을 뻗어 불의 고리를 들어 자신의 허리춤에 묶고 나서, 유쾌하게 말했다.

"적어도 이걸 풀어놓을 생각은 했잖아. 만약 이걸 깨먹었다면…… 음, 그거야말로 정말로 큰 재앙이었을 거야."

나는 리아의 팔을 꽉 움켜잡았다.

"리아, 다른 재앙이 닥쳤어. 엄마가 위험해."

리아는 긴장하며, 심각한 표정으로 나를 지켜보았다. 숨을 들이쉬고 나는 말을 이었다.

"스탕마르, 그자가 도망쳤어! 그리고 그자가 우리 엄마를 찾고 있어."

리아가 온몸을 벌벌 떨었다.

"우린 내일 저녁에 크르 아라논(Caer Aranon)에서 만나기로 했어. 여기서 동쪽에, 큰 강가에 있는 마을 말이야. 그곳에서 마을 극장을 열 때 카이르프레가 시를 낭송할 거야."

리아가 숨을 깊이 들이쉬며 말을 이었다.

"스탕마르! 빨리 엄마한테 알려야 해."

"그래."

나는 고개를 끄덕였다. 나는 할리아와 심을 번갈아 쳐다보며 목을 가다듬었다.

"하지만 먼저, 말할 게 있어. 너희 모두에게."

바람이 불어오자, 보리수나무에서 바싹 마른 낙엽이 빈터에 비처럼 쏟아져 내렸다. 낙엽이 축축한 풀밭에 내려앉자, 나는 어젯밤에 내가 보았던 환영을 들려주었다. 짙은 먹구름, 공기에 흐르는 긴장감, 다그다의 얼굴에 담긴 고통, 그리고 가장 긴 겨울밤에 대한 경고를 털어놓았다. 그리고 나는 다그다의 불길한 작별의 말을 떠올렸다.

핀카이라의 운명이 지금보다 더 의심스러웠던 적은 없었어. 너는 분열 속에서 통일을, 약함 속에서 강함을, 죽음 속에서 환생을 얻게 될 거다. 하지만 그것조차도 네가 세계를 구하는데 충분하지 않을지도 모른다. 왜냐하면 특정한 시간의 전환점이 되면, 모든 것을 완전히 얻었을 때, 모든 것을 완전히 잃게 될 테니까.

"특정한 시간의 전환점…… 이건 정말로 끔찍한 꿈이야."

할리아가 침울한 목소리로 말했다.

"그리고 당혹스럽고 어리둥절한 꿈이고."

리아가 덧붙였다. 낙엽 하나가 빙그르르 떨어지며 리아의 어깨 위에 내려앉았다.

나는 신발로 축축한 잔디밭을 긁었다.

"그건 꿈이 아니었어! 그 모든 건 심이 지금 여기 있는 것처럼 꿈이 아닌 진짜였어."

"차라리 꿈이라면 좋겠어. 우리 이제 어떻게 하면 좋지?"

심이 중얼거렸다. 심의 콧바람 때문에 낙엽이 더 떨어져 내렸다.

나는 벼랑 끝으로 걸어갔다. 지팡이 끝을 진흙에 찔러 넣으며, 줄기차게 흘러가는 강물을 살펴보았다. 봄처럼 빛과 노래로 가득했다. 강물이 흘러가는 땅처럼 매혹적이었다. 친구들을 향해 돌아서며, 내가 단호히 말했다.

"우리는 우리가 사랑하는 걸 지켜낼 거야, 그래! 리아, 나랑 같이 마을로 가주면 좋겠어. 그곳에서 엄마한테 경고해주면 돼. 그리고 나는 카이르프레에게 내가 본 환영을 말할 테야. 카이르프레는 박식하니까, 다그다의 예언에 대해 뭔가를 알지도 몰라. 우리를 도와줄 수 있는 뭔가를 말이야."

나는 하늘을 향해 얼굴을 돌려, 나무보다 더 높이 우뚝 솟아 있는 거대한 덩치를 올려다보며 말했다.

"심, 너는 바리갈로 돌아가. 그곳의 동료들에게 도움을 청해 보도록 해. 우리의 세상이 위험에 빠졌다고! 만약 리타 고르의 군대가 핀카이라를 침략해 들어오면, 거인들이라고 해서 오랫동안 안전할 수는 없어."

심은 얼굴을 찌푸린 채, 거대한 코를 실룩이며 투덜거렸다.

"그건 불가능해. 거인들 상당수가 인간하고는 말조차 섞지 않으려고 해. 인간이랑 한편이 되어서 싸우는 건 고사하고 말이야."

"그래도 설득해봐."

내가 고집을 부렸다.

"그리고 말이야, 거인들 대부분이 내 말은 들으려고도 안 해. 내가 소인들의 스파이라고 생각한단 말이야. 아니면 진짜 소인이라고. 내가 작았을 때 소인들하고 살았다는 이유로 말이야."

나는 고개를 끄덕이며, 심의 거대한 눈동자를 뚫어지게 바라보았다.

"넌 이제 작지 않잖아, 친구."

"맞아. 난 지금 커. 가장 높은 나무만큼 크다고. 하지만 멀린…… 난 여전히 두려워."

심이 고개를 세차게 흔들었다. 얼굴을 내 얼굴 가까이 내리고는, 최대한 속삭이듯 말했다. 하지만 그 소리도 내게는 어마어마한 폭풍처럼 들렸다.

나는 입술을 깨물었다.

"나도 두려워."

심이 몸을 세웠다.

"해볼게, 정말 열심히."

그러고는 숨죽여 덧붙였다.

"하지만 왠지 성공하지 못할 것 같은데."

"누구도 '거인들의 춤'이 성공할 거라고는 생각하지 못했다는 걸 기억해둬. 게다가 스탕마르 성의 잔해는 너희 종족이 '에스토나헨지'라고 부르는 원형 돌무더기잖아. 가장 긴 겨울밤이 되기 전 날, 우리가 그곳에서 만나자."

"알았어, 거기서 만나. 비록 나 혼자 가게 될지는 몰라도."

심은 그렇게 약속하고는 거대한 발을 들어 발걸음을 옮겼다. 걸을 때마다 땅이 쿵쿵 울렸다.

나는 할리아를 향해 돌아서며, 목소리가 갈라지지 않도록 최선을 다했다.

"할리아, 난 너를 떠나고 싶지 않아."

"넌 그럴 필요 없어. 넌 절대 그럴 필요 없어."

할리아가 대답했다. 목소리는 새끼 사슴의 숨결처럼 부드러웠다.

"하지만 나는 떠나야 해. 너에게도 임무가 있어. 내 곁에 머무르는 것보다 훨씬 더 중요한 임무야."

할리아가 궁금한 듯 나를 바라보았다.

"난 너와 리아랑 함께 갈 거야."

"아니. 너는 용의 땅으로 가야 해. 저기 북쪽 끝으로. 귀니아를 찾아서, 어떻게든 귀니아를 설득해줘. 귀니아가 네 말은 듣잖아, 할리아. 우리가 승리하기 위해서는 귀니아가 필요해! 핀카이라에 마지막 남아 있는 용이 우리를 도와주어야 해."

나는 할리아의 손을 잡았다. 조금 전까지만 해도 내 옆에서 발굽이 되어 땅을 달렸던 가느다란 손가락을 만졌다.

할리아의 눈동자에 그늘이 드리웠다.

"귀니아는 전사가 아니야, 젊은 매. 너도 그건 알잖아! 그러니까, 귀니아는 불을 내뿜는 법도 배우지 못했어. 귀니아는 평화를 사랑하는 용이야."

"나도 평화를 사랑하는 마법사라고. 하지만 평화보다도, 나는 생명을

96

소중히 여겨."

할리아는 맨발로 축축한 땅을 쓱쓱 긁어댔다.

"난 네 곁을 떠나고 싶지 않아."

나는 가까이 다가가 할리아를 똑바로 바라보았다.

"만약 핀카이라를 잃게 되면, 우리가 함께할 미래도 역시 잃어버리는 거야."

할리아가 숨을 삼켰다.

"내가 귀니아를 찾지 못할지도 몰라. 만약 귀니아의 동굴로 갔는데, 귀니아가 다른 곳으로 가 버렸으면 어쩌지? 귀니아를 찾는 데만 해도 우리한테 주어진 2주보다 시간이 더 걸릴 수도 있다고."

나는 부드럽게 말했다.

"최선을 다해줘."

할리아가 이마를 살짝 찡그렸다. 내 손을 맞잡고 있는 할리아의 손이 떨렸다.

"그럴게. 하지만 나는 어떤 기쁨도 느끼지 못할 거야. 우리가 다시 함께 달릴 때까지."

나는 입을 열었지만, 아무 말도 나오지 않았다.

할리아는 내 뺨에 입을 맞추었다.

"푸르른 초원이 그대를 맞아주기를, 젊은 매. 항상 기억해…… 내가 너와 함께 있다는 걸."

나는 까맣게 탄 팔찌를 톡톡 두드려, 할리아의 손목에 마법사의 매듭으로 묶어주었다.

"잎사귀에 달라붙은 꿀처럼."

나는 쉰 목소리로 말했다.

할리아는 리아를 한번 꼭 안아 주고는 휙 몸을 돌려 떠났다. 흐릿한 갈색 모습으로, 당당한 사슴 한 마리가 빈터에서 뛰어나갔다. 나는 할리아가 떠나는 모습을 지켜보았다. 할리아의 여정이 어떻게 끝날지 궁금했다. 그리고 우리의 삶이, 또한 우리의 미래가 얼마나 빨리 산산조각 날지도.

"리아."

마침내 내가 입을 열었다. 그러고는 우리 둘의 불확실한 여정을 시작했다.

7

크르 아라논

그날 내내, 리아와 나는 동쪽을 향해 숲을 달렸다. 차가운 바람이 불어와, 나무를 흔들고 우리 뺨을 후려갈겼다. 지팡이를 잡은 손이 추위에 뻣뻣하게 굳었다. 리타 고르의 숨결처럼 매서운 바람이 우리 허벅지를 할퀴어댔다.

여느 때처럼, 덩굴 옷을 입은 여동생이 저만치 앞서갔다. 리아는 쓰러진 나무를 훌쩍 뛰어넘고, 서리가 내려 반들반들한 산비탈을 달려 올라갔다. 언덕 꼭대기에 이를 때마다 내가 따라오기를 기다리곤 했다. 리아의 표정은 평소답지 않게 단단히 굳어 있었다. 리아 어깨 위에 스컬리가 앉아서 불만스러운 표정으로 나를 노려보았다. 숨을 헐떡이며 뒤따라 올라가는 내내, 내 숨에서 하얀 김이 폴폴 퍼져 나왔다. 리아가 한마디도 하지 않았지만, 나는 리아가 정말로 하늘을 날 수 있기를 간절히 바라고 있다는 걸 이제 그 어느 때보다 절실히 느꼈다. 내가 도약의 힘을 불러올 수 있기를 간절히 바라는 것처럼 말이다. 왜 그 특별한 마법은 이렇게나 어려운 걸까?

마르지 않는 강의 강둑에 이르렀을 즈음, 기온이 뚝 떨어졌다. 먹구름이 머리 위로 밀려와 눈송이를 뿌렸다. 눈송이가 물속에 녹아들며, 우리 어깨와 등에 서리가 내려앉았다. 리아는 세차게 흘러가는 강물 속으로 곧장 뛰어들었다. 나도 그 뒤를 따랐다. 끊임없이 흐르는 강물이 내 발을 밀어댔다. 마치 나를 앞으로 몰아대는 것처럼. 하지만 그리 오래가지는 않았다. 강을 건너 건너편에 이르자마자, 축축하게 젖은 내 신발이 땅을 밟을 수 있었다. 발이 더 묵직해진 느낌이었다.

우리가 크르 아라논 마을에 이르렀을 때, 붉은 저녁노을이 하늘을 물들이고 있었다. 마치 옷감에 피가 스며드는 것 같았다. 마을의 출입문은, 그 옆의 잎이 떨어져 나가 앙상한 나무처럼, 적갈색을 띠고 있었다. 호리병박보다 둥글둥글한 외로운 지빠귀 한 마리가 낮은 나뭇가지에서 우리를 지켜보았다. 출입문 너머로 진흙 벽돌에 초가지붕의 네모난 오두막집이 옹기종기 모여 있었다. 집들이 모두 삐뚤빼뚤 기울어진 것처럼 보였다. 각기 다른 방향으로 자리 잡고 앉았는데, 마치 술고래들이 옹기종기 모여 있는 모습이었다. 한 지붕 위에 수탉 한 마리가 외롭게 앉아 있고, 말라깽이 염소 두세 마리가 마당을 어슬렁거렸다. 이 모든 것을 보니, 브리타니아에 있는 초라한 마을이 떠올랐다. 내 어린 시절 대부분을 보냈던 곳. 그리고 내 시력을 영원히 잃어버린 곳.

남녀노소 한 무리가 오두막 사이 광장에 놓인 울퉁불퉁한 나무판자 바닥 주변에 모여 있었다. 거기가 극장인 게 틀림없었다. 그리고 몇 안 되는 이 군중은 카이르프레의 낭독을 들으러 모인 게 분명했다. 카이르프레는 멋들어지게 시를 읊으리라.

무대 한쪽에 설치된 깃대에 검은 깃털 펜이 그려진 깃발이 휘날리고 있었다. 깃대 아래쪽으로 낡은 옷이 수북이 쌓여 있고, 거기에 다 해진 회색 가발 하나와 투박하게 조각한 가면 두어 개가 있었다. 반대쪽에는 무대 나무판자가 갑자기 뚝 끊겼다. 극장을 만들 때 난간을 만들기도 전에 나무가 부족했던 것 같았다. 근처에, 똑바로 세워둔 나무 두 개가 갈색 천 조각을 떠받치고 있었다. 연기자들이 의상을 갈아입을 수 있는 곳(또는 어쩌면 관객이 던지는 물건을 피하는 곳)인 듯했다.

"정말 멋진 곳이로군. 무대가 아니라 싹 쓸어갈 홍수가 필요하겠는걸."

스컬리가 깐족거렸다. 녀석이 고개를 절레절레 흔드는 바람에, 기다란 두 귀가 뺨에 닿았다.

"조용히 해, 스컬리. 우리는 숲속 집으로 곧 돌아갈 거야."

리아가 엄한 말투로 명령했다.

"약속해, 그럴 거지?"

"조용히 해, 내가 분명히 말했잖아. 참, 멀린, 저기 군중 틈에 우리 엄마 보여?"

"아직, 잘……."

나는 광장에서 시끄러운 울음소리가 울려 퍼지자 말을 멈추었다. 커다란 검은 말 한 마리가, 넓적한 등을 빛내며, 우리를 향해 뚜벅뚜벅 걸어왔다.

"이온!"

내가 소리쳤다. 나는 두 팔을 내밀어 종마를 맞았다. 이온은 어릴 적부터 나를 자주 등에 태워주곤 했다. 내가 리아에게 말했다.

"엄마가 분명 이곳에 있어. 몇 주 전에 엄마가 부탁했거든. 이온을 타고 카이르프레와 여행을 떠나도 되느냐고."

이온이 흙을 저벅저벅 밟으며 다가왔다. 나는 팔을 뻗어 이온의 코를 문질렀다. 손에 이온의 따뜻한 숨결이 느껴졌다. 하지만 이온은 나를 반

갑게 맞으며 코를 들이미는 대신 휑하니 고개를 돌리며 새된 소리로 힝
힝거렸다.

"뭔가 잘못됐어."

리아가 확신에 차 말했다.

"잘못돼도 단단히 잘못됐어. 이온, 우리를 엄마한테 데려다줘."

내가 동의하며 이온에게 말했다.

이온은 갈기를 흔들며 극장을 둘러싸고 있는 군중을 향해 걸어갔다.
군중 틈을 비집고 가는 건 쉽지 않았다. 사람들이 모두 무대에 가까이
다가가려는 것처럼 보였으니까. 나는 불길하게 속삭이는 사람들 소리를
들으며, 이들이 연극을 구경하러 모인 게 아니라는 사실을 깨달았다. 이
들은 부상당한 누군가를 구경하기 위해 모인 것이었다. 이온이 그 튼튼
한 목으로 사람들을 옆으로 밀치며 우리한테 길을 내주었다. 내 관자놀
이가 쿵쾅 뛰었다. 우리가 이미 늦은 건 아니겠지!

드디어, 리아와 나는 간신히 군중을 헤치고 빠져나갔다. 다행스럽게
도, 무대 한가운데 나무판자 위에 무릎을 꿇고 있는 엄마가 보였다. 태
양처럼 빛나는 엄마의 긴 머리카락이 어깨까지 늘어져 있었다. 엄마는
허리를 숙인 채 뭔가를 골똘히 살펴보고 있었다. 너무 골똘히 살펴보느
라 내가 부르기 전까지 고개를 들지도 않았다.

이윽고, 나는 엄마가 무엇에 그렇게 집중하고 있는지 보았다. 소년이
었다. 찢어진 옷을 입은 소년이 엄마 옆 나무판자 위에 누워 있었다. 소
년은 벌벌 떨며, 부릅뜬 눈으로 뚫어져라 보고 있었다. 엘런은 소년의
옆얼굴을 수건으로 톡톡 두드리며 상처를 치료했다. 레몬 향이 났다. 엄
마가 소년의 고통을 덜어주려 한다는 확실한 징표였다. 엄마가 약초가
담긴 그릇에 손을 뻗을 때, 나는 몸이 굳었다. 왜냐하면 난 지금껏 그런

상처를 본 적이 없었으니까.

귀가 사라지고 없었다. 완전히 떨어져 나갔다. 살갗에 시커먼 귓자국만 남아 있었다.

"엄마!"

리아가 내 어깨를 밀고 앞으로 나오며 소리쳤다.

엄마가 우리를 향해 몸을 돌렸다. 사파이어빛 눈동자는 평상시처럼 밝지 않았다.

"얘들아."

엄마는 천을 내려놓고 우리에게 한 손씩 내밀어, 가까이 끌어당겼다. 그리고는 몸을 숙여 우리 이마에 입맞춤하고는 슬픈 표정으로 우리를 바라보았다.

"너희에게 나쁜 소식이 있구나."

"저희도 엄마한테 나쁜 소식이 있어요."

내가 서둘러 말했다.

"내가 보고 있는 것보다 뭐가 더 나쁠 수 있겠니. 그래, 치유할 수 없는 거니?"

엄마는 수건을 집어 들어, 물과 약초가 담긴 그릇에 적셨다. 그러고는 다시 하던 일로 돌아갔다. 상처에 손을 대자 소년은 꿈틀거렸지만, 숨을 거칠게 몰아쉴 뿐 아무 소리도 내지 않았다. 엄마가 우리를 쳐다보지도 않은 채, 말을 이었다.

"이 아이는 아무 이유 없이 공격을 당했어. 여기서 그리 멀지 않은 호숫가에서."

"저 아이 귀는……."

내가 물었다.

"잘려 나갔단다. 소한테 물을 먹이러 가던 농부가 목격을 했다는구나. 하지만 이 불쌍한 아이를 도와주기에는 너무 늦었지."

엄마도 부들부들 몸을 떨었다.

나는 주먹을 불끈 쥐었다. 잔혹한 스탕마르가 한 짓이라고 확신했다.

"어떻게 그자는 이렇게 잔인한 짓을 저지를 수가 있죠?"

"그자는 괴물이니까. 아무 죄 없는 아이를 이렇게 난도질해놓다니!"

엄마의 얼굴이 분노로 일그러졌다.

나는 숨을 몰아쉬었다.

"엄마가 당할 수도 있었어요."

엄마가 깜짝 놀라 천을 떨어트렸다.

"뭐라고?"

내가 단호한 어조로 덧붙였다.

"그자가 감옥에서 탈출하면서 엄마를 쫓아가겠다고 말했대요."

"나를?"

"그래요. 그리고 자신을 막으려는 간수 둘을 죽였어요."

엄마는 멍하니 나를 쳐다보았다.

"죽였다고?"

"맨손으로요."

엄마 얼굴에 갑자기 긴장이 살짝 풀어졌다.

"그렇다면 네가 말하는 그자가 이 소년을 이 꼴로 만든 건 아니구나."

"그게 무슨 말이에요?"

"농부는 덩치 큰 전사 짓이라고 말했어."

엄마가 설명했다.

"맞아요! 그건……."

"기다려봐. 마저 말해줄게."

엄마가 명령하듯 말했다.

"농부는 범인이 전사라고 말했어. 그자는……."

엄마가 말을 멈추었다. 당황스러운 표정이었다.

"손이 없었대. 어깨에 칼날이 붙어 있었다고 했어. 팔 대신 칼날이 있었다는 거야."

나는 믿기지 않아 고개를 저었다. 스탕마르가 이 일과는 아무런 관련이 없다는 뜻인가? 그렇다면 누구 짓일까? 즉각, 다그다의 환영이 나타나기 바로 전에 꾼 꿈이 떠올랐다. 팔 대신 칼을 지닌 전사! 내 생각이 소용돌이쳤다. 리타 고르의 음모. 스탕마르의 탈출. 그리고 지금 이것.

"하지만 왜죠? 이건 너무 잔인하잖아요?"

리아가 소년을 향해 허리를 숙이며 따지듯 물었다.

엄마는 희미하게 빛나는 머리카락을 손으로 매만졌다.

"아무도 모른단다. 누구인지는 모르지만, 그 전사는 동쪽 평원으로 걸어갔다고 했어. 그자는 농부한테는 덤벼들지 않았어. 그저 피투성이 소년만 남겨두었지."

나는 소년의 잘려 나간 귓자국을 응시하면서 눈살을 찌푸렸다.

"이 아이 가족은 어디 있어요?"

"가족이 없단다."

엄마가 수건을 내려놓으며, 레몬을 적신 이끼를 내밀었다. 그러고는 그걸 소년의 입에 올리며 속삭였다.

"이거 씹으렴, 애야. 삼키지는 말고."

엄마가 나를 돌아보며 설명했다.

"이 아이는 고아란다."

그 말이 내 가슴을 망치처럼 쿵 내리쳤다. 고아. 그 비참한 마을에서 보낸 그 모든 시간 동안, 나는 내 자신이 고아라고 생각했다. 그때는 고독과 갈망의 시간들이었다. 그러다 내가 결코 잊지 못하는 공포의 한순간으로 끝났다. 디나티우스가 공격하고…… 불꽃이 활활 타오르고…… 내 피부가 불에 탔다. 디나티우스가 죽기 전 마지막 고통의 비명. 그리고 내 눈이 멀기 전 내가 지른 비명.

아무 생각 없이, 나는 내 뺨의 울퉁불퉁한 흉터에 손을 가져다 댔다. 소년을 내려다보며, 이 소년도 평생 동안 상처를 안고 살아가리란 생각이 들었다. 바로 그때, 소년이 우리 쪽으로 고개를 돌렸다. 눈동자가 초점을 맞추려 하는 것 같았다. 나는 소년의 시선이 지닌 무게를 느꼈다.

나는 안절부절못했다. 뭔가 소년에게 위로가 되는 말을 하고 싶은 만큼, 나의 또 다른 무언가가 나를 방해했다. 소년은 내가 아니라 엄마의 보살핌을 받고 있었다. 그리고 사실…… 나는 소년이 엄마의 보살핌을 계속 받기를 원했다. 소년의 시선은 너무 친밀하고, 너무 노골적이었다. 나는 소년의 시선을 피했다.

거기에 리아가 있었다. 리아 또한 소년을 바라보고 있었다. 리아는 내 옆구리를 쿡 찔렀다.

"저 아이는 오빠한테 관심이 있어, 멀린."

"왜 나한테 관심이 있겠어? 엄마가 저 아이를 돌보고 있잖아."

나는 되받아쳤다.

"잠깐 동안만이야. 이 아이의 귀를 깨끗이 소독했어. 조심해서 치유하면 될 거야. 내가 걱정스러운 건 오히려 내면의 상처야. 내가 손댈 수 없는 상처."

엄마가 갑자기 말했다. 엄마는 소년의 헝클어진 곱슬머리를 살짝 쓰다듬었다.

"저 아이가 무슨 말 했어요?"

리아가 물었다.

"한 마디도 안 했어. 난 이 아이 이름조차 몰라."

엄마가 소년의 모랫빛 머리카락을 어루만졌다.

그 말에, 소년이 기침을 하며 이끼를 뱉어냈다. 소년이 탁한 목소리로 말했다.

"류. 제 이름은…… 류라고 해요."

엄마의 얼굴이 환해졌다.

"아 그래, 류, 네 이름을 알게 되어 기뻐. 내 이름은 엘런이란다."

류가 다시 말을 하려 했지만, 엄마가 막았다.

"아직 안 돼. 서두를 필요 없어. 넌 오늘 끔찍한 일을 겪었어."

"엄마, 더 끔찍한 일이 벌어지고 있어! 우린 엄마한테 경고해주려고 여기 온 거예요."

내가 다급하게 말했다.

"그자에 대해? 감옥에서 탈출했다는 그 사람?"

나는 고개를 끄덕였다.

"그자가 왜 나를 해치려 한다는 거지?"

"그자는 스탕마르니까요."

즉각, 엄마의 두 뺨에서 핏기가 가셨다. 엄마는 나무판자에 털썩 주저앉았다. 류처럼 긴장되어 보였다. 이내 엄마는 입술을 적셨다.

"그가…… 탈출했다고?"

"네."

내가 분명하게 말했다.

"그리고 엄마를 찾고 있어요. 그자는……."

리아가 덧붙였다.

엄마가 두 눈을 질끈 감았다.

"나를 해치려는 게 아니야. 아니야, 그럴 리가 없어."

"그럴 거예요! 그자는 분명 그럴 거라고요."

내가 가까이 몸을 기울이며 주장했다.

엄마가 천천히 고개를 가로저었다.

"엘런!"

굵은 목소리가 엄마 이름을 불렀다.

뒤를 돌아보니, 비바람에 지친 키 큰 남자가 구경꾼들을 헤치고 가까이 다가오고 있었다. 카이르프레! 카이르프레는 이온 곁을 미끄러지듯 지나치며, 이온의 등을 톡톡 토닥여주었다. 그러자 이온은 시인이 목에 두른 회색 양털 목도리를 물어뜯었다.

회색 털이 수북한 눈썹 아래, 카이르프레의 짙은 눈동자가 나를 향했다.

"멀린! 그리고 리아도 왔구나! 난 우리의 만남이 좀 더 기쁜 순간이기를 바랐었는데."

"카이르프레, 전해드릴 소식이 있어요."

내가 말을 꺼냈다.

"지금은 아니다. 먼저 저 아이를 따뜻한 곳으로 옮겨야 해. 이 무대는 밤을 보내기에 적당하지 않단다."

카이르프레가 손을 흔들며 말했다. 카이르프레의 시선이 엘런을 향했다.

"당신 괜찮소, 내 사랑? 안 좋아 보이는구려."

"괜찮아요."

엄마가 힘없이 말했다.

카이르프레는 손을 내밀었다.

"도대체 이게 무슨 일이란 말이오?"

"나중에요. 이 아이가 지낼 오두막을 찾았나요?"

엄마는 카이르프레의 손을 밀치며 대답했다.

"그리고 우리를 위해서도요. 난 벌써 당신의 따뜻한 조끼와 다른 물건들도 가져다두었어요. 리아와 멀린에게도 공간이 넉넉할 거요. 이제 저리로 내려갑시다."

카이르프레가 손짓했다.

엄마는 류의 둥근 얼굴을 유심히 들여다보았다.

"이제 걸을 수 있겠니? 아니면, 내가 부축해줄까?"

류는 끙끙 신음했다. 곧 머뭇머뭇 천천히 일어나 앉았다. 류는 자기 머리 옆을 만지려 손을 조심조심 뻗었다. 류가 그러기 전에, 엄마가 류의 손을 잡았다.

"아직은 안 돼. 아침까지 기다리렴."

류의 눈동자에 두려움이 새로이 피어났다. 하지만 엄마가 류의 어깨에 팔을 얹자 류는 약간 차분해졌다. 조심스럽게, 엄마는 류가 무대에서 빠져나가도록 도와주었다. 내려오는 동안, 마을 사람들은 연신 수군대면서도 길을 터주었다.

엄마는 카이르프레를 바라보았다.

"그 오두막에 화로가 있나요?"

"변변하지는 않지만, 나름 쓸 만할 거요. 음유시인들이 말하는 것처럼, 정말로 필요하면 염소가 말이 된다오."

이온은 힝힝 크게 콧바람을 불며, 커다란 허벅지에 꼬리를 팔랑거렸다. 카이르프레는 턱을 쓰다듬으며 찡그리듯 웃었다.

"농담이다, 친구."

카이르프레는 그렇게 말하고는, 광장을 가로질러 우리를 이끌었다. 나는 엄마의 그릇, 천, 약초가 든 주머니를 챙겨 들고 리아와 함께 그 뒤를 따랐다. 이온은 뒤에서 느릿느릿 움직였다. 이온의 발굽이 흙을 쿵쿵 밟아댔다.

8

나는 정처 없이 떠돕니다

최근까지도 마을 염소들이 지냈던 오두막은 똥 냄새와 털 냄새로 진동했다. 침대로 쓸 만한 마른 풀도 남아 있지 않았다. 화로는 흙바닥 한가운데 그을린 조약돌을 둥그렇게 모아둔 것에 불과했다. 그래도 벽에 세워둔 막대기 몇 개를 이용해 불을 붙이고 지저분한 바닥을 쓸고 나니, 오두막 안이 나름 안락해 보였다. 왠지 모르게, 류는 끊임없이 나를 흘끔흘끔 살펴보았다. 나는 애써 모른 체 하려 했지만, 류의 관심이 커질수록 내 불안감도 커졌다.

저녁에 우리는 딱딱 소리를 내며 타들어가는 화로 주변에 둥글게 둘러앉아, 카이르프레의 얼마 되지 않는 식료품을 나눠 먹었다. 카이르프레가 다섯 명이 아니라 두 사람을 위해 준비했기에 정말 양이 얼마 되지 않았다.(다행히, 스컬리는 리아의 주머니 속에서 곤히 잠들어 있었다. 안 그랬다면 게걸스럽고 야단법석을 떠는 여섯 번째가 달려들었을 것이다.) 하지만 누구도 크게 배가 고파 보이지는 않았다. 그래서 마른 허니루트와 오트밀 과자 몇 개로도 충분했다. 우리는 아무 말 없이 음식을 먹었다.

이윽고, 엄마가 류를 바닥에 눕혔다. 하지만 엄마가 저쪽으로 가려

하자, 류는 엄마의 옷자락을 잡았다. 류의 얼굴은 두려움에 굳어 있었다. 엄마는 고개를 끄덕이고, 류의 머리카락을 부드럽게 쓰다듬고는 노래를 부르기 시작했다. 이따금 운율에 맞추어 몸을 흔들기도 했다. 엄마의 포근하고 풍성한 목소리가 이 초가지붕 오두막에 가득 찼다. 류처럼 나도 긴장이 풀리는 듯했다. 내가 어렸을 때, 엄마는 잠자리에서 이 노래를 자주 불러주곤 했으니까.

나는 정처 없이 떠돕니다,
안개 속을.
나는 느릿느릿 걸어갑니다,
곡식 사이를.
나는 귀 기울입니다,
울음소리를.
나는 선잠을 잡니다,
땅과 하늘 사이에서.

그대여, 이제 아무 말 말고 걸어가세요,
두둥실 바다로 흘러가세요.
그대여, 이제 어서 가서 찾으세요,
황금 잎과 성배를.
이제 그 신비를 압니다,
중간에 존재하는 모든 것을.
이제 보물을 찾으세요,

눈에 보이지 않는 침묵을.

그대는 걸어갑니다,

어둠과 빛 사이를.

그대는 돌진합니다,

언덕보다 더 높이.

그대는 걸어갑니다,

최대한 멀리.

보세요, 모든 걸 찾기 위해

그대가 시작한 곳을.

그대여, 이제 입을 다물고 잠을 청하세요,

결코 두려워 말아요.

내가 항상 그대를 요람에서 흔들어줄게요,

아주 가까이서.

끝없는 길을 여행하고,

그대는 멀리 걸어갑니다.

나는 항상 그대를 환영할게요,

항상 집이 되어줄게요.

떨리는 마지막 멜로디가 희미해질 무렵, 소년은 두 눈을 감고 몸을 옆으로 돌려 둥글게 말았다. 소년이 잠에 빠져든 걸 바라보며, 리아는 덩굴을 엮어 만든 벨트를 매만졌다.

"내가 저 아이를 불의 고리로 도울 수 있으면 좋으련만. 그 힘을 원래의 용도대로 사용해서 말이야."

카이르프레는 구름처럼 빽빽한 눈썹을 모으며 얼굴을 찌푸렸다.

"그게 지금 당장 저 아이에게 큰 도움이 될는지 모르겠다. 저 아이는 어마어마한 공포를 느꼈어. 젊은이든 늙은이든, 누구든 겪어야 하는 것 이상으로 말이야."

나는 카이르프레를 쳐다보며 말했다.

"더 큰 공포가 다가오고 있어요."

카이르프레가 눈살을 찌푸렸다.

"어떻게 말이냐?"

나는 엄마가 소년을 따뜻하게 해주려고 소년의 몸에 낡아빠진 망토를 잘 여며주는 모습을 잠시 지켜보았다. 엄마가 우리 곁으로 다가오자, 리아가 타닥타닥 타들어가는 불꽃 속에 염소 똥 한 줌을 던져 넣었다. 이윽고 나는 전날 밤 내게 찾아온 환영에 대해 무거운 목소리로 이야기 하기 시작했다. 모두 귀 기울여 들으며, 가끔 질문을 했다. 카이르프레 는 가장 진귀한 씨앗에 대한 다그다의 말 때문에 혼란스러워 보였다. 그 래도 나보다는 덜 혼란스러워 보였지만 말이다. 마침내 이야기를 끝마 쳤을 때, '모든 것을 완전히 얻었을 때, 모든 것을 완전히 잃게 된다'는 말이 오두막의 연기 자욱한 공기 속에 맴돌았다.

그러고 나서, 내 목구멍이 단단히 죄어왔다. 나는 스탕마르의 탈출에 대한 이야기도 들려주었다. 카이르프레의 눈이 커졌다. 반면 엄마는 손 바닥을 이마에 얹고 꼼짝 않고 앉아 있었다. 내가 말을 끝마치고 나서, 한동안 아무도 말 한마디 하지 않았다. 소년의 거친 숨소리와 화로에 타고 있는 불꽃 소리만 들려왔다.

제일 먼저 입을 연 사람은 엄마였다. 얼굴은 반쯤 그늘져 있었다.

"네가 말한 스탕마르와는 다른 남자를 나는 기억한단다. 때로는 서툴고, 사람들에게 친절했던 사람. 저 머나먼 브리타니아까지 내게 구애하기 위해 여행을 한 사람. 그 사람의 사랑은 무척이나 컸어. 리타 고르가 그 사람을 유혹해 그 사람을 비뚤어지게 만들기 전, 그 사람은 이상적인 남자였어. 물론 결점도 있었고 약점도 있었지만, 용기, 동정, 친절을 보여주려고 노력했었지."

엄마가 조용하게 말했다.

"스탕마르는 아니에요! 그건 불가능해요."

내가 반박했다. 내 관자놀이가 마구 날뛰었다.

엄마는 내게 슬프게 웃어 보였다.

"너는 그 사람을 절대 몰라. 그 사람이 어떤 사람이었는지. 아, 그 사람은 내게 갈라토를 주기도 했어. 자신의 귀중한 목걸이, 자기 왕국의 보물을. 나에 대한 자신의 감정을 보여주기 위해서 말이야."

"그러고 나서 그 사람은 자기 아들인 나를 죽이려 했다고요, 리타 고르를 달래려고 말이에요!"

내가 비난을 퍼부었다.

엄마가 비참한 한숨을 내쉬며 말했다.

"그 사람이 어떻게 되었는지에 대해서는 옹호하지 않을게."

엄마는 카이르프레의 어깨에 몸을 기대어, 카이르프레의 손을 꽉 잡았다.

"그 사람의 사랑이 내가 최근에 찾은 사랑보다 더 깊거나 진실하다고 말하는 건 아니야."

나란히 꼭 붙어 앉아 있는 두 사람의 얼굴이 불빛에 빛났다. 둘은 서로에게 녹아들고 있는 것처럼 보였다. 두 사람을 보니 어쩔 수 없이 할리아가 떠올랐다. 지금쯤이면 우리의 임무를 위해 도움을 찾아 북쪽으로 나아가고 있겠지. 할리아가 정말이지 무척 그리웠다!

카이르프레는 자신의 양털 목도리를 헐렁하게 풀고는 생각에 잠겨 큰 소리로 말했다.

"갈라토…… 아, 지금 당장 그것을 사용할 수 있으면 좋으련만! 갈라토에 어떤 능력이 있는지는 수수께끼지만 말이야. 갈라토의 힘은 분명 엄청날 거야. 수많은 영광스러운 옛 발라드에 영감을 줄 만큼."

나는 갈라토의 환하게 빛나는 초록빛을 떠올렸다. 그리고 그 목걸이가 어쩌다 용암 산 밑으로 영원히 사라졌는지도…….

"갈라토를 잃어버린 건 비극이에요."

"그걸 내게 준 사람을 잃어버린 건 더 큰 비극이지."

엄마는 앞으로 몸을 기울여, 나를 유심히 살펴보았다.

"당시 내가 알던 사람은, 내가 말한 것처럼, 네가 지금 알고 있는 사람은 아니란다."

나는 얼굴을 찡그렸다.

"내가 지금 알고 있는 그 사람이 엄마를 죽이려고 탈출했다고요."

리아가 고개를 끄덕였다.

"정말이에요, 엄마, 조심해야 해요."

"그렇다면 내가 어떻게 해야 할까? 낡아빠진 진흙 오두막에 숨어 지내라고? 아, 아니, 애들아, 나는 굴속에 숨어 지내는 산토끼처럼 살지는 않을 거야."

엄마가 단호하게 말했다. 석탄 불꽃처럼 눈빛이 이글거렸다.

"엄마, 제 말 좀 들으세요. 그 사람은 미쳤다고요. 살인자란 말이에요."

나는 얌전히 있을 수가 없었다.

"그럴지도 모르지. 하지만 나는 그 사람이 나를 해치려 한다는 건 여전히 믿을 수 없구나. 그 사람이 내게, 아니 너희 중 누구에게 자신이 무엇을 하려는지 직접 말하기 전까지는 절대 믿을 수 없어!"

나는 고개를 저었다.

"그럼 어디로 가시려고요?"

"내가 가고 싶은 데로."

"여기 외딴 마을에서 지내면 어떨까요? 여기라면 그 사람이 엄마를 찾을 수 없을 거예요. 앞으로 2주 동안만이라도 그렇게 하세요. 그러고 나면 엄마를 보호할 더 좋은 방법을 우리가 찾아낼 수 있을 거예요. 가장 긴 겨울밤이 지나고 나서 말이에요."

"그렇게 하세요, 네?"

리아도 졸라댔다.

엄마는 잠시 동안 우리를 유심히 살펴보다, 드디어 말했다.

"이틀만 더 이곳에 머물게. 그 이상은 안 돼. 그리고 이건 내가 원하는 게 아니라, 너희들이 내게 간청했기 때문이야."

"하지만……."

카이르프레가 손으로 나를 막았다.

"네 엄마는 단단한 참나무처럼 의지가 강하단다. 이따금 구부러질지는 모르지만, 결코 억지로 강요할 수는 없단다. 네 엄마의 마음을 바꾸려 하지 않는 게 좋아. 내 말 들어. 나도 그 정도는 안단다."

엄마가 카이르프레에게 살며시 웃어 보였다.

"내가 고집불통이라는 말인가요?"

"아, 아니오. 그저 완강하고, 확고하고, 절대로 흔들리지 않는다는 뜻이라오."

엄마가 푸른 눈을 가늘게 떴다.

"그렇다면 당신도 내가 여기에서 오랫동안 있어야 한다고 생각하는 거예요?"

"엘런, 나는 이곳이 가장 안전하다는 데 동의하오. 하지만 난 당신을 잘 알아요. 그리고 당신을 무척이나 사랑하오. 그래서 안전하게 머물 수 있도록 최선을 다하라는 말밖에 할 수 없구려. 당신에게 명령하는 건 바다의 파도에 명령하는 것, 또는 하늘의 구름에 명령하는 거나 마찬가지라오."

카이르프레가 대답했다. 카이르프레의 이마가 깊이 파였다.

엄마의 표정이 천천히 누그러졌다. 엄마가 애정 어린 눈빛으로 카이르프레를 바라보았다.

"당신은, 나의 시인, 스탕마르가 절대 줄 수 없는 걸 내게 주었어요. 갈라토보다 훨씬 더 귀중한 선물 말이에요."

"우리가 공유하는 선물이지요."

카이르프레가 대답했다.

모닥불 장작이 무너지며, 허공에 환한 불꽃을 일으켰다. 타닥타닥 타들어가는 빛 속에서, 오두막의 흙벽은 스스로 빛을 내는 듯 보였다. 노란색과 오렌지색의 물결이 빛나는 파도처럼 벽을 물들였다. 나는 잠자는 류의 모습을 흘끗 보았다. 류의 망가진 귀가 그림자 때문에 시커멓게 보였다. 류는 아주 작아 보였다. 하지만 어린 나이에도 불구하고 용감하고 씩씩해 보였다. 류가 그렇게나 엄청난 공포를 경험하고 나서 지금 이렇게 조용히 잠들어 있는 모습을 보니, 무척 측은하다는 생각이 들었다. 저 아이가 앞으로 이렇게 살도록 해서는 안 된다!

카이르프레는 불 가까이 몸을 기울여, 막대기로 불을 쿡쿡 쑤셨다. 불꽃이 일어나며, 눈썹을 비롯해 얼굴 전체를 환하게 비추었다. 움푹 파인 눈을 제외하고. 그러자 카이르프레가 피부로 만든 인간이 아닌, 마치 투박하게 조각한 석상처럼 보였다. 카이르프레는 막대기를 불꽃 속으로 던져 넣고는, 무릎을 가슴으로 끌어당기며 나를 바라보았다.

"다그다가 너한테 말한 것 중에 한 가지는 그다지 정확하지 않아."

"뭐가 정확하지 않다는 건가요?"

내가 물었다. 내 오랜 스승의 대단함에 나는 깜짝 놀랐다.

"나는 다그다가 고대의 시간이라고 언급한 시절을 생각하고 있어. 핀카이라가 오늘날과 같은 분열에 빠지기 전, 여전히 수많은 종족들의 공동체였던 시절 말이다. 스탕마르가 핀카이라의 분열을 악화시킨 건 맞지만, 그렇다고 분열을 일으킨 건 아니란다."

"그런데 뭐가 정확하지 않다는 말씀이지요?"

내가 물었다. 카이르프레가 무슨 말을 할지 확신이 서지 않았다.

불빛에 환하게 빛나는 시인의 엉킨 눈썹이 일제히 위로 올라갔다.

"너는 다그다가 그 시절을 *지금은 아득히 잊어버린 시절*이라고 말했다고 했지?"

"네 그렇게 말했어요. 왜요, 아닌가요?"

"완전히 그런 건 아니란다, 멀린. 적어도 음유시인들은 당시를 약간이나마 기억하고 있어."

카이르프레는 깊은 생각에 잠겨 불꽃을 응시했다.

"그리고 그때는 정말로 경이로운 시절이었지! 집이나 도서관이나 과수원을 만들 때마다, 모두 다 함께 일했단다. 그리고 물론 그 과실도 함께 나누었지. 모든 생명체들은 자유롭게 돌아다녔어. 위계나 계층 따위는 존재하지 않았지. 인어 종족은 바다에서 자유롭게 까불거리고, 늑대는 사슴과 인간이랑 같은 길을 돌아다녔어. 물론 대부분의 동물들은 식물을 뜯어먹거나 다른 동물들을 잡아먹었지만, 생존에 필요한 것 이상은 절대 먹지 않았단다. 그리고 항상 감사하는 마음을 지니고 살았단다. 아, 내가 너한테 독수리의 쥐에 대한 찬가 또는 그 오래된 발라드, 상처 입은 비둘기여, 그대에서 내 날개를 주겠소!를 들려줄 수 있으면 좋으련만."

장작이 바짝 타들어가며, 카이르프레의 눈에 그림자를 더 깊게 드리웠다.

"당시에는 모든 종족의 구성원들이 출연하는 대규모 연극 행사들도 많았어. 강력한 '바람 누이'부터 가장 우아한 '경쾌한 비행사'에 이르기까지. 바람 누이의 두 팔은 이 섬의 한쪽 해안에서 다른 쪽 해안으로 뻗을 수 있었고, 경쾌한 비행사의 등장은 달빛보다 더 빨랐지."

"나무들도 기억하고 있어요. 아바사는 물론이고 또 다른 고목인 고대의 느릅나무, 헬롬나(Helomna)가 그 시절에 대해 내게 들려주었어요. 새싹을 벗어나 조금만 자라면 어떤 나무든 걸을 수 있다고 했어요. 땅에 뿌리를 딛거나 조금씩 미끄러지면서 말이에요. 때때로 숲 전체가 함께 행진하곤 했대요. 마치 산이 움직이는 것처럼, 파도가 땅에 밀려오는 것처럼."

리아가 또렷하게 말했다. 리아의 잎사귀 옷이 화로 불빛으로 일렁였다. 리아가 나를 보고 환하게 웃어 보였다.

"오빠, 이보다 더 눈부시게 아름다운 걸 상상할 수 있겠어?"

"딱 하나. 당시로 돌아가는 것."

내가 대답했다.

"그건 가능하다, 너도 알다시피. 정말로 가능해. 누군가 여전히 기억하는 한 말이다. 생각해보렴. 핀카이라에 영광의 나날이 돌아오는 모습을 본다면! 하지만 먼저, 우리는 리타 고르의 공격을 막아내야 해."

카이르프레가 말했다. 카이르프레의 이마에 깊은 주름이 잡혔다.

나는 침을 삼키려 했지만 목이 바짝 말랐다.

"우리가 막을 수 있는 방법이 있다고 생각하세요?"

카이르프레는 한참 동안 불꽃을 뒤적이더니, 드디어 나를 다시 바라보며 말했다.

"우리는 숲 전체가 움직였던 땅에 살고 있어. 그래, 파도처럼 말이야! 그런 땅에서는 무엇이든 일어날 수 있어. 무엇이든."

카이르프레는 숨을 깊이 들이쉬고는 말을 이었다.

"나는 집에 돌아가야겠다."

그러고는 엘런을 흘끗 보며 덧붙였다.

"가서 도서관을 좀 뒤져보고 곧 오겠소, 내 약속하리다."

카이르프레의 목소리가 속삭임으로 줄어들었다.

"다그다가 말한 것에 뭔가가 있어…… 만약 내가 지금 생각하고 있는 조각을 알아낸다면, 그것이 도움이 될 거야."

내가 단호하게 고개를 끄덕였다.

"나도 아침에 떠나야겠어요. 사람들을 군대에 합류하게 할 기회가 무엇이든, 음, 어쨌든 시도는 해봐야지요."

"멀린, 조심할 거지? 조금 전에 네가 나한테 간청한 것처럼 너도 꼭 조심할 거지?"

엄마가 간청했다. 내가 고개를 끄덕이는 모습을 바라보며, 엄마는 두툼한 조끼에 팔을 뻗었다. 그러고는 별 모양의 마른 꽃줄기로 엮은 조끼를 내게 내밀었다.

"이걸 가져가렴."

"이건 엄마한테 필요해요."

엄마의 눈에는 야릇한 미소가 번졌다.

"넌 나보다 더 많이 여행하게 될 거야."

"정말 제가 입으라고요? 이건 엄마가 가장 아끼는 조끼잖아요?"

"맞아. 사슴 종족의 치유자 샬로나(Charlonna)가 이 조끼를 만들었
지. 그리고 우리 우정의 징표로 내게 주었단다. 그러니 넌 이 조끼의 따
뜻함 속에서 더 많은 위안을 받게 될 거야. 이 조끼에는 사슴 종족의
마법이 들어 있으니까."

나는 환하게 웃었다. 엄마는 내게 부드러운 미소로 답했다.

"이제 네가 이 조끼를 입을 때마다 할리아와 내가 너를 감싸줄 거야."

나는 리아를 향해 고개를 돌렸다.

"나랑 같이 갈래? 잠시 동안만. 네가 도와줄 일이 있어."

"내가 어떻게 도울 수 있어? 내 불의 고리가 오빠를 따뜻하게 해주면
모를까."

리아가 곱슬머리를 찰랑거리며 물었다.

내 표정이 굳어졌다.

"난 네가 필요해, 멋진 우리 여동생. 불의 고리가 있든 없든 상관없이
말이야."

리아는 스컬리가 잠자고 있는 주머니 바로 아래, 소매를 손으로 톡톡
두드렸다.

"난 갈 수 없어, 멀린. 나는 드루마 숲으로 돌아가야 해, 내가 속한 곳
으로 말이야. 게다가, 나한테 같이 가자고 부탁하기 전에 도대체 무슨

생각을 하고 있는 건지 내게 말해줘야 하는 거 아니야!"

"내가 말했잖아, 때가 되면 알려줄게."

리아가 나를 향해 얼굴을 찡그렸다.

"아, 좋아. 하지만 잠깐만이야."

그러고는 혼잣말로 중얼거렸다.

"스컬리가 무척 좋아하겠네."

"고마워, 후회하지 않을 거야."

내가 말했다.

"후회 안 해. 하지만 오빠가 후회하게 될 거야."

엄마가 다가와 딸의 손을 잡았다.

"너한테도 조끼를 줄 수 있으면 좋으련만."

"괜찮아요. 내가 달라고 하면 오빠는 언제든 나한테 빌려줄 거예요."

리아가 명랑하게 대답했다. 그러고는 나를 흘끗 쳐다보며 물었다.

"안 그래?"

"그래. 여기. 오늘 밤에 담요로 써라."

내가 투덜거리며 리아에게 조끼를 툭 건네주며 말했다.

"그렇다면, 너한테는 이게 필요할 게다."

카이르프레가 불쑥 끼어들어, 자신의 두툼한 양모 회색 목도리를 풀어서 내 무릎에 던져 주었다.

"그리고 리아, 넌 내 암말, 코엘라(Coella)를 타고 가거라. 집으로 가는 내 여정은 하루 정도만 걸어가면 돼. 그러니 나보다 너한테 말이 더 필요할 거야."

그러고는 눈짓을 하며 덧붙였다.

"네가 멀린한테 이온을 달라고 부탁하고 싶지 않은 한……."

리아가 거부하듯 손을 저었다.

"아직은 아니에요."

그러고는 리아가 나를 바라보았다. 표정이 다시 심각해졌다.

"우리 언제 떠나?"

"새벽에. 말을 타고 달릴 거야. 핀카이라의 모두를 위해, 우리는 달려
갈 거야."

내가 대답했다.

"이제 잠 잘 시간이군, 오빠."

우리는 흙바닥에 몸을 뉘었다. 나는 리아와 류 사이 바닥에 등을 붙
였다. 나는 좀 더 따뜻한 감촉을 느끼려 양털 목도리를 가슴에 덮었다.
그러고는 이글거리는 불꽃에서 피어올라 지붕 사이 구멍으로 빠져 저
위 어두운 하늘로 흘러가는 연기를 멍하니 바라보았다. 그러는 내내, 류
의 규칙적인 숨소리가 느릿느릿 들려왔다. 이윽고, 내 숨소리도 그 숨소
리와 합류했다.

9

불쏘시개

몇 시간 뒤, 나는 몸을 벌벌 떨며 잠에서 깼다. 너무 추웠다! 염소 똥 냄새와 칙칙한 천 냄새와 더불어 어둠이 오두막 안에 가득 차 있었다. 다시 한번 몸을 으스스 떨며 투시력으로 보니, 내 가슴에서 목도리가 미끄러져 내려가 있었다. 하지만 그것이 진짜 문제는 아니었다. 화롯불이 완전히 꺼진 게 문제였다.

나는 자리에서 일어나 뻣뻣한 손가락을 펴고, 다른 사람들을 깨우지 않으려 조심조심 화로 쪽으로 기어갔다. 적어도 장작 하나만이라도 남아 있기를 바라며 불 속 잿더미들을 뒤졌지만, 다 타 버린 석탄과 타다 만 염소 똥만 조금 있을 뿐이었다.

"제기랄!"

나는 혼잣말을 했다. 이제 나는 처음부터 새로 불을 피워야 했다. 불을 불러오는 마법을 사용할까 생각했다. 하지만 그 마법은 항상 불꽃과 함께 커다란 폭발도 불러왔다. 사람들이 모두 깰 게 분명했다. 따뜻한 온기 못지않게, 내 친구들은 편안하게 쉬어야 했다.

차가운 두 손을 겨드랑이 아래 넣은 채, 땔감이 될 만한 게 없나 오두막을 이리저리 둘러보았다. 저기 있다! 벽 옆에 내 지팡이 두께의 나무토막이 몇 개 있었다. 나는 여기저기 뻗어 있는 잠자는 친구들의 팔다리를 피하려 최선을 다하며 그 나무토막을 가지러 흙바닥을 기었다. 하지만 무엇으로 불쏘시개를 하지? 나무토막만으로는 불을 피울 수 없는 노릇이었다.

그럼에도 불구하고, 나는 시도했다. 화로 옆에 놓인 카이르프레의 부싯돌을 주워, 불꽃을 일으키려 재빨리 움직였다. 성공했다. 하지만 불행하게도 나무토막에 불이 붙지 않았다. 성과 없는 노력을 쏟은 지 몇 분이 지나고 나니, 처음 잠에서 깼을 때보다 더 추웠다. 손가락이 얼얼했다. 나는 진저리 치며, 그냥 그날 밤을 벌벌 떨며 보내기로 했다.

바로 그때, 뒤에서 뭔가가 나를 쿡쿡 찔렀다. 휙 돌아보니 류가 손을 내게 내밀고 있었다. 류의 자그마한 손에는 마른 나무껍질 조각이 있었다. 내게 필요한 불쏘시개였다!

너무나도 자신감이 넘치고 의연한 이 어린 소년을 바라보며, 전에는 내 자신에게 한번도 허용하지 않았던 뭔가가 배어 나왔다. 내가 류에게 미소를 지은 거다.

류의 입꼬리가 머뭇머뭇 살짝 올라갔다. 하지만 이내 사라졌다. 그래도 나는 류가 미소 지었다는 걸 알았다.

그러고 나서는, 아무 말 없이, 류는 앞으로 기어갔다. 맨발이 바닥을 긁었다. 류는 불쏘시개를 검게 그을린 돌 한가운데에 놓고는, 공기가 통할 만한 공간을 남겨두고 재빨리 나무토막 더미를 가지런히 놓았다. 나는 부싯돌을 켰다. 가느다란 불꽃이 일더니, 나무껍질 바닥 근처에 불이 붙었다. 우리는 함께 입으로 바람을 조심스레 불며, 불꽃이 살아나도록 부추겼다.

새빨간 빛이 이글이글 타오르더니, 뒤이어 희미한 연기가 피어올랐다. 다시 한번, 우리는 바람을 불었다. 즉각, 불꽃이 살아나며 나무껍질 가장자리를 핥았다. 우리는 그 위에 나뭇조각을 올렸다. 머지않아 나뭇조각들이 탁탁 타오르며 불꽃을 내기 시작했다.

우리는 타오르는 불꽃 앞에서 조용히 두 손을 녹였다. 그러고는 동시에 서로를 바라보았다. 나는 고개를 끄덕였다. 류도 고개를 끄덕였다. 우리 주위, 오두막 안은 불빛이 넘실거렸다. 오렌지색 불빛이 벽을 타고 흘렀다. 새로운 온기가 우리 둘을 어루만졌다.

잠시 뒤, 우리는 다시 각자의 자리로 돌아갔다. 류가 흙바닥에 자리를 잡았을 때, 나도 그렇게 했다. 나는 새롭게 피어오르는 연기 기둥을 잠시 지켜보았다. 공기가 여전히 차가웠기에, 나는 목도리를 바짝 끌어당겼다. 손에 닿은 두툼한 양모의 느낌에, 좋은 생각이 났다.

나는 일어나 앉아 류에게 몸을 기울였다. 류는 나를 이상한 듯 지켜보았다. 류의 잘린 귀 주변에 엉겨 붙어 있는 마른 피가 불빛에 비쳤다. 나는 류에게 목도리를 살며시 건넸다. 류가 그 목도리를 걸치고 있는 걸 보면, 카이르프레도 나처럼 기뻐하리라는 걸 알았다.

류는 잠시 머뭇거렸다. 드디어, 류는 손을 뻗어 목도리를 받았다. 얼굴에는 부끄러운 듯 미소가 스쳐 지나갔다. 그러고는 류는 내가 예상하지 못한 행동을 했다. 목도리를 목에 두르지 않고, 또는 가슴에 덮지 않고, 발에 둘러 맨발을 감쌌다.

류는 고맙다는 뜻으로 고개를 끄덕이고는, 몸을 둥글게 말았다. 머지않아, 류는 잠에 곯아떨어졌다. 나도 잠에 곯아떨어졌다.

2부

10

나무를 깨우자

하늘에 잿빛 여명이 스며들며 밤을 지워갈 즈음, 리아와 나는 길을 나섰다. 우리는 마을 출입구의 비틀어진 기둥을 지났다. 우리의 숨결은, 우리가 타고 있는 말과 마찬가지로, 밤공기 속에 차가운 김을 뿌려댔다. 추위가 내 얼굴을 할퀴고 내 팔다리를 마비시켰다. 내 손가락은 땅바닥 만큼이나 뻣뻣해 마치 죽은 듯했다. 그러는 내내, 내 마음 속에는 걱정 이 가득 찼다. 내가 류를 생각할 때만, 그리고 우리가 함께 붙인 화롯 불을 생각할 때만, 슬며시 내 안에서 미소가 번졌다.

리아는, 나처럼, 혼자만의 생각에 빠져 있는 것 같았다. 엄마의 조끼 속에 몸을 웅크린 채, 리아는 암말 코엘라에 걸터앉았다. 암말의 두 귀 가 불안한 듯 이리저리 움직였다. 한편, 나는 이온의 발굽이 잔디를 밟 으며 얼음 조각을 깨트리는 소리에 귀 기울였다. 얼음 조각은 낮이 되 면 물웅덩이가 될 거다. 나는 리아를 흘끗 쳐다보았다. 리아가 엄마의 조끼를 계속 입으려 해 나는 기뻤다. 새벽이 오기 전 희미한 빛으로 물 들며, 조끼는 노란 별 모양으로 빛났다. 리아의 옷자락 사이에 깊숙이 자리 잡고 있는 스컬리의 초록색 눈동자가 조끼에 빛을 더했다.

참나무, 물푸레나무, 산사나무의 자그마한 잡목림을 지나갈 때, 태양이 떠올라 잎이 떨어져 나간 앙상한 나무 꼭대기를 황금빛으로 물들였다. 리아의 얼굴은, 왠지 모르게 굳은 채 나를 향했다. 나는 리아가 드루마 숲의 집을 그리워하고 있다는 걸 알 수 있었다. 그곳에는 겨울이 그냥 스쳐 지나갈 뿐이었다. 나는 리아가 더 이상 묻지 않은 내 계획에 대해 곰곰 생각했다.

계획. 그건 너무 거창한 단어였다. 내게는 단지 '생각'만 있을 뿐이었다. 그리고 그 생각에 그리 큰 확신도 없었다. 또는 리아가 내 생각에 동의해줄지도 불확실했다. 그 생각을 해볼 시간이 아직은 조금 더 남아 있다는 게 그나마 고마울 뿐이었다. 왜냐하면 리아가 밤에 설명해 달라고 했기 때문이다. 하지만 시간이 흘러도 내 불안한 마음은 가라앉지 못했다.

그날 내내, 우리는 서리가 내려앉은 평원을 건너 함께 북쪽으로 달렸다. 서로 거의 아무런 말도 하지 않았다. 스컬리의 찡그린 얼굴이 내게 자신의 생각을 아주 분명하게 말해주었을 뿐. 그날 내내, 말들의 발걸음은 머리 위의 쓸쓸한 구름처럼 전혀 변함이 없었다. 어디로 가는지 나 스스로 확신이 서지 않는데 서둘러 갈 필요가 뭐가 있을까?

이윽고, 창백한 저녁노을이 서쪽의 구름을 밝혔다. 우리는 졸졸 흐르는 개울에 이르렀다. 개울은 병풍처럼 서 있는 나무들 밖으로 흐르고 있었다. 내가 숲 가장자리, 옆으로 기운 참나무 한 그루를 가리키며 말했다.

"저기서 오늘 밤을 보내자."

"멋지네, 겁나 멋지구먼. 분명 저녁에 먹을거리도 없겠구먼."

리아의 어깨에서 투덜거리는 목소리가 흘러나왔다.

리아는 손을 저어 스컬리를 조용히 시켰다.

"나한테 오트밀 과자가 조금 있어, 이 먹보야! 네가 입 좀 다물고 있으면 리버탕 열매도 맛보게 될 수도 있고."

리아가 나를 흘끗 쳐다보며 말을 이었다.

"멀린과 할 이야기가 좀 있거든."

"좋아, 좋아, 어설픈 인간이 말하면 잠이 솔솔 오지."

스컬리가 깐족거렸다.

밧줄로 말들을 매는 번거로움을 피해, 우리는 참나무 뿌리 근처에 앉았다. 참나무 뿌리는 마치 앙상한 손가락처럼 잔디밭을 움켜쥔 모습이었다. 리아는 주머니에서 오트밀 과자 한 움큼과 새콤한 자줏빛 열매 몇 개를 꺼냈다. 나는 조금 집어 들었다. 스컬리는 입술을 달싹이며 집어 들었다. 나는 둥그런 돌멩이를 들어 올려, 개울을 가로질러 앉아 있는 얼음을 깼다. 리아가 병을 물속에 넣어 물을 가득 채울 때, 차가운 물이 내 손을 흠뻑 적셨다.

"네 나무딸기 시럽을 지금 당장 조금 먹을 수 있으면 좋을 텐데."

내가 후회했다.

리아는 그 생각에 쿡 웃었다. 리아의 두 눈동자가 빛났다. 나는 적어도 하룻밤을 더 리아와 함께 한다는 게 기뻤다.

"음, 그러니까……."

내가 말을 꺼냈다.

"밤이야 밤, 이 수다쟁이 인간아. 지금 밤새도록 지껄여봐. 강에 빠지지는 말라고, 헤크-헤카, 히-히-히-호."

스컬리가 오트밀 과자를 양 손에 들고서 리아의 소매 주머니에 미끄러져 들어가며 불쑥 끼어들었다.

나는 스컬리의 귀가 주머니 속으로 사라지는 모습을 바라보며, 고개를 저었다.

"저 녀석은 정말 기가 막힌 동료야."

리아가 열매 하나를 삼키며 말했다.

"저 녀석이 나를 이따금 웃게 해줘. 그것만으로도 대단하지."

"굳이 말하자면, 허기진 뱃속처럼 대단하지."

리아가 팔을 뻗어 내 다리를 톡톡 두드렸다.

"자 이제 오빠 생각을 말해봐."

나는 숨을 깊게 들이쉬고는 말을 다시 시작했다.

"우리의 문제를 잠시 생각해봐. 핀카이라에 사는 거주민들 모두에게 소식을 알리기에는 시간이 턱없이 부족해. 그래서 나는 리타 고르에 맞서 싸우는데 누가 가장 도움이 될지 결정해야 해. 그리고 그들에게 가야 해. 내 생각에는 협곡 독수리한테 제일 먼저 알려야 할 것 같아."

리아가 손가락 사이로 열매를 굴리며 내 이야기를 곰곰 생각하더니 입을 열었다.

"일리가 있네. 계속해봐."

나는 리아를 한참 동안 유심히 바라보았다.

"리아, 네가 나보다 더 잘 아는 종족들이 있을 거야. 나처럼 네가 신뢰할 만한 종족 말이야."

리아가 긴장하며, 우람한 나무뿌리에 등을 기댔다.

"설마 나한테 원하는 건 아니지……. 아니, 멀린. 나도 오빠가 모두를 다 모을 수 있도록 도와주고 싶어. 하지만 난 할 수 없어."

"왜 할 수 없는데?"

"왜냐하면, 그럴 수 없으니까!"

리아가 엉겁결에 말했다.

"그럴 수 있는지 없는지는 아무도 몰라."

"난 알아! 적어도 난 할 수 없어. 나는 드루마 숲에 살아, 오빠도 아는 것처럼. 내 친구, 나무들과 함께."

리아가 시선을 돌려, 늙은 참나무 뒤의 어두컴컴한 숲을 바라보았다.

나는 깊게 파인 참나무 나무껍질에 손을 얹으며 말했다.

"그들은 네 말을 들을 거야, 리아. 수많은 세월 동안 땅에 뿌리박고 살게 만든 잠에서 깨어날 수 있을 거야."

"말도 안 돼. 다른 나무보다 훨씬 오래 깨어 있는 드루마 숲의 나무들조차, 더 이상 뿌리를 들어 올릴 수는 없어. 그 나무들은 너무 오랫동안 잠을 자고 있었기에, 방법을 까먹었단 말이야."

리아가 콧방귀를 뀌었다.

"그렇다면 걸어 다니는 나무들은 뭔데? 내가 작년에 한 그루를 만난 적이 있어. 유령의 늪 근처에서 말이야."

내가 다그쳤다.

"걸어 다니는 나무를 봤다고? 정말이야? 나한테 말한 적 없잖아?"

리아의 청회색 눈동자가 순간 커졌다. 이내 재빨리 흥분을 가라앉히고 말했다.

"그들이 얼마나 희귀한지 오빠도 잘 알 거야. 이 섬 전체에 대여섯 그루만 남아 있다고 들었어. 게다가, 그저 평범한 나무처럼 보인단 말이야. 그 이름도 '항상 거기에 있지만 절대 발견할 수 없다'는 뜻이라고."

나는 나무둥치 가장자리 아래로 손을 옮겼다. 그러고는 리아의 어깨를 감쌌다.

"넌 찾을 수 있을 거야, 리아. 난 네가 해낼 수 있다는 거 알아! 그리고 만약 네가 그들에게 갈 수 있다면, 그들은 분명 다른 나무를 깨우는 방법을 알고 있을 거야."

나는 가까이 몸을 숙여 리아의 얼굴을 살피며 말했다.

"숲이 움직이는 걸 생각해봐! 네가 어젯밤에 말했던 것처럼! 만약 리타 고르의 군대가 그런 모습을 본다면……."

나는 말끝을 흐렸다. 하지만 내 눈빛은 절대 흐려지지 않았다.

"*기억 나? 산이 움직이는 것처럼, 파도가 땅에 밀려오는 것처럼.*"

리아는 곱슬머리를 쓸어 넘기며, 나를 뚫어지게 쳐다보았다. 확신이 없는 목소리였다.

"상상하는 건 멋져. 하지만……."

"하지만 뭐?"

"아, 난 이런 일에는 소질이 없어."

"정신 차려. 넌 스탕마르와 그의 성에서 맞섰다고, 안 그래?"

"그래, 하지만 그때 그 모든 순간들은 전부 다 기억하고 싶지 않아."

"그리고 너는 나랑 용의 굴에 들어갔어, 안 그래? 우리가 그곳에서 마주한 것은 우리 친구 귀니아가 아니라 귀니아의 아빠였어. 귀니아보다 세 배는 더 크고 수천 배나 더 무시무시한 용이었다고."

리아의 얼굴이 누그러지며 살며시 미소가 번졌다.

"그날 오빠는 신발 하나를 씹어 먹었지."

"음,"

나는 딱딱한 뭔가를 마구 씹는 흉내를 내며 말했다.

"소금 좀 더 줘."

냠, 냠, 쩝, 쩝.

리아가 크게 웃었다.

"필요 없어! 오빠 발에서 난 땀으로 이미 짭짤할 테니까."

그 말에, 우리 둘 다 하하, 호호 웃음을 터트렸다. 너무 크게 웃는 바람에 스컬리가 놀란 표정으로 고개를 배꼼 내밀고는 우리를 물끄러미 바라보았다. 그러다 리아의 오트밀 과자 하나가 나무뿌리에 놓여 있는 걸 발견하고는, 펄쩍 뛰어내려 한 조각을 낚아채, 누가 잔소리를 퍼붓기 전에 주머니 속으로 냉큼 다시 들어가 버렸다.

잠시 뒤, 리아가 심각한 표정으로 한참 동안 나를 보았다.

"오빠는 미쳤어. 완전 미쳤어."

나는 고개를 끄덕였다.

"그리고 오빠 생각은 모두 말도 안 돼. 위험한 건 둘째 치고 말이야. 스탕마르와 팔에 검이 달린 그자가 돌아다니고 있잖아."

나는 다시 고개를 끄덕였다.

리아가 침을 꼴깍 삼켰다.

"좋아, 할게."

나를 노려보며 덧붙였다.

"나한테 어떻게 그런 걸 시킬 수 있어?"

"네가 그 덩굴 위에서 나한테 날아보라고 말한 것하고 다를 바 없어."

리아는 잠시 생각에 잠겨 손가락으로 비스듬하게 기울어진 참나무 둥치를 탁탁 두드렸다.

"오빠의 또 다른 생각도 말해봐. 내가 나무들을 깨우러 가 있는 사이, 오빠는 또 누구를 동맹으로 끌어들이고 싶은데?"

"그러니까, 협곡 독수리라고 내가 이미 말했잖아. 너도 알다시피, 협곡 독수리를 찾는 일은 쉽지 않아. 하지만 내가 아주 오래전에 협곡 독수리를 도왔잖아. 독수리들이 그 사실을 잊지 않았길 바랄 뿐이야."

"그리고 또 누구?"

"거인들. 많으면 많을수록 좋겠지. 심은 이미 그 임무를 맡았어. 하지만 우리는 소인들의 도움도 필요할 거야. 소인들은 싸움을 잘하니까."

"그건 쉽지 않을 거야. 오빠가 우르날다를 마지막으로 만났을 때, 우르날다는 이 열매처럼 고약하게 굴었잖아."

리아는 남은 열매를 입 속에 쏙 밀어 넣었다.

나는 내 옆에 놓인 지팡이에 새겨진 마법의 상징을 바라보며 손으로 쓸어내렸다.

"나도 알아, 내 말 믿어. 하지만 우르날다는 그저 소인들의 지도자가 아니야, 안 그래? 우르날다는 마법사야. 아주 강력한 마법사라고. 미래를 볼 수 있는 능력이 있어. 우르날다는 우리가 직면하고 있는 위험을 이미 알고 있을지도 몰라. 그리고 만약 우르날다를 설득할 수 있다면, 음, 성난 소인 하나는 리타 고르의 고블린 전사 무리보다 훨씬 가치가 있지."

"잠깐만. 오빠는 리타 고르가 고블린들의 도움을 받을 거라 장담할 수 있어. 오래된 동맹이니까. 하지만 리타 고르의 군대 대부분은 정령들, 죽지 않는 존재들이야. 다그다도 그렇게 말했잖아. 어떻게 그들과 싸워 이길 수 있다고 생각하는 거야?"

잠시 동안, 나는 숨을 죽이고 얼음을 따라 졸졸 흐르는 시냇물 소리에 귀 기울였다.

"나도 몰라. 정말 몰라. 하지만 어쨌든 최선을 다하는 수밖에."

마침내 내가 대답했다.

리아가 가만히 깨물었다. 음식이 아니라 자기 입술을.

"어떻게든 바람 누이를 만나야 해. 우리 오랜 친구 아일라와 만날 수 있는 방법을 알면 좋겠는데."

"네가 절대 바람을 찾을 수는 없어. 바람이 널 찾아내는 거야. 이제, 내가 만날 수 있는 건 바로 그랜드 엘루사야. 그랜드 엘루사는 분명 핀 카이라를 위해 기꺼이 싸울 거야! 그랜드 엘루사는 거대한 거미에 어울리는 식성은 두말할 필요도 없이, 그 크기와 힘으로 볼 때 이 섬의 걸어 다니는 가장 위험한 생명체지."

나는 잠시 말을 멈추었다 이어 말했다.

"용을 제외하고 말이야."

귀니아의 굴을 찾아 북쪽으로 여행하고 있을 할리아를 생각하니 목이 메어왔다. 할리아가 제때 찾아낼까? 귀니아가 거기 있을까?…… 그리고 기꺼이 도와주려 할까?

"우리한테는 우리가 찾을 수 있는 생명체라면 누구든 필요해. 내 숲의 요정 친구들은 기꺼이 합류하려 할 거야. 비록 그들이 그림자처럼 걷잡을 수 없지만 말이야."

내 그림자는, 어둑어둑한 땅 위에서 거의 보이지도 않았는데, 고개를 세차게 흔들었다.

"좋아, 좋아. 리아의 요정들 중 누구도 나랑 붙어 있는 너처럼 걷잡을 수 없지는 않아."

내가 말했다.

그러자 그림자가 동작을 멈추었다.

나는 리아를 향해 고개를 휙 돌렸다.

"그리고 늪지 유령들도."

리아가 이마를 찡그렸다.

"늪지 유령들은 안 돼. 그들이 진짜 싸움을 잘하는 건 나도 인정해.

하지만 유령들은 신뢰할 수가 없어."

"내가 늪지 유령들을 만나서 도와줬을 때, 넌 거기에 없었어. 어쩌면 그들도 기억할지 몰라. 그리고 어쩌면 내게 진 빚을 갚고 싶어 할지도 모르잖아."

리아는 이마를 더 찡그렸다.

"늪지 유령은 마지막으로 생각해야 해. 살아 있는 바위만이 늪지 유령보다 더 나쁜 후보라고. 하! 오빠는 살아 있는 바위의 도움을 받기는 커녕 말도 할 수 없을걸."

"아니, 난 이미 살아 있는 바위와 이야기를 했었어, 리아! 살아 있는 바위가 나를 집어삼키려 했던 그날 밤에 한 말 기억 안 나? 우리는 이야기를 나누었어. 나는 그 깊고 쩌렁쩌렁한 목소리를 똑똑히 기억해. 그 오래된 바위 안에도 생명이 있어. 그리고 큰 지혜도 있지. 난 도움을 청할 수 있어, 할 수 있다고 확신해."

"나는, 차라리 나무를 깨워 보는 게 빠를 것 같아. 그게 정말로 가능하다면 말이야."

"해보자고."

내가 참나무를 향해 고개를 끄덕이며 제안했다.

리아가 한동안 나를 미심쩍은 표정으로 바라보았다. 그러더니 손가락을 쫙 벌려, 나무둥치의 깊이 파인 껍질에 손을 얹었다. 이윽고 두 눈을 꼭 감고, 묵직하고 꺼끌꺼끌한 참나무의 언어로 속삭이기 시작했다.

후우 와시아 와시아 로우; 후우 와시아 루우 와이노.

리아는 그 노래를 반복해서 부르고 또 불렀다.

내 허벅지 아래 뻗어 있는 나무뿌리 안에서, 아주 미세하게 꿈틀거리는 게 느껴졌다. 분명하지는 않았지만, 거의 움직이는 것 같았다. 내가 그냥 상상한 걸까? 나는 손을 쭉 뻗어, 리아 옆의 나무둥치를 만져 보았다. 나무의 심재*에서 흘러나오는 따뜻함이 손바닥으로 천천히 흐르기 시작했다.

후우 와시아 와시아 루우, 후우 나아야란 와시아 로우.

또 다른 나무뿌리가 살며시 떨리며 흔들렸다. 뿌리가 마치 곧 움직이려는 팔처럼 수축했다. 그와 동시에, 우리 머리 위의 나뭇가지 하나가 흔들리기 시작하더니, 나무둥치와 탁탁 부딪쳤다. 그러자 리아의 풍성한 곱슬머리에 낙엽이 우수수 떨어져 내려앉았다. 리아가 경이로움이 가득한 표정으로 눈을 떴다. 심재의 온기가 약간 더 강해졌다.

"되고 있어. 오빠도 느껴져?"

리아가 흥분을 감추지 못한 채 물었다.

"이 나무가 땅 밖으로 뿌리를 들어 올리게 할 수 있는지, 어디 한번 해보자고!"

그러나 내가 그 말을 하는 순간, 나무는 다시 잠잠해졌다. 손바닥 아래, 온기가 나타날 때 그랬던 것처럼 순식간에 식어가는 것 같았다. 리아와 나는 함께 노래를 불렀다. 이번에는 크게 반복하고 또 반복해서 불렀다. 하지만 온기는 계속 꺼져가더니, 마치 깨진 물병에서 물이 새어나가는 것처럼 나무의 섬유에서 빠져나가 버렸다. 잠시 뒤, 나는 손 아래 울퉁불퉁한 주름 잡힌 나무껍질만 느낄 수 있었다.

우리는 포기하지 않고 다시 노래를 불렀다. 계속해서 손바닥을 나무에 대고 눌렀다. 어찌나 세게 눌렀는지 손등 혈관이 툭 튀어나올 정도였다. 하지만 아무것도 움직이지 않았다. 아무런 움직임도 없었다. 온기

---

*나무줄기의 중심부에 있는 단단한 부분.

도 없었다. 생명도 없었다.

　마침내, 우리는 물러섰다. 리아는 침울한 눈빛으로 나를 보았다. 고개를 가로저으며, 머리카락에 달라붙은 잎사귀를 털어냈다. 잎사귀는 땅으로 떨어져, 리아 발 옆에 내려앉았다.

　"쉽지 않네."

　리아가 힘없는 목소리로 말했다.

　"그래. 하지만…… 넌 정말 뭔가를 시작했어. 누가 알아? 어쩌면 넌 다른 방법을 찾을지도 몰라. 차이를 만들어낼 수 있는 새로운 단어나 어조 말이야."

　리아 입꼬리가 살짝 올라갔다.

　"정말 그렇게 생각해?"

　"가능해. 너도 알잖아."

　리아가 고개를 뒤로 젖혀, 활처럼 휜 참나무 나뭇가지를 슬며시 올려다보았다.

　"가능할 수도. 가능하지 않을 수도."

　그 순간, 나무둥치의 갈라진 홈에서 사과 씨앗보다 크지 않은, 자그마한 얼룩 같은 빛이 어른거렸다. 그 빛이 환하게 반짝이며 날아올라 허공에서 윙윙거렸다. 경쾌한 비행사! 전에 이 정교한 존재를 딱 한 번 본 적이 있었는데, 그 아름다움을 결코 잊은 적이 없었다.

　환하게 빛나는 점이 우리 머리 위로 한 바퀴 빙 돌더니, 우리를 향해 윙윙 날아왔다. 경쾌한 비행사가 티끌과도 같은 먼지처럼 가볍게, 내 코끝에 내려앉는 동안 나는 숨죽였다. 녀석은 내 코끝에 앉아, 잠시 날개를 부드럽게 펄럭거렸다. 나도 녀석을 보고 있었지만, 저 반짝반짝 빛나는 자그마한 존재도 나를 긴밀하게 지켜보고 있다는 느낌을 떨쳐 버릴 수 없었다. 이윽고, 경쾌한 비행사는 새로운 불빛과 함께 날아오르더니, 공기의 흐름을 타고 숲으로 사라져 버렸다.

리아는 경쾌한 비행사가 사라지는 모습을 바라보며 날갯짓 소리를 흉내냈다.

"저걸 보고 있으니 별똥별이 생각나. 하지만 훨씬 더 작네. 저 녀석이 오빠의 그 뾰족한 코를 좋아하는 게 분명해."

리아가 활짝 웃었다.

나는 경쾌한 비행사가 살포시 내려앉았던 코끝에 손을 가져다 대며 말했다.

"어쩌면…… 우리는 방금 전에 첫 번째 지원군을 얻은 걸지도 몰라."

리아가 활짝 웃었다.

"그럴 수도 있겠네."

이온이 갑자기 히힝 울었다. 개울가 버드나무 줄기를 뜯어먹고 있던 이온은 고개를 쳐들어 어둑어둑한 평원을 돌아보고 있었다. 이온이 바라보는 곳을 눈으로 쫓아가니, 그늘에서 우뚝 서 있는 누군가가 있었다.

나는 자리에서 벌떡 일어나 노려보았다. 이럴 수가! 그 존재가 허둥지둥 걸어오는 걸 보고 나는 알았다. 그것은 이 밤에, 이곳에서 만나리라고는 전혀 예상하지 못했던 사람이었다.

"류!"

나는 깜짝 놀라 말했다. 소년은 우리를 향해 터벅터벅 걸어왔다. 시냇가에 발걸음을 멈추고는, 헉헉 숨을 몰아쉬었다. 무릎을 굽혀 얼굴을 물속에 텀벙 담그고 몇 모금 물을 마시더니, 다시 일어섰다. 류는 잘려나간 귀의 상처를 건드리지 않으려 조심하면서 물이 뚝뚝 떨어지는 턱과 뺨을 옷소매로 쓱 훔쳐냈다.

내가 물었다.

"너…… 여기까지 달려온 거야? 우리를 뒤쫓아서?"

류는 고개를 끄덕였다. 내가 전날 밤에 주었던 양털 목도리에 물방울이 튀었다. 류는 그 목도리를 이제는 목에 두르고 있었다.

"네, 뒤따라왔어요."

류는 또박또박 힘주어 말했다. 마치 하루 종일 달린 것이 전혀 이상하지 않기라도 한 것처럼.

나는 리아를 흘끗 바라보았다. 리아 또한 믿을 수 없다는 표정을 짓고 있었다. 나는 류의 얼굴과 내 얼굴이 거의 닿을 정도까지 천천히 무릎을 구부렸다.

"말해봐, 왜 그랬어?"

내가 속삭였다.

류는 목도리를 잡아당겼다.

"이건 형 거예요. 내가 이걸 돌려주기 전에 떠났잖아요."

나는 웃지 않을 수가 없었다.

"아니야, 류. 그건 내가 너한테 준 거야. 내 친구가 나한테 준 것처럼 말이야."

류가 그 목도리를 내게 돌려주어야 한다고 말하는 동안, 류의 진짜 동기는 다른 데 있다는 걸 나는 확실히 느꼈다. 왜 이 아이는 나한테 끌리는 걸까? 류는 내 어린 시절과 자신의 어린 시절이 그리 다르지 않다는 걸 왠지 본능적으로 알고 있는 게 아닐까?

나는 류의 어깨를 살며시 토닥여주었다.

"귀는 좀 어때?"

류는 자신의 상처에 대해 언급하자 움찔 놀란 듯했다. 그러고는, 어깨를 펴고는 대답했다.

"그리 나쁘지 않아요, 대장. 아직 욱신거리지만, 그리고 만지면 아프지만, 제 귀는 아주 괜찮아요. 그런데 끔찍한 건 어젯밤 꿈이었어요."

류의 이마에 걱정스레 주름이 잡혔다. 류는 어깨를 부르르 떨며 먼 곳을 살짝 바라보았다.

"하지만 대장이 제가 그걸 극복하도록 도와주었어요."

"사실, 내 기억이 맞는다면, 네가 날 도와주었지. 그리고 날 그냥 멀린이라고 불러."

희미한 빛 속에서도 류의 눈동자가 밝아졌다. 류는 자그마한 입을 꼭 다물었다.

"누군가 달려오는 꿈을 꿨어요, 멀린 대장. 나와 같은 아이들이었어요. 그 아이들은 아주 빨리 달렸어요. 누군가 또는 뭔가로부터 도망치는 게 분명했어요. 그게 뭔지는 모르겠어요. 난 기다렸다가 확인하지 않았어요. 하지만 그게…… 어쩌면……."

류가 침을 꿀꺽 삼켰다.

"널 공격한 놈? 아니, 아니, 그럴 리가 없어."

류의 두려움을 느끼며, 내가 입술을 깨물었다.

류는 확신이 없는 표정으로 나를 빤히 쳐다보았다.

"그자는 여전히 근처를 돌아다니고 있어요. 그리고 아직 근처에 있다면, 다른 아이들도 사냥하고 다닐 거예요."

나는 류의 손을 꼭 감싸 쥐었다.

"하지만 넌 아니야. 넌 이제 안전해. 내가 약속할게."

류가 불확실하게 고개를 끄덕였다.

"여기, 하루 종일 달려오느라 그리 넉넉하지는 않지만 이거 먹어. 하지만 아침에는 좀 더 잘 먹을 수 있을 거야."

나는 먹지 않고 남겨둔 오트밀 과자를 건넸다.

"감사합니다, 멀린 대장."

류는 오트밀 과자를 입 안에 쏟아 넣고 씹기 시작했다.

나는 류가 다 먹을 때까지 지켜보았다.

"오늘밤 우리와 함께 지내도 괜찮아, 류. 그리고 너한테 나쁜 일은 일어나지 않을 거야. 그건 확실해. 하지만 내일, 우리는 다시 헤어져야 할지도 몰라."

류가 고개를 숙이는 모습을 보며, 나는 설명했다.

"리아는 자기 갈 길을 갈 거야. 그리고 나도…… 내 갈 길을 가야 해. 우리와 함께 여행하면 너무 위험해. 너든 누구든 말이야."

류는 나를 당돌하게 바라보았다. 하지만 턱이 부들부들 떨렸다.

"이제 걱정하지 마. 우리가 널 그냥 내버려두지는 않을 테니까. 너도 스스로를 돌보는 법을 잘 알고 있겠지만 말이야. 헤어지기 전에, 우리가 널 마을에 데려다줄게. 아니면 내가 아는 농장으로."

나는 류의 어깨에 팔을 얹고, 참나무 뒤 이끼 긴 평편한 곳으로 데리고 갔다.

"여기서 잠 좀 자자."

류가 자기 주머니에 손을 넣으려 하자, 내가 덧붙였다.

"오늘 밤에는 불쏘시개 필요 없어, 친구. 우리는 벌써 잠자리를 마련해두었거든. 넌 그냥 자면 돼."

나는 불을 피우지 않는 진짜 이유를 류에게 말하지 않았다. 불은 원치 않는 손님들을 끌어들일지도 모르니까.

류는 늘어지게 하품을 하며 고개를 끄덕였다. 그러고는 목도리를 풀어 뭉쳐 그걸 이끼 위에 베개처럼 내려놓았다. 잠시 뒤, 류는 몸을 둥글게 말고 잠에 빠져들었다.

리아와 나는 잠시 류를 내려다보며 서 있었다. 류는 차가운 땅 위에서 밤을 보내는데 익숙해 보였다. 한편, 우리 주변의 어둠이 깊어갔다. 참나무 나무둥치의 테두리가 더 이상 보이지 않았다. 저 너머 숲속 나무들은 시커먼 어둠 덩어리 하나로 녹아들었다. 하늘도 마찬가지였다. 오늘 밤에는 별 하나 보이지 않았다. 나는 한숨을 쉬며, 류의 꿈과 내 꿈 중에서 어느 것이 더 무서웠을까 궁금했다.

하지만…… 류의 모습 무언가가 내 불안을 옆으로 밀쳐 버렸다. 류의 순수하고 선한 마음이 내 마음을 움직였다. 초췌한 얼굴로 그곳에 누워 있는 류를 보니, 내가 가지고 다니는 검의 주인, 어린 왕이 생각났다. 나는 그 왕의 짐을 함께 짊어지기로 약속했다. 저 먼 땅에서, 언젠가 멀린의 섬이라고 불릴 것이라 예언된 땅에서.

하지만 그것은 모두 또 다른 세상, 또 다른 시간의 것이었다. 내 가장 깊은 충성을 불러일으키는 곳은 내가 지금 살고 있는 이 땅, 리아와 할리아와 심이 살고 있는 이 세상이었다. 여기가 내가 사랑하는 곳이었다. 그리고 이 땅을 지키기 위해 내 온 힘을 다할 것이다.

11

엘리리아나의 손

 그날 밤, 나는 다시 한번 트러블의 깃털 꿈을 꾸었다. 하지만 이번에는 내가 깃털 위에 올라타지 않고 그저 멀리서 바라만 보고 있었다. 은색과 갈색 줄무늬 깃털이 밝은 구름에서 떨어져 내렸다. 깃털은 바람에 실려 우아하게 빙그르르 돌며 스치듯 날아왔다. 바람이 잦아들만 하면 또다시 바람이 불었다. 그렇게 깃털은 이리저리 끊임없이 허공에 둥둥 떠다녔다.

 불현듯, 깃털이 변하기 시작했다. 급속도로 커지면서 길이와 너비도 늘어났다. 마침내 깃털이 아니라 완전한 날개가 되었다. 첫 번째 날개 옆에 또 하나의 날개가 나타났다. 완벽하게 똑같았다. 날개는 이제 내 잃어버린 친구, 트러블과 매우 흡사해 보였다. 다만, 날개 사이에는 아무것도 없었다. 오로지 허공만.

 눈에 보이지 않는 몸통을 달고, 날개가 율동적으로 움직이기 시작했다. 날개는 저 높이, 마침내 아주 높이 끝까지 올라갔다. 그러더니 아래로 곧장 내려왔다. 그 어떤 장애물도 상관하지 않고, 구름 사이를 마치 창처럼 갈랐다.

천천히, 아주 천천히, 날개 사이에서 몸통이 나타나기 시작했다. 내 몸이었다! 이제 나는 날갯짓을 했다. 이제 내가 허공을 날았다. 얼굴에 바람이 세차게 불어와, 눈에서 눈물이 났다. 하지만 나는 개의치 않았다. 나는 완전히 살아 있는 느낌이었으니까. 나도 날개와 더불어 자유를 만끽했다.

갑자기 강풍이 불어닥치며 커다란 손이 나를 세게 내리쳤다. 사방에서 바람이 비명을 지르며, 구름 사이를 내달리며, 구름을 조각조각 흩어놓았다. 나는 어쩔 수 없이 허공을 빙글빙글 돌았다. 드디어, 모래 해안에 떨어졌다. 나는 모래 언덕과 밝은색 조개 위를 구르며, 안개 자욱한 바다에 빠져 파도 아래로 사라졌다.

나는 벌떡 잠에서 깼다. 어둠이 짓눌렀다. 늙은 참나무 가지가 밤공기 속에서 바스락거렸다. 나는 일어나 앉아, 본능적으로 내 작은 가방에 손을 넣어 그 안에 든 깃털을 더듬어 찾았다. 깃털은 그대로 있었다. 매끄럽고 부드러웠다. 진짜 깃털이었다. 나는 땀으로 번들거리는 이마를 옷소매로 훔쳐냈다. 한편, 내 마음속에 어떤 이미지들이 여전히 희미하게 가득 차 있었다. 날개 하나가 나타나고, 또 하나가 나타났다. 깃털이 햇빛 속에서 반짝였다. 내 몸이 하늘을 훨훨 날았다. 이윽고 매서운 바람이 불어오고, 바다가 나를 완전히 집어삼켰다.

이게 뭘 의미하는 걸까? 분명 길조는 아니었다. 그런데 왜 그 모래 해안이 이렇게 익숙한 곳처럼 느껴질까? 전에 내가 본 적이 있는 곳일까? 어쩌면 또 다른 꿈속에서 본 곳일까?

참나무가 크게 바스락거리며 나뭇가지를 흔들어댔다. 류는 이끼 침대에서 꼼짝 않고 곤히 잠들어 있었지만, 리아는 몸을 뒤척였다. 그러더니 잠에서 완전히 깨어나 앉았다. 밤이 어두워서 그런 게 아니라 무언가 때문에 리아의 얼굴이 어두워졌다.

"너도 꿈 꿨어?"

나는 리아에게 손을 내밀며 물었다.

"아니, 꿈이 아니었어. 그건 그저…… 어떤 느낌이었어. 뭔가 끔찍한, 정말로 끔찍한 뭔가가 일어날 것 같은 느낌."

리아가 내 손가락에 자기 집게손가락을 걸며 대답했다.

나는 차가운 밤공기를 천천히 들이마셨다.

"난 날개 꿈을 꾸었어, 리아. 몸이 없는 날개. 그러다 몸이 나타났지. 날개를 찾았지만, 이윽고 바다에 잃어버렸어. 그게 뭘 의미하는지 도통 모르겠어."

리아가 내게 바짝 다가왔다.

"어느 바다? 특별한 곳이었어?"

"나도 몰라, 다만……."

나는 나뭇가지 너머, 구름이 짙게 덮인 하늘을 올려다보았다.

"그곳이 해안이라는 것 말고는, 바닷가……, 그래! 바로 그곳. '말하는 조개의 해변'이었어. 내가 뗏목을 타고 처음 닿은 곳 말이야. 맞아, 분명 그곳이었어!"

리아는 생각에 잠겨, 손가락으로 곱슬머리를 매만졌다.

"왜 거기지?"

갑자기, 리아의 몸이 굳었다.

"멀린, 저 소리 들려?"

나지막하고 둔탁한 소리가 들려왔다. 바스락거리는 나뭇가지처럼 으스스했지만 훨씬 더 구슬펐다. 나는 귀를 기울이며 어디서 나는 소리인지 확인하려 했지만, 알아낼 수 없었다. 내가 알 수 있는 거라고는 그 소리가 숲의 깊은 어둠을 뚫고 아주 먼 곳에서부터 흘러나오고 있다는 사실뿐이었다. 어디서 나는 소리인지 모르겠지만, 슬픔에 가득 차 있다는 것을.

"이리 와봐, 따라가 보자."

나는 한 손에 지팡이를, 다른 손에 리아의 팔을 잡고 말했다.

"류가 잠에서 깨서 우리가 사라진 걸 알면 어쩌려고?"

나는 입술을 깨물었다.

"류가 깨지 않기를 바랄 수밖에. 그리 오래 걸리지 않을 거야."

내가 엉킨 참나무 뿌리를 피해, 빽빽한 숲을 향해 걸어가자, 리아가 주저했다.

"저기는 여기보다 훨씬 더 어두워. 불의 고리를 밝히면 안 될까? 그걸 등불처럼 사용해도 되잖아."

"저 소리를 내는 존재한테 우리가 다가가는 걸 알리자고? 아니, 눈에 띄지 않는 게 훨씬 더 좋아. 서둘러. 내 투시력이 우리를 쉽게 이끌어줄 거야."

"오빠를 이끌어줄 수는 있겠지. 나는 나무둥치에 부딪히고 발가락이 뿌리에 걸릴 텐데. 오빠 혼자 껑충껑충 뛰어가는 동안 말이야."

나는 심술궂게 웃었다.

"네가 앞서 달려갈 때 내가 어땠는지 이제 알겠지? 우리가 크르 아라논으로 가는 동안에."

"내가 달려갔다고? 난 그저 어슬렁어슬렁 산책했을 뿐이야."

리아가 마음에 상처를 입은 척 했다.

"그렇다면 이제 나랑 함께 어슬렁어슬렁 산책해보자."

나는 리아의 손을 잡고 숲 가장자리 고사리 밭으로 뛰어들었다. 우리는 쓰러진 물푸레나무 한 쌍을 건너뛰고, 나뭇가지가 얽히고설킨 짙은 어둠 속으로 들어섰다. 내 투시력은 어둠속에서 실제 제 역할을 잘 해냈다. 서리 같은 내 입김도 보였다. 더더군다나 시냇물의 길도 보였다. 살얼음이 꼈는데도 시냇물은 굽이쳐 흘러내렸다. 활짝 열려 있는 강둑은 숲을 쉽게 뚫고 갈 수 있게 해주었다. 그래도 머리 위에 드리운 나뭇가지가 여전히 우리의 어깨를 찌르고 머리카락을 붙잡았다. 이렇게나 마구 흔들리는데도 스컬리가 리아의 소맷자락 주머니 안에서 잠자코 있는 게 고마울 따름이었다.

소리는 점점 더 커져갔다. 이내, 나는 그것이 하나의 목소리가 아니라 여러 개의 목소리가 합쳐졌다는 것을, 그리고 그 목소리는 남자와 여자의 목소리라는 것을 깨달았다. 사람들이 무척이나 애처로운 노래를 부르고 있었다. 하지만 그 노래 가사는 조금도 알아들을 수 없었다.

개울을 따라가다 보니, 개울은 이제 큰 강줄기와 합쳐졌다. 물이 강둑에 철썩거리며 땅에 얇은 얼음 막을 만들어냈다. 나는 이따금 미끄러지며 얼음만큼이나 차가운 물에 풍덩 빠지곤 했다. 몇 번이나 걸음을 멈추어서, 발가락이 얼기 전에 신발에 들어찬 물을 비워내야 했다. 실망스럽게도, 리아는 이런 봉변을 한 번도 당한 것 같지 않았다. 나는 리아의 의기양양한 표정을 못 본 체 하려 했다. 적어도, 스컬리가 이런 내 모습을 보지 못한 것에 위안을 삼았다.

드디어, 숲을 빠져나왔다. 강둑이 넓어지며 양쪽에 서리가 내려앉은 풀이 무성한 초원이 나타났다. 잠시 뒤, 울퉁불퉁한 바위 주변으로 돌아서며, 노래가 어디에서 흘러나오는지 알아차렸다. 나는 발걸음을 멈추며 리아의 손을 꼭 잡았다.

멀지 않은 강가에 7~8명이 옹기종기 모여 있었다. 그 사람들은 검은 옷을 입고, 정교하게 짠 망토를 두르고 있었는데, 사랑하는 누군가를 잃은 모습이었다. 촛불이 그 사람들 발밑에서 깜빡였다. 그 뒤로 이제 막 파놓은 자그마한 흙 둔덕이 솟아 있었다. 누군가 무척 작은 사람의 무덤이었다.

우리가 조용히 서서 지켜보는 가운데, 그 사람들의 노랫말이 마치 눈물의 강줄기처럼 우리를 훑고 지나갔다.

촛불을 밝히고, 촛불을 끄고,
아침에 지는 해.
생이, 그 안의 사랑이 얼마나 짧은가.
여전히 태어나는 동안 죽어간다.

세상의 강물 위로,
끝임없이 흐르는 강 위로,
펼쳐진 잎사귀 위에 촛불이 떠다니고,
덧없는 불꽃이 부들부들 떤다.

아 촛불이여! 타오르고 또 타올라라,
마침내 네 심지가 다 탈 때까지.
너무 일찍 가 버린 불꽃을 되돌려라,
우리가 미처 알아채지 못하는 불꽃을.

그처럼 강력한 빛은 어디서 나타나
인간의 삶을 비추는가?

그리고 불꽃은 어디로 그렇게 밝게 떠나는가,
다시는 빛나지 않을 곳으로?

생명이 꺼졌다, 그 미래를 잃었다,
이제 달처럼 희미해졌다.
더 큰 고통 없이, 더 큰 희생 없이.
촛불이 너무 일찍 꺼졌다.

아 촛불이여! 타오르고 또 타올라라,
마침내 네 심지가 다 탈 때까지.
너무 일찍 가 버린 불꽃을 되돌려라,
우리가 미처 알아채지 못하는 불꽃을.

노래가 끝났다. 하지만 그 구슬픈 멜로디는 잎이 떨어진 나뭇가지 사이를 맴돌며 숲속을 울리는 것 같았다. 사람들은 한 명씩 허리를 숙이고 땅에서 흔들리는 촛불을 하나씩 들어 올렸다. 그러고는 빛나는 초를 넓적하고 둥근 식물 잎사귀 위에 조심스럽게 올렸다. 그 잎사귀는 산사나무 뿌리 사이에서 오랫동안 자란 것이었다. 사람들은 아주 조심스럽게 촛불을 강물에 띄워, 물이 그것을 떠안고 가게 했다. 마치 횃불 장례용 거룻배의 행렬 같았다.

사람들이 다시 노래를 불렀다.

촛불을 밝히고, 촛불을 끄고,
아침에 지는 해.

생이, 그 안의 사랑이 얼마나 짧은가.
여전히 태어나는 동안 죽어간다.

마지막 가사가 사그라지자, 촛농의 불꽃이 차가운 물속으로 스며드는 것처럼 사라졌다. 사람들은 슬픈 표정으로 자리를 뜨기 시작했다. 백발이 듬성듬성 난 노인 하나가 사람들이 모두 떠난 자리에 그대로 남아 있었다. 노인은 강물을 따라 떠내려가는 촛불을 조용히 응시했다.

나는 가까이 다가갔다. 리아도 내 옆에 함께 갔다. 우리가 몇 걸음 더 떼자, 노인이 깜짝 놀라 두려움에 몇 걸음 뒤로 물러섰다. 촛불 빛에 붉어진 노인의 얼굴이 우리를 초조한 듯 살펴보았다.

"해치려는 게 아니에요, 우리는 그저 지나가는 나그네예요."

나는 지팡이를 들어 올리며 분명하게 말했다.

노인은 고개를 천천히 저었다.

"아, 오늘은 해치려는 자를 실컷 겪었다오."

리아는 살짝 한 걸음 가까이 다가가 자그마한 둔덕을 향해 몸짓하며 물었다.

"누가 죽었나요?"

"어린 여자아이. 삶이 꽃처럼 활짝 핀 아이. 이름은 엘리리아나였어."

노인이 멍하니 말했다.

"엘리리아나, 정말 예쁜 이름이네요."

리아가 말했다.

"아, 저 아이의 웃음은 훨씬 더 예쁘게 울려 퍼졌지."

"할아버지 손녀였어요?"

노인은 둥둥 떠내려가는 촛불을 잠시 바라보았다.

"아, 아니야. 우리 마을 모두의 아이였다네. 우리와 함께 먹고 자고 일하고 웃었지. 비록 부모는 없었지만 말이야."

내 몸이 굳어졌다.

"고아였어요?"

"그렇다네."

노인은 잠시 말을 멈추고는, 탁탁 소리 내며 강물 속으로 가라앉는 초 하나를 바라보았다.

"저 아이가 왜 이렇게 살해당했는지, 아무도 모른다네."

"살해당했다고요? 누가 그랬어요? 누군지 아세요?"

노인은 공허한 눈동자로 나를 바라보았다.

"그자의 이름은 아무도 몰라. 전사였어. 아주 무시무시한 전사였지. 팔 대신 칼날을 달고 있었어."

리아와 나는 동시에 깜짝 놀랐지만, 노인은 알아차리지 못하는 것 같았다. 노인이 말을 계속했다. 목소리는 마을 사람들의 노래처럼 상당히 엄숙했다.

"그자는 저 아이의 손을 자르려 했다네, 정말이야. 엘리리아나의 손을 말이야!"

노인은 길게 한숨을 내쉬었다.

"우리가 저 아이를 구하려 했지만, 아, 저 아이는 너무나 끔찍하게 피를 흘리다 죽어갔어."

"정말 끔찍해요! 도대체 누가 그런 일을 저지를 수 있지요? 저렇게 어린아이한테……"

리아가 한숨을 내쉬었다.

"그런 짓이겠지."

156

내가 지팡이를 땅에 쿵 찔러 넣으며 리아의 말을 정정해주었다.

"그 전사가 누군가요? 왜 고아를 공격했지요? 다음에 어디로 갈지 말했나요?"

나는 노인 곁으로 다가갔다.

노인은 눈을 가늘게 뜨고 생각에 잠겼다. 주름진 얼굴에 빛이 반짝였다.

"크르 달로치(Caer Darloch)에 대해 뭔가 말했어. 여기서 북쪽에 있는 마을. 거기서 왔는지 그리로 가는지, 나는 모른다네."

"또 다른 말은 안 했어요?"

노인은 천천히 고개를 끄덕거렸다.

"이 여자애의 죽음은 그저 시작에 불과하다고 했어. 아, 시작! 그리고 수많은 아이들이 곧 팔다리를, 목숨을 잃을 거라고 했지. 만약……."

"만약 뭐요?"

"만약 멀린이라는 자가 혼자서 자신과 싸우러 오지 않는다면……."

12

결심

우리는 야영지로 돌아왔다. 찬 밤공기와 노인이 전한 소식 때문에 온 몸이 꽁꽁 얼어붙었다. 맨 처음, 나는 류를 확인했다. 우리가 떠날 때 바로 그 자리, 이끼 위에서 류가 곤히 자고 있는 걸 보고 나는 마음이 놓여 반가운 한숨을 내쉬었다. 목도리가 옆으로 흘러내려 왔기에, 얼른 주워 조심스럽게 맨발에 감싸주었다. 리아가 이를 부딪치며 덜덜 떠는 소리를 냈다. 나는 어쨌거나 우선은 불의 고리로 몸이나 따뜻하게 하자고 다짜고짜 리아에게 제안했다. 리아는 기꺼이 동의했다.

그날 밤 내내, 우리는 옆으로 비스듬히 누운 울퉁불퉁한 참나무 뿌리에 앉아, 어떻게 하면 좋을지 의견을 나누었다. 오렌지색 불의 고리 불빛을 받아, 나무 그림자가 우리 머리 위에 걸려 있었다. 하지만 그보다 더 어두운 그림자가 우리 모두를 짓누르고 있었다. 우리에게 주어진 시간은 점점 더 줄어들고 있었다.

"제기랄, 우린 이미 할 일이 태산이야. 완전 엎친 데 덮친 꼴이로군!"

나는 막대로 나무둥치를 쿡쿡 찌르면서 짜증을 냈다.

리아는 우람한 참나무 뿌리 위에서 몸을 뒤척였다.

"칼을 달고 다니는 도살자는 도대체 누굴까? 그리고 왜 하필이면 아이들, 그것도 고아들이냐고?"

리아가 같은 말을 반복해 물었다.

"빌어먹을! 리아, 나도 정말 모르겠어."

리아가 팔을 들어 올리며 굳은 등을 쭉 폈다.

"그래, 나도 네 심정 알아. 하지만 그 질문이 머릿속에 계속 맴도는 걸 어떻게 해."

리아가 오렌지색 불빛 너머로 나를 바라보며 덧붙였다.

"그런데 정말 희한한 건, 왜 그자가 오빠를 원하는 걸까?"

"내가 그걸 어떻게 알겠어? 그건 그놈이 하필 지금 나타난 이유만큼이나 불가사의야."

나는 좌절감을 느끼며 함부로 툭 내뱉었다.

리아는 연신 나를 집중해 바라보았다.

"오빠는, 이게 미친 말이라는 걸 나도 알지만, 오빠가 한때 자신을 고아라고 생각했다는 것과 이 일이 무슨 관련이 있을지도 모른다는 생각이 들지 않아?"

"어떻게 그럴 수 있어? 엘런이 우리 엄마라는 걸 모른 채 내가 몇 년을 보냈다는 이유 때문에, 또는 스탕마르가 우리……."

나는 빛나는 불의 고리 앞에 손가락을 움직이며, 곱은 손을 펴려 했다. 나는 말을 멈추고, 그 단어를 꾹 삼켰다.

"단지 그것 때문에, 왜 그놈이 이 끔찍한 공격을 시작할 수 있다는 거야? 아니, 아니야. 그건 말도 안 돼. 쌍칼잡이(Sword Arms), 그자가 누가 되었든, 그자한테는 더 뿌리 깊은 동기가 있는 게 분명해. 더 큰 목적이 있는 거라고. 난 그걸 느낄 수 있어, 리아."

갑자기 새로운 생각이 머릿속을 스치고 지나갔다.

"그놈이 더 큰 사악함의 일부라는 생각이 들지 않아? 리타 고르가 계획한 일의 일부라는 생각이 들지 않느냐고?"

"어떻게 그럴 수가 있어?"

"음, 어쩌면 리타 고르는 이미 알고 있는 건지도 몰라. 앞으로 어떤 일이 닥칠지 내가 이미 경고를 받았다는 사실을 말이야. 리타 고르는 내가 군대를 모아 자신을 막지 못하도록 그자를 보내 내 관심을 딴 데로 돌리려는 건지도 몰라."

불의 고리 옆에서 살며시 빛나던 리아의 눈썹이 살짝 올라갔다.

"만약 그게 리타 고르의 목표라면, 그자는 이미 성공했네. 가장 긴 겨울밤이 이제 12일 밖에 남지 않았어. 그리고 우리는 밤 시간을 거의 다 그놈 얘기를 하면서 허비하고 있잖아. 아무런 대책도 없이 말이야."

"맞는 말이야. 쌍칼잡이가 지금 공격하는 것이 우연의 일치는 아니라는데 너도 동의하는 거지?"

나는 이를 부드득 갈며 물었다.

"그래, 그 점에는 동의해. 하지만 왜 하필 고아들일까?"

나는 류를 흘끗 쳐다보았다. 몸을 둥글게 말고, 머리를 두툼한 이끼 덤불 위에 내려두고 있었다. 류의 얼굴과 너덜너덜한 옷에 오렌지색 불빛이 어른거렸다.

"어쩌면…… 리아, 알았어! 류가 누군가로부터 도망치는 아이들 이야기를 했을 때, 그 아이들을 고아라고 부르지는 않았어. 기억 안 나? 그냥 아이들이라고 했어."

리아가 나를 멍하니 쳐다보았다.

"그리고 노인이 우리한테 그 전사가 어떤 위협을 했는지 말했을 때,

노인은 고아가 아니라 더 많은 아이들이 죽을 거라고 했어. 아이들이."

리아가 곱슬머리에 손가락을 넣고, 당황스러운 표정을 지어 보였다.

"오빠 말의 요점이 뭐야?"

나는 가까이 다가가 리아의 다리를 붙잡았다.

"모르겠어? 고아는 그저 아이라고. 보호받지 못하는 아이들! 붙잡기에, 또는 해를 끼치기에 가장 쉬운 상대지."

리아의 두 눈이 커졌다.

"그러니까, 그 쌍칼잡이가 정말로 아무 아이나 눈에 띄는 대로 쫓고 있다는 거야?"

"그래! 그리고 만약 그놈이 자기가 원하는 걸 얻지 못한다면, 그러니까 나랑 싸울 기회를 얻지 못한다면, 분명 자신의 공격을 점점 넓혀갈 거야. 몸에 상처를 내는 게 아니라, 곧장 죽여 버릴 거라고. 눈에 띄는 대로 아이들을 닥치는 대로 죽일 거야."

"하지만 왜, 멀린? 그럴 이유가 없잖아?"

내가 대답하려는 순간, 류가 몸을 뒤척이며 고통스러운 신음을 내뱉었다. 불의 고리의 불빛이 물결치는 속에서, 류의 잘려 나간 귀가 기괴하게 보였다. 시커먼 살덩어리. 내 기억 속에서, 나는 류가 나를 용감하게 부르는 소리를 들었다. 자신은 여전히 들을 수 있다고, 하지만 가장 나쁜 건 꿈이었다고. 류는 그런 끔찍한 공포를 알기에는 너무 어렸다!

내가 지켜보는 동안, 류는 다시 신음하며 끙끙거렸다. 이번에는 좀 더 날카로운 소리로. 마치 덫에 걸린 동물 같았다. 나는 치를 떨었다. 하지만 나는 류의 운명이 더 나쁠 수 있다는 걸 알았다. 엘리리아나의 운명. 또는 다른 아이들이 앞으로 맞이할 운명.

나는 두 주먹을 불끈 쥐고, 리아를 돌아보며 선언했다.

"결심했어."

"설마…… 그자와 맞서려 가려는 거야?"

"이 땅에 살고 있는 아이들을 구할 수만 있다면 뭐든 할 거야!"

"하지만 기다려봐. 가장 긴 겨울밤은 어떻게 하고? 리타 고르를 막는 데 필요한 그 모든 것들은 어떻게 하고?"

리아가 고개를 절레절레 저으며 말했다.

나는 칼자루를 움켜쥐었다.

"이 살인자를 먼저 막아야 해."

"이건 미친 짓이야, 멀린! 사악한 놈인 건 틀림없지만, 리타 고르에 비하면 그놈은 아무것도 아니야! 한 놈은 아이들을 죽이고 있어, 그래. 하지만 다른 놈은 모든 걸 파괴할 거라고. 이 섬에 살고 있는 생명체들을 모조리 죽일 거란 말이야. 둘은 비교가 안 돼!"

리아가 불의 고리를 향해 손을 내밀어 움켜쥐고는 내 얼굴을 향해 들어 올렸다. 내 뺨과 턱에 그 온기가 생생하게 느껴졌다.

"날 봐, 이제 내게 진실을 말해봐. 왜 이러는 건데? 단순히 그 불쌍한 고아들한테 동정심을 느끼기 때문이야?"

리아가 내 얼굴을 똑바로 바라보면서 예리하게 물었다.

"그런 게 아니야!"

나는 불의 고리 꼭대기에 손을 얹고, 그걸 한쪽으로 밀쳤다. 오렌지색 불빛이 내 손가락 사이로 빠져나가 우리 얼굴과 나무의 울퉁불퉁한 껍질에 죽죽 줄무늬가 생겼다.

"아이들이잖아, 리아. 지금 이곳에서, 바로 이 순간에 아이들이 고통받으며 죽어가고 있어. 아이들의 가치는 말로 표현할 수 없어. 그 어떤 보석보다도, 그 어떤 보물보다도. 아이들은 모두 시인, 치유자…… 또는 마법사가 될 수 있단 말이야."

리아가 마른 침을 꼴깍 삼켰다.

"나도 알아, 멀린. 하지만 난 지금 우리 고향을 영원히 잃어버리는 걸 이야기하고 있잖아."

"나도 마찬가지야! 만약 그놈이 성공한다면, 핀카이라는 깊은 상처를 입게 돼. 그 심장을 말이야!"

내 목소리가 커졌다. 내 말이 밤공기 속에서 울려 퍼졌다.

나는 불의 고리를 내려놓고 리아의 손을 잡았다.

"만약 이 나라의 아이들을 파괴하면, 그건 미래를 파괴하는 일이야. 원형 돌무더기에서 승리하고, 리타 고르와 그 군대를 물리친다고 해서 그게 무슨 소용이 있겠어? 만약 수많은 아이들이 불구가 되거나 죽어서 우리의 미래가 영원히 망가진다면 어쩔 건데? 만약 매일매일이 어린 류의 꿈처럼 고통스럽다면 어떻게 할래?"

리아가 나를 한동안 멀뚱멀뚱 바라보았다. 그러더니 무뚝뚝하게 고개를 끄덕였다.

"만약 수많은 아이들을 파괴한다면…… 그건 숲에서 씨앗을 훔치는 것과 같겠지."

"맞아. 그래서 내가 먼저 그자를 쫓아가야 하는 거야. 그자를 막아야 해. 그러고 나서 가장 긴 밤이 오기 전에 원형 돌무더기에 이를 수 있다고 난 확신해."

"하지만 누가 경고의 소식을 알리지? 누가 핀카이라의 주민들을 모으지?"

나는 침묵 속에서 리아를 뚫어지게 쳐다보았다.

리아가 깜짝 놀란 목소리로 말했다.

"아니야, 멀린! 설마 생각하는 게⋯⋯."

"맞아, 리아. 네가 그 소식을 전할 수 있어. 네가 주민들을 분명히 모을 수 있어."

"하지만⋯⋯ 그들 대부분에게 나는 그저 한낱 이방인에 불과해."

"숲의 요정들에게는 아니잖아? 네 친구 강의 요정들한테도 아니고. 그리고 협곡 독수리들을 잊지 마. 협곡 독수리들은 너한테 자신들의 언어를 가르쳐줬잖아! 그리고 은밀한 동굴에 숨어 있는 '글린-엄마'는 또 어떻고."

리아가 끙끙 소리를 내며, 양손으로 머리를 감싸 안고 흔들어댔다.

"그래, 그들은 날 알아. 하지만 그들이 내 말을 들어줄까?"

"그건⋯⋯ 누구도 장담할 수 없지."

나는 리아가 앉아 있는 나무뿌리 위로 몸을 움직였다. 그러자 우리 어깨가 닿았다.

"하지만 난 너한테 이것만은 분명하게 말할 수 있어. 너를 모르는 사람들이라 할지라도, 너는 그저 한낱 이방인에 불과하지 않아. 너는 리아라고. 마법의 나무에 사는 여인! 너는 불의 고리를 허리춤에 달고 다니잖아. 그리고 네 얼굴에는 핀카이라의 모든 사람들의 뾰족한 귀가 있잖아. 또한 다그다의 말을 전하잖아!"

리아가 불의 고리를 물끄러미 쳐다보았다. 이마에 주름이 깊게 팼다. 눈동자 아래, 피부가 빛났다. 마치 피부가 불꽃을 뿜는 것 같았다.

나는 리아의 허리에 팔을 둘렀다.

"그리고 넌 한 가지를 더 가지고 있어. 네가 항상 의존할 수 있는 것. 너에 대한 내 사랑. 그래, 너에 대한 내 믿음도."

리아가 불의 고리에서 아주 천천히 시선을 돌려 나를 똑바로 바라보왔다.

"내 생각에, 협곡 독수리부터 먼저 시작해봐야 할 것 같아."

리아가 입을 열었다.

나는 한숨을 쉬었다.

"잘 생각했어, 넌 정말 용감해."

"용감하지 않아. 그저 완전히 미친 거지."

리아가 대답했다. 리아는 고개를 짓궂게 까딱거렸다.

"결국, 우린 한 핏줄이잖아."

나는 낄낄거렸다.

"나도 그래서 기뻐."

"방금 한 말 안 잊을 거야, 오빠."

나는 미소 지으며 동쪽을 흘끗 바라보았다. 서리가 내려앉은 평원을 가로질러, 하늘이 차츰 밝아오기 시작했다. 분홍색과 심홍색 띠가 지평선에 나타나, 묵직한 구름 아래쪽을 물들였다.

"곧 동이 틀 거야. 가서 내가 아침 식사 준비할까?"

리아가 대답하기도 전에, 털북숭이 머리가 리아의 소맷자락 주머니 밖으로 툭 튀어나왔다. 스컬리가 하품을 늘어지게 하고 나서 소리 높여 빽빽거렸다.

"아침 식사라고? 누가 아침 식사라고 말했어?"

"그래. 뭘 좀 먹고 싶다면, 너도 좀 도와야 할 거야."

내가 퉁명스럽게 대답했다.

그 자그마한 동물은 깜짝 놀라 고개를 까닥였다. 귀가 펄럭거리며 얼굴에 닿았다. 스컬리는 리아를 어리둥절한 표정으로 바라보며 큰 목소리로 땍땍거렸다.

"저 녀석은 심술쟁이야! 아침마다 이런다니까, 그래 안 그래?"

리아가 스컬리 코를 간지럽혔다.

"잠을 많이 못 자서 그런 것뿐이야. 하지만 멀린이 부탁한 것처럼, 너도 좀 도울래? 순무 좀 찾아봐. 아니면 겨울나무 뿌리라도. 아침식사는 금방 준비할 수 있을 거야."

스컬리의 입이 배고픈 듯 일그러졌다. 스컬리는 달리 뭐라 간족거리지 않고, 주머니에서 허둥지둥 빠져나와 리아의 팔로 내려갔다. 발이 땅에 닿기도 전에 우리 뒤쪽 빽빽한 숲의 가장자리에 있는 고사리 밭으로 냅다 달려갔다.

"네가 저 녀석 깨우는 법을 잘 알고 있구나."

내가 말했다.

리아의 유쾌한 표정이 사라졌다.

"나무를 깨우는 법에 대해서도 알 수 있으면 좋으련만."

나는 지팡이를 잡고 일어섰다.

"만약 누군가 그 방법을 알 수 있다면, 그건 바로 네가 될 거야."

나는 참나무 뿌리 위에 발을 올려놓았다.

"자, 이제, 네가 우리한테 세발솥을 만들어주고 냄비로 쓸 만한 걸 찾아준다면, 내가 불을 피우고 먹을 것 좀 모아볼게."

"저도 도울게요. 뭐가 필요해요?"

류가 우리를 향해 걸어오며 말했다.

나는 류를 향해 미소 지어 보였다.

"불쏘시개가 필요해. 어디서 찾을 수 있는지 잘 알고 있지?"

13

낯선 방문객

30분쯤 뒤에, 걸쭉한 순무 스튜, 철 지난 물냉이, 이끼 싹, 나무열매가 숲 끝자락 우리 모닥불 위에서 보글보글 끓었다. 도토리 가루 한 줌으로 양념을 하고(류의 공헌이 컸다), 느릅나무 나무껍질을 컵으로 사용했는데, 스튜는 놀랄 정도로 맛있었다. 리아가 입고 있던 두툼한 조끼를 벗어 기울어진 참나무 나뭇가지 위에 걸어둘 정도로 우리 몸을 따뜻하게 해주었다. 식사를 하는 동안, 동틀 녘의 첫 번째 빛이 나무 꼭대기를 호박색으로 물들였다. 그 사이 까마귀 한 마리가 저 멀리서 까옥까옥 울어댔다. 동쪽 저 멀리까지 뻗어 있는 평원의 마른 풀이 녹색으로 빛났다.

리아는 우리가 냄비로 사용한 활엽수 옹이에서 찌꺼기를 건네주며 말들을 바라보았다. 코엘라는 만족스러운 듯 고사리를 뜯어먹었지만, 이온은 멀찍이 떨어져서 발굽으로 딱딱한 땅을 쿵쿵 두드렸다.

"이온이 뭔가를 느끼는 것 같아. 이온이 우리 계획이 바뀐 걸 알고 있는 걸까?"

리아가 물었다.

"그럴 수도 있지. 저 말은 무언가를 아는 데 특별한 재주가 있으니까."

나는 마지막 스튜 한 모금을 마시고 나서, 나무껍질 컵을 옆으로 툭 던졌다.

내 말을 듣고, 이온은 갈기를 흔들고는 큰 소리로 콧바람을 불어댔다. 나는 자리에서 일어났다. 리아와 류도 일어났다. 스컬리는, 뭔가를 눈치채고는, 손을 초조한 듯 핥아댔다. 갑자기 류가 헐떡거리며 아직 시커먼 그림자를 드리우고 있는 숲 끝자락을 가리켰다.

모자 달린 망토를 입은 기다란 모습 하나가 숲에서 불쑥 나타났다. 그 남자는 성큼성큼 빠른 걸음걸이로 가까이 다가왔다. 어깨는 굽었지만, 그래도 키가 상당히 컸다. 망토 아래, 그 남자는 힘이 세 보였다. 또한 위험해 보이기도 했다. 주위를 서성거리는 상처 입은 늑대 같았다.

이온이 땅을 쿵쾅 밟아댔다. 그러더니 내게 달려왔다. 나는 이온의 코를 쓰다듬었지만 녀석은 신경질적으로 히힝 울었다. 이온의 커다란 갈색 눈동자를 바라보니, 뭔가 기이한 표정이 드러났다. 두려움. 나는 다시 한번 망토를 입은 그 남자를 유심히 살폈다. 그 남자는 점점 더 가까이 다가왔다. 도대체 누구이기에 이온이 이렇게 이상하게 반응하는 걸까?

나는 알아차릴 수 있었다. 모자 아래, 시커멓고 짙은 턱수염의 남자. 조각한 돌처럼 냉정한 얼굴에는 털이 삐죽삐죽 나 있었다. 그 남자는 강렬한 검은 눈동자로 우리를 노려보았다. 그 남자의 얼굴에는 험악함이 뚝뚝 묻어났다. 그 남자는 숲에서 흘러나오는 개울 맞은편에 이르자 우뚝 멈추었다. 이윽고 모자를 뒤로 휙 젖혔다. 그 남자의 정체가 드러났다.

하지만 나는 이미 그 사람이 누군지 잘 알고 있었다. 여기, 내 앞에서 있는 사람은, 내가 가장 경멸하는 사람이었다. 그 사람의 이름은 자신이 한때 지배했던 땅에서 고통 말고는 아무것도 가져오지 않았다. 스탕마르.

나는 칼자루를 움켜쥐었다. 그러고는 대담하게 앞으로 걸어 나가 그 사람과 마주했다.

"그래, 아무 생각 없이 나를 죽일 작정이냐?"

나는 이를 갈았다.

"아니요, 그러면 나도 당신과 같은 인간이 되겠지요."

스탕마르의 거대한 손이 주먹을 쥐었다.

"넌 내가 한때 지배했던 모든 걸 파괴했어, 모든 것을! 내게는 오랜 선조들이 있지. 이름을 일일이 열거하기 힘들 정도로 수많은 조상들. 나 이전에 이 섬을 지배했던 조상 중 누구도 자기 아들한테 무너지지는 않았어."

"그들 중 누구도 자기 아들을 죽이려 하지 않았고요!"

스탕마르는 그저 나를 노려볼 뿐이었다. 잠시 뒤, 스탕마르가 다시 말했다. 목소리가 섬뜩했다.

"우리의 비참한 역사는 지금 내 관심사가 아니다. 나는 너를 찾고 있는 게 아니야. 다른 사람을 찾고 있어."

내 뒤에서 리아의 거친 숨소리가 들려왔다.

"어떻게 날 찾아냈어요?"

내가 따지듯 물었다.

"당연히, 종마의 발자국을 따라왔지! 설마 내가 내 말을 모른다고 생각하는 거냐? 저 녀석 앞발굽에는 칼에 베인 자국이 있지. 나랑 함께 치른 첫 번째 전투에서 얻은 상처지."

이온이 히힝 울며, 풀밭을 거칠게 밟아댔다. 나는 어깨 너머로 이온을 바라보았다. 이온의 눈동자에는 반항의 표정이 역력했다.

"너는 내가 가는 길을 항상 방해하는구나. 넌 내 왕국을 빼앗아갔어! 내 성, 내 군대, 내 부하들. 하지만 이번에는 내 앞길을 막을 수 없을 거다."

스탕마르가 냉정하게 말했다. 목소리가 성난 짐승처럼 포효했다.

"엘런이 어디 있는지 당장 말해!"

"절대 말 못 해요."

스탕마르의 온몸이 분노로 떨렸다. 이윽고, 길게 숨을 들이쉬었다. 스스로 자제하는 것처럼 보였다.

"엘런은 나를 떠났어. 말 한마디 없이, 편지 한 통 없이 나를 떠났다고. 내게 아무런 기회도 주지 않고……."

스탕마르는 주먹으로 손바닥을 내리쳤다. 분노가 갑자기 되살아났다.

"내가 왜 너한테 이런 이야기를 해야 하지? 난 엘런을 반드시 찾을 거다. 넌 그것만 알면 돼! 그리고 너는 엘런이 어디 있는지 분명히 알고 있어."

스탕마르는 인상을 쓰며 개울 강둑을 발로 쿵 밟았다. 얼음 조각이 부서져 나갔다.

"당장 말해."

"엄마를 죽이려고요? 만약 당신 곁을 떠나지 않았다면, 당신이 무슨 짓을 할지 엄마는 똑똑하게 알고 있었어. 당신이 내게 하려던 짓과 똑같은 짓을 말이에요!"

내가 쏘아붙였다.

스탕마르는 나지막이 신음을 토해냈다. 장작 불똥이 스탕마르의 망토

위에 내려앉았더니 재빨리 사라졌다.

"내 말 잘 들어! 난 엘런을 해치려는 게 아니야. 난 한 번도 그걸 원한 적이 없었어."

"거짓말 말아요."

내가 비웃었다.

"난 진실을 말하고 있다! 나는 그저…… 말하고 싶을 뿐이야. 엘런에게 할 말이 있어."

스탕마르가 고함쳤다.

이건 도저히 참을 수가 없다.

"당신은 엄마를 죽이려는 것뿐이에요!"

스탕마르는 고개를 세차게 가로저었다.

"넌 이해 못 해. 나는…… 음, 나는……."

스탕마르는 우람한 팔 하나를 어색하게 저었다. 마치 자신에게 필요한 말을 붙잡으려는 것 같았다.

"너도 알겠지만, 나는…… 엘런을 사랑한다."

어안이 벙벙해서, 나는 주춤주춤 뒤로 물러났다.

"나보고 그런 미친 소리를 믿으라는 거예요?"

"아니. 난 네가 그저 듣기를 바랄 뿐이야. 너는, 네 나이 때의 내 모습과 너무나도 닮았어."

스탕마르가 자그맣게 으르렁거렸다. 목소리는 차분했다. 거의 부드럽기까지 했다.

나는 몸이 경직되었다. 내가 이 남자와 뭔가를 공유하고 있다는 바로 그 생각에 내 마음이 흔들렸다.

"우리를 가만 놔둬요. 찾지 말아요. 절대로 우리 엄마를 찾지 못할 거예요. 절대로."

내가 내뱉듯 말했다.

스탕마르의 얼굴은 다시 굳어졌다.

"두고 보면 알 거다, 애야. 리타 고르가 자신의 적들을 어떻게 하는지 네가 곧 알게 될 것처럼 말이다."

내 흉터 난 뺨이 씰룩 움직였다. 내 마음 속에 다그다의 경고가 울려 퍼졌다.

가장 긴 겨울밤에 성공하기 위해서는, 너는 자신의 가장 큰 적을 무찔러야 할 거야.

그건 분명 리타 고르를 의미했다. 하지만 스탕마르는 내 마음을 더 큰 분노로 가득 채웠다.

리아가 내 곁으로 걸어와, 나와 어깨를 나란히 하고 섰다. 리아가 당당하게 선언했다.

"오빠 말이 맞아요. 당신은 절대 엄마를 찾지 못할 거예요."

"뭐라고? 덩굴 옷을 걸친 여자아이야. 넌 도대체 누구기에 나한테 이래라저래라 떠드는 거지?"

스탕마르가 비웃었다.

리아가 결연한 표정으로 스탕마르를 한동안 바라보았다.

"난 엄마 딸이에요. 엄마 딸이라고요. 당신 딸이기도 하지요."

리아가 드디어 말했다.

곧장, 스탕마르의 사나운 얼굴이 약간 부드러워졌다. 스탕마르는 경멸이 아니라 호기심 어린 표정으로 리아를 살펴보았다. 내 의지와 상관없이, 나는 스탕마르에게 연민을 느꼈고, 심지어 멋진 사람이라는 생각이 들었다. 스탕마르가 꼭 쥔 주먹을 천천히 풀어 옆으로 내렸다.

"우리가…… 잃어버렸던 딸이라고? 아주 오래전, 숲속에서?"

스탕마르가 어색하게 물었다.

"그래요, 당신이 리아논이라고 이름 지어준 바로 그 딸요."

믿을 수 없다는 스탕마르의 표정을 바라보며, 리아는 말을 이었다.

"숲이 나를 키워줬어요. 나를 돌봐줬다고요. 하지만 나는 결코 내 진짜 부모에 대해 마음속에서 잊은 적이 없어요. 그리고 항상 궁금했죠. 내가 당신을 다시 볼 수 있을지."

리아는 허리춤에서 불의 고리를 꺼냈다. 불의 고리를 들어 올리자, 그 깊숙한 곳에서 오렌지색 희미한 빛이 피어났다. 손에 들린 불의 고리에, 또한 떠오르는 태양 빛에, 리아의 얼굴이 빛을 발했다. 마치 또 다른 근원에서 빛이 나오는 것처럼 보였다. 눈에 보이지 않는 근원에서.

"한때, 당신이 이 불의 고리를 소유했었지요. 당신은 이것을 당신의 보물이라고 불렀어요. 이것의 힘을 불러내는 법을 아나요?"

리아가 부드러운 목소리로 말했다.

스탕마르는, 여전히 리아를 주의 깊게 바라보며, 입을 다문 채 아무 말도 하지 않았다.

"이것이 일그러진 마음을 치유할 수 있어요."

리아가 좀 더 가까이 다가가며 말을 이었다. 나는 걱정스러운 눈빛을 보냈지만, 리아는 내 시선을 애써 무시했다.

"여기 있어요, 받아요. 이걸 당신을 위해 사용하세요."

머뭇머뭇, 스탕마르의 손가락이 살짝 움직였다. 마치 무엇을 할지 결정하기라도 하는 것처럼. 그러더니 손이 올라가고, 팔이 올라갔다. 스탕마르는 빛나는 불의 고리를 향해 손을 뻗었다.

"제발, 이걸 이용해서 당신의 원래 모습을 회복하라고요."

리아가 간청했다.

불현듯, 스탕마르의 얼굴이 다시 굳어졌다. 입이 오만함으로 일그러졌다. 스탕마르는 순식간에 손을 휘둘러 불의 고리를 툭 쳤다. 불의 고리는 모닥불 위로 날아가, 비바람을 맞은 참나무 나무둥치에 부딪쳐 산산조각 나 버렸다. 오렌지색 불빛이 터지며, 잠시 동안 허공에 머물더니, 이윽고 희미하게 사라져 버렸다.

리아는 할 말을 완전히 잃고 참나무의 우람한 뿌리를 가로질러 뿌려져 있는 깨진 조각을 멍하니 바라보았다. 류가 리아 곁으로 달려왔다. 스컬리도 달려왔다. 모두 아무 말 없이 서서, 불의 고리 파편을 멍하니 바라보았다.

나는 지팡이로 땅을 내리쳤다.

"당신이 저걸 파괴했어요!"

"네가 내 왕국을 파괴한 것처럼! 나는 엘런이 너를 이 섬으로 다시 데려온 그 날을 저주한다."

그 말과 함께, 스탕마르는 이온 곁으로 성큼성큼 걸어갔다. 이온이 커다란 꼬리를 획 휘둘렀다. 두 귀는 뒤로 젖혔다. 등을 곧추세우고 발굽으로 허공을 내리쩍었다. 그러고는 저 멀리 달아났다. 이온은 갈기를 흔들며 고개를 뻣뻣이 들고 서 있었다. 이른 아침 태양에 검은 털이 반짝였다.

"좋아, 그렇다면, 저 말은 네 것이로구나."

스탕마르가 투덜거렸다. 스탕마르의 언짢은 얼굴이 깊어졌다.

"하지만 최후의 승리는 내 것이 될 거다."

스탕마르는 주머니에서 뭔가를 꺼내 모닥불 안으로 획 던졌다. 시커먼 연기가 갑자기 일더니, 묵직한 담요처럼 우리를 감쌌다. 목이 메고 눈과 혀와 코가 마비되었다. 우리는 콜록콜록 기침을 했다. 뺨을 타고 눈물이 주룩주룩 흘러내렸다. 우리는 메케한 연기를 피해 주춤주춤 물러섰다.

마침내, 기침이 잦아들었다. 연기가 흩어지고, 우리는 다시 평상시처럼 숨을 쉴 수 있게 되었다. 이온은 힝힝거리며 내 옆으로 걸어와, 코로 내 몸을 밀었다. 나는 이온의 기다란 턱을 쓰다듬어주었다. 그러고는 주위를 둘러보았다. 스탕마르는 사라지고 없었다. 코엘라와 함께.

"코엘라가 사라졌어. 사라져 버렸어."

화가 치밀어 올랐다.

"코엘라만 사라진 게 아니야."

리아가 우울하게 말하고는 불의 고리 잔해를 발로 툭 걷어찼다. 리아가 쉰 목소리로 속삭였다.

"난 이걸 사용하는 법을 배우지 못했어."

나는 리아를 안아주며 위로해주었다.

"네 잘못이 아니야."

"내 잘못이야. 이걸 보여주는 게 아니었어."

리아가 매우 슬픈 목소리로 말했다. 리아가 생각에 잠겨, 입술을 꽉 깨물었다.

"그런데 말이야, 뭐가 이상한지 알아? 난 전에도 이걸 손에서 놓친 적이 있었어. 한두 번 떨어트렸지만 깨진 적은 없었어. 금도 가지 않았다고. 그건 그러니까…… 음, 지금 깨질 준비가 되어 있었던 것 같아."

나는 오랫동안 불의 고리가 걸려 있던 리아의 허전해진 허리춤에 손을 내밀었다.

"다시 너한테 돌려줄 수 있으면 좋을 텐데. 하지만 만약 그렇게 할 수 있는 마법이 있다 하더라도, 나는 그 마법을 몰라."

나는 솔직히 말했다.

리아가 마른 침을 삼켰다.

"아주 잠깐 동안, 나는 그 사람이 그걸 자신을 치유하는데 쓸 거라 정말로 생각했어."

나는 지팡이를 꽉 움켜잡았다.

"그 남자를 치유하려면 불의 고리보다 훨씬 큰 마법이 필요할 거야."

스컬리가 깨진 조각 위로 터벅터벅 걸어오며, 믿을 수 없다는 듯 혼자 뭐라 뭐라 중얼거렸다. 잠시, 스컬리는 조각을 지나, 뒤틀린 나무뿌리 사이로 다가갔다. 마침내, 스컬리가 포기했다. 분명 보물이 정말로 망가졌다는 걸 확인한 것 같았다. 스컬리는 두 귀를 축 늘어트리고, 리아한테 돌아와 리아의 어깨 위로 올라갔다. 그러고는 털목도리처럼 리아를 부드럽게 감싸주었다.

"엄마한테 빨리 알려줘야 해. 엄마는 그 자그마한 마을에 남아 있어야 해. 그곳이라면 스탕마르가 엄마를 찾지 못할 거야."

내가 단호하게 말했다.

"하지만 엄마가 한 말 들었잖아, 내일 그곳을 떠날 거라고."

리아가 반박했다.

"그렇다면 오늘 엄마한테 소식을 전해줘야 해. 그리고 한 가지 문제가 더 있어. 스탕마르는 너나 나를 뒤쫓아올지도 몰라. 그러니 우리가 엄마한테 알려주러 가서는 안 돼."

나는 턱을 긁적였다.

우리는 동시에 류를 돌아보았다. 나는 무릎을 꿇고 류의 얼굴을 들여다보며 말했다.

"네가 전해줄 수 있겠니? 오늘 마을로 돌아갈 수 있어?"

불안한 듯, 류가 자신의 모랫빛 머리카락을 잡아당겼다.

"할 수 있어요, 멀린 대장. 대장이 필요하다면요. 사실, 전 그다지 하고 싶지 않지만요."

류가 시선을 떨구었다.

"제발 부탁이야. 엘런을 돕는 일이야. 널 도와줬던 바로 그 친절한 여인 말이야."

내가 간청했다.

천천히, 류가 고개를 끄덕였다.

"이제, 밤이 되기 전까지 마을로 가야 해. 그리고 그 마을에 꼼짝 말고 있으라고 말해줘. 우리가 갈 때까지 말이야. 알았지?"

"네, 멀린 대장."

나는 류를 안아주며 자그마한 등을 토닥여주었다.

"고마워. 자 이제 출발하기 전에 개울가에서 물 좀 마셔둬."

류가 강둑 위로 걸어 올라갈 때, 나는 일어나 류가 잠자던 이끼 위에서 양털 목도리를 집어 들고 소리쳤다.

"아, 류. 이거 잊지 마."

류가 강가에서 올려다보았다. 얼굴에서 물이 뚝뚝 떨어졌다. 목도리를 보고는 활짝 웃었다. 류는 다시 돌아와 내가 목도리를 자신의 자그마한 목에 둘러주는 동안 잠자코 서 있었다.

"자, 이제 가. 아, 잠깐만."

내가 나시 한번 류를 안아주며 말했다.

"왜요, 멀린 대장?"

나는 류의 연갈색 눈동자를 바라보았다.

"조심해."

류는 잠시 더 꾸물거렸다. 혀가 입 안에서 달싹거렸다. 뭔가를 말하고 싶어 하는 것 같았다. 하지만 아무 말도 하지 않았다. 주저하며, 류는 뒤돌아 평원의 짤막하게 난 풀을 가르며 남쪽으로 달리기 시작했다.

나는 잠시 류를 지켜보았다. 문득, 리아가 내 팔 아래 뭔가를 밀어 넣는 게 느껴졌다. 그건 조끼였다. 별 모양으로 엮은 꽃들이 햇빛을 받아 빛났다.

"이게 필요할 거야."

리아가 단호하게 말했다.

"너도 필요할 거야. 네가 입고 있어."

나는 조끼를 마다했다.

리아가 고개를 가로저었다.

"아니, 아니. 이건 엄마가 오빠한테 준 조끼야. 게다가, 내가 오빠 말을 탈 거니까, 이게 공평해."

나는 깜짝 놀라 눈썹을 치켜떴다.

리아는 이온을 흘끗 바라보았다. 이온은 늙은 참나무 쪽으로 걸어가고 있었다. 이온의 다리와 등 근육이 어둡게 빛났다. 이온이 움직일 때 근육이 잔물결처럼 출렁였다.

"괜찮지, 응?"

"물론이지. 네가 갈 길이 훨씬 멀 거야. 그리고 속도도 필요할 거고."

내가 동의했다. 나는 활짝 웃으며 덧붙였다.

"네가 나보다 먼저 내 생각을 알아차릴 때마다 난 깜짝깜짝 놀란다니까."

리아도 활짝 웃어 보였다.

"아니야, 항상 멋진 생각을 해내는 건 오빠야!"

"뭐, 그건 그렇지."

리아가 내 손을 잡았다.

"오빠, 어디서부터 그 전사를 찾아볼 거야?"

"북쪽에 있는 마을에서부터. 노인이 말한 그 마을 말이야. 거기가 어디였더라? 그래, 크르 달로치."

나는 서늘한 아침 공기를 들이마셨다. 그리고 서리 머금은 숨을 내뱉었다.

"만약 그 쌍칼잡이가 정말로 나를 찾는 거라면, 내가 그자를 만나는 건 그리 오래 걸리지 않을 거야. 그자가 다른 사람을 해치기 전에 만날 수 있기를 바랄 뿐이야."

리아가 내 손가락에 자기 집게손가락을 걸었다.

"그자를 꼭 찾아, 멀린. 그자를 막을 수 있는 일이라면 뭐든지 해. 그러고 나서 원형 돌무더기에서 만나자. 날 실망시키지 마, 알았지?"

"절대 실망시키지 않을게."

나는 약속했다. 나는 리아의 눈을 마주보며 단호하게 말했다.

"자 이제……."

마지막으로, 나는 리아의 얼굴을 꼼꼼히 살폈다. 너무나도 섬세하고 총명했지만 동시에, 너무나도 대담해서 예측할 수가 없었다.

"자, 이제 달려. 날개가 있는 것처럼 달려."

14

눈 폭풍

갑자기 눈이 내리기 시작했다. 리아와 내가 헤어질 때, 그물같이 뻗은 먹구름 뒤로 태양이 사라졌다. 그리고 첫 번째 눈송이가 내렸다. 볼품없는 큼지막한 눈송이가 펑펑 쏟아져 내려 참나무 위쪽 나뭇가지에 쌓이고, 깊은 숲을 채웠다. 잠시 뒤, 뒤틀린 나무뿌리가 땅 위 하얀 산등성이처럼 볼록해졌다.

나는 북쪽을 향해 무거운 발걸음을 옮기며, 나무 밑동 근처에는 눈이 덜 쌓일 거라는 기대를 품고 숲 끄트머리를 따라 나아갔다. 눈보라를 뚫고 드넓은 평원을 걸어가는 게 얼마나 힘든지, 그리고 얼마나 위험한지 경험을 통해 잘 알고 있었다. 나도 최악의 폭풍을 뚫고 나아가는 중이었지만, 한편으로는 무방비 상태의 초원을 가로질러 남쪽으로 가고 있을 류가 걱정스러웠다. 새하얀 눈 속에서 방향을 잃지는 않을까? 차가운 눈 속에서 맨발이 얼마나 견디어낼 수 있을까?

내 바로 앞, 솔송나무 나뭇가지가 톡 부러지며, 반짝이는 하얀 수정 구름을 쏟아내며 둔덕을 만들었다. 그곳을 가로질러 가다 얼어붙은 덩어리를 밟고 말았다. 내 생각은 또 다른 걱정거리로 돌아갔다. 이 쌍칼잡이를 어디서 찾아야 하나? 분명, 그놈은 내가 자신을 찾아오기를 기다리고 있었다. 그래서 노인한테 그리고 분명 다른 사람들한테도 자신의 존재를 미리 알렸을 거다. 그런데, 내가 크르 달로치에 도착했을 때 그놈이 이미 떠나버렸으면 어쩌지? 아니, 그놈은 그곳에 머물 생각이 애초에 전혀 없는 걸지도 모른다. 그저 자신의 갈 길을 가다 그곳을 지나치는 것일 수도. 북쪽에 있는 높은 고원 지대로, 우르날다와 소인들의 고향…….

우르날다를 생각하는 것만으로도 나는 오싹했다. 원형 돌무더기에서 편카이라 군대에 소인들이 합류하기를 바라는 만큼, 리아가 배신을 일삼는 여자 마법사를 상대할 필요가 없기를 바랐다. 리아는 협곡 독수리를 비롯해 다른 생명체들을 설득하는 데만도 분명 큰 어려움을 겪을 테니까.

눈송이가 끊임없이 떨어져 내렸다. 그러는 사이 나는 숲 끝자락에 이르렀다. 숲의 보호막을 벗어나 광활한 평원에 발을 들여놓자마자 매서운 바람이 불어와 두툼한 조끼 속으로 파고들었다. 내 앞의 대지는 회색이 점점이 박힌 녹슨 갈색에서 벌써 새하얀 담요로 갈아입었다. 꽁꽁언 파도처럼, 눈송이가 그대로 얼어붙으며 쌓여갔다.

바람이 세차게 불어와 지팡이를 잡은 내 손가락이 꽁꽁 얼었다. 그러는 사이, 내 입에서 뿜어져 나오는 차가운 서리에 짤막한 털이 난 턱은 물론이고 뺨까지 얼어붙었다. 전에 가끔 바랐듯이, 나도 수염을 기를 수 있으면 좋겠다고 생각했다. 그래, 이런 눈 폭풍에서 내 얼굴을 가려줄 수 있을 만한 덥수룩한 수염을…….

이런 악조건 속에서 내가 어떻게 누군가와 싸울 수 있단 말인가? 하지만 상관없다. 나는 그 전사를 찾을 거다. 그자가 어디에 있든, 아이들을 죽인 살인자를 반드시 찾을 거다. 그래서 다시는 그런 잔인한 공격을 하지 못하도록 끝장내 버릴 거다. 영원히.

구불구불 휜 사과나무 한 그루가 보였다. 너무 늙어서 눈 덮인 나뭇가지가 땅까지 축 늘어져 있었다. 나는 그곳을 잠시 바람을 피할 피난처로 삼기로 했다. 가까이 다가가 보니, 높은 나뭇가지에 검붉은 자그마한 뭔가가 빛났다. 사과 한 알. 쭈글쭈글하고 말라비틀어졌지만 먹을 만한 것 같았다. 나는 나뭇가지 아래로 기어가 지팡이로 사과를 땄다. 그러고는 자리에 앉아서 한입 깨물었다.

딱딱했다. 게다가 벌레까지 먹었다. 하지만 입 안으로 새콤한 사과향이 퍼졌다. 지금은 아주 먼 곳처럼 보이는 향기로운 봄이 떠올랐다. 사과 꽃, 파릇파릇한 푸른 잎, 신선한 푸른 용담, 달콤함이 가득한 자그마한 딸기…… 얼마나 오래전이었을까? 나는 다리를 접고 앉아, 과일을 베어 물었다. 이 땅에 다시 봄이 찾아올지 궁금했다.

지금, 세상은 온통 눈으로 뒤덮였다. 쭈글쭈글한 사과를 다 먹고 나서 사과심을 툭 던져 버렸다. 사과심은 내 그림자 머리 위에 톡 떨어졌다. 이리저리 얽힌 나뭇가지 그림자 때문에 내 그림자는 거의 보이지 않았다. 평소처럼, 내 그림자가 발끈하며 사과심을 내게 휙 던졌다. 가까스로 내 코를 스치고 지나갔다.

"아, 얌전히 좀 굴어. 내 코가 크기는 하지만, 목표물은 아니라고."

내가 꾸짖었다.

그림자는 두 손을 허리춤에 얹고는, 고개를 위아래로 흔들며 나를 꾸짖었다.

"알았어, 내가 사과할게. 하지만 가끔씩, 내가 어떻게 널 견디는지 모르겠다니까! 정말! 너는 화를 너무 잘 내. 음, …… 꼭 나처럼."

나는 고개를 가로저었다. 나는 꾹 참았다. 자책감을 느끼며 멋쩍게 웃음을 터트렸다.

내 그림자가 의기양양하게 웃으며 몸을 흔들 때, 나는 내 가죽 가방 안에 손을 뻗어 트러블의 날개 깃털을 꺼냈다. 나는 그 깃털을 엄지와 검지 사이에 놓고 천천히 돌리며, 정령들이 사는 사후 세계에서 트러블이 어떻게 살고 있을지 상상해봤다. 분명 트러블은 그 안개의 세상에서 몇 시간 동안 하늘 높이 솟구쳤다 휙 내려앉을 거다. 한때 이 세계에서도 즐겨 그랬던 것처럼. 트러블이 다그다 옆에서 날았을까? 바람이 데려다주는 곳이라면 어디서든 날았을까? 이제 내가 옆에 없는데, 자신의 희로애락을 누구를 향해 울어댈까?

젠장, 트러블이 너무 그리웠다.

나는 생각에 잠긴 채 깃털을 다시 가방 안에 밀어 넣었다. 그러고는, 세차게 몰아치는 차가운 바람에도 아랑곳하지 않고, 몸을 웅크려 나뭇가지 아래에서 빠져나와 세찬 눈보라 속으로 걸어 나왔다. 엄마의 조끼가 그 어느 때보다 요긴했다. 잠시, 나는 발걸음을 멈추고 나무를 돌아보았다. 누군가 분명 아주 오래전에 저 나무를 심었겠지. 그것은 미래에 대한, 아이들에 대한, 언젠가 그 수확물을 따먹을 거라는 믿음에서 한 행동이었다. 단호하게, 나는 지팡이를 허리춤에 찔러 넣고 다시 길을 나섰다.

나는 두 손을 녹이려 겨드랑이에 찔러 넣고, 점점 심해지는 눈발을 헤치며 발걸음을 옮겼다. 마을을 찾을 수 있는 가장 좋은 방법은 강물의 흔적을 놓치지 않는 것이다. 시냇물, 작은 호수, 또는 '마르지 않는 강'의 샛강. 구름 뒤로 숨어 버린 태양의 위치를 추측하는 건 쉽지 않았지만, 나는 최선을 다해 북쪽 방향을 따라가려 했다. 그렇지 않으면, 이 휘몰아치는 폭풍 속에서 자칫 하루 종일 같은 자리를 빙빙 맴돌 수도 있으니까.

눈이 머리카락을 뒤덮고 목 뒤로 줄줄 흘러내리며 옷 안으로 스며들었지만, 나는 신경 쓰지 않았다. 지금 중요한 건 쌍칼잡이를 찾는 일이다. 하지만 이내 내 발가락이 점점 딱딱하게 굳으며 감각이 무뎌졌다. 가느다란 고드름이 귀밑 머리카락에 매달리기 시작했다. 그럼에도 불구하고, 나는 계속 나아갔다.

불현듯, 나는 허리까지 오는 구덩이에 풍덩 빠져 버렸다. 거꾸로 처박히며 입 안 가득 눈이 들어왔다. 빠져나오려 몸부림치다, 깊게 쌓인 눈 가장자리에서 움푹 꺼진 부분이 느껴졌다. 시냇물! 나는 강둑에서 발을 헛디딘 것이었다.

나는 높은 곳으로 다시 올라와 얼굴에서 눈을 털어내고, 시냇물을 따라 걸어가기 시작했다. 잠시 뒤, 눈이 그 전체 통로를 채우지 못할 정도로 시냇물이 점점 넓어졌다. 동시에 눈보라도 잦아들기 시작했다. 눈송이가 가늘어지고, 세찬 바람도 서서히 줄어들었다.

이윽고, 연기 냄새가 났다. 연기가 하나의 요리용 화덕 불에서 나오는 것인지 아니면 난로 여러 개에서 나오는 것인지, 나는 알 수 없었다. 하지만 시냇물의 길을 따라 앞으로 계속 나아갔다. 이내 나는 저 멀리 희미한 회색 안개를 알아차렸다. 초가지붕 하나가 보였다. 그러고는 또 다른 지붕, 또 다른 지붕. 마을이었다.

마을은 스무 채 정도의 집으로 이루어져 있었다. 크르 아라는 마을의 오두막보다 더 튼튼하고 단정했다. 양, 염소, 닭 우리도 보였다. 가축 일부는 이미 자신들의 보금자리를 박차고 나와 눈 속을 뛰어놀고 있었다. 집에는 돌출 현관과 화분이 놓여 있었다. 휴식을 위한 그네가 있는 집도 있었다. 의심의 여지없이, 이곳은 소인들의 왕국 남쪽에 위치한 형편이 비교적 넉넉한 농촌 마을이었다. 하지만 이곳이 크르 달로치일까?

나는 마을 광장으로 다가갔다. 커다란 집들 사이 광장 근처에 대장간이 있었다. 갑자기 소리가 들려왔다. 그 소리에 나는 깜짝 놀랐다. 엉엉 흐느껴 우는 아이들! 나는 몸을 돌려 어디서 들려오는 소리인지 찾아봤다. 저기, 현관에 어떤 엄마가 서서, 눈 때문에 축축하게 젖은 아이의 각반을 벗겨내고 있었다. 벌벌 떠는 아이는 불그스레한 얼굴에 얼룩덜룩 눈물 자국이 있었지만, 다른 데는 멀쩡했다.

그 순간, 걸걸한 목소리가 나를 사로잡았다.

"무슨 일이요, 낯선 양반?"

돌아보니, 땅딸막하고 혈색 좋은 검은 머리카락의 남자가 한 손에 창을 들고 서 있었다. 막대기처럼 생긴 창은 위를 향하고 있었다. 나는 번득이는 창끝을 보며, 그것이 나를 겨냥하지 않는다는 사실에 안도감을 느꼈다. 어쨌든, 아직은 아니었다.

"묻잖소?"

남자가 나를 의심스러운 눈초리로 노려보며 으르렁거렸다.

"여기가 크르 달로치인가요?"

내가 물었다.

"먼저 용건부터 말해보시오."

"혹시 팔 없는 전사를, 그러니까 팔뚝에 칼을 차고 있는 전사를 본적이 있나요?"

나는 옷소매에서 눈을 털어내며 물었다.

남자는 짙은 눈썹을 들어 올렸다. 얼굴이 일그러졌다. 순간, 그 남자는 아픈 표정이었다. 그러더니, 즉각, 크게 껄껄 웃어댔다. 남자는 거친 목소리로 낄낄 웃기 시작했다.

"전사라고? 팔 없는 전사? 호호 하-하-하! 아, 호-호-히, 정말 귀중한 팔이로군, 호호."

남자가 자신의 허벅지를 툭 쳤다.

나는 옷깃에서 눈을 털어내며 그 남자를 향해 눈살을 찌푸렸다.

"웃을 일이 아니에요. 그자는 팔 대신 칼을 달고 있어요. 그자는 살인자예요, 아이들을 죽인다고요."

다시 한번, 그 우람한 남자는 깔깔 웃으며 자기 몸을 툭 쳤다.

"팔 없이는 그 어떤 해도 끼치지 못할 거요! 하하하, 호호."

"진짜라니까요!"

"자네, 진짜, 하하, 히히, 정말로 웃긴 친굴세."

"천만에요! 무슨 말인지 모르겠어요? 고아들은 죄다, 아이들은 죄다 위험하다고요! 당신은 도대체 가슴이 없어요?"

나는 반박했다. 화가 치밀어 올랐다.

"그래, 그래, 하지만 난 팔이 있지."

남자는 다시 미친 듯이 웃어댔다.

"호호, 정말 귀중한 팔, 가슴, 후후후."

인내심의 한계를 느꼈다. 나는 그 남자가 들고 있는, 굽은 창끝을 가리켰다.

"리타 고르가 이 마을을 공격해서 바로 그 창으로 당신을 꼬챙이로 꿰도, 당신은 그게 우습다고 생각하겠군요."

남자의 얼굴이 갑자기 굳어졌다.

"이제 네 건방진 말은 더 이상 웃기지 않아. 그리고 더 이상 환영하지도 않아."

남자는 내 가슴에 창을 곧장 겨누었다.

"도대체 당신은 누군데 나를 쫓아내려는 거예요? 나는 이 마을 장로들과 이야기해야 해요. 누구든 책임자 말이에요. 상황 파악을 조금이라도 할 수 있는 사람 말이에요."

내가 강력하게 요구했다.

남자가 창을 움켜잡았다.

"내가 크르 달로치의 관리자다. 내가 너한테 꺼지라고 말했지?"

남자의 창끝이 내 옷을 스쳤다.

내 허름한 옷차림과 눈 덮인 머리카락 때문에 내가 마법사가 아니라 방랑자처럼 보이는 게 분명했다. 나는 대답했다.

"나는 멀린이라고 합니다! 당신한테 명령하겠소. 나를 이 마을 장로들한테 데려다주세요."

남자의 얼굴이 붉어졌다.

"멀린이라고? 넌 강력한 마법사의 이름을 훔쳐내서 이 상황을 무사히 넘기려고 생각하나? 이봐, 진짜 멀린은 손목을 한 번 까딱하는 것만으로도 고블린 전사들을 박살낼 수 있다고 했어."

남자는 창끝을 밀었다. 마침내 창끝이 내 갈비뼈를 눌렀다.

"이봐, 넌 그저 거지에 불과해, 무례한 어릿광대에 불과하다고. 꺼져 버리라고 했잖아! 안 그러면 이 광장에 쌓인 눈이 네 피로 물들게 될 줄 알아."

나는 이를 뿌드득 갈며 그 남자를 똑바로 노려보았다.

"내 피가 아니라 당신 피가 그렇게 될 거예요."

나는 손목을 휙 비틀어, 파란 불꽃을 창끝에 흘려보냈다. 남자가 비명을 지르며 뒤로 주춤주춤 물러서며 무기를 떨어트렸다. 남자는 아연

187

실색한 채, 완전히 녹아내려 눈 위에서 지글지글 타고 있는 창끝을 멍하니 바라보았다. 잠시 뒤, 하얀 눈 위에 검은 얼룩만 남았다.

남자가 고개를 들었다. 눈동자에 두려움이 가득했다.

"그렇다면 당신이 정말……."

"멀린이라고요. 이제 말해봐요. 여기 고아들이 있나요?"

남자는 입을 벌리더니 이내 굳게 다물었다. 남자는 뒤로 주춤주춤 물러섰다. 나는 손을 들어 남자를 멈추게 했다. 남자는 뒤돌아 쏜살같이 달아났다. 발이 눈 속에 푹푹 박혔다.

"돌아와요!"

내가 소리쳤다.

남자는 계속 달아나 마구간 뒤로 사라져 버렸다. 나는 좌절해, 내 그림자를 내려다보았다.

"젠장! 저 사람은 분명 아무짝에 쓸모없는 관리자야. 나도 마법사로서 꽝이고."

눈 위의 내 그림자가 팔을 마구 흔들었다.

"다시 해보라고? 그래, 그래, 네 말이 맞아. 다른 사람을 찾아봐야겠어. 그리고 이번에는 좀 더 잘할 수 있으면 좋겠네."

나는 숨을 들이키고는 천천히 고개를 끄덕였다.

아무도 보이지 않았다. 나는 광장을 가로질러 큰 집을 향해 걸어갔다. 내가 집 밖 현관 계단에 올랐을 때, 집안에서 허둥지둥 움직이는 발소리가 들려왔다. 아이 하나가 소리쳤다.

"처음 보는 사람이에요, 엄마! 거지 같아요."

나는 얼굴을 찡그리고, 문을 쿵쿵 두드렸다. 아무도 대답하지 않았다. 다시 두드렸다. 하지만 마찬가지였다. 화가 나, 현관에서 발을 쿵쾅거리고는 그곳을 떠났다.

　다음 집에서는 적어도 문은 열렸다. 하지만 코앞에서 문이 쾅 닫혀 버렸다. 나는 좌절감으로 속이 부글부글 끓어올랐다. 광장으로 다시 성큼성큼 걸어 나왔다. 주위를 둘러보며, 어느 집을 찾아가볼까 궁리했다.

　새된 비명이 갑작스레 허공을 찔렀다. 나는 발걸음을 멈추었다. 다른 아이가 각반이 축축하게 젖어 혼나서 우는 소리일까? 하지만 아니었다. 뭔가 다른 게 있었다. 이 외침은 확실히 달랐다. 초가지붕 헛간 뒤, 염소 우리에서 다시 소리가 들려왔다. 나는 칼자루를 꽉 잡고, 눈 덮인 난간을 펄쩍 뛰어넘어 우리를 향해 달려갔다.

　헛간의 모퉁이를 돌았다. 그곳, 돌출 지붕 아래 놓인 지푸라기 위에, 꾀죄죄한 모습의 자그마한 사내아이 하나가 몸을 웅크린 채 애처롭게 비명을 지르고 있었다. 넓적한 어깨의 덩치 큰 누군가가 발 하나를 그 아이의 팔뚝에 올려놓고 서서, 아이의 손을 잘라내려고 했다. 그 사내의 어깨 아래, 팔이 있어야 할 곳에, 한 쌍의 넓적한 칼이 매달려 번뜩이고 있었다.

15

도살자

"멈춰! 그 아이를 풀어줘!"

내가 명령했다.

치명적인 칼날이 번뜩였다. 전사가 자신의 사냥감을 옆으로 차 버리자, 지푸라기가 사방으로 튀었다. 꼬마 사내아이는 훌쩍거리며 헛간 깊숙이 기어들어가 염소 뒤로 몸을 숨겼다. 그와 동시에, 꼬마 사내아이를 공격했던 놈이 몸을 획 돌렸다. 나를 흘끗 보더니 동물 우리 한가운데로 당당하게 걸어 나왔다. 하얗게 쌓인 눈 위에 검은 발자국이 찍혔다. 그놈이 나를 정면으로 응시했다. 잔혹하기 이를 데 없는 표정이었다. 보통 사람보다 머리 하나는 커 보였다. 넓은 어깨와 가슴 위로 판금을 입힌 갑옷을 입었다. 두개골에 딱 맞는 가면이 얼굴을 덮고, 옆에는 묵직한 양날의 칼이 달려 있었다.

"그래, 겁쟁이 애송이 마법사가 드디어 나타났군!"

남자가 소리쳤다.

"네가 겁쟁이지. 죄 없는 아이들을 사냥하는 놈."

내가 받아쳤다.

놈이 나를 노려보았다. 무기가 실룩 움직였다.

"다 이유가 있지. 이제 네놈이 죽어줘야겠다."

검을 뽑아 들려던 내 손이 머뭇거렸다. 전사의 목소리에 불현듯 무언가가 떠올랐다. 어디서 들어본 목소리가 아닐까? 아니, 꿈속에서 들어봤나? 분명 그런 것 같았다. 내 꿈 하나가 진짜로 눈앞에 펼쳐져 있었다.

"이름이 뭐지? 내가 지금 이곳에서 네놈을 때려죽이지 말아야 할 이유가 있나?"

나는 미끄러운 눈 위에서 두 발을 단단히 버티고 서서 놈을 몰아붙였다.

거대한 남자는 나를 향해 한 발 더 성큼 다가왔다.

"이름이 뭐냐고? 도살자(Slayer)라고 불러. 내가 네놈을 죽여줄 테니까 말이야."

해골 뒤에서 목소리가 흘러나왔다.

이윽고, 남자는 요란한 소리를 내며 달려들어, 내 가슴을 향해 칼날 두 개를 한꺼번에 휘둘렀다. 나는 가까스로 검을 뽑았다. 내 검이 허공에서 쨍 울었다. 갑작스럽게, 번쩍하고 쇠붙이에 빛이 나더니, 그자의 칼의 각도가 변했다. 칼이 내 무릎을 향해 다가왔다! 칼이 나를 가르기 바로 직전, 나는 뒤로 껑충 뛰어 가까스로 피했다.

내가 몸의 균형을 잃은 걸 보고, 놈은 놀라운 속도로 다시 달려들었다. 녀석의 크고 튼튼한 어깨가 내 옆구리를 그대로 들이받았다. 나는 난간에 쿵 부딪히며 벌러덩 드러눕고 말았다. 하얀 눈과 지푸라기가 동물 우리 안에 흩날렸다. 나는 옆으로 몸을 굴렸다. 그자의 칼날이 나무 난간을 잘라 박살내 버렸다.

재빨리, 나는 허리춤에서 지팡이를 꺼냈다. 이제 내게는 녀석처럼 무기가 두 개 있었다. 다시 한번 녀석은 내게 달려들었다. 이번에는 내 머리를 향해 칼을 휘둘렀다. 나는 몸을 숙여 칼날을 아슬아슬하게 피했다. 내 귀 바로 위에서 칼날이 바람을 가르는 소리가 났다. 녀석의 칼 두 개가 내 지팡이 자루에 부딪쳤다. 무지막지한 공격에 내 무릎이 꺾였지만, 지팡이는 확고하게 버티며 푸른 불꽃을 내뿜었다. 놈은 당황하며 한 발 물러났다. 그 틈에 나는 멀찍이 피할 수 있었다.

아,

나는 생각했다. 이 지팡이는 나무 그 이상으로 만들어졌다. 내가 근육과 뼈 이상으로 만들어진 것과 마찬가지로! 마법. 마법만이 녀석을 제압할 수 있다. 그리고 내 지팡이의 마법을 나조차도 예측할 수 없듯이, 나 또한 내가 통제하거나 사용할 수 있는 것보다 훨씬 많은 마법을 품고 있다.

나는 빙글 돌아서서, 녀석의 칼에 강력한 주문을 걸었다.

무거워져라. 들어 올릴 수 없을 정도로 무거워져라.

즉각, 녀석의 어깨에서 검정색 줄이 흘러내려와 짙은 거미줄처럼 칼날을 휘감았다. 즉각, 칼 두 개가 완전히 검게 감싸였다.

도살자가 비틀거렸다. 마치 눈에 보이지 않는 한 방을 맞은 것처럼. 녀석은 다시 무기를 들려 했지만 비틀거렸다. 칼을 들어 올리기 위해 낑낑거렸다. 드디어, 녀석은 그 무게로 인해 몸이 앞으로 꺾였다. 칼날이 땅에 부딪쳤다. 녀석은 분노의 고함을 내지르며 칼을 들어 올리려 낑낑댔다. 하지만 칼은 꿈쩍하지 않았다.

나는 그 모습을 만족스럽게 바라보았다. 그때 내 검을 들고 있는 손에 기이한 느낌이 들기 시작했다. 놀랍게도, 칼자루에서 검은 줄이 쏟아져 나와 검을 칭칭 감싸 버렸다. 갑자기 엄청나게 무거웠다. 너무 무거워

들 수가 없었다. 내 검은 결국 눈 속에 쿵 떨어지고 말았다. 아무리 낑 낑거려도, 나는 검을 다시 들어 올릴 수 없었다.

똑같은 주문이야! 저 녀석이 내게 주문을 걸었어!

아니면 내가 주문을 잘못 건 걸까? 어떤 경우든, 이제 우리의 칼은 모두 아무짝에도 소용이 없었다.

다급하게, 나는 마법의 힘을 풀도록 반대의 주문을 외웠다. 단어와 어조 모두 복잡했기에 몇 초가 걸렸다. 나는 내 검에만 그 주문이 걸리도록 특별히 더 조심했다. 주문을 끝마친 순간, 시커먼 거미줄이 물러나며 손잡이 속으로 녹아들어 갔다. 내 검이 이제 다시 자유롭게 움직였다. 나는 검을 들어 순식간에 머리 위로 휘둘렀다.

그 순간, 적한테서도 똑같이 사나운 외침이 터져 나왔다. 녀석 또한 반대의 주문을 이용한 것이다! 녀석이 이처럼 정교한 마법을 알고 있다는 사실에 두려움과 함께 놀라움이 밀려들었다. 도대체 저 녀석은 누구지? 누구이기에 저런 힘을 갖고 있는 걸까?

바로 그때, 놈이 다시 무기를 거세게 휘두르며 내게 달려들었다. 내게는 생각할 시간이 없었다. 내가 할 수 있는 일이라고는 지팡이를 들어 올려 놈의 공격을 막는 것밖에 없었다. 불꽃이 허공에 튀었다.

녀석은 끊임없이 나를 공격하며, 내게 공격할 기회를 조금도 주지 않았다. 공격을 막아내느라 두 팔이 아파왔다. 녀석은 나를 점점 더 거칠게 몰아댔다. 즉각 나는 녀석의 계획을 알아차렸다. 녀석은 나를 헛간 안으로 몰아넣으려고 했다. 몇 초 뒤면, 나는 구석에 몰릴 거다. 움직일 수 없을 거다. 헛간의 벽이 한쪽에서 어렴풋이 보이고, 다른 쪽에는 난 간이 보였다.

여기서 빠져나가야만 해!

또 다른 마법? 그래. 내게 시간을 벌어줄 마법. 계획을 짤 수 있을 만한 시간! 내 팔꿈치가 나무 벽 가까이 밀려갔다. 내 마음은 재빨리 움직였다.

나는 서둘러 바닥에 몸을 내던졌다. 손이 땅에 닿자마자, 나는 어떻게 할지 깨달았다. 나는 손과 발을 죽 뻗었다. 팔다리에 새로운 힘이 흐르는 게 느껴졌다. 갑작스레 힘이 생겨, 나는 최대한 높이 뛰어올랐다. 도살자의 칼날이 허공을 갈랐다. 난간을 뛰어넘어 안전하게 도망치는 수사슴의 갈색 등은 간신히 칼날을 피해갔다.

나는 유연하고 힘차게 광장을 가로질러 달렸다. 내 발굽에 눈이 마구 튀었다. 마침내, 나는 뿔이 솟은 머리를 돌렸다. 나를 공격하던 녀석이 염소 우리 뒤에서 어리둥절한 표정으로 나를 바라보고 있을 거라 예상했다.

틀렸다. 뭔가 흐릿한 갈색 물체가 나를 향해 돌진해왔다. 한 마리 수사슴! 어떻게 저럴 수 있지? 나는 펄쩍 뛰어 옆으로 몸을 피했다. 하지만 날카로운 뿔이 내 옆구리를 찔렀다. 엉덩이에 엄청난 고통이 느껴졌다. 다리에서 피가 줄줄 흘러내렸다. 나는 끙끙거리며 물러났다.

우리는 새하얀 눈밭을 가로지르며 달렸다. 추격자는 점점 거리를 좁혀왔다. 나는 재빨리 방향을 틀어, 어느 집 돌출 현관에 껑충 뛰어올랐다. 하지만 수사슴은 나를 계속 쫓아왔다. 우리는 달각달각 발굽 소리를 내며 달렸다. 다리가 점점 더 아파왔지만, 나는 가까스로 높이 뛸 수 있었다. 한쪽 끝에 나란히 놓아둔 눈 덮인 화분을 피할 수 있었다.

내가 다시 광장에 내려섰을 때, 다친 내 다리가 휘청거렸다. 나는 차가운 눈 위로 미끄러졌다. 다시 똑바로 서려고 버둥거렸다. 수사슴이 공격해 들어올 때, 나는 가까스로 피할 수 있었다. 나는 달리며, 대장간

쪽으로 진로를 바꾸었다. 내 몸이 한쪽으로 기우뚱하며, 내 반짝이는 발굽이 풀무*를 살짝 건드렸다. 풀무가 바닥에 떨어져 박살나며, 검댕과 먼지구름을 일으켰다. 두 눈이 따끔거리고 두 다리가 휘청거렸지만, 나는 시커먼 어둠 속을 뚫고 달려 다시 눈 속으로 나아갔다.

내가 광장을 가로지르며 쏜살같이 움직이자, 수사슴 또한 바짝 뒤쫓아왔다. 수사슴의 거친 숨소리가 들릴 정도였다. 수사슴의 뿔이 내 상처 난 다리를 다시 스쳐 지나갔다. 집 한 채를 돌고, 또 다른 집 뒤를 돌며, 나는 수사슴의 공격을 피하려 최선을 다했다. 하지만 통하지 않았다. 급속도로 피곤이 밀려왔다. 어딘가 숨을 곳이 필요했다. 비록 잠시 동안만이라도. 그때 낡은 나무 마차가 보였다. 마차는 부서진 바퀴 때문에 한쪽으로 기울었는데, 나는 그쪽을 향해 달려가 있는 힘껏 뛰어올랐다. 내가 이걸 넘기만 한다면…….

틀렸다. 앞다리가 마차 옆쪽에 닿는 바람에 나는 균형을 잃고 말았다. 나는 쿵 나무에 부딪쳤다. 내 무게 때문에 판자가 부서져 버렸다. 나는 무기력하게 빙글빙글 돌며, 눈 위에 미끄러졌다. 내가 마침내 멈추었을 때, 나는 더 이상 수사슴이 아닌 인간의 모습이었다. 왼쪽 허벅지가 엄청 아팠다. 각반은 찢어지고 피가 났다.

수사슴은 마차 잔해 주변을 껑충 뛰어올랐다. 내가 공포에 질려 바라보는 동안, 녀석은 쌍칼잡이 전사로 변신했다. 그랬다. 녀석 또한 사슴의 마법을 알고 있었던 거다! 녀석은 의기양양하게 낄낄 웃으며 나를 향해 걸어왔다. 번쩍번쩍 빛나는 칼을 들어 올려 드디어 나를 난도질하려 했다.

---

*불을 피울 때에 바람을 일으키는 기구.

나는 일어나려 낑낑 안간힘을 썼지만 힘없이 무너지고 말았다. 내 검과 지팡이는 염소 우리 안에 남아 있었기에, 지금 아무런 도움이 되지 못했다. 나는 절망적으로 눈을 헤치며 꿈틀꿈틀 뒷걸음쳤다. 도살자의 그림자가 내 그림자 위로 다가왔다.

내 그림자? 어쩌면 내 그림자가 뭔가를 할 수 있을지도 몰랐다. 하지만 아니, 내게는 그림자보다 더 강한 뭔가가 필요했다. 훨씬 더 강한 것. 바람 그 자체만큼이나 강력한 무엇. 그렇다! 바로 그것이었다. 치명적인 칼날이 내 가슴 위의 허공을 가를 때, 나는 서둘러 폭풍을 몰고 오는 주문을 속삭였다. 아일라가 내게 직접 가르쳐준 주문을. 그리고 나는 간청하며 그 주문을 끝마쳤다.

저 녀석을 여기서 멀리 날려 보내주세요, 오, 폭풍이여. 저 녀석을 여기서 아주 먼 곳으로 날려 보내주세요!

갑작스러운 돌풍이 마을을 휩쓸며, 의자며 연장이며 물동이 따위를 마구 날려 버렸다. 문이 바람에 획획 열렸다. 나무 덧문 한 쌍이 창문에서 뜯겨져 나가 멀리 날아갔다. 망토며 지팡이며 눈송이가 허공에 둥둥 떠 마치 수많은 새 떼처럼 휘날렸다.

"안 돼! 안 돼!"

바람이 자신의 몸을 뒤로 밀며 허공으로 띄워 올리자, 전사는 크게 소리쳤다.

놈은 도리깨질하며 버둥거리며, 자신을 둥둥 떠다니게 만든 보이지 않는 적을 향해 욕을 퍼부었다. 그러고 나서, 녀석이 가장 가까운 집 위로 날아갈 때, 새로운 바람이 마을에 불어왔다. 바람이 세차게 불었다. 반대 방향에서! 나는 돌출 현관 모퉁이 기둥을 붙잡으려 버둥거렸지만, 내 몸은 땅 위로 높이 떠올랐다. 온갖 파편이 마구 휘몰아치는 가운데,

내 검과 지팡이가 허공에 둥둥 떠다니는 게 흘끗 보였다.

나는 허공에서 구르고 뒹굴고 빙글 돌았다. 도저히 멈출 수 없었다. 바람이 위아래에서 비명을 질러댔다. 바람은 제 할 일을 실컷 하고 나서야 마침내 멈추리라는 걸 나는 알았다. 이 주문은 그 자체로 생명력이 있었다. 나는 궁금했다. 어떻게 도살자가 이 주문을 알 수 있을까? 저 녀석의 마법도 실로 강했다. 저런 악당이 사용하기에는 너무 강했다! 놈의 힘이 내 힘과 너무나도 막상막하인데, 내가 어떻게 녀석을 막을 수 있을까?

나는 빙빙 구르며 허공을 날았다. 상처 입은 내 다리를 움켜잡을 수조차 없었다. 나는 마을 끝자락을 지나, 잎이 다 떨어져 나간 앙상한 나무 위로, 눈이 새하얗게 덮인 들판을 빙글빙글 지나갔다. 힘없이 방향 감각을 잃었다. 바람이 약해지기 시작하는 것도 알아차리지 못했다. 저 아래, 울퉁불퉁한 바위투성이 고원 지대가 점점 더 가까워지는 것도 알아차리지 못했다.

나는 쿵 소리를 내며 땅에 떨어졌다. 평편한 바위 위에서 데굴데굴 구르다 마침내 멈추었다. 하지만 세상이 여전히 빙글빙글 돌았다. 또한 점점 더 어둑어둑해졌다. 하지만 내가 의식을 잃기 전, 뭔가 단단하고 뾰족뾰족한 것이 내 갈빗대를 찌르는 게 느껴졌다. 그건 바위 같았다. 아니면 창끝인지도.

16

우르날다의 질문

나는 깨어났다.

어둠이 나를 감싸고 있었다. 하지만 어두운 밤은 아니었다. 차갑고 딱딱한 바위가 등에 닿았다. 이곳은 내가 착륙한 바위투성이 고원 지대일까? 아니, 아니다. 공기 냄새가…… 뭔가 달랐다. 눅눅하고 퀴퀴했다. 내가 전에 맡아본 적 없는 냄새였다. 뭐지?

손가락을 쭉 펴고, 밑에 놓인 평편한 바위를 더듬어보았다. 놀랍게도, 돌을 끌로 정교하게 깎아 만든 미세한 홈과 융기 부분이 느껴졌다. 그렇다면 이곳은 터널 아니면 지하 방이었다! 나는 투시력을 발휘해 내 옆에 가파르게 솟아 있는 벽을 찾아냈다. 벽에는 쇠를 두드려 만든 걸쇠에 횃불이 놓여 있었다. 지금은 불이 꺼져 있었지만, 인간이 사용하기에는 높이가 너무 낮았다.

즉각, 나는 뻑뻑하고 헝클어진 턱수염 냄새를 알아차렸다. 이 지하 왕국이 어딘지 알았다. 그리고 이곳을 만든 사람들을. 소인들!

나는 자리에 일어나 앉았다. 머리가 어질어질했다. 다리가 더 이상 아프지 않다는 걸 문득 깨달았다. 어떻게 이럴 수 있을까? 나는 손으로 허벅지 근육을 만져보았다. 더 이상 고통스럽지 않았다. 상처도 없었다. 각반은 더 이상 찢어져 있지 않았다. 묵직하고 거친 실로 꿰매고 난 뒤였다.

그 순간, 횃불이 탁탁 밝은 빛을 내며 방 안을 환하게 비추었다. 아아, 내 잃어버린 지팡이나 검의 흔적은 어디에도 보이지 않았다. 내 시선과 마찬가지로, 내 그림자가 방을 재빨리 둘러보며 그것들의 흔적을 찾았다. 하지만 주변의 벽은 완전히 휑뎅그렁했고, 맞은편에 문 하나가 있을 뿐이었다. 문에는 돌을 쪼고, 보석을 박고, 금속을 덧댄 정교한 디자인이 새겨 있었다. 바로 그때 문 반대편에서 발소리가 들려왔다.

묵직한 걸쇠가 올라갔다. 문이 활짝 열리자, 짜리몽땅한 소인 둘이 안으로 걸어 들어왔다. 각자 문 옆에 한쪽씩 서서, 기이한 상징이 그려진 우람한 팔로 팔짱을 꼈다. 비록 내 가슴 정도의 키에 불과했지만, 웬만한 인간을 상대할 수 있을 듯했다. 소인들은 누리끼리한 눈동자로 나를 물끄러미 바라보았다. 빽빽한 검은 턱수염 뒤로, 입을 굳게 다물고 있었다. 몸에는 보석 박힌 단검, 양날 도끼, 그리고 튼튼한 참나무 활과 화살이 잔뜩 들어 있는 화살통 등 갖가지 무기들이 달려 있었다. 소인들은 발을 단단히 딛고 서 있었는데, 내 아래에 놓인 돌바닥처럼 튼튼해 보였다.

이윽고, 문으로 기괴하지만 당당한 모습의 여자가 성큼성큼 걸어 들어왔다. 자주색 옷을 입었는데, 옷에는 은빛 룬 문자와 기하학적 무늬가 장식되어 있었다. 한 손에는 오래되어 시커멓게 변해 버린 낡은 나무 지팡이를, 다른 한 손에는 과일 파이 조각을 들고 있었다. 그 여자는 그걸 입 안에 집어넣고는 우적우적 씹어 먹었다. 이마에는 정교하게 만든 사파이어 보석 띠가 빛났다. 헝클어진 빨간 머리카락이 가시나무 수

풀처럼 머리 위에 자리 잡고 있었다. 우르날다, 소인들의 여자 마법사가 내 앞에 서 있었다. 우르날다가 음식을 씹어 먹을 때마다, 대롱대롱 매달린 조개껍데기 귀걸이가 딸랑딸랑 소리를 냈다.

나는 우르날다를 다시 보자 배가 뒤틀렸다. 나는 불안감을 숨기려 돌바닥에 서서 우르날다를 맞았다. 하지만 내가 인사하려 하자, 우르날다는 들고 있던 지팡이 끝으로 내 귀를 툭 쳤다.

우르날다가 파이를 삼키며 단호한 어조로 말했다.

"날 다시 보게 되다니 안됐구나."

우르날다의 날카로운 목소리가 벽에 울려 퍼졌다.

나는 귓불을 비비며, 예의 바르게 행동하려 최선을 다했다.

"내 다리를 치료해줘서 감사해요."

"그건 사실이야. 하지만 그래도 넌 날 다시 보게 되어서 안됐다."

우르날다가 쌀쌀맞게 고개를 저었다. 조개껍데기 귀걸이가 딸랑딸랑 소리를 냈다.

나는 우르날다를 빤히 노려보았다.

"지난번 우리가 만났을 때, 기분 좋게 헤어지지는 않았어요."

우르날다가 화난 듯 콧방귀를 뀌었다. 문가에 서 있던 소인 둘이 도끼 손잡이에 손을 가져다 댔다. 내 그림자는, 뭔가 심상치 않음을 느끼고는, 내 발 근처 바닥에서 쪼그라들었다. 하지만 우르날다는 손을 들어 올리며 말했다.

"아직은 아니야. 난 여전히 우리 손님한테 관대함을 느끼고 있어. 유명한 마법사 멀린."

"그러니까, 당신은 나한테서 뭔가를 원한다는 뜻이로군요."

내가 잘라 말했다.

경비병들은 무기에서 손을 뗐다 다시 가져다 댔다. 턱수염 난 얼굴을 여자 마법사로 향하며 명령을 기다렸다. 하지만 우르날다는 침착해 보였다. 우르날다가 장식 머리를 끄덕였다. 귀걸이가 딸랑거렸다.

"넌 좀 더 현명해졌구나, 멀린. 비록 조금이지만 말이야. 하지만 네 마법사의 지팡이를 돌려받을 정도로 현명해질 수는 없는 거냐? 그리고 그 귀중한 검은? 그걸 돌려받을 수 있을지는 모르겠구나."

우르날다의 창백한 얼굴에 희한한 미소가 번졌다.

"내 지팡이와 검이라고요? 당신이 그걸 가지고 있나요?"

내가 큰 소리로 물었다.

"어쩌면, 마법사, 어쩌면. 하지만 내가 널 도와줄지 말지 결정하기에 앞서, 나 우르날다를 돕는 건 너한테 달렸어."

우르날다 뒤에서, 경비병 하나가 맞는 말이라며 끄덕거렸다. 여자 마법사는 즉각 휙 돌아보며, 짧고 굵은 손가락을 그 경비병을 향해 겨누고는 톡 내뱉었다.

"네 의견을 물은 게 아니야!"

경비병의 빨간 눈동자가 커졌다.

"음…… 죄송해요, 우르날다."

"좋아. 다시 그런 일 없도록 확실하게 해."

우르날다가 그 경비병을 향해 손가락을 위협적으로 흔들어댔다.

"네, 우르날다."

경비병이 꼿꼿하게 서서 대답했다. 하지만 우르날다가 다시 몸을 돌려 나를 바라보사마자, 경비병은 동료 경비병을 흘끗 바라보고는 남몰래 윙크를 했다.

즉각, 여자 마법사는 몸을 휙 돌렸다. 자주색 옷이 돌을 스치며 소리가 났다. 우르날다는 그 소인을 향해 한 발 내디뎠다. 경비병은 뒤로 물러나 문에 기댔다.

"지금! 네가 날 비웃었지, 안 그래?"

"아, 아닙니다, 우르날다. 제 턱수염을 걸고, 절대 아닙니다."

경비병이 대답했다. 이번에는, 이마에 송골송골 맺힌 땀방울로 보아, 정말로 두려움에 떠는 게 분명했다.

우르날다는 앞으로 몸을 기울였다. 헝클어진 빨간 머리카락이 분노로 흔들렸다.

"그렇다면 네 턱수염을 걸고, 넌 거짓말쟁이야!"

경비병이 미처 변명하기도 전에, 우르날다는 손을 들어 손가락을 탁 튕겼다. 진홍색 불꽃이 지하 방에 반짝이며, 모든 걸 덮어 버렸다. 심지어 횃불조차도. 밝은 빛이 희미해지자, 경비병의 외모의 변화가 분명하게 드러났다. 헝클어진 검은 턱수염이 사라져 버리고, 그 자리에는 밝은 분홍색 깃털 더미가 자라났다. 매혹적인 새의 깃털처럼 상당히 곱슬곱슬했다.

경비병은 자신의 변화를 눈치채지 못한 채 꼼짝 않고 서 있었다. 하지만 옆에 있던 동료는 박장대소하기 시작했다. 마침내 우르날다가 눈으로 노려보며 조용히 시켰다. 변신한 경비병은 조바심치며 손을 들어 자신의 턱수염을 쓰다듬어보았다. 털이 아니라 깃털을 느끼자, 경비병은 끔찍한 소리로 울어댔다. 경비병은 기다란 분홍색 깃털 하나를 뽑아 유심히 바라보았다. 그러고는 문밖으로 쏜살같이 달려가 버렸다. 경비병이 흐느껴 우는 소리가 돌 벽을 타고 울려 퍼졌다.

우르날다는 웃음을 참으려 몸을 와들와들 떨고 있는 동료 경비병을 곁눈질하고는, 땅딸막한 몸을 휙 돌려 나를 바라보았다. 우르날다의 두 뺨은, 보통은 창백한 회색이었는데, 여전히 분노로 붉으락푸르락했다. 우르날다가 나를 유심히 바라보며 눈살을 찌푸렸다.

"네 귀중한 검과 지팡이를 돌려받고 싶어?"

"네, 저한테는 꼭 필요해요. 지금 당장 말이에요! 왜냐하면 우리는 할 일이 많거든요, 당신과 나 말이에요."

우르날다의 얼굴에 기괴한 웃음이 되살아났다.

"우리라고? 지금 네가 뭔가를 원하고 있는 거로군."

"맞아요. 지금 핀카이라에 사는 거주민들이 모두 커다란 문제에 빠졌어요."

내가 분명하게 말했다.

"핀카이라? 도대체 우르날다의 백성들이 왜 그런 것에 신경 써야 하는 거지?"

우르날다가 이마의 보석 박힌 띠를 매만지며 콧방귀를 뀌었다.

내가 대답하려 하자, 우르날다가 두툼한 손을 들어 올렸다.

"난 네 비통한 이야기에 관심이 없어, 멀린. 난 오직 내 백성들한테만 관심이 있다고."

"하지만……."

"쉿! 그리고 네 마법을 나한테 사용하려는 바보 같은 짓은 애당초 꿈도 꾸지 마."

우르날다가 명령하듯 말했다. 우르날다의 목소리가 살짝 낮아졌다.

"너는 쌍칼잡이를 상대하는 네 정말이지 형편없었어. 그리고 넌 정말이지 우르날다와는 상대도 안 돼. 게다가, 내게는 여전히 믿음직한 지팡이가 있다고."

우르날다는 쉰 목소리로 킥킥거렸다.

나는 깜짝 놀랐다.

"당신이 그 도살자를 알아요?"

"쉿!"

"그자는 음모에 가담하고 있을지도 몰라요……."

"쉿, 어린 마법사!"

우르날다가 앞으로 몸을 숙였다. 우르날다가 나를 노려볼 때 귀걸이가 찰랑찰랑 흔들렸다.

"여기 내 조건이 있어. 우르날다의 질문에 답해봐. 그러면 네 물건들을 돌려줄게. 실패하면, 그리고…… 음, 어쨌든 그건 내가 알아서 결정할 일이지."

"제 말 좀 들어봐요."

내가 이의를 제기했다.

우르날다는 지팡이 끝을 돌 땅바닥에 쿡 찔렀다. 먼지와 돌조각들이 흩날렸다.

"아니! 네가 잘못 알고 있어. 내가 말하고, 네가 들어야 해."

나는 가까스로 입을 다물었다.

"좋아, 그럼. 이제 내가 질문하지."

우르날다는 숨을 들이쉬고는 말을 하려고 했다. 그런데 갑자기 멈추고는 경비병을 돌아보며 손짓했다.

"문 밖에 서 있어. 그리고 몰래 엿듣지 마. 안 그랬다가는 네 턱수염을 미끌미끌한 벌레로 만들어 버릴 테니까!"

경비병은 초조한 듯 자신의 턱수염을 만졌다. 그러고는 문 밖으로 서둘러 나가 터널로 들어갔다. 적어도 열두 걸음 걷고 나서 발걸음을 멈추었다. 여자 마법사는 만족스러운 표정으로 나를 한 번 더 바라보았다. 이윽고, 목을 가다듬고 귀에 거슬리는 목소리로 속삭이며 말을 시작했다.

"내 질문은 이거야. 지금 몇 주 동안, 미래에 대한 내 시야가 이상할 정도로 먹구름이 끼었어. 이런 일은 전에 한 번도 없었지. 이처럼 용감하고 현명한 우르날다한테는 절대 없었다고."

우르날다는 말을 멈추고는 단어를 선택했다.

"나는 아무것도 볼 수 없어. 아무것도 말이야. 일 년 중 가장 긴 겨울밤 이후에 벌어지는 일 말이야."

우르날다의 창백한 이마가 일그러졌다.

"뱀을…… 제외하고. 유령과도 같은 희미한 뱀들이 서로를 향해 쉬쉬 소리를 내며 으르렁거리지. 뱀이 내 환영에 자주 나온다고."

우르날다는 오만한 표정으로 자기 손에 침을 뱉고는 쓱쓱 비벼댔다.

"하지만 우르날다는 뱀 따위는 신경 쓰지 않아. 우르날다는 다른 것들을 볼 수 없다는 것 때문에 신경이 쓰인다고!"

우르날다가 우거지상을 하며 분노로 치를 떨었다.

"이건 받아들일 수 없어. 미래를 볼 수 없는 마법사라니!"

나는 이해하는 척 고개를 끄덕였다.

"그러니까 당신 질문은 왜 그런 일이 일어났냐 하는 거지요?"

우르날다가 자기 지팡이를 돌바닥에 대고 문질렀다.

"그래, 그게 내 질문이야."

"만약 제가 대답하면, 당신은 내 지팡이와 검을 돌려줄 건가요?"

"그게 내 조건이지."

"제 대답은, 그건 당신이나 당신의 힘과는 아무 상관도 없어요. 당신은 여전히 강력해요. 그건 미래와 관련되어 있어요."

내가 딱 잘라 말했다.

우르날다의 얼굴에 안도의 표정이 스쳐 지나갔다. 하지만 이내 표정이 어두워졌다. 우르날다가 물었다. 이제는 더 이상 속삭이는 목소리가 아니었다.

"미래가 어떻다는 거지?"

"저도 환영을 통해 배운 것만 알아요. 며칠 전이었어요. 다그다가 제게 와서 말해줬어요."

우르날다가 등을 꼿꼿이 세웠다.

"가장 위대한 정령이 너한테 말해줬다고? 아직 턱수염도 나지 않은 애송이 마법사한테?"

"그래요. 미래에 대해서요."

우르날다가 나를 빤히 쳐다보았다. 내가 한 말이 진짜인지 아닌지 판단하려는 걸 알 수 있었다. 잠시 뒤, 우르날다가 고개를 끄덕였다.

"계속해봐."

"다그다가 말했어요. 가장 긴 겨울밤에, 정령들의 사후 세계와 핀카이라가 위험할 정도로 가까워질 거라고요. 두 세계 사이에 문이 열릴 거랬어요. 원형 돌무더기, '거인들의 춤'에서요."

나는 숨을 거칠게 몰아쉬었다.

"그리고 그 문으로 리타 고르와 그의 군대가 쏟아져 나올 거랬어요. 유한한 삶을 사는 생명체들을 닥치는 대로 박살내려고요. 당신과 나와 핀카이라의 모두가 그곳에서 그들을 막지 못한다면 말이에요."

우르날다는 벽에 걸린 걸쇠에서 씩씩 탁탁 소리 내며 타들어가는 햇불 하나를 한참 동안 응시했다.

"그러고 또 뭐라고 했는데?"

"내가 이해하지 못하는 말을 했어요. 그래요, 잃어버린 날개와 또 다른 경고에 대한 거였어요. 하지만 요점은 모두 다 경고였다는 거예요. 나를 비롯한 인간 종족뿐만 아니라, 이 섬에 살고 있는 모든 종족에 대한 경고요."

희망을 품고, 나는 우르날다에게 손을 내밀었다.

"우르날다, 나랑 함께 하지 않을래요? 우리가 공유하는 세상을 구하도록 도와줘요!"

우르날다는 지팡이를 휘둘러 내 손을 툭 쳐냈다.

"나보고 너랑 네 인간 종족과 함께 싸우자고? 얼마 전에 우리 종족을 파괴하려고 했던 바로 그 인간들과 함께 싸우자는 말이야?"

우르날다의 목소리가 점점 격앙되었다.

"너희 지배자 스탕마르가 소인들에게 어떤 짓을 했는지 기억 안 나? 그자의 피가 네 혈관을 타고 흐르고 있잖아?"

"하지만 그것만이 우리의 유일한 희망이라고요!"

내가 간청했다.

"네 유일한 희망이겠지! 우르날다의 백성들은 지금 아주 잘 살고 있거든."

우르날다의 얼굴 표정이 잠시 풀어졌다. 그리고 깊은 갈망의 표정을 지어 보였다.

"우리 종족은 언젠가 정말로 그 모든 해악에서 자유로워질 거야. 더 이상 터널과 요새를 짓지 않아도 될 정도로 말이야. 그러고 나서 우리는 커다란 돌 원형극장을 지을 거야. 공기와 허공에 그대로 드러난 곳에. 우르날다 백성들의 원형극장! 난 네가 지금껏 살아온 날보다 훨씬 더 오랫동안 이걸 갈망했었지, 멀린! 내가 내 백성들을 한꺼번에 볼 수

207

있는 장소. 내가 매주 연설하고, 나를 기리는 웅장한 연극이 펼쳐지는 장소."

우르날다가 갑자기 자신의 몽상에서 깨어났다. 우르날다가 식식거리며 바닥을 쿵쾅거리며 걷자 방 안의 돌이 울렸다. 기반암이 흔들리는 것 같았다. 몇 초 동안 흔들리다가 잠잠해졌다.

"가서 거인들한테 말해봐. 발에 털이 난 그 바보들 말이야. 너랑 함께 싸우자고! 거인들은 위험해. 인간만큼이나 소인들한테 위험한 존재라고. 하지만 거인들은 멍청해, 아주 멍청하지. 그래서 어쩌면 네 뜻을 이룰 수 있을지도 모르지."

나는 얼굴을 찡그리며 손바닥으로 돌 벽을 내리쳤다.

"멍청한 건 당신이에요, 우르날다! 그리고 고집도 세고요. 이 돌처럼 꼼짝하지 않잖아요. 리타 고르가 저기 저 위의 땅을 차지하고 나면, 당신이 리타 고르를 피할 수 있을 거라 정말 생각하나요? 이봐요, 당신의 지하 왕국은 리타 고르의 손에 걸린 나비의 날개만큼이나 쉽게 부서질 거예요."

여자 마법사의 눈동자가 횃불처럼 활활 타올랐다.

"나는 인간 종족의 군대에 절대 합류하지 않을 거야. 절대."

나는 분노를 꾹꾹 억누르며 마지막으로 한 번 더 설득해보려 했다.

"제발요. 난 당신이 당신 백성들의 행복에 무척이나 신경 쓰고 있다는 걸 잘 알아요. 당신이 백성들을 통치하며 얼마나 많은 일을 했는지, 나는 많은 이야기를 들었어요. 당신 백성들을 위해, 제발 다시 한번 생각해봐요."

"넌 나한테 아첨하고 있어, 마법사. 넌 내 통치에 대해 아무것도 몰라. 우리 소인들은 그런 일을 너희 인간 종족에게 말하는 게 절대 금지되어 있어.”

우르날다가 되받아쳤다.

“아니요, 정직하게 말하는 거예요. 내 친구 심이, 그러니까 한동안 당신 종족들과 함께 지냈던 진짜 거인 말이에요. 나한테 많은 이야기를 들려주었어요. 그리고 심은······.”

“배신자에 스파이지!”

우르날다는 지팡이를 아주 세게 비틀었다. 그러자 자루에 새겨진 룬 문자에서 연기가 피어올랐다.

“그 녀석은 모든 거인 중에서도 최악이야. 우르날다의 백성인 것처럼 가장했지! 그 녀석이 다시 한번 내 영토에 발을 들여놓는다면, 즉각 죽음을 면치 못할 거야. 우리는 만반의 준비가 되어 있어, 맞아. 만약 그 녀석이 다시 돌아올 만큼 멍청하다면 말이야.”

우르날다가 내게 얼굴을 찌푸렸다.

“그건 당신이 틀렸어요. 당신 백성들에게 무엇이 최선인지에 대한 생각도 틀렸고요! 이해 못 하겠어요? 나는 지금 우리가 알지 못하는 엄청난 위험을 당신한테 경고해주려는 거라고요!”

나는 불끈했다.

우르날다는 그저 나를 노려보았다.

“멀린, 넌 지금 다른 위험을 걱정하는 게 더 좋을 거야. 그래, 그 쌍칼잡이 친구 같은 거 말이야.”

우르날다의 눈동자가 기이하게 빛났다.

“그자는 가까이, 아주 가까이 있지. 네가 아는 것보다 훨씬 더.”

그게 무슨 말인지 묻기도 전에, 우르날다는 포동포동한 손바닥을 마주잡았다. 내 발아래 돌이 살짝 흔들리기 시작하더니, 이내 격렬하게 요동쳤다. 틈 사이로 먼지가 폴폴 피어올랐다. 나는 펄쩍 뛰어 옆으로 비켰다. 바닥에 좁은 틈이 생겼다. 놀랍게도, 내 지팡이와 검이 저 아래에서 솟아나, 틈을 지나, 위로 떠올라 나를 마주했다. 나는 얼른 팔을 뻗었다. 여자 마법사가 마음을 바꿀 기회를 주지 않기 위해서.

검을 칼집에 넣으며, 나는 우르날다에게 성난 목소리로 말했다.

"당신은 고집불통이에요. 하지만 적어도 자기가 한 말은 명예롭게 지키는군요."

"네 종족들보다는 낫지. 명예! 그게 언젠가 거대한 원형극장이 완성되었을 때 내 백성들 모두에게 할 내 첫 번째 연설의 주제가 될 거야. 그때가 언제가 될지는 모르지만 말이야."

우르날다가 이마를 찌푸렸다.

그러고는 짧고 굵은 손가락으로 지팡이를 톡톡 두드렸다.

"넌 바보야, 멀린. 하지만 너도 명예롭구나. 넌 내 질문에 대답했어. 내가 기대했던 것처럼. 비록 네가 나를 모욕했지만 말이다! 그래서 내가 네 상처를 치유해준 거야. 네가 피를 많이 흘려 거의 죽어갔지만 말이야. 너무 약해져서, 내가 네 힘을 되돌리는데 며칠이 걸렸지."

나는 얼굴이 창백해졌다.

"며칠이라고요? 가장 긴 겨울밤까지 시간이 얼마나 남았어요?"

내가 가까이 다가가 허리를 숙이며 다짜고짜 물었다.

"일주일밖에 남지 않았어, 애송이 마법사. 그러고 나면 네 환영의 진실을 알게 되겠지."

17

씨앗

몇 시간 뒤, 미로처럼 얽힌 지하 터널에서 나를 호위해주던 소인 무리가 갑자기 발걸음을 멈추었다. 소인들의 나지막하고 경쾌한 노래도 그쳤다. 우르날다가 우리를 떠나게 한 뒤부터 소인들이 계속 불러오던 노래였다. 하지만 노래는 그쳤어도 내 불만은 계속되었다. 왜 길을 걷느라 이렇게 오랜 시간을 허비해야 하지? 왜 가장 가까운 문으로 그냥 내보내주지 않는 거지?

우리는 지금도 문이 아니라 시커멓고 평편한 돌 조각을 마주하고 있었다. 출렁이는 횃불에 돌 표면에 둥그렇게 적혀 있는 룬 문자의 복잡한 문양이 드러났다. 룬 문자에는 마법의 상징이 들어 있다는 걸 나는 알고 있었다. 아무 말 없이, 턱수염 난 땅딸막한 소인 둘이 돌 조각을 향해 나를 세게 밀었다. 내 지팡이가 바닥의 바위 가장자리에 걸렸다. 나는 앞으로 비틀거렸다. 나는 팔로 얼굴을 가리며 돌에 부딪히지 않으려 했다.

나는 돌에 부딪히지 않았다. 대신, 돌 사이로 떨어져 내려, 딱딱하게 굳은 땅에 얼굴을 처박고 착륙했다.

211

나는 데굴데굴 구르며, 나무줄기와 잎사귀를 입에서 뱉어냈다. 비록 공기는 여전히 매섭게 차가웠지만, 내 등과 목에 닿는 햇살이 따뜻했다. 화가 나기도 하고 놀라기도 한 채, 나는 단단한 바위를 응시했다. 내가 방금 굴러 나온 바위. 우르날다의 재주는 정말 경이로웠다. 누구도 이렇게 큰 바위에 출입문이 숨어 있다는 걸 알아차리지 못할 거다. 그걸 여는 방법을 알아내는 건 차치하고라도…….

리타 고르를 제외하고는 누구도. 리타 고르는, 의심의 여지없이, 우르날다의 비밀 출입문과 똑똑한 방어망을 재빨리 알아낼 거다. 그리고 우르날다가 심에게 계획하고 있는 것처럼, 리타 고르는 우르날다를 무자비하게 처치할 거다.

거인이 다시 돌아올 경우에 만반의 준비가 되어 있다는 우르날다의 말은 정확히 무슨 뜻일까? 분명 어떤 함정이 심을 기다리고 있다. 그것만은 분명했다. 하지만 어떤 함정일까? 거대한 구덩이? 특별하게 만든 엄청난 양의 창? 나는 고개를 가로저었다. 만약 우르날다가 인간과 거인에게 분노하지 않고 내 경고를 좀 더 신중하게 받아들인다면, 자기 백성들뿐만 아니라 모두에게 유익할 텐데.

주변을 둘러보니, 나지막하고 평편한 언덕들이 있었다. 뒤틀린 나무 몇 그루가 지평선에 듬성듬성 서 있었다. 흰 눈이 쌓인 언덕이 듬성듬성 진갈색으로 구획처럼 나뉘어 있어서, 마치 줄무늬 케이크가 한 줄로 늘어선 것처럼 보였다. 즉각, 여기가 어디인지 알아차렸다.

우르날다가 나를 동쪽 평원 가까운 곳에 풀어준 것이다. 자기 영토의 가장 가장자리. 그래서 이렇게 오래 행군을 했던 것이다! 우르날다가 나를 이곳에 풀어준 이유가 나로 하여금 전투가 벌어질 원형 돌무더기 가까이 갈 수 있도록 한 것인지, 나는 몰랐다. 우르날다는 나를 풀어주기 전에 내가 가능한 멀리 가기를 원한 건지도 몰랐다.

태양의 위치로 시간을 가늠하고 나는 더욱 두려워졌다. 벌써 늦은 오후가 되었다. 이곳에 오기 위해 거의 하루를 다 날려 버렸다. 황금빛 태양 속에서 눈 쌓인 언덕이 빛났다. 하지만 그 광경에서 그 어떤 아름다움도 내게는 느껴지지 않았다.

일주일도 채 남지 않았다. 그리고 나는 지금껏 이룬 게 아무것도 없었다. 전혀! 도살자를 물리치지도 못했고, 그자의 공격을 막을 아무런 방법도 알아내지 못했다. 게다가 놈은 내가 소인들과 함께 있던 시간 동안에도 더 많은 아이들을 죽였을 수도 있다. 나는 리아가 핀카이라의 운명을 위해 지원군을 모으는 임무를 잘 수행하고 있기만을 바랄 뿐이었다. 그런데 리아는 지금 어디쯤 있을까?

저 멀리 언덕을 훑어보면서, 내 생각은 다른 누군가에게로 향했다. 할리아. 할리아를 다시 보고 싶었다. 할리아 옆에서 다시 달리고 싶었다. 몇 달 전만 해도, 우리는 함께 할리아 종족의 오래된 발자국을 따라 바로 이 땅을 내달렸다. 여느 때처럼, 우리는 둘만의 시간을 누렸다. 정원사 노부부 테일린과 갈라타를 잠깐 방문하던 때를 제외하고.

그래, 지금 언덕에 있는 노부부의 오두막으로 가는 게 좋겠다. 그분들이 내가 맞닥뜨릴 도전에 아무런 도움도 줄 수 없다는 걸 나도 안다. 하지만 그분들은 다른 무언가를 줄 것이다. 전에 여러 번 내게 주었던 바로 그것. 내 문제에서부터 짧은 휴식을. 친구들과 함께 하며 보내는 차분한 시간, 그리고 앞으로 무엇을 할지 생각할 수 있는 기회를.

나는 서리가 잔뜩 낀 하얀 김을 내뿜으며 언덕을 향해 터벅터벅 발걸음을 옮겼다. 내 그림자는 내 옆에서 풀이 죽은 채 움직였다. 내 그림자는 내 문제가, 그리고 핀카이라의 문제가 시간이 갈수록 점점 더 심각해지리라는 사실을 나처럼 잘 알고 있었다. 발걸음을 뗄 때마다 내 지 팡이 끝이 꽁꽁 언 땅을 긁으며 낙엽과 딱딱한 흙을 쿡쿡 찔렀다.

이윽고, 땅이 높아지며 눈 덮인 언덕으로 이어졌다. 머리 위로 매 한 마리가 솟구쳐, 저 높은 곳에서 빽빽 사납게 울어댔다. 그러나 그 밖에 나머지 세상은 생명이 없는 것처럼 보였다. 봄이면 이끼 낀 돌과 이슬을 머금은 풀 위로 물이 흐르던 골짜기는 바짝 말라 딱딱하게 굳어 있었 다. 어린 산사나무 한 그루가, 다른 계절이라면 분홍색과 흰색 꽃을 피 웠을 텐데, 내 지팡이처럼 벌거벗은 모습으로 서 있었다.

저 위, 깊은 틈으로 갈라져 있는 언덕 하나가 보였다. 내 발걸음이 빨 라졌다. 나는 그곳을 잘 알았다. 이제, 틈 안에, 산비탈의 땅처럼 우뚝 솟아 보이는 회색 돌 오두막이 보였다. 그곳은 바로 내 친구 테일린과 갈라타의 집이다.

나는 오두막으로 다가갔다. 오두막은 주변 언덕의 그림자 안에서 어 두워 보였다. 그런데 오두막 옆으로 초록의 흔적이 흘끗 보였다. 가까이 다가갈수록 초록이 더 짙어졌다. 나는 깜짝 놀라, 그게 뭔지 확인하려 내 시선을 집중했다. 이럴 수가! 알록달록한 총천연색이 화려하게 펼쳐 져 있었다.

한 줄로 나란히 늘어선 나무가, 리아의 옷처럼 모두 잎을 무성히 달 고, 오두막 양쪽에 서 있었다. 나뭇가지에는 잘 익은 과일이 주렁주렁 매달렸다. 가까이 다가가보니, 탐스러운 황금빛 배, 내 주먹만큼 커다란 심홍색 자두, 체리, 사과, 그리고 내가 정말 좋아하는 나선형 열매 라콘 이 있었다. 향기 좋은 나뭇가지 아래로는 열매 울타리가 있었다. 거기에 블랙베리, 딸기, 검은딸기가 한가득하였다. 심지어 '망가진 꿈'이라 불리 는 희귀한 열매도 풍성하게 열려 있었다. 그 열매는 파열된 근육을 치유하는데 유용하게 쓰인다고 했다. 집 벽에는 포도 두세 송이가 묵직하게 달린 덩굴을 포함해 수많은 덩굴이 자라고 있었다. 문 위에는 연파랑 꽃송이가 매달려 있었다.

나는 당황스러워 입을 꼭 다물었다. 내가 할리아와 함께 왔을 때처럼, 가을에 이 정원이 만발해 있는 걸 보는 건 그다지 대단한 게 아니었다. 하지만 지금은 한겨울이 아닌가? 내 친구들이 정원을 가꾸는 솜씨가 제아무리 대단해도, 계절의 흐름을 되돌릴 수는 없는 법이다.

불현듯, 나는 깨달았다. 리아가 핀카이라의 보물 하나를 맡았던 것처럼, 이 노부부도 보물 하나를 맡았다. 이 노부부는 그 전설적인 '꽃 피는 하프'를 보관하고 있었다. 그 마법의 줄은 그 어떤 땅에도 생명을, 그 어떤 식물에도 꽃을 피워냈다.

노부부의 정원 벽에 이렇게 많은 생명이 자라고 있는 건 어쩌면 당연했다. 테일린과 갈라타는, 많은 나이에도 불구하고, 활력과 생기를 읽은 적이 한 번도 없었으니까. 그건 정원 일에 대한 노부부의 열정에서 드러났다. 또한 서로 맹렬하게 말다툼하는 열정에서도 드러났다. 오랜 세월을 함께 살아온 사람들에게서나 가능한 그런 종류의 잔소리 말이다. 나는 갈라타가 얼마나 자주 자기 남편을 놀렸는지 기분 좋게 떠올렸다.

나는 담 벽에 달린 나무 출입문을 걸어 들어가며, 따뜻한 공기가 뿜어져 나오는 걸 느꼈다. 마치 곧장 봄날로 걸어 들어가는 것 같았다. 나는 조끼 단추를 풀고, 달콤한 향기를 들이마셨다. 잠자리, 꿀벌, 그리고 초록 등딱지 딱정벌레들이 날개를 윙윙거리며 꽃 사이로 날아다녔다.

나는 현관문을 향해 성큼성큼 걸어갔다. 하지만 내가 문을 두드리려고 할 때, 오두막 뒤에서 신음 소리가 들려왔다. 재빨리, 나는 소리 나는 쪽으로 달려갔다. 모퉁이를 돌다 멈칫했다. 내 그림자가 내 뒤에 뻗어 있었다. 마치 우리가 직면할 일을 피하려고 도망치려는 듯했다.

그곳에 테일린이 누워 있었다. 흰 머리카락을 어깨까지 흘러내린 채, 오른손으로는 가슴을 움켜잡고서 늙은 벚나무 나무둥치에 기대 있었다. 짙은 눈동자, 눈가의 주름살, 얼굴이 정말이지 너무도 창백했다. 갈라타가 옆에 무릎을 꿇고 앉아, 테일린의 이마를 쓰다듬고 있었다. 갈라타의 얼굴도 창백했다.

노부부의 머리가 다 함께 나를 향했다. 갈라타의 눈동자가 밝아지며, 소리쳤다.

"아, 너구나, 멀린! 우리는 지금 네 치유의 능력이 필요해."

테일린이 힘없이 고개를 가로저었다.

"아무리 마법사라 할지라도…… 지금 날 도울 수는 없어요, 여보."

나는 앞으로 걸어가, 갈라타 옆에 무릎을 꿇고 앉았다.

"무슨 일인지 말해주세요."

갈라타는 힘줄이 솟아난 손으로 황갈색 포대를 가리켰다. 열린 포대가 벚나무 나무뿌리 사이에 놓여 있었다.

"테일린이 떨어진 과일에서 씨앗을 모으고 있었단다. 내년 봄에 심으려고 늘 그래왔거든. 그때 테일린이 갑자기 쓰러졌단다. 내가 할 수 있는 일이라고는, 남편을 이곳으로 데리고 오는 것뿐이었어. 앉을 수 있도록 말이야."

갈라타가 남편의 하얀 머리카락을 쓰다듬었다.

"내 가슴이…… 갑자기 아팠어. …… 아주 많이. 마치 쥐어짜는 것 같았어. 거의, 아, 거의 숨을 쉴 수 없었단다."

테일린이 끙끙 신음소리를 내며 말했다.

나는 테일린의 손 위에 내 손을 얹고, 갈빗대에 댔다. 정신을 집중해 테일린의 장기를 하나씩 하나씩 느껴보았다. 간, 그리고 나서 위. 왼쪽 폐, 그리고 오른쪽 폐. 장, 그리고 심장. 엄청난 고통이 내 손을 거쳐 내 팔로 전해졌다. 그 바람에 나는 뒤로 주춤 물러났다. 나는 테일린을 바라보았다.

"심장이에요. 테일린, 아주 깊어 보여요. 내가 치유할 수 있을지 잘 모르겠어요."

나는 떨리는 목소리로 말했다.

테일린은 침을 삼키며 혀를 움직였다.

"넌 할 수 없어. 나도…… 그건 느낄 수 있어."

"지금 그렇게 단정 짓지 말아요. 당신이 지나치게 확신할 때는 항상 틀렸다고요."

갈라타가 나무랐다.

테일린이 힘없이 웃었다.

"당신은 아직 배우지 못했소? 나랑 69년이나 함께 살았는데도?"

"70년이에요."

갈라타가 정정해주었다.

"얼마가 되었든, 나는 아직 당신을 포기하지 않아요. 방법을 찾아볼 게요."

내가 단호하게 말했다. 나는 테일린의 갈빗대에 손을 얹고 더 깊이 살펴보기 시작했다.

"넌 쉽게…… 포기한 적이 없었지. 난 똑똑히 기억해. …… 네가 처음 이곳에 왔을 때…… 스탕마르와 그의 군대를 한꺼번에 잡으러…… 가는 길에. 음, 너는…… 그리 오래 머물지 않았지…… 라콘 열매를 제대로 맛보지도 못했잖아."

테일런이 힘겹게 말했다.

찢어진 심장 조직들이 느껴졌다. 토할 것만 같았다. 그럼에도, 나는 최선을 다해 침착하려 했다. 차분하게 확신에 찬 목소리로 말했다.

"저도 그 과일 기억나요. 한 조각 햇살 같았죠. 그러니까, 심홍색 햇살. 지금껏 맛본 최고의 과일이었어요."

"앞으로도 그럴 거다. 그 과일은 껍질 안에 너무 많은 걸 머금고 있지. 네가 추측하는 것보다 훨씬 더 많은 것을."

갈라타가 기운 없이 말했다.

"저기 있는 씨앗들처럼 말이에요. 저 씨앗들도 마찬가지예요."

나는 여전히 심장 조직 사이를 살펴보면서 말했다.

"그래, 아니면 아이들처럼. 나는 아이들이 그 안에 품고 있는 걸 볼 때마다 항상 깜짝깜짝 놀라곤 한단다."

갈라타가 동의했다.

노인의 심장 깊숙이 살펴보고는 있었지만, 갈라타의 말에 내 몸이 떨렸다.

테일런은 한동안 큰 소리로 신음을 뱉어냈다. 동시에, 또다시 역겨움이 내 안에 물결처럼 밀려왔다. 이번에는 너무나 강력해서, 나는 어쩔 수 없이 거친 나무둥치에 등을 기대어 내 몸을 의지해야 했다. 나는 덜덜 떨며, 테일런의 가슴에서 내 손을 들어 올렸다.

"너무 깊어요. 저 안의 뭔가가 망가졌는지 찢어졌어요. 그런데 어떻게 치유할지 저는 모르겠어요."

내 그림자를 흘끗 바라보았다. 그림자가 침울하게 고개를 끄덕이는 게 보였다.

테일런이 오두막 쪽을 바라보며 중얼거렸다.

"마치…… 하프와 같구나."

"꽃 피는 하프요? 하프가 망가졌나요?"

내가 갈라타를 바라보며 다급히 물었다. 갈라타는 남편의 손을 꼭 잡고 있었다.

"그렇단다. 오늘 아침에 갑자기 못에서 떨어졌어. 아주 오랫동안 안전하게 걸려 있었는데 말이야. 깨지면서 엄청난 소리가 났지! 쨍그랑, 쿵쾅. 우리가 달려가 보니, 줄이 하나만 남고 모조리 끊어져 있더구나. 테일린이 손을 뻗어 악기를 주워들었을 때, 마지막 줄도 끊어졌단다. 줄은 스스로 울림통 안으로 말려들어가, 고통으로 몸부림치는 아이처럼 울음소리를 냈어."

갈라타가 남편에게서 눈길을 떼지 않고 속삭였다.

갈라타의 주름진 뺨 위로 눈물이 천천히 흘러내렸다. 처음, 나는 갈라타가 하프를, 그리고 어쩌면 다시는 하프의 마법을 누릴 수 없을 자신의 정원을 생각하고 있다고 생각했다. 하지만 갈라타의 떨리는 손이 테일린의 손을 쓰다듬는 모습을 보고, 나는 깨달았다.

"그건 그리 대단한 게 아니야. 나는…… 죽고 싶지 않아요."

테일린이 갈라타에게 말했다. 고통이 또다시 몰려오자 테일린의 얼굴이 일그러졌다.

"나는 그저…… 당신을…… 혼자 남겨두고 싶지 않아요."

짙은 눈동자가 빛나며 이렇게 덧붙였다.

"누가 남아서…… 당신과 말싸움을 할 수 있단 말이오?"

길라타가 진지하게 고개를 끄덕였다.

"우리가 함께 한 삶은 귀중한 구근식물과도 같아요. 그 뿌리 안에는 계절을 견디는데 필요한 게 다 들어 있잖아요."

"아니, 아니오. 꼭 그런 건 아니에요. 바람에 날리는 씨앗 같아요. …… 어디든 내려앉아 살아남잖소."

테일린이 반박했다.

나는 지금은 아주 먼 곳에 있는 할리아를 생각했다. 할리아는 또 다른 망가진 악기의 줄을 손목에 감고 있었다.

"저한테는, 두 분이 함께 한 삶이 다른 뭔가를 닮은 것 같아요."

내가 말을 꺼냈다.

갈라타가 놀란 표정으로 나를 쳐다보았다.

"그게 뭔데?"

"나무 한 쌍요. 둘이 너무 가까이 붙어 자라서 나뭇가지들이 뒤엉킨 나무 말이에요. 그 나무들은 여전히 각각의 나무들이에요. 각자의 뿌리로 서 있으니까요. 하지만 이제 그 나무들은 그 이상이지요. 함께 새로운 존재가 되었으니까요. 왜냐하면 그 나무들은 서로를 받쳐주고, 서로의 보금자리가 되어주고, 매일 서로를 안아주니까요."

한참 동안, 두 노인은 그저 나를 바라보기만 했다. 마침내, 갈라타가 침묵을 깨고 갈라지는 목소리로 물었다.

"하지만 한 나무가 어떻게 다른 나무 없이 계속 살아갈 수 있지?"

나는 고개를 가로저으며, 붉은 열매가 달린 벚나무의 큰 가지를 올려다보았다.

"기억나니? 네가 처음…… 이곳에 온 날, 너는 우리한테 말했지. 다른 땅의 이야기를. 두 사람에 대한 이야기…… 오랜 시간을 함께 산 사람들 말이야. 시간이 되었을 때…… 마침내 둘 중 하나가 죽었을 때, 신들은 ……."

테일린이 말했다.

"둘을 모두 나무로 변신시켰어! 멀린, 네가 할 수 있겠니? 네가 우리를 그렇게 해줄 수 있겠니?"

갈라타가 소리쳤다.

"제발, 이건…… 내 소망이기도 하단다."

테일린이 나무둥치에 기대 몸을 꿈틀꿈틀 일으키며 말했다.

나는 손을 들어 올렸다.

"잠깐만요. 제가 그런 일을 할 수 있는지 저도 몰라요. 할 수 있다 할지라도, 당신이 정말로 그걸 원하는지 저는 확신이 없어요."

"아, 하지만 우리는 원한단다. 네가 상상할 수 있는 것 그 이상이지."

갈라타가 간청했다. 갈라타는 테일린의 눈동자를 그윽하게 바라보며 말을 이었다.

"훨씬 더."

"그건 위험할 거예요. 그런 변신은 몸뿐만 아니라 정신도 함께해야 해요. 둘 모두를 손상시킬 수도 있어요, 아주 심각하게 말이에요."

내가 반박했다. 내 목소리는 진지했다.

"제발."

노부부가 함께 간청했다.

"아니, 아니요. 저는 절대 할 수 없어요."

"제발, 멀린."

나는 한동안 노부부를 뚫어지게 바라보았다. 이들이 강하게 열망하고 있다는 걸 알 수 있었다. 마침내, 나는 고개를 끄덕였다. 둘은 자신의 위험을 그리고 자신의 운명을 선택할 기회를 가질 자격이 있었다.

나는 천천히 일어섰다. 지팡이를 들고, 몇 걸음 뒤로 물러섰다. 검은 딸기가 주렁주렁 매달린 울타리에 걸려 넘어지지 않으려 조심했다. 심

호흡을 하고, 온 힘을 집중했다. 그 순간, 테일린과 갈라타는 희망 섞인 표정으로 서로의 손을 그 어느 때보다 꼭 맞잡았다. 나는 다양한 노래들을 암송하기 시작했다. 모든 씨앗에 충만한 마법을, 모든 봄에 힘을 가져다주는 마법을 불러냈다. 변신의 마법을.

내 몸에 새로운 온기가 흘렀다. 저 깊숙한 가슴 안쪽에서부터 내 손가락 끝으로 곧장. 바람이 불어와 나뭇가지를 흔들자, 벚나무 열매 몇 개가 땅에 톡톡 떨어졌다. 잎사귀와 잔가지와 흩어진 씨앗들이 허공에 둥둥 떠다니며, 나와 백발 노부부 주위를 빙글빙글 돌았다. 모든 것이 빛을 받아 반짝였는데, 그건 지는 태양에서 뿜어져 나오는 빛이 결코 아니었다.

하얀 불꽃이 일었다. 그 힘 때문에 나는 주춤주춤 뒤로 물러나 털썩 주저앉고 말았다. 내 친구들이 있던 곳을 다시 바라봤을 때, 둘은 이미 사라지고 없었다. 완전히 사라져 버렸다.

나는 당혹스러워 주변을 살펴보았다. 아무것도 변한 게 없었다. 나무들은 전과 다름없이 서 있었다. 회색 돌 오두막도 그대로였다. 씨앗 주머니조차 땅에 그대로 놓여 있었다.

내 마음이 요동쳤다. 내가 무슨 짓을 한 거지? 뭔가 잘못되었다. 끔찍하게 잘못되었다. 나는 노부부를 변신시키려고 했다, 그런데…… 어떻게 된 일인지 확인하려, 나는 벚나무 밑동으로 기어갔다. 조금 전까지만 해도 내 친구들이 있던 자리를 살펴보았다. 둘의 흔적은 어디에도 없었다. 그 어떤 설명의 실마리도 없었다. 너무나도 끔찍한 가능성들만 생각났다.

내가 노부부를 제거해 버렸다. 몸, 정신, 모두 다.

나는 슬픔에 빠져 비틀비틀 일어섰다. 어지러운 마음으로 황갈색 씨앗 주머니와 내 지팡이를 집어 들었다. 그리고 오두막 현관으로 발을 질질 끌며 걸어갔다. 나는 아무 말도 할 수 없었다. 아무 생각도 할 수 없었다. 아무것도 느낄 수 없었다. 나는 모든 것이 마비되었다. 방금 전까지만 해도 생명으로 충만해 보이던 정원은 이제 완전히 공허하게 느껴졌다.

나는 출입문을 향해 침울하게 걸어갔다. 문에 이르러, 문을 나서려고 했다. 왠지 마지막으로 뒤돌아보고 싶었다. 뒤돌아보다, 나는 깜짝 놀라 씨앗 주머니를 떨어트리고 말았다.

그곳에, 현관 앞에, 라콘 나무 한 쌍이 위풍당당하게 서 있었다. 굵은 나뭇가지에는 열매가 열려 있고, 잎이 무성한 나뭇가지는 서로를 단단히 감싸 안고 있었다. 그 나무를 유심히 살펴보면서, 놀라울 정도로 긴 시간 동안 함께 서 있으리라는 걸 나는 알았다.

내 시선이 열린 씨앗 주머니에 멈췄다. 정원의 비옥한 땅에 씨앗들이 많이 쏟아졌다. 어떤 것은 흙 알갱이만큼 작았고, 어떤 것은 내 작은 가방 속에 있는 특별한 씨앗만큼 컸다. 씨앗이 반짝반짝 빛났다. 저녁 무렵의 황금빛 속에서 붉게 빛났다.

갈라타는 말했었다. 씨앗은 아이들과 같다고. 미래에 대한 모든 희망과 가능성을 지니고 있다고. 즉각, 어떤 생각이 떠올랐다. 그 순간, 나는 쌍칼잡이 전사가 더 이상 해를 끼치지 않도록 막을 방법을 깨달았다. 내게는 시간이 거의 없었다. 하지만 여전히 꼭 해야만 할 일이었다. 활짝 뻗은 나무 한 쌍을 마지막으로 한 번 쳐다보고 나서, 나는 정원을 성큼성큼 걸어 나왔다.

18

아이들을 모으자!

등 뒤로 정원 문이 닫히고, 나는 다시 겨울 속으로 들어섰다. 차가운 바람이 오두막 위, 벌거벗은 산비탈을 휩쓸며, 내 얼굴을 때리고 내 온몸을 꽁꽁 얼렸다. 마치 얼음장처럼 차가운 산속 호수에 풍덩 빠진 느낌이 들었다. 손가락과 발가락이 얼었다. 그 어떤 향기도 더 이상 내 콧속을 간질이지 못했다. 오로지 차가운 흙, 차가운 풀, 서늘한 공기만 느낄 수 있었다.

꽁꽁 언 입김을 내뿜으며, 나는 감각 없는 손가락으로 엄마가 준 조끼 단추를 채웠다. 땅 위에서, 내 그림자는 얼어붙은 새싹만큼이나 야위어 보였다. 내가 정원 문을 빠져나와 걸음을 옮길 때, 그림자의 긴 몸이 덜덜 떠는 것처럼 보였다.

저 위, 획획 스쳐 지나가는 구름이 검붉게 비추었다. 허둥지둥 날아가는 외로운 참새 한 마리의 날개도 검붉게 빛났다. 이글이글 불타는 태양이 하늘 아래 걸려, 드넓게 펼쳐진 평원 뒤로 사라지려 했다.

일주일밖에 남지 않았어, 애송이 마법사. 그리고 나면 네 환영의 진실을 알게 되겠지.

우르날다의 그 말이 귓가에 맴돌았다. 그 어느 때보다 심장 박동이 빨라졌다.

하지만 이제 내게는 계획이 있다. 쌍칼잡이 전사를 무찌르는 건 불가능해 보였다. 그자를 다시 찾으려면 소중한 시간을 허비해야 했다. 그러니 나는 전략을 바꾸기로 했다. 도살자와 싸우는 대신, 놈이 더 이상 해를 끼치지 못하도록 내 모든 열정을 쏟아부을 거다.

어깨 너머로 내 친구들의 푸릇푸릇한 정원, 그리고 땅바닥 위 씨앗 주머니를 흘끗 돌아보았다. 노부부가 이 씨앗들을 모두 모은 것처럼, 나도 보호받지 못하는 아이들을 하나씩, 하나씩 모을 거다! 그래, 나는 가능한 많은 아이들을 찾아 그 아이들을 위험에서 벗어나게 해주리라. 그 아이들이 고아든 아니면 가족과 떨어져 있든 상관없다. 그렇게 하면, 적어도 핀카이라에서 가장 취약한 아이들이 도살자의 공격에서 벗어날 수 있다. 이 섬에는 그런 아이들이 기껏해야 서른 명 정도 있을 거다. 그 정도는 모을 수 있을 거다. 그리고 만약 내가 어찌어찌하여 일주일 내에 그 일을 할 수 있다면, 나는 가장 긴 겨울밤이 되기 전에 리아와 다시 만날 수 있을 거다.

하지만 어떻게? 나는 산비탈을 오락가락했다. 마음이 혼란스러웠다. 얼어붙은 땅 위, 내 그림자도 나와 함께 움직였다. 태양이 지평선에 가까워질수록 그림자의 모습은 점점 길어졌다.

확실히, 내게는 도움이 필요했다. 혼자서 이 섬의 보호받지 못하는 아이들을 모두 모으기에는 시간이 충분하지 않았다. 도약의 힘을 완전히 익히지 못한 아쉬움이 그 어느 때보다도 컸다.

몸을 덥히려 발을 쿵쿵 움직이면서도, 내 마음은 또 다른 문제로 옮겨갔다. 아이들을 모은 다음에는 어디로 데려가야 하지? 상당히 먼 곳

225

이어야 했다. 그곳에서는 아이들이 안전하게 지내야 했다. 도살자조차도, 놈의 어떠한 힘에도, 아이들을 찾을 수 없는 곳이어야 했다. 나는 추위 덜덜 떨리는 이를 부득부득 갈았다. 내 계획은 사실상 아무런 계획도 아니다! 아이들을 숨길 수 있는 곳을 찾지 못한다면, 아이들은 이전과 마찬가지로 위험에 놓일 거다.

언덕을 올라가며, 머리 위로 획획 지나가는 구름을 지켜보았다. 구름이 무척이나 짙게 변해, 단단해 보일 정도였다. 마치 흙과 돌로 만든 섬 같았다. 닿을 수 없는 곳처럼 보였다. 높이 떠서, 이 세상과는 완벽하게 동떨어진 듯했다.

나는 걸음을 멈추어, 지팡이에 몸을 기댔다. 닿을 수 없는 곳. 떨어져 있는 곳. 벗어나 있는 곳. 그건 바로 섬의 고유한 특징이었다. 특별히 어떤 한 섬.

잊힌 섬.

나는 숨을 크게 내쉬었다. 지팡이 위에 공기 한 줌을 하얗게 뿜어대자, 나무에 새겨진 나비 위에 서리가 내려앉았다. 그 섬에 가기 위해서는 그 섬을 핀카이라와 분리해놓은 마법의 빽빽한 거미줄을 뚫어야 한다는 사실을 나는 분명히 알고 있었다. 쉽지 않을 거다. 하지만 어떻게든 해낸다면, 바로 그 장애물이 전화위복이 되어 아이들에게 진짜 보호막이 되어줄 거다.

그렇지만, 내가 그곳에 이르렀을 때 과연 무엇을 만나게 될지 궁금했다. 그곳에 대해 아는 게 정말 아무것도 없었다. 아주 오래전, '금발의 그위리'라는 현명한 정령이 말해주었다. 사후 세계의 상징인 겨우살이의 화관이 그 섬에 자라고 있다고. 하지만 그 이상은 말해주지 않았다. 그런데 만약 겨우살이의 황금가지가 그곳에 피어 있다면, 그 섬은 적어도 사람이 살아갈 수 있다는 뜻이다.

나는 고개를 저었다. 이런 것들은 나중에 생각할 문제다. 아직도 나는 기본적인 문제조차 해결하지 못했으니까. 남은 며칠 동안 아이들을 어떻게 찾을까? 게다가 아이들을 어떻게 모을 수 있을까? 내가 적절한 도움을 찾을 수 없다면, 나머지 모든 건 무의미할 것이다.

나는 깊은 생각에 잠긴 채 고개를 숙이고, 그림자를 따라갔다. 태양이 지평선에 거의 닿아 있었기에, 어두운 그림자는 이제 산비탈 위까지 쭉 뻗어 있었다. 마치 홀쭉한 거인처럼 보였다. 순간, 나는 누가 도움을 줄 수 있는지, 그리고 그 거인을 포섭할 수 있는 최고의 방법이 무엇인지 깨달았다.

"그림자! 네가 필요해."

내가 소리쳤다.

그림자의 고개가 심홍색 언덕 위에서 의심스럽다는 듯 갸우뚱했다.

"내 말 좀 들어봐. 너도 잘 알다시피, 우리 고향이 커다란 위험에 처해 있어. 순진무구한 아이들도 위험에 빠져 있고. 그 아이들에게는 의지할 사람이 아무도 없어. 자기 스스로밖에는 없단 말이야. 나한테 아이들을 보호할 수 있는 계획이 있어. 하지만 네 도움이 반드시 있어야만 가능해."

나는 과장된 어조로 간청했다.

내가 기대했던 대로, 그림자의 고개가 올라가고 가슴이 자부심에 부풀어 오르는 것 같았다.

"너는 가서 심을 찾아봐. 이제, 고개 좀 그만 흔들고! 심은 바리갈의 거인들과 함께 북쪽에 있어. 심을 찾는 건 너한테 달렸어. 그렇게 좀 흔들지 말라니까, 내가 말했잖아! 네가 꼭 필요해. 심한테 고아 아이들을 모두 찾아달라고 설득해봐. 최대한 말이야. 또한 부모의 보호를 받지 못하고 돌아다니는 아이들도. 심은 분명 그 아이들을 내게 데리고 올 거야. 말하는 조개의 해변으로. 커다란 강줄기가 바다로 흘러 들어가는 모래 언덕 옆 말이야. 너도 그곳을 알잖아. 내가 그곳까지 걸어가려면 사흘은 족히 걸릴 테니까, 지금부터 사흘 뒤에 거기서 만나도록 하자."

비록 고개 흔드는 게 줄어들기는 했지만, 그림자는 고집스럽게 허리에 두 팔을 올리고 있었다. 나는 매서운 바람 속에서도, 그림자가 내게 던지는 차가운 시선을 느낄 수 있었다.

"제발, 지금. 너의 도움이 큰 힘이 될 거야."

그림자의 고집스러운 자세는 변하지 않았다.

"제발."

내가 간청했다.

그림자는 몇 걸음 떼더니, 뒤돌아 나를 바라보았다.

"왜? 뭘 원하는데? 아니, 아니야. 난 그럴 수 없어! 그건 절대 안 돼."

내가 소리쳤다.

그림자가 단호하게 두 팔을 접었다.

"무례하군, 정말 무례해."

내가 단호하게 말했다.

그림자는 그저 나를 노려볼 뿐이었다. 나도 그림자를 노려보았다.

해가 지며, 내 그림자와 빛이 모두 희미해졌다. 그림자가 보이지 않을 때까지, 그리고 그림자와 이야기를 나눌 수 있기까지 이제 몇 분밖에 남지 않았다는 걸 나는 잘 알았다. 안 그러면 새벽이 다시 오기를 기다려야 했다. 사실, 그림자가 밤을 어디서 보내는지 나는 알지 못했다! 나는 아침이면 그림자가 돌아오지 않기를 바란 적도 있었다. 비록 그런 일은 한 번도 일어나지 않았지만 말이다.

"아, 알았어. 하지만, 네 조건은 불공정해. 고상하지 않아. 그러니까 받아들일 수 없어!"

나는 거만한 그림자를 노려보았다.

"하지만 어쨌든 동의할게. 심을 찾아. 류를 포함해서 심이 마을에 머물고 있는 아이들을 모을 수 있도록 도와줘. 만약 그래준다면, 내가……."

그 말은 내 하얀 입김처럼 사라지는 듯했다. 나는 어깨 너머로 지는 해를 바라보았다. 그러고는 그림자를 향했다.

"내가 허락해줄게. 해마다 일주일씩, 네가 원하는 곳 어디든 가서 네가 하고 싶은 것을 할 수 있게."

그림자는 만족스럽다는 듯 기다란 고개를 끄덕였다. 이윽고 산비탈에 서 있는 내 곁을 지나 얼어붙은 잔디밭으로 나아갔다. 그림자는 껑충껑충 뛰면서 북서쪽으로 재빨리 나아갔다. 이윽고 태양과 함께 자취를 감추었다.

19

안개의 마음

심과 만나기 위해 남쪽 해안을 향해 걸어가는 동안, 나는 매서운 바람을 맞으며 울어대는 앙상한 나무와 꽁꽁 얼어붙은 연못을 지나쳤다. 살아서 돌아다니는 생명체는 거의 보이지 않았다. 한번은 여우 한 마리를 봤는데, 털이 덥수룩한 꼬리를 세운 채 눈 덮인 들판을 걸어가고 있었다. 또 한번은 자그마한 경쾌한 비행사 한 쌍이 큰 바위 뒤에서 잽싸게 달아나고 있었다. 하지만 그게 전부였다. '마르지 않는 강'의 깊지 않은 곳 근처에 깊게 파인 기이한 자국이 하나 보였다. 마치 땅에 난 발톱 자국 같았는데, 동쪽을 향하고 있었다. 그것이 무엇인지, 언제 지나간 흔적인지는 알 수 없었다.

나는 차오르는 달의 달빛을 받으며 밤늦도록 계속 걸었다. 그러면서도, 내 계획을 곰곰 생각해봤다. 심이 제때 아이들을 모을 수 있을까? 심이 성공한다 하더라도, 우리는 어떻게 잊힌 섬에 갈 수 있을까? 쉽지는 않겠지만, 배를 만들어 바다를 건널 수 있을지도 모르겠다. 물론, 우리는 '주문의 장벽'을 통과해야 한다. 하지만 도살자의 계속되는 공격에 맞서 싸우는 것보다는 이 불확실성이 더 나을 수 있었다.

그렇게 걸어가기 시작한 이튿째, 나는 '마르지 않는 강'을 따라 남쪽으로 방향을 틀었다. 겨울인데도, 강물은 물보라를 일으키며 세차게 흘러갔다. 때로는 물보라 안에서 희미한 움직임이 언뜻언뜻 보였다. 강의 요정들이 움직이는 모습을 본 건 아닐까 궁금하기도 했다. 하지만 확실하지는 않았다. 남쪽을 향해 걸어가는 동안 추위가 풀리고, 강둑의 눈이 녹아내렸다. 하지만 땅 위 겨울의 손아귀는 결코 느슨해지는 법이 없었다. 다른 계절이라면 동물과 새들이 가득 찼을 범람원*을 통과할 때조차, 땅 위 마른 덩굴 위를 스르르 미끄러져 가는 뱀 한 마리를 제외하고는 아무것도 보이지 않았다.

해안에 도착하기 바로 직전, 서쪽으로 펼쳐진 드루마 숲이 보였다. 드루마 숲의 생명력 넘치는 초록을 다시 보니, 사랑하는 친구들과 함께 다시 저 숲에서 살고 싶은 열망이 일었다. 그 열망은 솔송나무처럼 달콤했다. 불현듯 그 열망이 불가능할 것 같다는 생각이 강하게 들었다.

이른 오후의 창백한 햇빛 속에서, 나는 남쪽 해안을 따라 나란히 늘어선 모래 언덕에 이르렀다. 드디어 목적지에 도착했다. 심보다 하루쯤 먼저. 만약 심이 제때 온다면 그렇다는 뜻이다. 심을 기다리며 이 모든 일이 어떻게 끝날지 생각해보기로 했다.

나는 가장 높은 모래 언덕을 오르기 시작했다. 발과 지팡이가 모래 속으로 푹푹 빠졌다. 커다란 거북이의 등처럼, 모래 언덕은 처음에는 가파르게 솟아 있다가 꼭대기를 향해 점점 완만해졌다. 더 높이 걸어 올라가는 동안, 맞은편에서 부딪치는 파도 소리가 들려왔다. 짠내가 공기 중에 진하게 풍겨왔다. 올라가보니, 검은 가마우지 한 마리가 화난 듯

---

* 홍수 때에 하천의 물길에서 넘쳐흐른 물로 뒤덮이는 평원.

날갯짓을 하고는 목을 길게 뺀 채 옆에 있는 둔덕으로 후다닥 날아가 버렸다.

나는 마침내 모래언덕 꼭대기에 이르렀다. 헉헉 숨을 몰아쉬며, 신발에서 모래를 툭툭 털어냈다. 내 옆에는 단단하게 입을 닫은 커다란 조개 하나가 있었는데, 마치 나선형 창 같이 생긴 자주색 끄트머리가 위를 향해 툭 튀어나와 있었다. 바다를 향해 돌아서서 보니, 휘몰아치는 안개 장벽 말고는 아무것도 보이지 않았다. 안개가 너무 자욱해서 저 너머 파도조차 보이지 않았다. 핀카이라의 모든 땅을 감싸고 있는 안개였다. 이야기가 녹아 있는 실로 엮어 만든 안개. 할리아의 사슴 종족은 그걸 '카펫 카에로츨란'이라고 불렀다. 그 자체의 신비한 마음에 따라 움직이는 안개.

눈에는 보이지 않았지만, 파도는 자신의 존재를 알렸다. 나는 파도가 철썩철썩 찰랑이는 소리를 한참 동안 잠자코 듣고 있었다. 바다는 그 자체의 끊이지 않는 리듬으로 숨 쉬고 있었다. 수없이 오랜 세월 동안 그랬던 것처럼 물기 머금은 숨을 토해내고 있었다. 저기 어딘가에 전설적인 인어 종족이 헤엄치고 있으리라는 걸 나는 알았다. 인어 종족은 거의 눈에 띄지 않았기에, 나는 지금껏 여행 중에 딱 두 번 보았다. 그나마 아주 잠깐 뿐이었다. 하지만 인어의 목소리는 나를 조용히 유혹했었다.

인어 종족……. 자기들 영역이 안개에 가려진 지금도 근처 어딘가에 있을 거다. 내 할머니 올웬(Olwen), 그러니까 강력한 마법사 투아하의 부인이 바다에서 왔으며, 그래서 인어 종족을 인간 종족과 영원히 묶어주고 있다는 이야기가 어쩌면 진짜일지도 모른다.

나는 골똘히 생각했다. 투아하라면 어떻게 할까? 투아하는 분명 아이들을 섬으로 데리고 가는 방법을 알아낼 수 있겠지. 문득, 나는 지팡이를 톡톡 두드렸다. 그 지팡이는 아주 오래전에 투아하의 힘이 닿은 지팡이였다. 솔송나무의 은은한 향이 훅 밀려와 짭조름한 산들바람과 섞였다.

불현듯, 내 앞의 안개 장벽이 변하며, 그 깊숙한 곳에서 기이한 형상들이 천천히 생겨났다. 그게 뭔지, 나는 도저히 알 수가 없었다. 하지만 마치 그 형상들이 저 깊이 숨겨진 내 꿈속에서 나오기라도 한 것처럼, 나는 안절부절못했다. 그러고 나서, 아주 잠깐, 눈 하나가 흘끗 보였다. 어둡고 신비한 눈이 나를 지켜보고 있는 게 분명하게 느껴졌다! 투아하? 나는 그 눈을 뚫어지게 쳐다보았다. 하지만 눈은 이내 녹아 없어졌다. 아니, 투아할 리가 없어. 어쩌면 다그다일지도. 아니, 어쩌면…… 리타 고르일지도.

활 모양의 굵은 눈썹이 희미해져 갔다. 내가 지켜보는 동안, 눈이 서로 합쳐지며 유동적이고 희미하게 어른거리는 날개로 변신했다. 날개는 해안을 가로질러 쭉 뻗으며 펄럭거렸다. 마치 바람을 뚫고 날아가는 것 같았다. 이윽고, 날개 역시 변화무쌍한 구름 속으로 녹아들 듯 사라졌다.

안개 장벽 아래, 뭔가 기이한 것이 모래 위에 누워 있는 게 보였다. 밧줄 같은 게 해안선을 따라 쭉 이어져 있었다. 그건 해초, 거머리말, 갈매기 깃털, 기타 다양한 바다의 선물로 만든 밧줄이었다. 잔잔하게 치는 파도 옆을 구르며, 파도가 칠 때마다 모래 위로 점점 더 높이 밀려왔다. 높은 파도가 마침내 잦아들자, 밧줄이 그대로 혼자 남았다.

나는 슬픈 미소를 지었다. 그것은 진정, 바다 그 자체로 엮어 땅에 내어준 여인의 땋은 머리였다. 그걸 보고 있으니, 고동색 머리카락의 여인이 생각났다. 나는 그 머리카락을 땋는 게 좋았다. 그 여인은 바다만큼이나 깊은 곳에서 온 선물이었다.

무언가가 내 허리춤 옷자락을 잡아당겼다. 놀랍게도, 갈색 반점의 자그마한 게 한 마리가, 마치 산이라도 되는 것처럼 내 몸을 기어오르고 있었다. 내가 녀석의 등을 살며시 들어 올렸지만, 그 녀석은 커다란 발로 내 옷을 꽉 잡고 놓아주지 않았다. 내가 잡아당기자, 녀석은 마침내 내 옷을 놓았다. 하지만 녀석이 꿈틀거리는 바람에 나는 녀석을 떨어트리고 말았다. 게는 내 칼자루 위로 핑 소리를 내며 떨어졌는데, 그 소리가 저 멀리서 들리는 종소리처럼 크게 울렸다. 이윽고 파도 소리에 묻혀 희미해져 갔다.

나는 도살자를, 도살자의 치명적인 칼날을 생각했다. 놈이 그렇게나 익숙하게 느껴지는 건 도대체 왜일까? 그자의 자세 혹은 목소리 때문일지도 몰랐다. 하지만 그것 때문만은 아니었다. 그렇게 힘이 세고, 그렇게 사악한 놈을 나는 똑똑히 기억하고 있었다.

내가 깊이 생각에 빠져 있는 동안, 안개가 모이더니 마치 금속 조각이라도 되는 것처럼 평편해졌다. 안개가 거대한 칼처럼 모래 언덕에서 곧장 솟구쳐 모래와 파도 사이, 잔물결이 이는 공간을 잘랐다. 나는 도살자가 어떻게 그런 막강한 힘을 갖게 되었는지 의아했다. 놈의 능력은 내 능력을 그대로 따라하는 건 아닐까? 내가 놈의 칼에 힘을 실어준 것이다. 놈은 나를 따라했다. 나는 사슴으로 변신했다. 바람을 불러왔다. 그러자 그자도 똑같이 따라했다. 그런 존재와 싸운다는 건 정말이지 끔찍하게 힘들었다. 정말이지 불가능했다. 마치 내가 내 자신과 결투하는 것처럼.

내 자신과 결투하는 것처럼.

새로운 생각이 머릿속을 스치고 지나갔다. 척추를 타고 전율이 흘렀다. 혹시 내 적수에게는 조그마한 힘도 없는 건 아닐까? 그자의 마법은 자신이 아니라 내게서 나오는 건 아닐까? 깎아지른 듯한 안개 벽 너머에서 출렁이는 파도소리를 들으며, 나는 이 우스꽝스럽고 기이한 관념을 곰곰 생각했다. 그럴 수도 있다. 내가 내 자신의 적에게 힘을 부여해 준 것이다!

나는 모래 언덕 아래로 시선을 옮겼다. 그곳에 뱀처럼 가느다랗게 빛나는 바닷물 웅덩이가, 둥근 돌과 밝은색 조개 사이로 구불구불 나 있었다. 분홍색, 노란색, 연보라색 조개들이 반짝반짝 빛났다. 내 옆에 놓인 나선형 조개처럼, 조개들은 모두 안개 너머, 파도 아래 어딘가에 자신의 집을 한때 지었을 것이다. 하지만 모두 그 고향에서 사납게 쫓겨나왔다. 자신들의 세상에서 밀려나, 마침내 이 해안에 버려졌다. 내가 바로 이곳에 버려졌던 것처럼…….

내가 해안으로 떠밀려왔던 그날이 아주 오래전처럼 느껴졌다. 짭짤한 바닷물이 내 입 안에 닿았다. 나는 부모가 없다고 믿었다. 내가 누군지도 몰랐다. 하지만, 그 모든 것에도 불구하고, 나는 가냘픈 희망의 불꽃을 느끼고 있었다. 내가 충분히 오랫동안 열심히 찾는다면, 어떻게든 내가 그토록 열망하던 것을 발견할 거라는 믿음.

나는 한숨을 쉬었다. 오늘도 그런 희망의 불꽃을 느낄 수 있기를 바랐다. 하지만 실패할 것 같은 운명의 느낌이 점점 커져갔다. 그리고 어깻죽지 사이가 평소보다 더 아파왔다.

무심코, 나는 옆에 놓인 심홍색 조개의 뾰족한 끝부분을 꽉 움켜잡았다. 그러고는 조개를 모래 속에서 빼냈다. 그러느라 모래가 흩날렸다. 나는 조개를 높이 들어 올려 내 귀에 살며시 가져다 댔다. 거친 목소리가 쏟아져 나왔다. 그 소리와 함께, 뭔가가 더 있었다.

"나라라, 나라라."

조개가 쉰 목소리로 말했다.

나는 하마터면 조개를 모래 위로 떨어트릴 뻔했다.

"나라? 날아? 하지만 어떻게?"

나는 조개를 귀에 다시 살며시 가져다 댔다.

"나라라."

조개가 다시 말했다. 해안에 몰아치는 파도처럼 목소리가 내게 밀려왔다.

어지러운 마음에, 나는 조개를 귀에서 떼어냈다. 어쩌면 내가 그 목소리를 그저 상상한 건지도 모른다. 바다 소리가 왜곡된 건지도 모른다. 하지만 아니다. 나는 알았다. 예전에 내가 익히 알았던 것처럼, 여기는 말하는 조개들이 있는 곳이다. 듣는 사람이 그 말을 이해하든 못하든 말이다. 나는 조개를 모래 보금자리에 조심스럽게 내려놓으며, 조개가 선택한 말을 곰곰 생각했다.

안개가 다시 옅어졌다. 그리고 이내 다시 변하기 시작했다. 쇠붙이처럼 빛나던 광택이 사라지고, 대신 파도처럼 일렁였다. 수증기 벽이 물러나며, 해안이 훨씬 더 많이 드러났다. 멋진 황금빛 모래가 내 앞에 넓게 펼쳐졌다. 그 사이사이 떠다니는 나뭇조각, 불가사리, 찢겨 나간 게, 그리고 물레고둥, 고둥, 홍합, 가리비 등 알록달록한 조개가 보였다. 조개들은 물보라에 축축하게 젖어 황금, 철, 은, 청동 같은 귀금속처럼 반짝반짝 빛났다. 해안을 지나 모래톱이 겹쳐지며 저 너머, 툭 튀어나온 테두리가 보였다.

그 순간, 외로운 바닷새 한 마리가 안개를 뚫고 날아왔다. 갈색 가마우지였다. 기다란 목이 커다란 벌레처럼 휘었다. 가마우지는 모래톱에 철퍼덕 내려앉아 이리저리 걸어 다니며 시끄럽게 울어댔다. 잠시 뒤, 또 한 마리 새가 수증기를 뚫고 솟구쳤다. 이번에는 파란 빛을 띤 백로였는데, 철퍼덕 내려앉아 해안에서 한가롭게 거닐더니, 당당하게 서서 바다를 바라보았다. 또 한 마리 가마우지가 합류하고, 뒤이어 밝은색 오리 한 쌍, 깃털이 온통 검은색 두루미 한 마리가 왔다. 그 뒤로도 더 많은 새들이 내려앉아 다 함께 헤엄치고 부리를 다듬고 걸어 다녔다.

하늘에서 점점 더 많은 새들이 내려앉아 해안을 가득 메우자, 새들의 울음소리가 끊임없이 몰아치는 파도 소리를 압도했다. 새들은 연신 재잘재잘 울어댔다. 날개를 퍼덕거리고, 모래톱과 물웅덩이 사이를 돌아다니며 부리로 먹이를 잡아먹었다. 몇몇이 함께 날 때마다 날개에 바람이 이는 걸 나는 느낄 수 있었다. 새들이 만들어내는 부드러운 바람. 나는 넋을 잃고 황홀하게 새들을 바라보았다. 이렇게 많은 새들을 본 적이 없었으니까.

바람이 휙 내 뺨을 스쳤다. 또 다른 한 무리 새가 왔나보다 생각하고 하늘을 올려다보았다. 하지만 새들은 없었다. 공기밖에 없었다. 바람이 다시 불었다. 이전보다 더 따뜻했다. 마치 살아 있는 숨결 같았다. 바람과 함께 특별한 향이 실려왔다. 은은한 계피 향이었다. 내가 똑똑하게 기억하고 있는 향이었다.

"아일라! 아일라, 당신이군요."

나는 한때 나와 리아를 핀카이라를 가로질러 실어다준 바람 누이를 향해 소리쳤다.

"아 그래, 엠리스 멀린, 내가 왔다. 나는 너와 함께 잠시 머물 거야. 하지만 바람은 아주 오래 머물지는 않아."

아일라의 속삭이는 목소리가 회오리바람처럼 내 주위를 불어오자, 내 옷자락이 나부꼈다.

불현듯 좋은 생각이 떠올랐다.

"아일라, 내일 중에, 아이들이 이곳에 올 거예요. 나는 아이들을 멀리 데리고 가야 해요. 그래야 아이들이 안전할 수 있으니까요."

나는 잠시 말을 멈추었다. 커다란 파도가 해안에 철썩이자, 새들이 요란스레 울어댔다.

"절 도와줄 수 있어요, 아일라? 당신이 아이들을 잊힌 섬까지 데려다줄 수 있어요?"

따뜻한 바람이 내 얼굴에 불어와, 계피 향으로 나를 감쌌다.

"나는 내일까지 머물 수는 없어, 엠리스 멀린. 나는 곧 다른 바다와 다른 해안으로 가야 하거든."

"하지만 당신의 도움이 꼭 필요해요!"

"나는 머물 수 없어, 엠리스 멀린, 머물 수 없단다. 그리고 만약 네가 그 섬으로 여행하고 싶다면, 나는 나보다 더 많은 도움이 필요할 거야. 많은 사람들이 시도했지만, 아 그래, 아무도 성공한 적이 없었어."

아일라가 허공에서 내 곁을 빙빙 맴돌았다.

나는 주먹으로 모래를 내리쳤다.

"저는 꼭 성공해야 해요."

"그렇다면 해봐야지, 엠리스 멀린, 해봐."

나는 애원하며 다시 간청했다.

"정말 저를 도와줄 수 없나요?"

몇 초 동안, 따뜻한 바람의 망토가 내 주위를 빙빙 돌았다.

"나는 네가 부탁하는 방식으로는 널 도와줄 수 없어. 왜냐하면 내일이면 나는 여기서 아주 먼 곳에 가 있을 테니까. 우리 자매들이 모일 거야. 우리가 '*바람의 원천*'이라고 부르는 곳에서. 셀 수 없는 오랜 세월 동안 그래왔던 것처럼. 하지만 나는 돌아올 거야, 엠리스 멀린, 다른 날에. 어쩌면 내가 그때 널 도와줄 수 있을지도 몰라."

"하지만 지금 당장 당신의 도움이 필요한 걸요."

내가 간청했다.

"넌 다른 친구들이 있잖아. 아 그래, 그 친구들이 너를 도와줄 수 있을 거야. 이제 그만 헤어지자, 엠리스 멀린, 안녕."

아일라는 그렇게 말하며 내 뺨을 가볍게 쓰다듬었다. 동시에, 계피향이 흐릿해지고, 주변의 온기가 사라졌다. 아일라는 가 버렸다. 그리고 아일라와 함께, 내 덧없는 희망의 순간도 사라졌다. 갑자기 나는 움츠러들었다. 나는 아일라에게 가장 긴 겨울밤에 대해 말하는 걸 까먹었다! 아일라가 아이들을 도와줄 수 없을지라도, 아일라와 그 형제들은 그 전투에서 도움을 줄 수 있을지도 몰랐다. 젠장! 그런 기회를 놓치다니, 어쩜 이렇게 멍청할 수가!

나는 모래 언덕 위에서 몸을 앞으로 구부려, 옹기종기 모여 있는 물새들을 바라보았다. 잠시 뒤, 내 생각은 다시 아이들에게로 돌아왔다. 잠깐, 다른 친구들이 나를 도와줄 수 있다는 게 무슨 뜻일까? 내 친구들은 지금 핀카이라 전역에 뿔뿔이 흩어져 있었다. 각자 힘든 일이 너무나 많았다. 그 친구들이 지금 당장 나를 도와줄 수는 없었다. 아일라는 그것을 알면서도 왜 그런 말을 한 것일까?

그 순간, 뒤에서 그림자 하나가 내 위로 떨어져 내렸다. 인간의 그림자! 나는 몸을 휙 돌렸다.

"카이르프레!"

나는 벌떡 일어나 내 오랜 스승을 와락 끌어안았다.

카이르프레는 묵직한 망토에 달린 모자를 젖히고 나를 안아주었다. 잠시 뒤, 뒤로 물러서서 알 수 없는 눈빛으로 나를 꼼꼼하게 살폈다.

"무척 지쳐 보이는구나, 멀린. 내 마지막 송가의 구절 기억나니? *이제 쉴 준비를 하자. 아아, 슬프도다! 이제 시련이구나.*"

카이르프레의 입이 일그러졌다.

"네, 시련이 닥쳤어요. 스승님은 언제나 적절한 단어를 잘 알고 계시네요."

내가 침울하게 대답했다.

"그건 내가 많은 시를 썼기 때문이지, 얘야. 그런데도 시를 쓰는 건 결코 쉬워지지 않는구나. 특히 결말 부분에서는! 정말로 어렵지. 그게 내 최대의 도전이란다."

카이르프레는 생각에 잠겨 나를 바라보았다.

카이르프레가 말을 잠시 멈추었다. 그러더니 내가 입고 있는 별 모양 조끼를 손가락으로 가리켰다.

"그래, 네 엄마를 제외하고 말이다. 하지만 네 엄마는 그럴 만한 가치가 있어, 안 그러냐?"

나는 어쩔 수 없이 미소를 지을 수밖에 없었다.

"제가 여기에 있는 걸 어떻게 아셨어요?"

"심. 심이 시골 마을을 쿵쿵거리며 돌아다니고 있지. 아무리 거인이라 해도 엄청 빨리. 승객들을 잔뜩 태우고 말이야."

"그렇다면, 심이 제 메시지를 전달받았군요."

내가 물었다. 적어도 내 계획의 한 부분이 제대로 이루어지고 있다는 사실에 마음이 놓였다.

"그래. 그리고 심이 약간은 비범한 방법으로 승객을 운반하고 있지."

카이르프레가 두 눈을 반짝이며 대답했다.

"어떤 방법인데요? 말해주세요."

"아니, 아니. 네가 깜짝 놀라게 내버려둘 거다. 그 대신 네게 말해줄 게 있다. 아주 중요한 거야. 잠시 같이 앉도록 하자. 저 새 떼들에서 멀찍이 떨어진 곳에. 좀 더 조용한 곳에. 네가 귀 기울여 들어야 해."

카이르프레가 내 어깨에 팔을 둘렀다.

20

핀의 발라드

나는 카이르프레와 함께 바다를 뒤로하고 모래 언덕 아래, 바람이 닿지 않는 곳으로 내려왔다. 아래로 내려가자 요란하던 물새 울음소리가 조금 작아지는 듯했다. 하지만 찰싹거리는 파도 소리와 물새의 함성 소리는 계속 들려왔다. 우리는 모래 언덕 아래, '마르지 않는 강'이 봄 홍수 때 범람해 죽어 버린 나무기둥 근처 자그마한 개울에 걸터앉았다. 나무껍질이 벗겨져 나가 새하얀 나무둥치는 땅속에서 솟아오른 커다란 화살처럼 보였다. 죽은 나무 너머, 말라비틀어진 풀과 딱딱하게 굳은 진흙이 가득한 범람원이 쭉 뻗어 있었다.

"카이르프레, 저한테 아이들을 구할 수 있는 계획이 있어요. 아이들이 안전하게 지낼 수 있는 장소가 있어요."

내가 확신에 차 말했다.

"좋아, 애야. *예측 불가능한 운명은 파괴되지 않고 창조될지어다.*"

"그런데 우선 찾아야만 해요……."

"나중에, 멀린. 내가 찾아낸 걸 먼저 들어봐라."

카이르프레의 진지한 목소리가 내 관심을 사로잡았다.

"좋아요, 그렇다면. 그게 뭐죠?"

카이르프레가 가까이 몸을 기울였다.

"아주 오래된 발라드란다. 너무나 모호한 내용이라, 내가 그 노래를 까맣게 잊고 있었지 뭐냐. 네가 네 환영을 들려주기 전까지는."

카이르프레가 다급하게 내 손을 잡았다.

"그건 핀 가일리온(Fin Gaillion)이라는 음유시인이 쓴 시란다."

나는 고개를 갸우뚱했다.

"누구라고요?"

카이르프레가 얼굴을 찌푸리며 코끝을 긁적였다. 그건 몇 년 동안 내가 가정교사 수업을 들으며 익히 보았던 표정이다. '이 멍청아! 그것도 몰라' 같은 의미라는 걸 난 잘 알았다. 카이르프레가 이번에는 좀 더 천천히 말했다.

"서쪽 해안의 예언자, 핀 가일리온."

나는 카이르프레를 멍하니 바라보았다.

카이르프레는 짜증스럽다는 듯, 이를 앙다물었다.

"그분은 예언자, 선각자였어. 적어도 우리 음유시인들한테는 꽤 유명했지. 그분은 수 세기 전에 해안을 방랑하며, 자신의 예언을 시로 적었단다. 불행하게도, 그 예언 대부분은 자신이 시를 썼던 안개 낀 해안에 관한 것이었어. 하지만 이따금, 그분은 미래에 관해 꽤 선명한 통찰력을 보여주기도 했지."

카이르프레가 낮은 목소리로 덧붙였다.

"비록 우리가 이해할 수 없는 통찰력일지라도 말이야."

"그 발라드가 어떤 내용인데요?"

카이르프레는 두 눈을 감고, 손가락으로 허벅지를 톡톡 두드리면서

낱말 하나하나에 집중했다. 마침내, 카이르프레가 노래를 암송했다.

동지에 소집한다,
일 년 중 가장 긴 밤,
핀카이라는 고통 받으리라,
사후 세계의 강력한 힘.
정령과 인간,
진정으로 보고 못 보고,
엄청난 규모의
싸움이 있으리니

거인들의 춤에서
출입구가 나타나고
세상은 균형을 잃고,
이제 두려움에 갈기갈기 찢긴다.
동틀 녘의 빛이
원형 돌무더기를 어루만질 때,
핀카이라의 운명을
진정으로 알게 될 지어다.

만약 오랫동안 잊힌 땅이
그 해안으로 돌아온다면,
그리고 오래된 적들이
다시 한번 힘을 합친다면,

하늘에서

거대한 음악이 들리리라.

균형은 다시 살아난다.

숨은 날개를 되찾으리.

하지만 조류는,

급격히 바뀔 것이다.

모든 희망은 갈기갈기 찢기고,

보물은 모두 저주를 받으리라.

그러면 하늘 위로

장막이 내려앉으리니.

가장 긴 밤,

궁극적인 종말.

카이르프레가 눈을 다시 뜨고는, 나를 걱정스러운 표정으로 바라보았다.

"지금처럼 위험한 때는 없었단다, 얘야."

나는 고개를 끄덕였다.

"그분도 날개를 언급했네요? 다그다가 말한 것하고 똑같아요. 어떻게 그렇게 딱 들어맞는지 정말 모르겠어요."

카이르프레는 두 손을 비비며 추위를 쫓았다.

"나도 마찬가지다. 하지만 가장 수수께끼 같은 부분은 그 앞 구절이란다. *만약 오랫동안 잊힌 땅이 그 해안으로 돌아온다면,*"

카이르프레는 하얗게 말라 버린 나무들을 응시했다. 그러고는 혼잣

말처럼 중얼거렸다.

"그것이 '잊힌 섬'을 의미하는 건 아닐 거야."

나는 숨을 크게 들이쉬었다.

"그곳이 바로 제가 아이들을 데려가려는 곳이에요!"

카이르프레의 얼굴에 그늘이 드리웠다. 그러고는 이내 놀라움, 의구심, 공포로 변했다.

"넌 그럴 수 없어, 멀린! 기억 안 나니? 아주 오래전에 그곳은 핀카이라의 일부였단다. 그러다 다그다가 그곳을 완전히 분리해놓았지. 그곳을 바다 밖으로 밀어내 주문을 걸어 버렸어."

"저도 다 알아요. 그리고 만약 제가 그곳에 가는 방법을 알아내기만 하면, 아이들은 안전할 거예요. 그 사악한 전사로부터 영원히 벗어날 수 있어요!"

카이르프레가 회색 머리털을 힘차게 흔들었다.

"불가능해. 우선, 그곳으로 어떻게 갈 생각이니?"

"음, 저는…… 우리는…… 음……."

"거 봐라."

카이르프레가 침착하게 말했다.

불현듯, 머릿속에 아이디어가 떠올랐다. 나는 벌떡 일어나, 죽은 나무 기둥으로 달려가, 하얗게 변한 나무둥치를 손바닥으로 탁탁 두드렸다.

"우리, 뗏목을 만들 거예요! 그래요, 이 나무로 커다란 뗏목을 만드는 거예요. 심이 도와줄 거예요. 잘될 거예요, 확실해요!"

나의 노스승은 내 흥분에는 아랑곳하지 않고, 무척 걱정스러운 표정으로 나를 바라보았다.

"바다는 그렇게 건넌다고 치자, 얘야! 하지만 주문은? 주문은 어떻게 하고? 누구도, 네 할아버지 투아하조차도, 주문을 뚫고 그곳에 가지 못했어. 그리고 시도했던 사람들은 모두 결코 살아서 돌아오지 못했단다."

나는 화가 나서 팔을 마구 휘둘렀다. 팔이 자그마한 나뭇가지에 부딪쳐, 나뭇가지가 두 동강이 나 파편이 내게 튀었다.

"반드시 방법을 찾아낼 거예요. 아이들을 위해, 반드시 찾아낼 거라고요!"

카이르프레의 눈썹이 축 늘어졌다.

"그 전사와 싸워 이길 방법은 없니?"

"싸울 수는 있어요. 하지만 이길 수는 없어요."

나는 가까이 다가갔다. 내 표정은 단호했다.

"어떻게 그렇게 하는지는 모르겠지만, 놈은 내 힘을 가져가요. 그래서 그 힘을 다시 저한테 써먹어요. 그래요! 그래서 아이들에게 최고의 희망은 가능한 멀리 달아나는 것뿐이에요."

"아이들은 물론이고 너도 달아나다 죽을 거야."

"시도조차 해보지 않는다면, 아이들의 기회는 더 나빠져요. 카이르프레, 스승님이 저를 도울 수 있어요. 그 주문에 대해 아는 것 좀 말해주세요."

나는 카이르프레 옆 모래 위에 다리를 접고 다시 앉았다.

카이르프레는 입술을 깨물었다.

"솔직히 아는 게 없어. 그저 누군가 그 섬에 가까이 갈 때마다 바다 저편에서 뭔가 끔찍한 것이 솟아난다는 것밖에. 모르겠니? 이유가 무엇이든, 다그다는 누구도 그곳으로 돌아가지 못하게 했어. 영원히."

나는 숨을 길게 내쉬었다.

"그곳에서 무슨 일이 있었던 걸까요? 그것이 잃어버린 날개와 정말로 관련 있다고 생각하시는 건가요?"

"그건 내 추측이란다. 하지만 아무도 몰라. 아, 그 섬에 대한 건 모두 미스터리야! 우리는 그 섬에 이름이 있었는지조차도 모른단다."

카이르프레가 어깨를 으쓱해 보이며 말했다.

"그야말로, 그 섬은 정말로 까맣게 잊힌 게 사실이로군요. 그 이름조차 말이에요."

"그렇단다. 마치 그곳이 전부, 그곳에 대한 기억조차도, 파괴된 것처럼 말이다. 그리고 만약 핀의 발라드가 맞는다면, 그 섬과 똑같은 운명이 핀카이라를 기다리고 있을 거야."

카이르프레가 침울하게 말했다.

"잠깐 기다려봐요. 그 발라드가 끔찍하게 들리기는 해도, 여전히 희망의 여지는 남아 있어요. 우리는 그래도 그 궁극적인 종말은 피할 수 있잖아요."

내가 이의를 제기했다.

카이르프레의 짙은 눈동자가 점점 공허해지는 것 같았다.

"두렵게도, 더 있단다. 내가 들려줄 마지막 구절이 아직 남아 있어."

카이르프레는 떨리는 목소리로 발라드의 결론 부분을 암송했다.

조심하라, 하나가 된 자들이여,

명분을 지켜라.

너의 가장 고귀한 희생은

파괴적인 결함을 지닌다.

시간이 되어,

희생이 따르고,

모든 것을 완전히 얻었을 때,

모든 것을 완전히 잃게 되리라.

"또 그 구절이군요! 얻은 것이 도대체 어떻게 잃은 것이 될 수 있단 말이에요?"

나는 모래를 한 움큼 움켜쥐고, 내 신발 옆에 뿌렸다. 모래 알갱이가 땅으로 굴러가는 모습을 지켜보았다.

카이르프레는 짙은 눈썹에 힘을 모았다.

"나도 잘 모른단다. 그것은 *가장 고귀한 희생* 다음에 나오잖니? 우리가 결국 그걸 이해하게 될까봐 나는 두렵구나."

꽤 오랫동안 우리는 아무 말없이 앉아서, 오직 우리의 생각과 모래 언덕 맞은편에서 연신 울어대는 물새 소리에 귀 기울였다. 카이르프레의 입을 통해 전해 들은 발라드가 내 마음에 새겨진 것 같았다. 나는 반복해서 몇몇 구절을 되풀이했다. 하지만 여전히 제대로 이해되지 않았다.

마침내, 카이르프레가 다시 입을 열었다.

"불을 좀 피우자, 멀린. 그리고 요기도 좀 하고."

카이르프레가 자신의 가죽 가방을 툭 치며 말했다.

"내가 먹을 만한 것 좀 가지고 왔어."

"네, 우리한테는 힘이 필요해요. 우리가 성공하려면 말이에요."

내가 대답했다.

카이르프레는 가방을 열다 말고 나를 보며 다정하게 웃어 보였다.

"얘야, 너는 인내심의 화신이구나."

"아니, 아니요. 저는 그저 굶주림의 화신일 뿐이에요."

카이르프레는 과장된 몸짓으로 가방 안의 내용물을 꺼냈다. 죽을 끓이기 위한 꽤 많은 양의 오트밀, 마른 월귤나무 열매 약간, 큼지막한 벌집 조각 하나, 사과 주스 한 병, 육두구* 가루 한 병, 냄비 하나, 그리고 나무 숟가락 한 쌍. 우리는 서둘러 나뭇조각과 마른 풀을 모아 불을 피웠다. 소인들의 지하 왕국 횃불 이후로 나는 처음으로 불을 쪼였다. 곧 불꽃이 타닥타닥 일어, 우리의 차가운 손을 녹여주었다. 잠시, 나는 마을에서 우리의 불을 되살리려고 애쓰던 류를 생각했다.

"집으로 돌아가고 나서 마을에 다시 갔었나요? 엄마가 거기 있었나요? 류도 있었고요?"

내가 물었다. 카이르프레는 서서히 끓는 냄비 안에 육두구를 넣었다.

"그래, 모두 있었어. 꼬마 류가 엘런에게 네 메시지를 전했지. 엘런은 네가 하라는 대로 그곳에 머물러 있어. 비록 썩 내켜하지는 않았지만."

카이르프레가 대답했다. 카이르프레가 냄비를 마지막으로 한 번 더 저었다.

"자 저기. 벌집 조각을 좀 떼고 숟가락을 들어라."

곧장, 우리는 냄비에 끓인 죽을 먹었다. 소박했지만, 든든하게 먹었다. 사과, 귀리, 그리고 꿀 냄새가 우리 콧구멍을 가득 채웠다. 죽을 먹으니 몸이 따뜻해졌다.

카이르프레는 숟가락의 죽을 후후 불면서 나를 유심히 살폈다.

"그런데 말이야, 스탕마르가 다시 나타난 건 어쩌면 축복일 수 있어."

나는 숟가락을 떨어트릴 뻔했다.

"그게 무슨 말이에요?"

---

* 향신료의 일종.

"그건 말이야, 그렇지 않았다면 네 엄마가 원형 돌무더기로 가려고 고집을 피웠을 테니까. 싸우려는 게 아니라 너와 리아 곁에 있으려고 말이야. 엘런이 그 누추한 작은 마을에 갇혀 있는 게 탐탁하지 않았지만, 분명 그곳에서 안전할 거야. 그리고 싸움의 그 모든 공포에서 벗어날 수 있고 말이야. *아 친절하고 너그러운 영혼이여, 순진함을 빼앗겼구나.*"

카이르프레는 생각에 잠겨 모닥불을 응시했다.

나는 나뭇조각 하나를 불꽃에 툭 던졌다.

"하지만 스탕마르가 저지른 짓 때문에 우리한테 필요한 동맹을 얻는 일이 너무나 힘들단 말이에요! 나는 우르날다를 설득해보려 했어요. 하지만 우르날다는 사실상 내게 저주를 퍼부었다고요."

마치 내 말을 강조하듯, 불꽃이 시끄럽게 탁탁 소리를 냈다.

"리아가 운 좋게 협곡 독수리를 비롯해 다른 종족들을 잘 설득했는지 모르겠어요."

카이르프레가 다시 한 번 근심 어린 목소리로 말했다.

"네가 이 일을 빨리 끝내고 제 시간에 돌아가지 않는다면, 리아는 그곳에 혼자 있을지도 몰라."

"저는 그곳에 갈 거예요. 무슨 일이 있어도 갈 거예요. 스승님은 안 갈 건가요?"

나는 미심쩍은 생각이 들어 카이르프레를 살펴보았다.

"나? 나는 전사가 아니라 시인이란다. 무기가 아니라 글을 다루는 사람이지. 내가 발라드의 마지막 구절과 씨름하는데 형편없는 것처럼, 살아 있는 적과 싸우는 데에는 정말 형편없단다. 아니, 싸움터에서 나 같은 어설픈 노인은 아무 짝에 쓸모가 없단다."

카이르프레가 회색 머리를 절레절레 흔들었다.

카이르프레는 불꽃을 뚫어지게 바라보았다.

"하지만 나는 너와 리아 곁에 다른 방법으로 함께 있으마. 그래, 사파이어빛 눈동자의 여인도 그럴 거고."

"저도 알아요. 그럼, 엄마와 함께 계실 거지요? 내내 엄마 곁에요?"

내가 나지막하게 물었다.

카이르프레의 시선은 흔들림이 없었다.

"그건 믿어도 된다, 멀린. 엘런이 원하는 한, 나는 엘런 곁에 있을 테니까. 엘런과 함께 있는 단 하루보다 더 값진 보물은 없다는 걸 난 알고 있어."

나는 생각에 잠겨 입술을 굳게 다물었다.

"발라드에서, 핀카이라의 보물들을 말한 대목 있잖아요, 그게 무슨 뜻인가요?"

"좋은 내용은 아니야. 핀은 보물들이 웬일인지 핀카이라의 미래와 연결되어 있다고 암시했어. 그러니 만약 보물들이 저주를 받았다면, 리타 고르가 승리를 거둘지도 몰라."

카이르프레가 대답했다. 카이르프레는 손가락으로 모래를 긁었다.

"하지만 그런 일은 일어날 것 같지 않아. 게다가, 꿈의 소환자만 파괴되었잖니."

"뭐라고요? 꿈의 소환자가 파괴되었다고요?"

나는 카이르프레의 옷소매를 꽉 움켜잡았다. 카이르프레가 보관하고 있던 그 우아한 뿔을 떠올렸다. 그 악기는 인간의 가장 소중한 꿈을 살아나게 해주는 힘이 있었다.

"그렇단다. 며칠 전에 뜬금없이 그냥 깨져 버렸단다. 나는 책을 샅샅이 뒤지며 발라드를 찾고 있었지. 갑자기 꿈의 소환자가 놓여 있던 선반에서 구슬프게 흐느끼고는 두 조각나 버렸어. 고칠 방법이 없었단다."

카이르프레가 이마를 찌푸렸다.

"꽃 피는 하프도 그랬어요! 망가졌어요, 아무 이유도 없이요."

내가 큰 소리로 외쳤다.

카이르프레가 깜짝 놀라며 나를 바라보았다.

"정말이냐?"

"네! 그리고 리아의 불의 고리도 마찬가지예요. 그 경우는 스탕마르 때문이었지만······."

카이르프레의 몸이 굳어졌다. 카이르프레는 잠시 생각에 잠기는 듯 했다. 이윽고 큰 소리로 말했다.

"아니, 아니야. 그건 아무 관련이 없어! 왜 보물들의 운명이 핀카이라 의 운명과 연관되어야 하는 거지?"

나는 팔을 뻗어 카이르프레의 무릎에 손을 얹고 말했다.

"왜냐면요, 스승님, 연결되어 있는 것은 그것들의 운명이 아니라 그것 들의 삶이니까요. 그것들은 모두 똑같은 경이로운 섬유로 만들어졌어 요. 똑같은 위대한 힘으로요. 애초에 보물들을 탄생시킨 건 이 땅의 마 법이에요. 보물들에게 항상 힘을 실어준 건 이 땅의 마법이라고요."

카이르프레가 천천히 고개를 끄덕였다. 모닥불 불빛에 카이르프레의 이마가 빛났다.

"네 말이 맞다, 멀린. 이제 알겠구나. 내가 가르친 학생이 내 스승이 된 게 정말 기쁘다. 그런데 말이다, 네가 모든 걸 잃는 일이 일어나지 않 기만을 바랄 뿐이다."

카이르프레는 장작을 발로 밀어 불꽃 안으로 집어넣었다.

"우리는 아직 잃지 않았어요. 들어보세요. 그날 밤 기억하세요? 그 끔찍한 밤, 스승님과 제가 처음 만났던 날 말이에요?"

내가 분명하게 말했다.

카이르프레는 나를 그저 바라볼 뿐, 아무 말도 하지 않았다.

"음, 그날 밤, 스승님은 제가 절대 잊지 못할 말을 했어요."

카이르프레의 단호한 입꼬리가 살짝 누그러지는 걸 보며, 나는 이어 말했다.

"스승님은 제게 말했어요. 제가 정말로 핀카이라에 속하는지, 이곳이 진짜 제 고향인지, 스승님은 말할 수 없다고 말이에요. 그것을 알 수 있는 사람은 오직 나밖에 없다고 했고요. 저기, 지금 말씀드릴게요. 이곳이 제 고향이에요! 이곳은 언제나 제 고향일 거예요. 그 어떤 운명이 이곳에, 또는 제게 닥치더라도 말이에요."

나는 카이르프레의 무릎을 꾹 눌렀다. 보이지 않는 내 두 눈에서 눈물이 흘렀다.

"저는 이 땅을 사랑해요, 카이르프레. 이곳을 구하기 위해 모든 걸 바칠 만큼요."

시인은 침을 꿀꺽 삼키고는 말했다.

"그렇다면, 얘야, 이곳은 진짜 네 고향이로구나."

21
하늘을 가득 메운 새 떼

그날 오후 늦게, 카이르프레는 모래 언덕 아래, 우리가 머물고 있던 곳을 떠났다. 카이르프레는 뻣뻣한 무릎을 힘겹게 일으켜 세우고, 옷자락에서 모래를 탈탈 털어냈다. 그러고는 나를 유심히 살펴보았다. 석양이 카이르프레의 머리카락을 옅은 청동색으로 물들였다.

"행운을 빈다, 애야. 너는 내 정신을 회복시켜주었어. 네 강력한 힘의 진정한 증거구나!"

카이르프레가 내 팔을 힘껏 잡았다. 그러고는 조심스레 목소리를 낮추어 말했다.

"분명 네가 섬에 가는 방법을 찾아낼 거야."

"네, 꼭 찾아낼게요. 그러고 나서 리타 고르를 물리치는데 최선을 다 할게요."

내가 지팡이를 모래에 쿡 박으며 단호하게 말했다.

카이르프레의 침착한 시선이 흔들렸다.

"리타 고르를 대적하기에는 그 어떤 힘도 충분히 강하지 않을 것 같아 두렵구나. 그자는 어마어마하게 사악해. 그자가 인간의 모습을 하든,

멧돼지의 모습을 하든, 아니면 완전히 다른 모습을 하든 상관없이."

카이르프레는 짭짤한 바닷가 공기를 폐 가득 천천히 들이마셨다.

"그렇다 해도, 네 용기가 나를 움직였다. 내가 원형 돌무더기에서 너와 함께 하지는 못해도, 최선을 다해 다른 종족들을 설득해보마. 그곳에서 싸우는 데 도움을 줄 수 있도록 말이다."

"감사합니다, 스승님. 하지만 소인들은 그냥 놔두세요. 우르날다의 마음가짐으로 볼 때, 인간이든 거인이든 소인 왕국에 발을 들여놓으면 죽음을 면치 못할 거예요."

나는 머리를 숙여 인사했다.

카이르프레가 억지웃음을 지어 보였다.

"걱정 마라. 나는 좀 더 쉬운 쪽을 시도해볼 테니까. 안개 낀 언덕에 사는 인간을 잡아먹는 커다란 거미 같은 거 말이다."

"그랜드 엘루사요? 엘루사를 찾아가는 일만으로도 위험해요."

카이르프레가 눈살을 찌푸렸다.

"지금은 모든 게 위험해."

카이르프레가 골똘히 생각에 잠긴 채 웅얼거렸다.

"헤어지기 전에 뭔가를 말해줄 수 있으면 좋으련만. 뭔가 심오하지만 적어도 시적인 것을 말이야. 음유시인에게 어울릴 만한 말을. 하지만 꽤 넘치 말아라. 나는 결말을 잘 맺지 못한다고 이미 말했잖니."

카이르프레가 한숨을 쉬었다.

카이르프레는 최대한 미소를 잃지 않으려 하면서, 내 팔을 놓았다. 그러고는 두툼한 망토에 달린 모자를 올려 쓰고, 코끝만 내민 채 얼굴을 전부 모자 그늘 속으로 집어넣었다. 그러고는 뒤돌아 죽은 나무들 사이로, 하얀 나무둥치 사이의 시커먼 그림자 속으로 성큼성큼 걸어갔다. 범람원을 지나, 딱딱하게 굳은 잔디밭과 푸석푸석한 풀 위를 저벅저벅 걸어갔다.

모래 언덕 아래, 바람이 불지 않는 곳에 서서 멀어져가는 카이르프레의 모습을 지켜보며, 나는 우리가 다시 만날 수 있을까 궁금했다. 망토를 걸친 카이르프레의 모습이 마침내 시야에서 사라졌을 때, 나는 나무토막을 모으기 시작했다. 밤새 불이 꺼지지 않을 정도로 충분히. 겨울 해는 곧 질 거다. 그러면 그나마 남아 있던 햇살의 온기도 이내 사라질 거다.

머리 위 파란 하늘이 야생 포도처럼 짙붉게 변할 즈음, 나는 남아 있던 죽과 벌집을 마저 먹어치웠다. 이윽고, 어둠이 파도처럼 땅을 가로지르며 스며들었다. 내 생각은 죽은 나무로 향했다. 나무를 어떻게 하면 둥둥 잘 뜨는 뗏목으로 묶을지 곰곰 생각했다. 해초 줄기가 도움이 될 거다. 아니면 범람원을 지나는 동안 보았던 마른 덩굴이.

물론, 뗏목의 크기는 뗏목에 탈 아이들의 숫자에 달려 있었다. 만약 심이 부족한 시간이나마 맡은 일을 잘 해낸다면, 서른 명이나 서른다섯 명 정도 아이들을 찾을 수 있을 것이다. 커다란 뗏목이라면, 그 정도면 꽉 들어찰 것이다. 그렇게 많은 목숨을, 그렇게 많은 씨앗을 구한다는 생각에, 내 결심은 더 굳어졌다.

그 순간, 문득 나는 깨달았다. 만약 내가 도살자로부터 아이들을 잘 지켜낸다면, 아이들은 리타 고르로부터도 무사할 거다! 만에 하나 리타 고르가 가장 긴 겨울밤에 승리를 거둔다 할지라도, 섬을 숨겨주고 있는 '주문의 장막'이 아이들을 지켜줄 수 있지 않을까?

진홍색 달이 어둑어둑한 하늘에 솟았다. 화가 나 터질 듯한 눈동자처럼 보였다. 저 멀리까지 이어진 모래 언덕 뒤, 해안에 내려앉은 물새들이 점점 조용해졌다. 이따금 들리는 물새 울음소리, 일렁이는 파도 소리에 나는 한참 귀 기울였다. 가장 긴 겨울밤이 오기까지 이제 딱 사흘밖에 남지 않았다는 사실을 마음 깊이 새겼다. 마침내, 나는 살포시 얕은 잠에 빠져들었다.

새벽의 첫 햇살이 모래 언덕 꼭대기에 닿은 지 얼마 되지 않아, 나는 깨어났다. 확신할 수는 없었지만, 저 멀리서 뭔가 움직이는 소리가 들려오는 것 같았다. 나는 지팡이를 움켜잡고, 서둘러 모래 언덕을 올라갔다. 능선에 이르렀을 때, 나는 물새 떼가 엄청나게 늘어나 있다는 걸 깨달았다. 수천 마리가 어슬렁어슬렁 재잘거리며, 일렁이는 안개 장벽 가장자리까지 해안과 모래톱을 온통 채웠다. 펠리컨, 갈매기, 가마우지, 다리가 긴 두루미와 회색 목의 백조, 오리, 백로, 부비새, 그리고 이름 모를 수많은 새들이 모여 있었다. 몇몇은 주변을 돌아다니며 꽥꽥, 끼룩끼룩 울었다. 몇몇은 날개를 퍼덕거리거나 격렬하게 뛰어다녔다. 몇몇은 무리에서 멀리 떨어져 주변의 소란스러움을 신경 쓰지 않고 다리 하나로 서 있었다.

아침 햇살이 강해지자, 시끄러운 새 울음소리와 더불어 저 멀리서 들려오는 우르릉 소리도 커져갔다. 무리 가장자리에 있던 새들은 그 굉음이 들려오는 쪽에 신경을 곤두세웠다. 새들은 서너 무리씩 날아가 안개 자욱한 하늘을 빙빙 돌았다. 날개를 활짝 펴고, 동료들에게 시끄럽게 소식을 전했다. 마침내 땅이 실제로 흔들리기 전에, 대부분의 새들은 하늘로 날아올랐다. 그러고 나서 새들은 수백 마리씩, 다 함께 날개를 퍼덕이며 날았다.

나는 모래 언덕 꼭대기에 서서 황금빛 태양을 흠뻑 받으며, 진귀한 광경이 펼쳐지는 모습을 지켜보았다. 새들이 높이 더 높이 날아오르자,

커다란 소용돌이가 하늘을 뒤덮었다. 리아가 스타게이징 스톤 위에서 꿈처럼 했던 말이 되살아났다.

"상상해봐…… 오빠의 두 날개가 움직이고, 공기가 오빠 몸무게를 지지해주는 걸 느껴봐. 모든 감각을 깨워봐. 저 아래 땅 위로 솟구치는 시간을 가져봐. 몸과 함께 영혼도."

이제, 날개 달린 이 생명체들이 하늘 위로 올라가는 모습을 바라보며, 나는 리아의 말을 완전히 새로운 방식으로 깨달았다. 이곳은 자유였다. 진정한 자유. 내가 하늘을 나는 꿈을 꾸며 느꼈던 것처럼 순수했지만, 훨씬 더 실제적이고, 훨씬 더 현실적이었다. 물론, 나는 여전히 재빠른 도약의 단순명쾌함을 갈망했다. 하지만 몸으로 하늘을 나는 것은 도약과는 다른 무언가를 가져다주었다. 충만한 느낌, 장엄한 움직임, 그리고 감각의 무한한 솟구침…….

소용돌이치는 새 떼 구름이 동쪽으로 방향을 틀어, 떠오르는 태양을 향해 쏟아지기 시작했다. 나는 새들이 떠나는 모습을 지켜보았다. 갈기 갈기 찢기는 빛 속으로 희미해져 가는 모습을. 새들의 떠들썩한 울음소리도 희미해지며, 해안을 가로질러 울려 퍼지는 하나의 구슬픈 화음 속으로 녹아들었다.

길게 뻗은 안개가 솟구치며 마지막 새의 모습을 가렸을 때, 나는 엄청난 무리의 새 떼뿐만 아니라 내 사랑하는 고향 그 자체가 스르르 미끄러지듯 사라지는 모습을 지켜보고 있는 느낌이 들었다. 저 생명체들과 마찬가지로, 핀카이라가 사라지고 있었다. 핀카이라의 화려한 장관과 풍부하고 다양한 소리가 자취를 감추고 있었다.

잠시 뒤, 새들은 가 버렸다. 방금 전까지만 해도 생명으로 충만했지만 이제는 텅 빈 바닷가에 나는 서 있었다. 철썩대며 고동치는 바다 말고는 모든 것이 조용했다. 그런데 일정한 리듬으로 들려오던 쿵쿵 소리가 점점 커져갔다. 나는 몸을 돌려, 죽은 나무들 너머, 드넓은 범람원을 바라보았다.

이내, 털이 덥수룩한 커다란 머리통 하나가 지평선에 나타났다. 땅을 울리는 발걸음을 옮길 때마다 머리가 점점 더 커졌다. 곧 심의 볼록한 코 위, 눈동자의 빨간 불꽃이 보였다. 굵은 목, 다부진 어깨, 그리고 넓은 가슴이 눈에 들어왔다. 나뭇가지를 촘촘하게 엮어 만든 챙 넓은 모자 하나가 손에 들려 있었다. 가슴 위에는 내 조끼보다 훨씬 큰 조끼 하나가 걸려 있었다.

나는 지팡이에 기대 균형을 유지하며, 심을 자세히 살펴보았다. 곧 내 이마에 주름이 잡혔다. 아이들이 보이지 않았다. 한 명도 없다! 불안감이 엄습했다. 뭔가 계획대로 되지 않았다. 끔찍하게 잘못되었다.

문득, 나는 모자의 움푹한 한가운데에서 무언가 움직이는 걸 알아차리고 깜짝 놀랐다. 자그마한 머리들! 머리가 수도 없이 많았다. 예상보다 훨씬 많았다. 아, 칠십 명 혹은 팔십 명은 족히 되는 것 같았다! 심은 자신의 일을 정말 멋지게 해냈다.

하지만 안도감의 물결은 금방 사그라졌다. 뗏목 하나에 태우기에는 아이들이 너무 많았다! 나는 하얗게 변한 나무의 곧은 나무둥치를 바라다보며 숫자를 세어봤다. 오십, 육십, 칠십. 어쩌면 아주 커다란 배를, 아이들을 모두 태울 수 있는 배를 만들기에 충분할지도 몰랐다. 하지만 내가 배를 잘 몰 수 있을까? 주문의 장벽을 통과해 배를 이끌고 나아갈 수 있을까?

나는 다시 심을 돌아보았다. 심이 데리고 오는 아이들의 얼굴을 알아볼 수 있었다. 밝은 눈의 아이, 진지한 표정의 아이, 미덥지 못한 표정의 아이, 그리고 몇몇 아이는 아주 졸린 듯 보였다. 어떤 꼬마 여자아이는 머리 양쪽으로 양 갈래머리가 툭 튀어나와 있었는데, 턱이 갸름한 사내아이의 어깨에 앉아 있었다. 그 사내아이를 보니 막연하게 할리아가 떠올랐다. 여자아이와 사내아이 모두 새들이 날아간 하늘 방향을 가리키고 있었다. 어쩌면 그 아이들이 높은 곳에 있어서 아직도 새들이 보일지도 몰랐다.

나는 수많은 얼굴에서 류를 찾아보았다. 류는 보이지 않았다. 누구 뒤에 서 있거나, 잠을 자고 있을지도 몰랐다. 그때, 모자에서 꿈틀꿈틀 기어 나와 심의 엄지손가락 위로 다가가고 있는 사내아이가 보였다. 내가 크르 달로치의 염소 우리 안에서 가까스로 목숨을 구해준 소년이었다. 또 어떤 여자아이는 모자의 나뭇가지 하나를 움켜쥔 채 몸의 균형을 잡으며 모자챙에 앉아 있었다. 기다란 갈색 머리카락 사이로 햇살이 새어나왔다. 그 아이는 해안에서 솟아나는 안개의 똬리를 바라보고 있었는데, 얼굴에는 놀라움과 두려움이 가득했다.

심은 몇 걸음 더 쿵쿵 걸어 모래 언덕 근처에 이르렀다. 모래 사이로 전해지는 강력한 진동 때문에 내 몸도 흔들렸다. 심은 죽은 나무 바로 앞에서 발걸음을 멈추고, 맨발을 땅에 내려놓았다. 늘 그랬듯이, 심의 엄청난 크기에 나는 놀랐다. 빽빽한 털이 뒤덮인 무릎이 모래 언덕 중간쯤까지 닿았다.

"잘했어, 심."

나는 심에게 소리쳤다.

거대한 코 아래, 커다란 입술이 벌어졌다.

"넌 옛날에 나한테 정신 나간 짓을 부탁했었지, 멀린. 그런데 이번엔 진짜 정말로 미친 짓이었어."

심은 찢어져라 하품을 했다. 그 바람에 모자 안에 있던 아이들 몇 명이 넘어졌다.

"나, 너무 졸려. 이틀 밤을 걸어왔단 말이야. 부모 없는 아이들을 모조리 찾아서! 어떤 아이들은 마을에서, 어떤 아이들은 산에서, 어떤 아이들은 길가에서…… 쉽지 않았어! 아이들이 서로 싸우기도 하고, 내 머리카락을 마구 잡아당기고 옷을 찢어놨어. 게다가 밤에는 나보고 노래를 불러달라잖아. 이야기를 해달라고 조르기도 했어. 이제…… 나는 정말 좀 쉬어야 해. 졸려. 분명히, 완전히."

심이 하품을 하며 내뿜은 숨 때문에 몇몇 아이들이 마구 낄낄대며 웃어댔다. 아이들이 한꺼번에 말했다. 아이들의 목소리가 해안을 떠난 바닷새들처럼 불협화음을 내며 모래 언덕 가득 울려 퍼졌다.

"잠자면 안 돼, 심 대장! 우리는 쿵쿵 더 타고 싶어."

"노래 더 불러줘, 심! 길고 긴 노래 좀 불러줘, 응?"

"있잖아! 어떻게 그렇게 크고 뚱뚱할 수 있어? 아침에 산을 통째로 먹어치웠어?"

"야, 산을 먹었으니, 이제는 바닷물을 쭉 들이킬 차례네. 야! 그러고 나서 커다란 폭포를 만들어야 해, 히히, 히히."

그 말에, 모자 뒤쪽에서 굵은 목소리가 외쳤다.

"자 얘들아, 우리한테는……."

"걱정 마세요! 폭포가 아줌마한테 물을 뿌리지는 않을 테니까요."

왁자지껄한 웃음 폭탄이 뒤이었다. 하지만 내 관심은 그 굵은 목소리의 출처에 맞추어졌다. 엄마! 우리 엄마도 함께 왔다!

주변의 소란스러움 속에서 엘런이 나를 바라보았다. 눈동자에는 흥겨움의 불꽃이 일었다. 심은, 심 나름대로, 또 한 차례 하품을 하고는 만

262

조와 모래 언덕 아래쪽을 경계 짓고 뒤얽힌 해초 사이에 모자를 조심스럽게 내려놓았다.

"아 제발, 제발, 심 대장. 우리를 아직 내려놓지 마. 우리 태워줘. 저기 새가 날아가는 것처럼."

양 갈래로 머리를 땋은 여자아이가 소리쳤다. 세 살도 채 안 된 것 같은 그 여자아이는 이제 모자챙에 걸터앉아, 두 다리를 이리저리 흔들고 있었다.

심은 그 여자아이한테 허리를 숙였다. 그 바람에 심의 울퉁불퉁한 코가 모자챙 아래쪽 모래에 닿았다.

"걱정 마, 꼬마야. 곧 또 태워줄 테니까."

여자아이는 눈을 크게 뜨고 심을 바라보았다.

"정말이야, 심 대장?"

"물론이지, 귀염둥이 꼬마."

여자아이는 모자챙의 뒤얽힌 버드나무 나뭇가지 사이로 기어 나와, 마침내 얼굴을 심의 얼굴 바로 옆까지 맞추었다. 여자아이는 부끄러운 듯 몸을 앞으로 숙인 뒤, 심의 커다란 뺨에 입을 맞추었다. 언제나 불그레했던 거인의 얼굴이 훨씬 더 붉어졌다. 이윽고 심이 오랜만에 미소 지었다. 입이 귀에 걸릴 듯했다.

내가 모래 언덕을 내려가는 동안, 다른 아이들은 이미 모자챙을 넘어 기어 나오기 시작했다. 몇몇 큰 아이들은 서늘한 공기 따위는 신경 쓰지도 않은 채, 모래 언덕을 오르거나, 모래밭을 구르거나, 저 멀리 달려가 바다를 탐험했다. 몇 명은 주위에 남아서 어린 아이들이 밖으로 나오도록 도와주었다. 우리가 팔을 벌려 뛰어내리도록 구슬리거나 데리고 나왔다. 심은 자기 발 근처에서 서로 치고 박고 싸우는 사내아이 둘을 잡아, 한참 동안 들었다놨다했다. 아이들은 비명을 지르며 벗어나려 버둥거렸다. 마침내, 아이들이 조금 잠잠해지자, 심은 아이들을 모래에 내려주었다.

동시에, 내 그림자가 심의 조끼 뒤, 어둠 속에서 나타났다. 그림자는 자부심을 한껏 드러낸 채, 옷 솔기 아래로 미끄러져, 단추 구멍을 통과해, 땅으로 폴짝 뛰어내렸다. 나는 내 그림자에게 휴가가 아직 시작되지 않았다는 걸 상기시켜주려 했다. 문득, 나는 말라깽이 여자아이에게 호기심이 일었다. 열 살 정도 되어 보이는 그 여자아이는 마치 밧줄이라도 되는 것처럼 심의 머리카락을 붙잡고, 귀와 관자놀이 사이의 틈으로 과감하게 기어 나오고 있었다. 여자아이는 그네를 타고는 땅으로 뛰어내렸다.

"저 여자아이, 메드바(Medba)를 보고 있으면 네 여동생이 떠오르는구나."

돌아보니 엄마 얼굴이 있었다. 머리카락은 제멋대로 뒤엉키고, 파란색 옷은 더러워져 얼룩덜룩하고, 심처럼 몹시 졸린 표정이었다. 하지만 엄마의 얼굴은 환하게 빛났다. 엄마는 옆에 있는 어린 사내아이의 머리카락을 헝클어트리며 말했다.

"류!"

나는 류의 양털 목도리를 장난스럽게 잡아당기며 소리쳤다.

류가 나를 올려다봤다. 곱슬머리 사이로 하나 남은 귀에 햇살이 비추었다.

"다시 만나서 반갑습니다, 멀린 대장."

"나도 반가워, 친구."

류는 나를 보며 환하게 웃었다. 새로 나올 앞니 자리가 아직은 텅 비어 있었다. 나는 사파이어빛 눈동자의 엘런을 바라보았다.

"그러니까, 마을에서 탈출할 기회를 뿌리칠 수 없었나 보네요?"

나는 환하게 웃으며 물었다.

"꼭 그런 건 아니야. 그곳이 정말 마음에 들기는 했지만, 누군가 심을 도와 이 아이들을 모두 돌봐줘야 했거든."

엄마가 단호하게 말했다. 엄마의 입도 환하게 웃으며 벌어졌다.

바닷가로 부리나케 뛰어가 조류 웅덩이에서 철퍼덕거리고, 서로에게 모래를 발로 차고, 모자 안을 들락거리는 아이들을 흘끗 바라보며, 나는 동의하지 않을 수 없었다.

"심도 엄마를 보게 되어 무척 기뻤을 거예요! 저처럼요!"

우리는 포옹했다. 엄마가 내게 준 조끼 위로, 내 등을 토닥여주는 게 느껴졌다. 우리가 뒤로 물러서자, 엄마는 나를 걱정스레 훑어보았다. 이마는 걱정으로 주름이 잡혔다.

"무슨 문제가 있구나, 그렇지?"

"네, 이것저것 좀 많아요. 하지만 지금 당장 가장 큰 문제는 저 아이들을 다 태울 수 있는 배를 어떻게 만드는가 하는 거예요."

나는 가능한 무심한 척 말하려 했다.

"리아한테 물어보지 그래? 리아는 항상 생각이 넘치잖아. 그런데 리아는 어디 있니?"

엄마의 눈이 모래 언덕을 훑더니, 다시 나를 향했다.

"리아는…… 아, 다른 길로 갔어요. 이온을 타고요. 엄마도 알잖아요, 리아가 이온을 무척 좋아했잖아요."

엄마가 얼굴을 찡그렸다.

"리아는 재미로 말을 타지는 않아."

265

"맞아요. 하지만 리아는 괜찮아요, 제 말 믿으세요."

나는 인정했다. 엄마의 시선이 부담스러웠다.

엄마는 슬픈 듯 고개를 가로저었다.

"네 말을 믿을 수 없구나, 멀린. 앞으로 닥칠 일을 생각하면 우리 중 누구도 괜찮지 않아."

"잠깐만요, 저 아이들은…… 중요한 건, 적어도 아주 짧은 순간이라 할지라도, 지금 저 아이들은 안전해요. 쌍칼잡이 도살자의 위협으로부터 안전하다고요. 그놈은 분명 우리가 마지막으로 싸웠던 곳 근처에서 지금도 저를 찾고 있을 거예요. 여기서 멀리 떨어진 곳에서요."

나는 해안을 따라 흩어져 있는 아이들 쪽으로 지팡이를 가리켰다.

"그렇지만, 아들, 그자는 우리가 있는 곳을 금방 찾아낼 거야. 그러고 나면 저 아이들과 너는 다시 위험에 빠질 거야."

"결국에는 그렇겠지요. 하지만 저한테 계획이 있어요. 만약 제대로 된다면……. 저 아이들을 영원히 안전하게 지켜줄 계획이에요. 제게 필요한 건 단지……."

갑작스럽게, 뭔가가 내 작은 가방을 끌어당기는 게 느껴졌다. 몸을 돌려보니, 류가 얼굴 가득 미안한 듯 웃음을 머금고서 손을 빼내고 있었다.

"방해할 생각은 없었어요, 멀린 대장. 저는 그저…… 음, 호기심이 생겨서요. 대장 가방에요."

"그러니까, 이 안에 뭐가 있는지 궁금하다는 거니?"

"음, 네, 멀린 대장."

나는 어쩔 수 없이 웃지 않을 수 없었다. 왜냐하면 누군가의 가방 안을 몰래 들여다보는 것은 그 나이 또래 때 내가 해봤던 행동이었으니까. 엘런의 표정도 부드러워졌다. 분명 엘런도 비슷한 것을 생각하고 있었다. 내가 연극을 하듯 목소리를 높여 말했다.

"잘 봐둬, 얘야. 내가 네 소원을 들어줄 테니까! 이제 엄청 유명하고, 철저하게 갈채 받고, 이중삼중으로 매혹적인…… 마법의 깃털을 보게 될 거야."

"마법의 깃털이라고요?"

류가 믿을 수 없다는 듯 물었다.

나는 가방의 가죽 뚜껑을 조심스럽게 들어 올리고, 마치 기대감에 부푼 것처럼 숨을 참았다. 나는 필요한 힘을 조용히 소환하며, 그 힘이 내 의지를 따르도록 간청했다. 가방 위의 공기가 흔들리기 시작하자, 류는 소스라치게 놀랐다. 천천히, 아주 천천히, 트러블의 깃털이 위로 솟구쳤다. 류는 뒤로 물러나 엘런 옆에 바짝 붙었다. 류의 등이 엘런의 다리에 닿았다. 그러는 사이 깃털은 더 높이 떠올랐다.

류는 깃털이 더 높이 올라가, 자신을 향해 느릿느릿 둥둥 떠가는 모습을 놀라운 표정으로 지켜보았다. 깃털은 나비처럼 둥둥 떠다니며 류의 가슴을 지나, 어깨 위로, 그리고 팔을 따라 빙빙 돌았다. 이윽고 류의 얼굴 앞에서 빙그르르 춤을 추더니, 갑자기 더 가까이 다가가, 류의 콧구멍을 간지럽혔다.

류는 웃으며 손을 뻗어 깃털을 쫓아갔다. 그러다 깃털을 잡으려 했다. 깃털은 엄마 뒤에서 빙그르르 돌았다. 류는 깃털을 잡으러 팔을 마구 움직였다. 그러다 머리로 엄마 옆구리를 들이받는 바람에, 딱지가 앉은 귀가 부딪쳤다.

류는 고통스러운 듯 외마디 비명을 지르며, 손으로 상처를 감쌌다. 엘런은 허리를 숙여 류의 머리를 쓰다듬어주었다. 그러면서 늘 그렇게 하듯, 부드럽게 속삭여주었다. 하지만 류는 고통스럽게 흐느꼈다.

"아, 류, 미안해. 내 생각이 멍청하고 어설펐어."

깃털을 가방 안으로 다시 몰며 내가 말했다.

잠시 뒤, 류가 나를 돌아보았다. 귀에서 피가 살짝 배어 나왔다.

"아니에요, 멀린 대장. 저는 대장 생각을 좋아해요, 아주 좋아해요. 제가 어설펐어요. 저한테 그렇게 말 안 해도 돼요."

류가 힘없이 말했다.

내가 말을 꺼내려 했을 때, 심이 우리 옆에 무릎을 꿇고, 커다란 무릎으로 모래 언덕 아래 놓인 장작더미를 짓눌렀다. 심은 우리를 침울하게 내려다보며 말했다.

"미안해, 멀린, 나쁜 소식이 있어."

나는 깜짝 놀라 소리쳤다.

"뭔데?"

거인의 얼굴이 일그러지고, 커다란 코가 실룩거렸다.

"아무리 열심히 노력해도, 다른 거인들한테 같이 싸우자고 설득할 수 없었어. 내 오랜 친구 징바도 설득 못 했어. 내가 징바한테 리타 고르를 비롯해 전부 다 말해줬는데, 징바는 그냥 나를 비웃으며 내가 허풍을 떠는 거라고만 했어."

심의 그 소식을 듣고 나는 움츠러들었다.

"정말 끔찍하군! 거인들이 없다면, 우리한테는 싸워 이길 기회가 없을 거야."

"미안해, 정말 미안해. 어쩌면 내가 다시 설득해볼 수 있을지도 몰라. 일단 잠 좀 자고 나서. 난 정말 잠을 좀 자고 싶거든."

심은 다시 입을 크게 벌려 하품을 했다.

"거인들을 잘 설득하면, 다음으로 소인들을 설득해볼게! 내가 우르날다를 찾을 수만 있다면, 어쩌면 우르날다한테 도와달라고 부탁할 수 있을지도 몰라."

"아니야, 심. 그러지 마. 우르날다는……."

나는 우르날다가 했던 죽음의 경고를 떠올리며 단호하게 말했다.

"여기 있었군, 이 겁쟁이 마법사 꼬마야!"

모래 언덕 꼭대기에서 목소리가 쩌렁쩌렁 울렸다.

나는 휙 돌아보았다. 누가 나를 소리쳐 부르는지 이미 잘 알고 있었지만 말이다. 그렇다, 나는 온몸으로 알고 있었다. 그건 내가 두 번 다시 보고 싶지 않은 인물이었다. 그자와 상대해 어떻게 싸워야 할지 나는 전혀 몰랐다. 도살자.

22

기습 공격

도살자는 모래 언덕 꼭대기에 서서 내게 덤벼들 자세를 취했다. 갑옷 가슴받이와 어깨에 붙어 있는 치명적인 칼날이 햇빛에 번쩍 빛났다. 해골 가면 뒤에서 거친 웃음소리가 터져 나왔다. 이윽고, 놈이 칼끝으로 가면을 살짝 들어 올렸다. 얼굴을 다 드러낼 정도는 아니었다. 그러나 발밑 근처 모래에 침을 뱉을 만큼은 충분했다.

"너는 전에 내게서 용케도 빠져나갔지, 애송이 마법사! 하지만 이번에는 절대 도망치지 못할걸."

"네가 도망치지 못할 거다."

나는 뒤로 몸을 급히 움직여, 지팡이를 해안 모래에 찔러 넣었다. 언덕 위의 도살자를 바라보는 내 심장이 마구 뛰었다. 놈이 이곳에 왔다! 저놈은 내 계획을 알아차렸다. 그리고 이제 내 계획이 물거품이 되었다. 아니, 최악이다! 이제 아이들이 모두 한 곳에 모여 있었다. 아이들은 전보다 훨씬 더 큰 위험에 빠졌다. 내가 이 미친놈한테 호의를 베푼 꼴이 되었다. 놈은 내 힘을 이용하기에, 나는 녀석을 막을 수 없다.

"와서 네 그 용감한 말을 증명해보시지. 이리 올라와서 죽기 살기로 싸워보라고."

도살자가 받아쳤다.

내 옆, 류가 엘런의 팔을 붙잡았다. 류는 벌벌 떨고 있었다. 얼굴에 핏기가 싹 가셨다. 류는 궁지에 몰린 짐승처럼 다급하고 애절하게 징징거렸다.

저 아래 해안과 모래톱에서는, 아이들이 조류 웅덩이에서 철벙거리며 놀다가 이제는 모래 위에서 대열을 만들어 각양각색의 조개를 잡거나 심의 모자챙에서 그네를 타고 있었다. 그러다 한꺼번에 뒤돌아 무슨 일인지 바라보았다. 어떤 아이들은 해골 얼굴의 끔찍한 전사를 보고 그 자리에 얼어붙어, 바닷물이 철퍽대는 바위 위의 따개비처럼 꼼짝 않고 서 있었다. 또 몇몇 아이들은 축축한 모래를 사방으로 튀기며 후다닥 달아나기 시작했다. 어떤 아이들은 해안을 따라 늘어서서 저 너머 바다를 가리고 있는 안개의 일렁이는 벽 안으로 뛰어들기까지 했다.

"어때? 넌 네 옆에서 비명을 질러대는 저 꼬마 녀석보다도 더 용기가 없나?"

도살자가 으르렁거렸다.

심은 천둥 같은 포효를 하며 무릎을 세우고 일어났다. 심의 거대한 덩치에 태양이 보이지 않았다.

"네가 비겁한 녀석이야. 내가 널 자그마한 벌레처럼 뭉개주겠어."

심이 소리쳤다. 심의 말에 모래 언덕 밑에 자라는 보리수나무의 몇 안 되는 잎사귀마저 우수수 떨어져 나갔다.

"안 돼, 기다려. 저 녀석은 희귀한 마법을 부려, 심. 굉장히 희한한 마법이야. 저 녀석은 나한테 맡겨. 너는 아이들한테 가봐. 아이들을 모두 안전한 곳으로 데리고 가줘, 빨리."

내가 지팡이를 들어 올리며 재촉했다.

"아니야, 멀린. 저 자와 싸우지 마라."

엄마가 간청했다.

"해야 해요. 이제 가요, 둘 다! 아이들을 데려가라고요."

심이 얼굴을 찌푸렸다.

"부디 현명하게 행동하기를 바랄게, 멀린."

"나도 마찬가지란다."

엄마가 옷자락으로 류를 감싸며 말했다.

나는 일행을 보내고 나서 도살자를 향해 돌아섰다.

"넌 겁쟁이야!"

나는 소리쳤다. 심과 엄마가 아이들을 불러 모을 시간을 벌어주어야 했다.

"왜 가면 뒤의 그 얼굴을 보여주지 않는 거지?"

도살자는 주저하는 것 같았다. 그러더니 자신의 칼날 팔을 머리 위로 천천히 들어 올렸다. 칼끝이 반짝 빛났다.

"애송이 마법사, 이게 내 진짜 얼굴이다. 죽음의 얼굴이다!"

녀석은 모래 언덕 꼭대기에서 후다닥 달려 내려왔다. 칼날을 휘두르며 곧장 돌진했는데, 발이 모래에 푹푹 빠지자 욕을 퍼부어댔다. 이제 녀석과 싸우는 것 말고는 내게 선택의 여지가 없었다. 곧, 녀석은 내 앞에 이를 것이다.

하지만 어떻게 싸우지? 내 모든 책략은 고스란히 내게 되돌아왔다. 그때 좋은 수가 떠올랐다. 만약 내가 어떤 마법도 사용하지 않는다면, 저 녀석도 내 힘을 이용할 수 없을 거다! 하지만…… 그건 내가 오직 육체적인 힘에만 의존해야 한다는 뜻이다. 그렇게 되면 저 녀석이 분명 승리를 거두게 될 거다.

도살자가 내 앞에 이르기 바로 직전, 나는 지팡이를 옆으로 쭉 뻗어 녀석의 다리를 향해 달려들었다. 내가 힘껏 달려드는 바람에 녀석은 나를 덮치며 넘어지고 말았다. 우리 둘 다 허공에 모래를 흩뿌리며 데굴데굴 굴렀다.

곧 나는 일어섰다. 녀석도 일어섰다. 녀석은 성난 수퇘지처럼 울부짖더니 칼을 휘두르며 내게 달려들었다. 나는 검을 뽑지 않고, 마지막 순간까지 기다렸다. 그러고는 옆으로 재빨리 비켜났다. 도살자는 나를 지나쳐 조류 웅덩이로 데굴데굴 굴렀다. 바닷물, 해초, 그리고 갈매기 깃털이 마구 튀어 올랐다. 놈은 다시 일어나려다 비틀거리며 커다란 오렌지색 고둥 조개 위에 넘어졌다. 녀석의 무게 때문에 조개는 산산조각이 났다.

즉각, 녀석이 다시 달려들었다. 저주를 퍼부으며 칼날을 휘둘렀는데, 칼날은 내 가슴을 가까스로 비껴갔다. 나는 한쪽으로 피하는 척하다가 다른 쪽으로 피했다. 나는 헉헉 숨을 몰아쉬며, 다시 한번 놈과 마주했다. 조만간 녀석의 칼이 그 목표물을 벨 거라는 걸 알고 있었다. 어깨 너머로 슬쩍 살펴보니, 심이 저 멀리 바닷가에서 아이들을 모두 모래 언덕 뒤로 이끌고 있었다. 심의 쿵쿵거리는 발걸음이 아이들의 외침과 함께 재빨리 물러났다. 마침내 머지않아, 모두 위험에서 벗어나게 될 것이다.

녀석은 다시 살인적인 팔을 휘두르며 돌진해왔다. 나는 다시 한번 옆으로 펄쩍 뛰어 피하며, 모래 위에서 재주넘기를 했다. 하지만 이번에 내가 녀석을 마주하고 섰을 때, 녀석은 공격하지 않았다.

"너는 내가 기억하는 것보다 훨씬 더 겁쟁이로구나. 왜 내게서 달아나

273

지? 이제 남은 마법이 없나보지?"

녀석이 숨을 거칠게 헉헉거리며 으르렁거렸다.

"마법이야 많지. 단지 너랑 싸울 때는 필요 없을 뿐이야."

나는 모래 위에서 슬슬 피하며 되받아쳤다.

"그럼 어서 싸워보시지, 꼬마야!"

녀석이 다시 돌진했다. 그런데 내가 몸을 돌려 피하려 할 때, 녀석이 갑자기 멈추었다. 그 모습을 보고 내가 멈추려 했지만 내 발이 나뭇조각에 걸리고 말았다. 나는 축축한 모래 위를 구르다 벌러덩 드러눕고 말았다. 도살자가 나를 내려다보며 서서 만족스러운 듯 낄낄거렸다. 도살자 뒤로 마치 가파른 절벽처럼 모래 언덕이 솟아 있었는데, 그 때문에 우리 둘 모두에게 짙은 그림자가 드리웠다.

"지금은 싸울 시간이 없다, 이 애송이 마법사. 그냥 죽어줘야겠다."

녀석이 칼날 두 개를 들어 올려 내게 내리치려 했다.

녀석은 다리에 힘을 주었다. 가슴받이 아래 근육이 수축되는 게 보였다. 칼날 두 개가 높이 올라갔다. 소름끼치는 칼날이 햇빛에 번득였다.

"안 돼!"

또 다른 목소리가 외쳤다. 엘런! 엘런이 도살자의 발을 움켜잡으며 우리 둘 사이에 끼어들었다. 엘런은 고개를 치켜들고 녀석을 대담하게 노려보았다.

"감히 내 아들을 해치지 마."

도살자가 낄낄 웃었다.

"그래? 그럼 당신부터 먼저 처리해주지!"

그러고는 낮은 목소리로 덧붙였다.

"정말 때맞춰 왔군."

녀석이 칼을 휘둘렀다. 칼은 그늘이 드리운 모래 언덕을 등지고 밝게 빛났다. 그 짧은 순간, 어쩔 수 없이 마법의 힘을 소환해야 한다는 걸 나는 알았다. 녀석을 멈출 다른 방법이 없었다. 하지만 어떤 마법도 다시 내게 되돌아오리라는 것 또한 나는 잘 알고 있었다. 아니 어쩌면, 엘런에게도. 내 마음이 요동쳤다. 다른 방법이 분명 있을 거다!

칼이 허공을 갈랐다. 칼이 우리 엄마를 향해 내려오는 게 보였다. 마침내 내 분노가 끓어올랐다. 나는 손에 불덩이를 만들려 했다.

바로 그때, 한 남자의 희미한 모습이 모래 언덕 위에서 불쑥 튀어나왔다. 모자 달린 망토를 입은 그 남자는 어마어마한 소리를 내지르며 도살자를 땅바닥에 내동댕이쳤다. 도살자는 분노에 고함치며 칼을 휘둘러 망토 입은 남자를 힘껏 내리쳤다. 남자의 가슴, 팔, 그리고 다리를 잔인하게 마구 베었다. 피가 해안에 마구 튀었다.

하늘이 갑자기 어두워졌다. 고개를 들어보니, 심의 거대한 몸통이 모래 언덕 위로 다가오는 게 보였다. 심의 맨발이 모래 위를 쿵쿵 밟았다. 도살자가 다시 움직이기 전, 거인의 거대한 손이 아래로 내려와 놈의 몸 한가운데를 움켜쥐었다. 무시무시한 칼날이 녀석의 양 옆구리에서 허우적거렸다. 전사는 마구 버둥거리며 몸을 빼내려 했지만 꼼짝할 수 없었다. 갑옷이 터질 것처럼 보였다. 심은 녀석을 더 높이 들어 올려, 커다란 눈으로 노려보았다. 그러고는 으르렁거렸다. 너무나 엄청난 소리에 짙은 안개 벽이 몸을 떨며 흩어지고, 해안에서 살짝 뒤로 밀려났다. 심은 그 전사를 곧장 안개 사이로, 저 멀리 바다로 내동댕이쳤다. 너무 멀리 던져서 바다에 풍덩 빠지는 소리조차 들리지 않았다.

덩치 큰 심이 내게 몸을 숙였다.

"괜찮아, 멀린?"

"고마워, 친구. 너랑……."

나는 비틀비틀 몸을 일으켜 세웠다.

나는 말끝을 흐렸다. 나는 엘런을 바라보았다. 엘런은 나를 등지고, 그 영웅 같은 남자 앞에 무릎을 꿇고 있었다. 비록 엘런의 등 때문에 남자의 얼굴이 보이지 않았지만, 나는 그 망토를 알아보았다. 그것은 카이르프레의 것이다! 그 모습을 보자 속이 울렁거렸다. 카이르프레, 내 스승, 내 오랜 친구가 모래 위에 누워 죽어가고 있었다.

나는 엄마 옆으로 비틀비틀 다가갔다. 엄마는 그 남자의 손을 잡고 조용히 흐느꼈다. 문득, 내 심장이 얼어붙었다. 망토의 모자가 젖혀져, 남자의 얼굴이 드러났다. 카이르프레가 아니다! 내게 너무나도 익숙한 얼굴이 아닌, 검은색 짙은 턱수염, 툭 튀어나온 턱, 그리고 우리와 똑같이 짙은 눈동자의 남자가 있었다. 아니, 의심의 여지가 없었다. 그것은 바로 스탕마르였다.

피가 가슴에 흥건한 채 모래를 적시고 있었지만, 스탕마르는 고개를 힘겹게 들어 단 한마디를 뱉어냈다.

"엘런."

엘런은 축 처진 그 손을 잡은 채 스탕마르를 바라보았다.

"여기 있어요. 당신과 함께."

"엘런, 난 당신을 찾아야 했소. 당신한테…… 말해야 했소."

스탕마르가 되풀이했다. 목소리가 힘겹게 흘러나왔다.

엘런은 가까이 몸을 숙였다.

"무슨 말을요?"

스탕마르는 눈을 가늘게 떴다. 초점을 맞추기 힘든 것 같았다.

"내가 잘못했소…… 아주 많이 잘못했소. 이 세상에, 너무나 많은 것에, 하지만 무엇보다도…… 당신에게."

"제발, 아무 말 하지 말아요."

엘런이 부드럽게 말했다.

한순간, 스탕마르의 눈동자가 분노한 듯 반짝였다. 잔인한 왕의 모습
이 떠올랐다.

"나는 말해야 하오! …… 엘런……."

스탕마르는 다시 한 번 고개를 들려 했지만, 고개가 축축한 모래에
픽 떨어졌다. 힘없이, 스탕마르는 엘런의 손에 자신의 손을 가져다 댔다.

"네?"

"제발…… 날 용서해주오."

엘런은 스탕마르의 손을 자기 입술에 가져다 대고는 입을 맞추었다.
엘런의 영혼이 깃든 눈동자가 스탕마르를 바라보았다.

"당신을 용서해요."

새로운 평온이 스탕마르의 얼굴 위에서 흘러나와, 모래톱 사이의 파
도처럼 움직였다. 스탕마르의 입이 부드러워졌다. 이마가 편안해졌다. 그
러고는 천천히, 스탕마르가 나를 바라보았다. 나는 내 용서도 구하고 있
다는 것을 스탕마르의 눈동자를 통해 볼 수 있었다. 하지만 약함 때문
인지 완고함 때문인지, 스탕마르는 직접 용서를 구할 수 없었다.

나 또한 대답할 수 없었다.

한참 동안, 우리는 말없이 서로를 바라보았다. 스탕마르가 갑작스럽
게 경련을 일으키며 몸을 웅크렸다. 마지막으로 신음을 토해내더니, 고
개를 엘런에게 돌려 시선을 고정했다. 그러고는 영원히 두 눈을 감았다.

23

배

엘런은 스탕마르의 손을 피투성이 가슴 위에 살며시 올렸다. 그러고는 두 뺨에 눈물이 흥건한 얼굴로 나를 바라보며, 슬픔과 질책이 가득한 목소리로 말했다.

"너는 용서해주었어야 해."

내 발이 모래 안에서 불안하게 비틀렸다.

"아니요, 저 사람이 저질렀던 그 모든 일은 어떻게 하고요?"

내가 대답했다.

엘런은 슬픔에 잠겨 그저 나를 바라보았다.

나는 몸을 돌려 해안으로 걸어갔다. 발밑에는 형형색색의 수많은 조개들이 있었지만, 나는 아무런 관심이 없었다. 저 멀리, 심의 모자가 보였다. 모자챙 한쪽이 파도에 잠겨 있었다. 아이들은 이미 돌아와 있었다. 몇몇은 멍하니 서서 스탕마르의 시체를 바라보고, 몇몇은 모래 언덕에 올라가거나 모래톱 안에서 놀았다.

나는 아이들을 지나쳐 해안선을 따라 터벅터벅 걸었다. 나의 그림자가 옆에 따라오는 걸 알아차리고, 나는 툭 내뱉었다.

"넌 내가 싸울 때 도대체 어디에 있었어? 뭐든 도왔어야 하잖아!"

그림자는 걷다 말고, 내 발에서 발을 떼었다. 그림자가 나를 노려보는 게 느껴졌다.

"아니, 나는 사과하지 않을 거야. 그래, 네가 좀 더 쉬운 임무를 한 건 잘했어. 거인을 찾는 일 같은 거 말이야. 하지만 정말로 위험한 일이 닥쳤을 때, 생사가 달렸을 때, 넌 도대체 어디 있었던 거야?"

나는 따져 물었다.

그림자는 반항적으로 고개를 흔들었다.

"좋아, 그렇다면. 네 맘대로 해. 가 버려, 네가 원하는 대로 멀리 멀리. 절대 다시 돌아오지 않았으면 좋겠어!"

내가 고함쳤다.

모래 위의 짙은 그림자가 두 팔을 마구 흔들어대더니, 돌아서서 바다 쪽으로 걸어갔다.

나는 그림자가 멀어져가는 모습을 지켜보았다. 분명 머지않아 곧 돌아오리라 확신했다. 좀 더 친절하게 굴 준비를 마치고 말이다. 배가 뒤틀렸다. 하지만 만약 그렇지 않다면? 나는 발아래 텅 빈 모래를 흘끗 내려다보며 상실감을 느꼈다. 그림자가 모래 언덕 사이로 사라지자, 그림자를 향해 소리칠 뻔했다. 하지만 아무 말도 나오지 않았다.

"너 화났구나, 멀린. 난 알 수 있어."

고개를 들어보니, 심의 커다란 코가 내 위에 어른거렸다.

"그래, 맞아. 쌍칼잡이의 협박에, 스탕마르에, 내 그림자에……."

나는 잠시 말을 멈추고 마른 침을 삼켰다.

"그리고 무엇보다도, 내 자신에."

"쌍칼잡이한테 화나는 게 더 나아."

심이 조언을 했다. 심은 자신의 커다란 손바닥을 부드럽게 핥았다.

"만약 그놈이 그렇게 날카롭지 않았다면, 나는 녀석을 납작하게 눌러 버렸을 텐데."

심은 손바닥을 한 번 더 핥고는 덧붙였다.

"하지만 내 생각에, 그 녀석은 한동안 널 괴롭히지 못할 거야. 내가 바다 멀리 내동댕이쳤으니까."

"잘했어, 심. 놈이 살아있다 하더라도, 지금은 괜찮아."

"나는 놈을 영원히 없앴으면 좋겠어! 녀석은 정말 위험한 놈이야. 녀석은 칼날 손으로도 분명 헤엄칠 수 있을 거야. 분명 언젠가 이곳에 다시 와서 너와 저 꼬마 아이들을 죽이려 할 거야……."

"하지만 그때쯤이면 우리는 여기 없을 거야. 너도 알겠지만, 심, 내게는 계획이 있어."

나는 심의 말을 자르며 힘주어 말했다. 내 시선은 모래 언덕 꼭대기로 향했다. 나는 새벽에 그곳에서 하늘 높이 솟구치는 바닷새들을 보았었다. 모래 언덕 뒤, 살짝 튀어나온 죽은 나무 꼭대기가 모래 위에 자라는 하얀 털처럼 보였다.

"만약 내 계획이 성공하면, 아이들은 도살자가 그리고 어쩌면 리타고르가 영원히 찾을 수 없는 곳에 있을 거야. 하지만 그러기 위해서는 네 도움이 꼭 필요해."

심은 몸을 똑바로 세우고 하품을 하며 기지개를 켰다.

"나는 한동안 잠을 못 잤어."

"잠깐이면 돼."

나는 심을 타일렀다.

나는 안개 벽을 돌아보았다. 안개 벽 뒤에서 파도가 끊임없이 찰싹거렸다. 나는 생각에 잠겨 입술을 깨물었다. 도살자가 도대체 누군지, 도저히 모르겠다. 엘런이 달려들었을 때, 그자는 왜 정말 때맞춰 왔다고 말했을까?

심은 다시 몸을 숙였다.

"뭘 생각해, 멀린?"

"아, 네가 그 녀석을 바다로 던져 버리기 전에 가면을 벗겨 버렸다면 좋았을 걸 하고 생각하고 있었어."

"나도 그래. 이제 네 계획을 말해봐, 내가 잠들기 전에."

심이 다시 한 번 하품을 늘어지게 했다.

나도 하품을 했다. 나는 나무가 있는 곳으로 심을 데리고 가면서, 아이들을 모두 태울 수 있는 커다란 뗏목이 필요하다는 걸 설명했다. 세어 보니 모두 여든세 명이었다. 거기에 엘런하고 나까지. 내가 마법으로 배를 이끌고, 치명적인 주문의 장벽을 통과하겠다는 계획을 말하자, 심은 미심쩍은 표정을 지었다. 그래도, 심은 곧장 일에 매달렸다. 나무둥치를 움켜잡아 한 번에 쑥 뿌리까지 뽑아냈다. 모래와 부러진 나뭇가지가 비처럼 쏟아져 내렸다.

그러고 나서 몇 시간 동안, 우리 둘은 나무를 끌고, 뿌리와 가지를 자르고, 나무둥치를 바닷가에 나란히 배열했다. 입과 눈, 머리카락에 모래와 나무껍질이 마구 튀었다. 그 수많은 모래알이 있고, 그리고 등과 팔뚝이 욱신거렸어도, 뗏목이 슬슬 모양을 갖추기 시작했다. 나무둥치는 멋지게 맞아떨어졌다. 굵은 부분과 가는 부분을 교대로 놓고, 기다란 가지를 그 사이에 끼워 틈을 메워갔다. 배가 실제로 우리를 태울 수 있을 거라는, 내일 아침까지는 항해할 준비를 다 마칠 수 있을 거라는 확신이 점점 차올랐다.

우리가 작업을 하는 동안, 꼬마 아이들은 모래 언덕 위에 앉아 우리가 일하는 모습을 지켜봤다. 하지만 류는 그냥 지켜만 보고 있지 않았다. 기운 넘치는 메드바, 그리고 제법 나이가 찬 아이들 몇 명과 함께 나뭇가지를 다듬었다. 나뭇가지를 다 다듬은 뒤, 나는 구경하고 있는 아이들을 모아서 다른 일을 시켰다. 곧, 내게는 두 팀이 생겼다. 한 팀은 류가 이끌고 한 팀은 메드바가 이끌었는데, 이들은 바닷가를 뒤져 통나무를 묶는데 필요한 해초를 모았다.

늦은 오후 즈음, 일은 거의 마무리되었다. 모래 언덕이 황동 빛깔로 물들며 그림자가 길어지기 시작할 무렵, 나는 뻣뻣한 등을 쭉 펴고 배를 살펴보았다. 항해에 딱 알맞았다. 통나무가 튼튼한 덕분이었다. 이제 남은 건 해초로 단단히 묶어 바다로 띄우는 일이었다.

해지기 전에 모든 일을 서둘러 끝마쳐야 했다. 하지만 썩 내키지 않는 임무가 나를 기다리고 있었다. 스탕마르를 묻어줘야 했다. 나는 해질 녘에 그 일을 하겠다고 엄마와 약속했다. 이제 빛이 점점 희미해지고 있었다. 게다가, 바닷가를 걷는 엄마의 경건한 발걸음을 보니, 엄마가 마침내 준비가 된 듯했다. 뗏목이 완성되려면 내일까지 기다려야 했다.

나는 류를 불러, 나뭇조각을 모아 모닥불을 피워달라고 부탁했다. 류는 무척 기뻐하며 한 손에 불쏘시개를 들고 뛰어갔다. 나는 메드바에게 팀을 이끌고 모래톱 근처 젖은 모래에서 최대한 홍합을 많이 잡아오라고 부탁했다. 구운 홍합은 멋진 한 끼 식사가 될 거라는데 메드바도 동의했다. 한편, 메드바는 거인의 모자 안에 오트밀 과자, 빵 조각, 마른 과일, 그리고 사과 주스 상자가 있다는 걸 내게 알려주었다. 심이 아이들을 모으는 동안 마을 사람들이 건네준 것이라고 했다. 나는 메드바에게 사과 주스를 좀 꺼내오라고, 하지만 나머지는 나중을 위해 남겨두라고 일렀다.

나는 다시 스탕마르를 묻어주는 일에 매달렸다. 다시 한번 심의 도움을 요청했다. 심은 손을 한 번 쓱 휘둘러, 스탕마르가 우리를 도와주기 위해 뛰어들었던 모래 언덕 밑에 깊은 구덩이를 팠다. 엄마와 함께 피투성이 묵직한 시체를 땅속으로 내려놓으며, 나는 또 다른, 훨씬 더 무거운 짐과 고군분투했다. 내 자신의 고통스러운 감정. 어떻게 나의 용서를 기대할 수가 있지? 하지만, 엄마는 자신이 겪었던 그 모든 고통에도 불구하고 용서했다. 그렇다면 나라고 용서하지 못할 이유가 뭐가 있을까?

스탕마르의 무덤 위로 몸을 기울여 마지막으로 모래를 고르고 있는데, 심의 거대한 손가락이 내 등을 톡톡 두드렸다. 그 힘 때문에 나는 앞으로 고꾸라졌다. 입에서 모래를 뱉어내며 심을 올려다보았다.

"난 이제 떠나, 멀린. 하지만 곧 또 보게 될 거야. 사흘 뒤에 원형 돌무더기에서."

심은 뗏목을 만들기 위해 뿌리째 뽑았던 나무처럼 굵은 자신의 팔을 동쪽을 향해 가리켰다.

"오늘 밤엔 여기 있어, 심. 우리처럼 아침에 떠나도 되잖아?"

나는 옷소매로 혓바닥에 묻은 모래를 털어내며 심을 붙잡았다.

"아니, 내가 아주 오래전부터 하고 싶었던 일이 있어. 아주 많이 오래전부터."

심이 늘어지게 하품을 하며 대답했다.

나는 심이 사기 몸 위에 기어오르는 아이들한테 방해받지 않고, 오랫동안 고대하던 잠을 푹 잘 기회를 말하는 거라 생각하고, 고개를 끄덕였다.

"알았어, 행운을 빌어, 친구."

"나도 마찬가지야. 하지만 넌 진짜 미쳤어, 멀린."

심은 거의 마무리되어 가는 뗏목을 의심의 눈빛으로 쳐다보았다.

"항상 그렇게. 이제, 저기 바닷가에 놓여 있는 모자 잊지 말고 챙겨."

내가 활짝 웃으며 대답했다.

심의 커다란 머리가 이리저리 흔들렸다.

"아니야, 아이들이 모자 안에서 아주 신나게 놀잖아."

심은 잠시 말을 멈추고, 열다섯 명 내지 스무 명의 아이들이 모자챙에서 모래톱 안으로 뛰어들며, 물을 튀기고 왁자지껄 소리치는 모습을 지켜보았다.

"여기 그냥 두고 갈게."

나는 활짝 웃었다.

"네가 가고 나면 아이들이 널 무척 보고 싶어 할 거야."

"아, 난 이미 아이들한테 작별 인사를 했어. 어쨌든, 나는 아무도 알아차리지 못하도록 조용히 떠날게."

심이 내게 눈을 깜빡여 보이고는 몸을 숙여 속삭이듯 말했다.

나는 눈썹을 치켜떴다. 하지만 심은 돌아서 떠났다. 심은 모래 언덕 너머로 성큼성큼 걸었다. 심의 발자국이 범람원을 가로지르며 요란한 소리를 냈다. 몇몇 아이들이 떠나가는 심의 모습을 보고 모래 언덕 꼭대기로 뛰어올라 두 팔을 흔들며 소리쳤다. 마침내 심의 육중한 발걸음이 일으키는 메아리가 사라질 때까지, 아이들은 그곳에 서서 즐겁게 소리쳤다.

무릎에서 모래를 털어내며 일어설 때, 갑작스러운 생각에 나는 깜짝 놀랐다. 만약 심의 목표가 잠잘 조용한 장소를 찾는 게 아니라 우르날다를 찾아 소인들의 왕국으로 가는 거라면 어쩌지? 몇 시간 전, 심은 지원군을 얻기 위해 설득해보겠다고 말했다. 그렇다, 심은 죽음의 함정으로 곧장 걸어가고 있었던 거다!

나는 가장 가까운 모래 언덕 꼭대기로 허겁지겁 뛰어갔다. 서두르느라 비틀거렸다. 등성이에 서서 숨을 헉헉거리며, 심의 흔적을 발견할 수 있기를 바랐다. 심에게 경고해주고 싶었다. 하지만 마른 풀과 늪지 구덩이가 쭉 펼쳐져 있는 풍경 말고는 보이는 게 없었다. 지는 해 때문에 어슴푸레한 심홍색으로 물들어 있었다.

나는 이를 부드득 갈며 모래를 발로 툭 찼다. 만약 날아야 할 시간이 있다면, 지금이 바로 그때다! 아니, 지금은 진정 도약이 필요한 시간이다. 도약으로 즉각 심에게 다가가서 경고해주고, 여기 다시 돌아올 수 있을 텐데. 내가 사라진 걸 아무도 눈치채지 못하게 말이다. 하지만 그건 불가능했다.

나는 침울하게 고개를 가로저었다. 내일 아이들과의 여정은, 이제 그것은 전적으로 우리한테 달렸으며, 몹시도 힘겨울 거다. 나는 시선을 돌려, 저녁노을로 붉게 물든 바닷가를 유심히 살펴보았다. 사방에 아이들이 있었다. 모래톱에 돌을 던지고, 모래 위에서 몸을 굴리고, 심의 모자 위에서 뛰어놀고 있었다. 사내아이 둘이 뗏목 근처에서 싸우자, 엄마가 그 아이들을 떼어놓고 있었다. 몇몇 아이들은 류의 모닥불 주변에 모여 있었다. 모닥불이 활활 타며, 모래톱 너머의 짙푸른 안개 벽을 배경으로 오렌지색 불꽃을 내뿜었다. 해변에 있는 이들 누구도 내일의 여정이 얼마나 위험한지 깨닫지 못하고 있었다.

하지만 나는 알고 있었다. 지금, 여정이 시작되기 바로 전날 밤에, 나는 불안감의 깊은 고통을 느꼈다. 어쩌면 이곳에 그냥 남아 있는 게 더 나은 방법일지도 몰랐다. 도살자가 물에 빠져 죽었을 수도 있으니까. 죽지 않았다 해도, 놈이 다시 공격하기에 앞서 회복할 시간이 분명 필요할 거다. 하지만 내가 그 위험을 감수해야 할까? 그리고 만약 리타 고르의 침략이 성공해, 리타 고르가 직접 이 아이들을 공격해오면 어떻게 하지?

나는 안개 벽을 응시했다. 안개 벽은 또 다른 모습으로 변하고 있었다. 높고 가파른 언덕. 어쩌면 섬일까? 저곳으로 가는 위험은 이곳에 남아 있는 위험보다 더 크지 않을 거다. 주문의 장벽에서 어떤 문제에 부닥치게 될지라도, 그 여정이 하루 이상은 걸리지 않을 거다. 그러고 나서, 아이들이 안전해지면, 내게는 이틀이 남는다. 사슴처럼 재빨리 리타 고르와의 싸움으로 달려가면 된다. 시간은 충분했다. 거의.

의구심으로 가득 차, 나는 모래 언덕을 내려와 모닥불로 성큼성큼 걸어갔다. 엄마를 보고는, 그쪽으로 방향을 틀었다. 엄마는 모래 위에 앉아, 모닥불이 아니라 우리가 스탕마르를 묻은 곳을 바라보고 있었다. 나도 엄마 곁에 앉아, 엄마의 시선을 쫓았다. 불꽃이 피어오르며 환하게 춤을 추었다.

나는 흠흠 소리를 가다듬었다. 엄마가 나를 돌아보았다. 우리는 한동안 서로를 바라보았다. 우리의 얼굴에 불꽃이 비추었다. 나는 엄마가, 나처럼, 우리의 삶에 너무나도 큰 영향을 미친, 죽어서도 너무나도 큰 미스터리로 남아 있는 한 남자를 생각하고 있다는 걸 느꼈다.

양쪽으로 머리를 땋은 자그마한 여자아이가, 그 아이 이름은 쿠웨나(Cuwenna)라는 걸 나중에 알게 되었는데, 구운 홍합을 씹어 먹으며 껑충 뛰어올랐다. 여자아이는 내 허벅지 사이 모래 위에 털썩 내려앉았다.

"괜찮지요, 멀린 대장? 나 추워."

나는 어쩔 수 없이 미소를 지을 수밖에 없었다.

"괜찮아, 쿠웨나. 네가 원한다면 여기 계속 있어도 돼."

"고마워요, 멀린 대장."

쿠웨나의 어깨를 토닥이며, 나는 본능적으로 불꽃에서 저 먼 곳, 길게 뻗은 모래 언덕을 바라보았다. 불현듯, 저 멀리 바닷가에서 가장 가까운 모래 언덕 위에 희미한 모습 하나가 흘끗 보였다. 우리를 향해 다가오는 것 같았다. 하지만 너무 느릿느릿 걸어와, 그저 안개의 흩어진 물보라 같기도 했다. 하지만 뭔가가 내게 그것은 안개가 아니라 사람이라는 것을 말해주었다.

먹잇감에게 몰래몰래 다가가는 고양이처럼, 살금살금 기어오는 사람. 모닥불 불빛이 그 사람 옆구리의 금속을 희미하게 비춰주었다.

내 심장이 쿵쾅 뛰었다. 도살자! 하지만 어떻게? 내가 그자의 힘을, 복수에 대한 갈망을 과소평가한 것일지도 몰랐다. 도살자가 돌아왔다!

나는 미친 듯이 해안을 훑으며, 아이들이 숨을 만한 곳을 찾았다. 하지만 바다 말고는 어디에도 은신처가 없었다. 뗏목 만드는 일을 끝마쳤어야 했는데! 그렇다면 도살자가 도착하기 전에 출발할 수 있을 텐데. 만약…….

잠깐! 방법이 하나 있었다. 우리가 탈 수 있는 배. 그것이 어쩌면 가능할 수도…….

나는 쿠웨나를 재빨리 안아 들고, 아이들에게 소리쳤다.

"서둘러, 모두! 나를 따라와."

나는 엄마의 당혹스러운 표정을 보고, 급박하게 말했다.

"놈이 오고 있어요."

나는 류를 향해 소리쳤다.

"어서 와! 모두 데리고 와. 우리는 저기 저 모자로 갈 거야!"

모두 커다란 모자를 향해 허겁지겁 내달렸다. 만조의 바닷물이 모자의 버드나무 나뭇가지를 핥았다. 모자가 모두를 바닷물 위에 띄울 수 있을지 나는 알지 못했다. 아니, 물 위에 뜰 수 있는지조차 알지 못했다. 하지만 이것만이 우리의 유일한 희망이었다. 도살자는 분명 우리가 모닥불 근처에서 허둥지둥 도망치는 모습을 보았을 거다. 도살자가 지금 당장 모래 언덕 밑으로 재빨리 달려올지도 몰랐다.

"모두 밀어!"

나는 나뭇가지를 단단하게 엮어 만든 모자를 어깨로 밀며 소리쳤다. 큰 아이 작은 아이 할 것 없이, 모두 힘껏 밀었다. 엘런도 함께. 끙끙대며 신음소리를 냈다. 다리가 모래에 푹푹 빠졌다. 하지만 커다란 모자는 꼼짝하지 않았다.

"다시! 다 함께!"

내가 소리쳤다.

모두의 등과 다리에 힘이 들어갔다. 꼬마 아이 하나가 흐느껴 울기 시작했다. 그러다, 마침내, 모자가 덜컹 흔들렸다. 모자가 모래를 따라 밀려가며, 바위 가장자리 조류 물웅덩이 위로 미끄러져 모래톱 속으로 들어가, 우리를 바다와 분리시키고 있는 안개 벽을 향해 나아갔다.

다행스럽게도, 모자는 물에 떴다. 그물코처럼 얽히고설킨 나뭇가지 모자가 물 위에서 까딱까딱 움직였다. 흙 둔덕 집으로 올라가는 개미군단처럼, 아이들은 모자챙의 틈 사이로 주르르 미끄러져 들어가, 움푹한 모자 속에 툭 떨어졌다. 큰 아이들은 꼬맹이들을 도와주었다. 메드바는 허약해 보이는 사내아이를 등에 업고 안전하게 올랐다. 그러더니 또 다른 아이를 도와주러 다시 물속에 첨벙 뛰어들었다. 류가 꼬마 쿠웨나를 모자챙 쪽으로 데려가는 모습이 보였다.

아이들이 대부분 모자 안에 오르고 난 뒤, 나는 모자 배를 깊은 바닷물 속으로 밀었다. 드디어, 모두 배에 올라탔다. 가느다란 안개가 내 팔을 감쌌다. 나는 마지막으로 배를 힘껏 밀며 모자 안으로 뛰어들었다. 나는 높이 기어올라, 옹이진 나뭇가지를 꽉 잡았다.

불현듯, 묵직한 신발이 모래를 가로질러 다가오는 소리가 들렸다. 내 생각이 맞았다. 도살자였다! 이제 도살자는 모래톱으로 풍덩 뛰어들었다. 해골 가면은 비뚤어지고, 각반은 찢기고, 팔에는 젖은 모래가 달라붙어 있었다. 도살자는 우리를 향해 부리나케 걸어와, 무시무시한 칼날로 허공을 갈랐다.

"이리로 돌아와, 이 겁쟁이야! 돌아와 싸우란 말이야!"

나는 모자 옆에 착 달라붙어, 끊임없이 거품을 일으키며 일렁이는 바다의 힘에 호소했다.

제발 우리를 데리고 가주세요. 이 해안에서 멀리 데려가주세요!

파도가 연신 몰아치며 배를 때렸다. 하지만 전보다 더 큰 힘은 아니었다. 도살자는 점점 더 가까이 다가오고 있었다. 가면 아래 툭 튀어나온 도살자의 턱이 보였다. 그자가 휘두르는 칼날이 쩽그랑 울어대는 소리도 들려왔다. 순간, 불현듯, 짙은 안개가 모자 위로 다가와, 우리를 해안에서 분리시켰다. 도살자에게서 벗어나게 해주었다. 저주의 목소리는 여전히 들려왔지만, 빽빽한 안개 사이로 도살자의 흔적은 보이지 않았다. 안개가 짙어지며, 그 소리 또한 끊임없이 이어지는 파도 소리에 파묻혀 버렸다.

바다가 우리를 받아주었다.

3부

24

어마어마하게 깊은 바다

저녁 바다 위, 그리고 우리 배 위로 어둠이 내려앉았다.

커다란 모자는 파도 위에서 까딱까딱 흔들렸다. 그러는 사이 아이들, 엄마, 그리고 나는 바위 위의 갈매기 떼처럼 모자챙에 옹기종기 자리 잡고 앉았다. 나를 포함해 몇몇은 모자챙 끄트머리 너머로 다리를 빼낸 채 대롱대롱 흔들었다. 나머지 아이들은 거친 나뭇가지 옹이에 등을 대고 누웠다. 또 다른 아이들은 소금기 머금은 바람을 피해 움푹한 곳으로 기어 들어갔다. 나는 초조하고 두려운 얼굴들 너머, 우리를 둘러싼 주름 같은 안개를 바라보았다. 투시력으로 살펴보아도, 짙게 휘몰아치는 수증기 말고는 아무것도 보이지 않았다. 바다 그 자체만큼이나 거대하고 뚫을 수 없는 신비로운 안개.

파도가 모자 옆구리를 계속 때려대자, 촘촘하게 엮은 나뭇가지들 사이에 점점 틈이 벌어지기 시작했다. 나는 틈 사이를 살펴보았다. 몇몇 나뭇가지들이 버티지 못하고 느슨해지며, 버드나무, 물푸레나무, 솔송나무가 서로 맞물려 있는 층이 환히 드러났다. 덩굴을 이리저리 꼬아 이음새를 감고, 거미줄처럼 매듭이 단단히 묶여 있었다. 바깥쪽 나뭇가

293

지에 가문비나무 송진을 발라놨는데, 이 때문에 으스스하게 빛이 났다. 나는 고개를 절레절레 저었다. 거인의 우람한 손가락이 이처럼 정교한 모자를 만들어낼 수 있다는 사실이 그저 놀라울 따름이었다.

끝없는 시간 속, 나는 시커먼 파도를 지켜보았다. 파도는 몰려왔다 밀려가고, 몰려왔다 밀려갔다. 내 심장 박동처럼, 내가 분명하게 느낄 수 있는 고동치는 리듬을 지녔다. 파도가 마치 말하는 것처럼 철썩 찰싹거리며, 물기 머금은 말을 내뱉었다. 내가 상상할 수 없을 정도로 깊고 심오한 뜻이 있는 것 같았다.

문득, 왠지 모를 막연한 흥분이 일었다. 바다를 볼 때마다 항상 느끼는, 말로 설명할 수 없는 갈망 같은 것이었다. 그것이 인어 조상의 사라지지 않고 남아 있는 감각인지, 아니면 내 어린 시절의 흐릿한 기억 속 꿈인지, 나는 확신할 수 없었다. 하지만 적어도 지금은 우리가 속삭이는 파도의 보호 속에 안전하다고 내게 말해줬다. 그리고 파도가 우리를 해안선을 따라 서쪽으로, 잊힌 섬이 있는 방향으로 데려다주고 있다는 걸 나는 막연히 알고 있었다.

누군가 내 어깨를 툭 쳤다. 고개를 들어보니 여름 비가 그친 뒤의 하늘처럼 푸른 눈동자가 나를 보고 있었다. 엘런이 나를 보고 부드럽게 미소 지었다.

엘런은 뺨에서 짭짤한 물보라를 털어내며 내 옆에 앉아, 다리를 모자 밖으로 내밀었다. 잠시 동안 우리는 그저 그대로 앉아 있었다. 모자가 바다를 헤쳐 나가는 동안, 우리 머리카락은 안개 자욱한 산들바람에 흩날렸다. 누구도 말 한 마디 하지 않고, 오직 철썩이는 물소리와 삐걱거리는 나뭇가지 소리에만 귀 기울였다.

드디어, 엘런이 어두운 안개 속을 들여다보며 입을 열었다.

"우리를 어디로 데려가고 있는 거니, 아들?"

"제가 아니라 바다가 우리를 데려가는 거예요. 다그다의 축복이 있다면, 우리는 오전 중반쯤 되면 도착할 수 있을 거예요."

"어디에 도착하는데?"

나는 끊임없이 이어지는 파도 소리에 귀 기울였다.

"잊힌 섬이요."

엘런은 순간 긴장하더니, 이내 긴장을 풀었다. 시선을 돌려 나를 똑바로 향했다.

"나는 널 믿는다, 아들."

"저도 믿어요, 멀린 대장."

고개를 돌려보니 류가 내 옆에 웅크리고 있었다. 곱슬머리가 바람에 휘날렸다.

"이리 와서 앉아, 여기 자리 있어."

나는 엘런 옆으로 자리를 조금 옮겼다.

류는 나와 부딪히지 않으려 조심조심 모자챙 위에 걸터앉았다. 안개가 류의 맨발 위로 둥둥 피어나며, 발가락 사이에서 미끄러졌다. 류는 내게 어색하게 미소를 지어 보이며 말했다.

"모자는 처음 타봐요."

내가 낄낄 웃으며 말했다.

"나도 마찬가지야."

"모든 걸 보고 싶어요. 넓은 세상 전부하고, 그 사이에 있는 바다 전부를요."

"언젠가 그렇게 될 거야. 내가 확실히 장담힐게. 너는 이미 대단한 모험가잖아."

295

내가 류의 다리를 토닥여주었다.

"당신과 같지는 않아요, 멀린 대장."

"아, 넌 이미 내가 하지 못한 뭔가를 벌써 했어."

잘려 나간 시커먼 귀를 흘끗 바라보며, 나는 덧붙이고 싶었다.

그리고 내가 겪지 못한 걸 견뎌냈어.

"너는 네가 원하는 곳을 모두 가게 될 거야."

"어쩌면요. 하지만 저는 깃털을 날게 만들어 코를 간지럽히는 법은 알지 못해요."

류가 대답했다. 어색한 미소가 다시 돌아왔다.

엄마와 나는 함께 웃었다.

"넌 그것도 잘 하게 될 거야."

내가 말했다. 시장기가 돌아, 나는 모자 한가운데를 손으로 가리키며 물었다.

"저기에 내가 먹을 음식 좀 있을까?"

류가 격렬하게 고개를 끄덕였다.

"스무 번은 먹을 수 있어요, 원한다면요."

류는 다리를 들어 올려 다른 아이들에 걸려 넘어지지 않게 조심조심 모자 한가운데로 기어갔다. 모자가 이리저리 흔들리는 바람에 쉽지는 않았다. 류가 소리쳤다.

"빵 한두 조각하고, 어쩌면……."

"이봐, 귀 하나짜리 멍청아! 조심해! 네 무릎이 내 손을 밟았잖아. 네 얼굴 밟아줄까?"

우락부락한 팔과 툭 튀어나온 턱의 덩치 큰 소년이 류의 팔을 거칠게 낚아챘다. 그러고는 주먹을 쥐어보였다.

류는 버둥거리며 벗어나려 했지만, 그러지 못했다.

"미안해, 허비드(Hervydd), 못 봤어."

류가 소리쳐 변명했다.

"뭐라고? 그렇다면 이건 보이겠지."

덩치 큰 사내아이는 류를 세게 흔들어댔다. 그러고는 주먹을 들어 올렸다.

"네 그 귀를 더 납작하게 해줄까?"

"아니, 안 돼!"

류가 비명을 지르며, 귀를 감싸려 최선을 다했다.

허비드는 야비하게 웃음을 흘리며 자신의 힘을 즐기고 있었다. 허비드가 주먹을 뒤로 뺄 때, 내가 허비드의 손목을 잡았다. 허비드는 살짝 저항하더니, 누가 자신을 잡고 있는지 보고는 이내 얌전해졌다. 얌전해지기는 했어도, 자신의 재미를 망친 나를 계속 노려보았다.

내 관자놀이가 뛰었다. 나는 명령했다.

"놔줘."

"아, 정말로 때릴 생각은 아니었어요."

"놔주라니까."

내가 이를 앙다물며 되풀이했다.

허비드는 류를 뾰족한 나뭇가지 쪽으로 세게 밀쳤다. 류가 훌쩍이는 소리를 듣고, 나는 얼굴을 찡그렸다. 허비드는 뻔뻔스럽게 웃으며 그저 나를 쳐다보았다.

점점 분노가 치밀어 올랐다. 류에 대한 동정으로. …… 그리고 다른 이유도 더 있었다. 거칠고 회개할 줄 모르는 이 불량배는 내게 디나티우스를 생각나게 했다. 내 어린 시절의 트라우마. 내가 류 나이 또래에 디나티우스가 나를 이렇게 대했다. 그리고 엘런이 디나티우스를 말리려할 때마다, 녀석은 허비드가 지금 보여주고 있는 것과 똑같은 무례함과 오만함을 보여주었다.

"이 배에 타고 있는 누구도 다른 사람을 저렇게 취급해서는 안 돼."

나는 단호한 목소리로 말했다.

"어쩔 건데요? 나를 배 밖으로 던져 버릴 거예요?"

허비드가 받아쳤다.

나는 손가락으로 허비드의 손목을 더 단단하게 눌렀다. 배 밖으로 던져 버리는 건 꽤 유혹적인 생각이었다. 물론, 나는 정말로 그러지는 않을 거다. 하지만 허비드를 어떻게든 벌주고 싶었다. 어쩌면 약간 놀라게 해주는데 그 방법을 써먹을 수도 있었다.

"음, 정말 그럴 건가요?"

허비드가 건방지게 물었다.

"넌 그럴 만도 해."

내가 꾸짖었다.

"기다려요, 멀린 대장. 저 아이를 바다에 내던지지 말아요."

류가 내 팔뚝을 잡았다.

나는 류를 내려다보며 얼굴을 찌푸렸다.

"왜 그러면 안 되지?"

"왜냐하면…… 음, 저 아이는 그렇게 나쁜 아이가 아니니까요."

"아니라고?"

류의 진지한 얼굴을 바라보며, 내 마음이 약간 누그러졌다. 하지만 내 손목은 그렇지 않았다. 그러는 사이, 허비드는 놀라움과 의구심이 뒤섞인 눈길로 류를 바라보았다.

"제가 저 아이 손을 밟았어요. 그리고 저기요, 우리는 모두 이곳에 함께 있어요. 어쨌든 한동안은요. 그러니 우리는 잘 지내야 해요."

류가 설명했다.

나는 눈썹을 치켜떴다.

"넌 정말 희한한 녀석이야."

마침내, 나는 허비드를 놔주었다.

"넌 운 좋은 줄 알아. 만약 류가 널 도와주지 않았으면, 나는 널 배 밖으로 던져 버렸을 테니까."

나는 허리를 숙였다. 그래서 내 얼굴이 허비드의 얼굴에 거의 닿을락 말락했다.

"하지만 그 전에 먼저 너를 성게나 해파리로 만들어 버렸을 거야."

믿기지 않는다는 허비드의 표정을 바라보며, 나는 본때를 보여주기로 마음먹었다. 내 머리카락 하나를 뽑아 손바닥 위에 올려놓고는 단순한 주문을 외웠다. 머리카락이 오글오글 구부러지더니 갑자기 사라졌다. 그 자리에 축축이 젖어 물렁물렁한 해파리 한 마리가 놓여 있었다. 나는 그 미끌미끌한 덩어리를 뭉쳐 바다에 휙 던져 버렸다.

처음으로, 허비드의 얼굴에 두려움이 묻어났다. 눈이 휘둥그레지면서 뒤로 주춤주춤 물러나, 모자챙을 따라 기어갔다.

나는 턱을 쓰다듬으며, 곰곰 생각하는 체하면서 큰 소리로 말했다.

"아니면, 나무토막으로 만들어줄까? 아니, 아니야, 그건 별로 재미가 없겠어. 바다 쓰레기 한 덩어리로 만들면 어떨까? 썩은 물고기처럼 바다 위를 둥둥 떠다니는 거지. 그래, 그게 좋겠군."

허비드는 더 빨리 기어 모자 저쪽으로 달아났다.

류가 다시 한 번 내 팔을 툭 쳤다. 류가 찰싹이는 파도 소리 때문에 거의 들리지 않는 속삭임으로 물었다.

"정말 저를 위해 그렇게 할 생각이었어요?"

"아니. 하지만 저 녀석이 그 사실을 알 필요는 없겠지, 안 그래?"

나는 한쪽 눈을 찡긋해 보이며 대답했다.

나는 류의 어깨에 팔을 둘렀다. 그때 모자가 갑작스레 흔들리는 바람에 우리 둘 다 나뭇가지 위로 나뒹굴었다. 아이들이 모두 이리저리 휩쓸리며 서로 쿵쿵 부딪치면서 비명을 질러댔다. 어떤 사내아이는 모자 한가운데에 거꾸로 처박히기도 했다. 엄마는 뒤로 넘어지며 나와 쿵 부딪쳤다. 그러고는 바다로 떨어지기 직전에, 굽은 나뭇가지를 가까스로 붙잡았다. 다른 아이들은 그렇게 운이 좋지는 못했다. 바다에 빠진 몇몇 아이들이 울어대는 소리가 들려왔다.

모자는 여전히 파도에 이리저리 흔들리고 있었지만, 더 이상 움직이지 않는 것 같았다. 바람이 거세게 불어와 안개가 흩날렸다. 배 전체가 마치 가라앉는 듯 한쪽으로 기울기 시작했다.

"배가 가라앉고 있어요!"

메드바가 모자챙 밖으로 굴러 떨어지는 내 지팡이를 능숙하게 잡으며 소리쳤다.

"모두 모자 한가운데로 모여! 지금 당장!"

내가 요란한 소음 위로 소리쳤다.

나는 메드바를 돌아보며 고맙다는 뜻으로 고개를 끄덕이고는 지팡이를 잡았다.

"배 밖으로 떨어진 아이들을 도울 수 있는지 가서 확인 좀 해줘. 하지만 조심해! 배는 내가 어떻게든 해결해볼 테니까."

눈 깜빡할 사이에, 메드바는 나무 틈 사이로 미끄러져 거미처럼 민첩하게 배 밖으로 서둘러 내려갔다. 나는 모자챙으로 기어가 어둠 속을 뚫어지게 바라보았다. 그러는 사이, 모자는 더욱 심하게 기울었다. 나는 떨어지지 않을 만큼 최대한 멀리 몸을 내밀어 배가 무엇과 부딪쳤는지 알아내려 바다 속을 들여다보았다.

물 밖에 아무것도 없었다.

모자는 불길하게 끽끽 소리를 내며 점점 더 기울어져 갔다. 나는 나뭇가지 사이의 벌어진 틈에 지팡이를 찔러 넣어, 튼튼한 지지대로 삼았다. 그러고 나서 나무줄기에 두 다리를 걸고, 모자챙 너머로 거꾸로 매달렸다. 철렁거리는 파도가 내 얼굴을 흠뻑 적시고, 보이지 않는 내 두 눈을 찔렀지만, 내 투시력은 계속해서 바다 속을 훑었다.

수면 아래에서 뭔가가 흔들흔들 움직였다. 기다랗고 가느다란 해초 줄기 같았다. 하지만 아니었다. 해초라기에는 너무나 고집스레 움직였다. 문득, 그 흔들리는 물체에 초록빛을 뿜어내는 빨판이 일렬로 늘어서 있는 게 보였다. 촉수였다! 나는 그 엄청난 길이와 둘레를 통해 그 빨판이 뭔가 큰 몸통에, 우리 배보다 훨씬 큰 생명체에 속해 있다는 걸 알 수 있었다.

나는 팔을 쭉 뻗어 있는 힘껏 내리쳤다. 창보다 더 강하게 그 촉수에 가격하려고 했다. 물보라가 사방에 튀었다. 하지만 촉수는 재빨리 내 손이 닿지 않는 곳으로 물러났다. 동시에, 구불구불한 팔다리를 파도 위로 내밀어 나뭇가지를 감쌌다. 그것은 기이하게 빛을 뿜어대며 모자를 끌어당겼다. 배는 심하게 기울었다. 아이들이 모자 한가운데에서 비명을 질러댔다.

나는 내 안의 모든 힘을 끌어내며 커다란 모자를 향해 소리쳤다.

떠올라라, 지금, 떠올라라, 버드나무와 덩굴로 만든 배야!

떠돌이 펠리컨 한 마리가 재빨리 날아가며, 날개 끝으로 내 등을 쓸어내렸다. 나는 다시 소리쳤다. 내가 끌어모을 수 있는 모든 힘을 동원해 모자를 향해 촉구했다.

지금 떠올라라, 바다 위로 떠올라!

물보라가 연신 나를 적시는 바람에, 뼛속까지 추웠다. 갑자기 배가 흔들렸다. 점점 더 심하게 흔들리더니, 지팡이에 걸친 내 다리의 힘이 풀렸다. 나는 낑낑거리며 모자챙 위로 몸을 들어 올렸다.

그 순간, 흔들리던 배가 방향을 바꿔, 천천히 빙글빙글 돌았다. 점점 더 빨리 돌기 시작했다. 나는 계속 물보라를 맞으며, 지팡이에 의지해 몸의 균형을 잡으려 버둥거렸다. 그러다 갑자기 아무런 경고도 없이, 돌던 배가 멈추었다.

저 아래 바다에서 요란하게 쿨렁이는 소리가 터져 나왔다. 그 소리는 점점 커지다가, 결국 갑작스럽게 펑 터졌다. 동시에, 모자가 전부 물 위로 붕 떠올랐다. 폭풍 속에서 숲이 몸부림치는 것처럼, 모자가 삐거덕거리며 출렁였다.

모자챙 너머를 내려다보니, 모자 옆으로 커다란 물줄기가 폭포처럼 바다로 쏟아져 내리고 있었다. 우리 배는 수면 바로 위, 허공에 매달렸다. 저 깊은 곳에 열두 개도 넘는 촉수가 뻗어 나와, 파도 꼭대기를 가로질러 잔물결을 일으키는 초록색으로 반짝였다. 촉수가 늘어나며 모자를 끌어당겼다. 하지만 모자는 꼼짝도 하지 않았다. 나는 주문을 외우느라 이미 힘이 다 빠졌다. 하지만 나는 새로운 주문을 중얼거리며, 우리의 자세를 단단하게 고정할 수 있도록 최선을 다했다.

삐걱대는 기이한 외침이 바다에서 솟아 나왔다. 울부짖는 것도 같고 씩씩거리는 것도 같은, 분노에 가득 찬 소리였다. 촉수가 나뭇가지에서 천천히 풀어지며, 드디어 우리를 놓아주었다. 휙휙 늘어지는 팔다리가 파도 아래로 모두 다 미끄러져 들어가, 무시무시한 빛이 수면 바로 아래 잠시 꾸물꾸물 머무르다 이내 사라져 버렸다.

나는 녹초가 되어 등을 바닥에 대고 누웠다. 가까스로 호흡이 진정되자, 모자 아래에서 고동치는 파도 소리에 귀 기울였다. 평온한 바다의 소리. 모자 한가운데, 아이들의 목소리가 잠잠했다. 몇몇 아이들이 다시 모자챙에 기어오르는 소리가 들렸다. 그러고 나서 또 다른 소리가 들렸다. 파도가 세차게 나를 후려치는 소리였다.

"도와줘요, 누가 좀…… 도와줘요."

흐느끼는 가느다란 목소리가 저 아래 어딘가에서, 수면 근처에서 흘러나왔다.

나는 힘을 모아, 모자챙 끄트머리로 기어갔다. 어두운 바다를 초조하게 훑어보았다. 아무도 보이지 않았다. 마침내 나는 바다가 아니라 모자 옆을 바라보았다. 흠뻑 젖은 나뭇가지에 기진맥진해 매달려 있는 자그마한 여자아이의 모습이 보였다.

쿠웨나!

나는 겹겹이 엮인 나뭇가지 사이의 빈틈으로 재빨리 미끄러져 쿠웨나에게 다가가, 덜덜 떠는 몸을 꽉 잡고 나뭇가지 밖으로 들어 올렸다. 쿠웨나를 배 옆면으로 조심스럽게 옮겨, 모자챙 구멍 사이로 밀어 올렸다. 그러고는 엄마의 조끼를 벗어 자그마한 몸에 입혀주었다. 조끼는 물보라에 흠뻑 젖었지만 그래도 아직 따뜻했다.

쿠웨나는 나를 올려다보았다. 발갛게 충혈된 눈이 기쁘게 빛났다.

"고마워요, 멀린 대장."

쿠웨나가 속삭였다.

나는 손가락으로 쿠웨나의 코를 부드럽게 만졌다.

"환영해, 꼬마. 하지만 다음에는 헤엄치고 싶으면 나한테 먼저 말해."

쿠웨나가 덜덜 떨며 살짝 미소 지었다.

나는 쿠웨나를 모자 한가운데로 데리고 가 사과 주스 한 잔을 주고 나서, 잠을 잘 수 있는 조용한 구석 자리로 밀어 넣었다. 그러고는 수면 위로 돌아와서, 모자에 걸었던 주문을 풀었다. 그런데 그 과정이 생각보다 훨씬 오래 걸렸다. 그 이유는 내 주문과 아무런 관련이 없었다. 모든 것은 모자 아래쪽으로 제일 먼저 내려가겠다는 메드바의 고집 때문이었다. 메드바는 촘촘하게 엮은 나뭇가지에 심각한 손상이 없는지 확인해봐야 한다고 주장했지만, 나는 메드바가 실은 물 위에서 거꾸로 매달리고 싶어서 그러는 게 아닐까 하는 의구심이 들었다. 메드바가 축축하게 젖은 머리카락으로 돌아온 뒤, 나는 주문을 풀었다. 커다란 모자는 쿵 소리를 내며 바다에 툭 떨어졌다. 파도가 양쪽에 철썩거리며, 다시 한번 우리를 서쪽으로 데리고 갔다.

그날 저녁 내내, 나는 몸을 따뜻하게 하려 무릎을 가슴에 끌어당긴 채 모자챙에 걸터앉았다. 짙은 안개 때문에 하늘에 걸린 달은 보이지 않았다. 나는 안개 사이로 흩어져 있는 은빛 광선을 지켜보았다. 그리고 이 밤이 얼마나 길게 지속되든, 정신을 바짝 차리고 문제가 생기지 않도록 지켜보리라고 스스로 다짐했다. 저 깊은 바다 속의 또 다른 생명체로부터든, 아니면 우리와 우리 목적지 사이에 놓여 있는 주문의 장벽으로부터든…….

나는 철썩이는 파도의 리듬 너머로, 모자 한가운데에서 들려오는 엄마의 목소리에 귀 기울였다. 엄마는 자신이 가장 좋아하는 이야기, 날개 달린 말 페가수스 이야기를 아직 잠들지 않은 아이들에게 들려주고 있었다. 그건 내가 너무나 잘 아는 이야기였다. 어렸을 때 엄마가 생생한 이미지를 들려주며 나를 재워주었으니까. 하늘을 달리는 커다란 발굽, 쉼 없이 날갯짓하는 별빛을 받은 날개, 그리고 이 별에서 저 별로 뛰어가는 우아한 자태.

그건 바다 건너 다른 세상의 이야기임을 나는 알고 있었다. 내 운명이 나를 부르기로 결정한 듯 보이는 바로 그 장소. 하지만 엘런이 이 특별한 밤에 주변의 어른거리는 안개 담요 아래에서 그 이야기를 들려주는 걸 들으며, 그 이야기가 마치 핀카이라에 속하는 것 같은 느낌이 들었다. 마치 내가 핀카이라에 속한다고 가슴 속 깊은 곳에서 내 자신이 느끼는 것처럼.

곧, 출렁이는 파도는 제 할 일을 하고, 엄마의 청중은 깊은 잠에 빠져들었다. 잠시 뒤, 엄마는 모자챙 위로 올라와 내 옆에 앉았다. 푸근한 어깨가 내 어깨에 닿았다. 엄마가 주머니에서 자그마한 곡물 빵 덩어리 하나를 꺼냈다.

"내 기억이 맞는다면, 넌 저녁을 아직 먹지 못했어."

엄마가 말했다.

"고마워요. 이 빵뿐만 아니라 페가수스 이야기를 다시 들은 것도 고마워요. 엄마는 정말 대단한 이야기꾼이에요."

나는 빵을 찢으며 대답했다. 빵을 우적우적 씹으며, 구운 귀리와 풍부한 당밀 향을 음미했다.

엘런은 고개를 저었다. 미끈한 머리카락이 달빛에 빛났다.

"아니, 대단한 건 너야, 아들. 네가 아까 그 바다 괴물한테서 우리를 지켜준 건 정말 훌륭했어."

"그렇지 않아요. 기본적인 도약의 기술을 조금 썼을 뿐이에요. 투아하의 능력에 비하면 아무것도 아니에요. 투아하야말로 진짜 마법사였어요! 투아하는 그 기술을 잘 알고 있었어요. 너무 잘 알아서 자기가 원하는 곳 어디든 자신을 보낼 수 있었어요. 그리고 곧장 다시 돌아올 수도 있었지요."

나는 한숨을 쉬며 말했다.

평상시처럼, 엄마는 입 밖으로 꺼내지 않은 내 생각을 읽었다.

"너는 그 힘으로 우리를 잊힌 섬으로 데려가고 싶은 거지?"

나는 고개를 끄덕이며, 안개 사이를 응시했다. 거세지는 바람에 내 옷소매가 펄럭였다. 나는 다그다가 이 섬 주변에 어떤 종류의 주문을 걸어두었는지, 그리고 내가 그 주문을 풀 수 있을지 궁금했다. 그 주문을 걸어둔 이유를 알지도 못하면서 말이다.

"사실대로 말하면, 저는 정말 잘 몰라요."

나는 한숨을 쉬며 말했다.

"넌 엄청난 힘을 지니고 있어, 멀린. 나는 처음부터 그걸 알아봤단다. 네 아버지도 그랬지."

엄마가 수심에 잠겨 골똘히 나를 지켜보았다.

아버지라는 말에 내 온몸의 털이 곤두섰다.

엄마는 내 뺨을 어루만지며, 내 얼굴을 자기 쪽으로 돌렸다.

"너는 모든 걸 다 알지 못해. 하지만 그렇다고 스스로 자책할 필요는 없어. 투아하도 마찬가지였어. 갈릴리(Galilee)에서 온 치유자도 마찬가지였고. 내가 수많은 이야기에서 들려준 영웅 가운데 누구도 모든 걸 알지는 못했어."

"하지만 제가 충분히 알고 있는 걸까요? 그걸 진짜 모르겠어요. 저기 있는 저 아이들을 위해, 그리고 다른 모두를 위해서 제게 필요한 것을 제대로 해낼 수 있을까요?"

나는 치밀어 오르는 감정을 애써 꾹 참았다.

엄마가 숨을 살짝 들이켰다.

"투아하가 너에 대해 나한테 뭐라고 말해줬는지 알고 있지?"

나는 건성으로 대답했다.

"제가 언젠가 마법사가 될 거라고요."

"그냥 마법사가 아니야. 그 힘이 가장 깊은 근원에서 나오는 마법사. 너무 깊어서 네가 세상의 흐름을 영원히 바꿀 수 있다고 했어."

엄마는 손을 내려 내 등을, 내 심장 바로 뒤를 부드럽게 감쌌다.

나는 주저하며, 고개를 끄덕였다.

"어쩌면 그럴지도 몰라요. 하지만 투아하는 어떤 세상을 말한 거지요? 언젠가 제가 가서 이 검을 전달해야 할 유한한 지구를 말하나요?"

나는 칼집을 꽉 잡았다.

"아니면 제가 지금 당장 구하려고 하는 우리의 고향 핀카이라를 말하나요?"

엄마는 내 마음속을 꿰뚫어보는 눈빛으로 나를 바라보았다.

"그건 나도 모른단다. 하지만 이것만은 말해줄 수 있어. 네 할아버지는 말씀하셨어. 언젠가 네 힘이 아주 강력하게 자라서 어마어마하게 깊은 바다를 흔들 거라고."

우리는 한참을 함께 앉아, 차가운 바다 바람을 느꼈다. 마침내 엄마가 잘 자라는 저녁 인사를 했다.

"나는 이제 내려가서 아이들을 살펴볼게. 그러고 나서 나도 잠 좀 자둬야 할 것 같구나. 너도 잠 좀 자두렴, 멀린."

나는 그저 고개를 끄덕였다.

나는 엄마가 내려가는 모습을 지켜본 뒤, 배 밖으로 투시력을 뻗었다. 나는 주름 같은 안개를 따라갔다. 안개가 너무 짙어서 해안선의 희미한 흔적과 둥근 달의 테두리만 겨우 보였다. 나는 이따금 은빛으로 물든 나뭇가지 모자를 응시했다. 내 생각은 파도처럼 마구 날뛰었다. 내 소중한 친구들을 떠올렸다. 리아…… 리아는 어떻게 나무들, 그리고 다른 생명체들과 그렇게 잘 지내게 되었을까? 그리고 심. 심은 우르날다의 함정으로 가고 있는 걸까? 나는 카이르프레가 궁금했다. 분명 엘런과 다시 만나는 방법을 찾고 있을 거다. 그 어떤 것도, 치명적인 주문의 벽조차도 카이르프레를 막지 못하리라는 걸 나는 알았다. 그리고 나는 카이르프레의 감정을 그 어느 때보다 더 잘 이해했다. 내가 누군가에 대해 그런 감정을 느끼고 있었으니까. 빨리 다시 함께 할 수 있으면 좋으련만…….

깨어 있겠다고 그렇게 다짐했건만, 내 고개가 아래로 축 처졌다. 마침내 잠에서 깨어 났을 때, 이미 너무 늦고 말았다.

25

새로운 하루

거대한 파도가 배의 옆구리를 내리칠 때 나는 잠에서 후다닥 깨어났다. 모자챙에 물이 들이치는 바람에, 나는 흠뻑 젖은 채 나뒹굴었다. 파도가 모자 한가운데까지 들이닥쳐, 엄청난 혼돈이 일었다. 나는 지팡이를 움켜잡고 가까스로 몸을 일으켜 세웠다.

희미한 황금빛 태양이 갈라진 안개 틈 사이로 스며들어와, 휘몰아치는 물마루를 비추었다. 새벽빛이었다. 그 첫 순간, 나는 두 가지를 동시에 보았다. 둘 모두 새로운 아침 햇살에 빛났다. 눈앞에 파도의 물결이 기이할 정도로 높이 솟아올랐다. 그리고 그 너머, 짙은 바위의 가파른 절벽이 있는 자그마한 바위섬. 섬 꼭대기에는 톱니 모양의 언덕이 자리 잡고 있었는데, 햇살을 받은 왕관처럼 밝게 빛났다.

뒤를 흘끗 돌아보니, 엷은 안개 사이로 핀카이라의 서쪽 해안선이 보였다. 핀카이라의 가파른 절벽이 흰 파도 너머로 우뚝 솟아 있었다. 나는 앞에 있는 왕관 모양의 섬을 다시 바라보았다. 정말로, 우리가 잊힌 섬에 다가가고 있다!

하지만 먼저, 파도가 들쭉날쭉한 이빨들이 죽 늘어선 것처럼 보였다.

파도가 바다에서 곧장 수직으로 솟아 있었다. 높은 파도의 뾰족탑들 사이로, 막대기 같은 광선이 나란히 하늘로 솟아나, 섬 위로 높이 아치를 그리며, 사방에서 섬을 감싸고 있었다. 수많은 광선 막대가 허공에서 험악하게 어른거리며, 으스스한 음조로 윙윙거렸다. 광선 막대가 바다와 만나는 곳에서는 어디든, 거센 파도가 맹렬하게 휘몰아쳤다. 우리 배를 내리쳤던 것과 같은 거대한 파도가 몰려나와, 그 길로 흘러들어 오는 것은 무엇이든 집어삼켰다.

그 순간, 또 다른 파도가 몰아쳤다. 첫 번째 파도보다 훨씬 큰 파도가 마치 거대한 손처럼 우리 배를 내리쳤다. 아이들은 모자의 움푹한 곳에서 서로 몸을 부딪치며 비명을 질러댔다. 나는 뒤로 나뒹굴며, 얼키설키 얽은 나뭇가지 위에 부딪쳤다. 그 바람에 내 지팡이가 손에서 날아가 물에 풍덩 빠져 버렸다.

배가 심하게 기우뚱했다. 나는 모자챙 끄트머리로 내몰렸다. 간신히 툭 튀어나온 덩굴을 잡고, 몸을 가누려 버둥거렸다. 그때 근처에서 삐거덕 와지끈 소리가 날카롭게 들려왔다. 나는 허겁지겁 소리 나는 쪽으로 기어가 살펴보았다. 몇몇 나뭇가지 층이 완전히 부러져 있고, 다른 나뭇가지들도 빠른 속도로 풀리고 있었다. 즉각, 배가 요동쳤다. 제기랄, 배가 무너져 내리고 있었다! 미처 손을 써보기도 전에, 내가 있는 쪽이 바다 속으로 잘려나가 버렸다.

나는 세차게 몰아치는 파도 속으로 빨려 들어갔다. 잠시 뒤, 나는 물 위로 얼굴을 내밀고 물을 계속 토해냈다. 내 바로 앞에는 반짝이는 광선 막대 하나가 엄청난 벌레 떼처럼 윙윙거리며 솟아 있었다. 그 바닥에서 물이 보글보글 끓고 있었다. 커다란 모자가 그쪽으로 방향을 바꾸고 있었다. 이제, 모자는 큰 소용돌이 앞으로 빨려 들어가고 있었다.

돌아! 돌라고……

내가 배를 향해 명령했다.

어마어마한 파도 두 개가 양쪽에서 모자를 내리치자, 모자 안에서 끔찍한 신음 소리가 마구 터져 나왔다. 갈라진 구멍 하나의 틈이 벌어지며, 뒤틀린 나무들을 토해냈다. 물이 배 안으로 쏟아져 들어가기 시작했다. 요란한 소음 너머, 아이들의 비명이 들려왔다.

나는 부서져가는 배를 향해 있는 힘을 다해 헤엄쳤다. 하지만 또 하나의 파도가 나를 덮쳐 아래쪽으로 내동댕이쳤다. 차가운 물이 내 허파 속으로 쏟아져 들어왔다. 헉헉거리며, 나는 다시 수면 위로 얼굴을 내밀었다. 바로 그때, 우리 배가 산산조각 나는 모습이 보였다. 덩굴이 풀어지며, 화난 뱀처럼 허공에서 꿈틀거렸다. 나무가 산산이 부서지며, 허공에 수없이 많은 나무토막을 내동댕이쳤다.

나무 하나가 광선 막대에 쿵 부딪치자 곧장 화염을 내뿜으며 불타올랐다. 이윽고 불꽃과 맹렬한 빛을 내뿜으며, 소용돌이치는 바다에 나무토막이 비처럼 쏟아져 내렸다. 이음매에 발라놓은 송진이 오렌지 빛을 내뿜으며 활활 타올라 부글부글 끓으며 바다 속으로 뚝뚝 떨어져 내렸다. 거대한 수증기 기둥이 위로 솟구치며 불과 물이 만나는 곳에서 씩씩 요란한 소리를 냈다.

사방에서, 자그마한 머리통을 까딱거리고 팔다리를 허우적거리며, 물 위에 떠다니는 나무토막을 잡으려 버둥거렸다.

"엘런! 류! 쿠웨나!"

나는 소리쳤다. 하지만 아무 대답이 없었다. 굉음을 내며 요란하게 몰려드는 파도 너머, 그리고 그 뒤에서 불길하게 윙윙거리는 소리 너머, 나를 고통스럽게 만드는 소리는 끔찍한 비명이었다. 그 비명은 바로 내 자신에게서 나오고 있었다.

나는 근처 바다에 빠진 소년 하나를 발견하고, 손을 뻗어 도와주었다. 소년의 모랫빛 곱슬머리가 노란색 해초 덩어리처럼 물 위에 둥둥 떠 있었다. 나는 소년의 헝클어진 머리를 꽉 잡고 내 쪽으로 들어 올렸다. 류였다! 류는 캑캑거리며 겁을 집어먹고 내 목을 잡아당기며, 올가미처럼 내 목을 짓눌렀다. 너무 세게 짓누르는 바람에 나는 숨을 쉴 수조차 없었다.

내가 바둥거리며 빠져나오려 하면 할수록, 둘 다 수면 아래로 빨려 들어갔다. 류는 나를 놓고 손발을 마구 휘저었다. 나는 계속 발길질을 하면서 류의 어깨 옷자락을 움켜잡고 위로 끌어당겼다. 하지만 수면은 너무 멀어 보였다. 두 팔이 엄청나게 무겁게 느껴졌다. 허파는 공기를 달라고 아우성쳤다! 나는 헤엄치려 버둥거렸지만, 떠오르지 않고 점점 더 가라앉는 느낌이 들었다. 나는 내 자신의 몸은 물론이고 류의 몸을 들 수조차 없었다.

내 마음이 어두워지기 시작했다. 어딘가에서, 엄마가 해준 말이 희미하게 들려왔다.

언젠가 네 힘이 아주 강력하게 자라서 어마어마하게 깊은 바다를 흔들 거야.

정말 비참한 아이러니구나! 그 말이 내 기억 속에서 울려 퍼지며 나를 비웃어댔다.

깊은 바다를 흔든다.

어딘가에서, 더 깊숙한 곳에서, 또 다른 기억이 떠올랐다. 그것은 생각의 기억이 아니었다. 마음의 기억이 전혀 아니었다. 그것은 피의 기억이었다.

"인어야!"

나는 있는 힘껏 외쳤다. 숨을 마지막까지 쥐어짜 파도 속에 토해냈다.

뭔가가 내 턱을 비비는 게 막연하게 느껴졌다. 그러고는 내 손, 가슴, 그리고 허벅지. 거품! 내 주변에 온통 수천 개의 거품이 나타나 나를 그물처럼 둘러싸더니 내 무게를 지탱해주었다. 거품이 너무 작아 내가 볼 수는 없었지만 느낄 수는 있었다. 거품이 나를 부드럽게 어루만지며, 나를 잡아주고, 나를 위로 이끌었다. 드디어, 나는 수면을 뚫고 올라왔다.

바다가 내 외침에 대답했다.

류가 내 옆, 바다 위에서 까딱까딱 움직이며, 역시 거품으로 만든 그물을 잡고 있었다. 류는 캑캑거리며 계속 기침을 해댔다. 나도 그랬다. 하지만 나는 더 이상 두렵지 않았다. 오직 이 불가사의한 편안함만 느낄 수 있었다. 나는 축 늘어진 류의 팔에 손을 내밀어 가까이 잡아당겨, 주변의 바다가 우리를 감싸고 있는 것처럼 류를 꼭 감쌌다. 마구 몰아치는 파도에도 불구하고, 우리는 수면 위에 둥둥 떠 있었다. 배에 타고 있던 다른 모두와 마찬가지로.

불현듯, 반짝반짝 빛나는 무언가가 물 위로 떠오르는 게 보였다. 그리 멀지 않은 곳에 커다란 물고기 꼬리 하나가 수면을 탁 쳤다. 장막처럼 물보라가 희미하게 아른거렸다. 이윽고 또 다른 꼬리가 나타났다. 그리고 그 옆에 은빛 비늘의 몸통. 더 많은 몸통이 보였다. 분홍색과 초록색, 심홍색과 노란색으로 빛났다.

일순간, 새로운 파도가 바다에 솟았다. 파도는 더 높이 오르며, 그 알록달록한 물마루에서 물이 주룩주룩 흘러내렸다. 즉각 나는 깨달았다. 그것이 파도가 아니라 다리라는 것을. 눈이 부시도록 반짝반짝 빛나는 살아 있는 다리.

수십 명의 인어 종족이 꼬리와 지느러미, 팔과 머리를 서로 연결해 반짝반짝 빛나는 거대한 아치 길을 만들었다. 몸통으로 이루어진 다리가 저 깊숙한 곳에서 올라와 점점 더 높이 솟았다. 마침내 다리는 파도 벽 위까지 완전히 이르러, 잊힌 섬의 해안으로 쭉 이어졌다. 하늘이 아니라 바다에서 떠오른 무지개처럼, 아치 길은 떠오르는 햇살을 받아 반짝였다.

인어 종족이 노래를 부르기 시작하자, 흐르는 듯한 굵은 목소리가 쏟아져 나왔다. 몇몇은 바다만큼이나 오래된 소리였다. 다른 목소리는 물보라처럼 새롭고 연약했다. 목소리는 고래가 숨 쉬고, 바닷새가 울어대고, 파도가 출렁대는 소리와 하나로 어우러졌다. 그 모든 소리 아래 커다랗고, 구르는 듯한 리듬이 흐르며, 시간의 낮은 목소리처럼 은은하게 울려 퍼졌다.

나는 류를 끌어안고 다리를 오르기 시작했다. 내 흠뻑 젖은 신발이 처음에 심홍색 지느러미를 밟았다. 그 다음으로 기다란 근육질 등. 그러고는 한 쌍의 연결된 팔. 걸음을 걸을 때마다, 나는 감사의 말을 했다. 왜냐하면 내 감사함은 바다처럼 깊이 흘렀으니까. 아이들이 하나씩 하나씩 뒤따라왔다. 아이들의 몰골은 완전 말이 아니었지만, 살아 있다는 사실에 놀라워하며 마음을 놓고 있었다. 젖은 몸이 부들부들 떨렸지만, 아이들은 쾌활하게 팔을 흔들었다. 마지막으로 엄마가 따라왔다. 엄마의 얼굴은 경외심으로 빛났다. 손에는 내 지팡이가 들려 있었다.

드디어 나는 파도를 벗어나 새로운 하루 속으로 모두를 이끌었다.

26

황금빛 왕관

인어 종족은 계속해서 노래를 불렀다. 우리는 빛나는 다리에서 내려 검은 모래로 뒤덮인 작은 만(灣)에 올라섰다. 작은 만은 섬의 울퉁불퉁한 절벽 아래로 이어졌다. 나는 해안에 오르자마자 류를 내려놓았다. 류는 벌겋게 달아오른 얼굴로 내게 미소를 보냈다. 나는 류의 자그마한 손을 맞잡고, 함께 뒤돌아 놀라운 장관을 바라보았다.

아침 햇살 속에서 밝게 빛나는 인어 종족의 다리가 섬을 둥글게 감싸고 있는 장벽 같은 어마어마한 파도 위로 높이 아치를 그리고 있었다. 일행들이 한 줄로 아장아장 걸으며 다리를 건너왔다. 여든 명이 넘는 어린이들, 그리고 그 뒤를 엄마가 따르고 있었다. 한 명씩 해안에 발을 내려놓자마자, 나는 안개와 물보라로 짠 일렁이는 파도를 뒤돌아 바라보았다. 쿠웨나는, 내 노란색 조끼를 큼지막한 망토처럼 걸치고 있었는데, 내 발 근처에 뛰어와, 놀란 표정으로 고개를 저었다.

나는 입술의 짠내를 핥으며, 잊힌 섬을 핀카이라의 서쪽 해안으로부터 분리시키고 있는 해협을 유심히 살펴보았다. 해협 한가운데로 일렁이는 파도의 벽이 이어져 있었다. 광선 막대 때문에 수많은 시간 동안 그 누구도 이곳에 발을 들여놓지 못했던 것이다. 갑작스레, 내가 지켜보는 사이, 장벽이 모두 스스로 무너져 내렸다. 파도의 장벽이 바다의 표면 속으로 곤두박질치며, 거대한 물보라를 탑처럼 하늘 높이 내뿜었다. 이윽고, 빛나는 광선 막대가 파도 속에 녹아들었다. 감히 이 통로를 들어오려 시도하는 다음 항해자를 기다리기 위해서, 그저 물러나는 것이라고 나는 확신했다. 잠시 뒤, 황금빛 바다가 차분해졌다.

이윽고, 엄마가 마침내 모래 위에 발을 딛자, 인어 종족의 다리 또한 무너져 내렸다. 천둥과도 같은 첨벙 소리가 해협을 가로질러 울려 퍼졌다. 수백 개의 꼬리와 팔이 찰싹거리는 물소리와 뒤섞였다. 잠시 뒤, 인어 종족이 바다 밑으로 사라졌다. 다른 소리가 희미해지고 나니, 인어 종족의 영혼이 깃든 멜로디의 노래가 허공에 맴돌았다. 그러다 마침내 노래 역시 사라졌다.

우리는 떠오르는 태양의 따뜻한 빛 속에서 바닷물을 뚝뚝 떨어트리며, 아무 말 없이 서서 바다를 바라보았다. 꼬맹이들조차 꼼짝하지 않았다. 우리는 기적이 우리 목숨을 구해줬다는 걸 알았다. 바다의 저 깊숙한 심장에서부터 나타난 기적이.

나는 다시 류를 흘끗 내려다보았다. 류는 생각에 잠긴 두 눈으로 나를 바라보았다. 그러더니 천천히 입을 움직여 미소를 지었다.

"당신이 제 목숨을 구해줬어요."

류가 뺨에서 소금물 방울을 닦아내며 말했다.

"아니, 바다가 우리 둘을 구해준 거야."

내가 부드럽게 대답했다.

류는 생각에 잠겨 고개를 갸우뚱했다.

"그렇다면 바다의 마법이 당신 마법보다 더 강해요?"

"훨씬 더 강하지."

엄마가 걸어왔다. 표정이 평온했다. 엄마는 다시 바다를 흘끗 바라보며, 고개를 저었다. 그러고는 내게 돌아서며 속삭였다.

"모두 가 버렸구나."

나는 고개를 끄덕였다. 젖은 머리카락이 이마를 찰싹 때렸다.

"하지만 완전히 가 버린 건 아니에요."

엄마가 한숨지었다.

"그래, 우리는 언제나 저들의 목소리를 들을 거야."

엄마는 한참 동안 말이 없다가 이내 덧붙여 말했다.

"아이들을 다 세어보았단다. 모두 다 무사히 여기에 왔어. 너를 포함해서 말이다."

엄마는 내 옆에 있는 류에게 눈짓을 했다.

"그리고 당신도요, 엘런 부인. 제가…… 그렇게 불러도 괜찮을까요?"

류가 고개를 들어 엄마를 살폈다.

엄마는 류에게 미소를 지어 보였다.

"그래, 류, 괜찮고말고."

류의 얼굴이 밝아졌다. 그러더니 허리를 굽혀 얼룩무늬 갈색 고둥 껍데기를 들어 올렸다. 엄마는 류를 잠시 쳐다보다, 내 지팡이를 내게 건넸다.

"내가 이걸 찾았단다. 아니 어쩌면 이 지팡이가 나를 찾은 건지도 모르지. 이 지팡이 덕분에 내가 바다에 떠 있을 수 있었단다. 마침내 다리가 나타날 때까지."

나는 기쁜 마음으로 지팡이 자루를 감싸 쥐었다. 젖은 솔송나무 향이 확 밀려왔다. 또 다른 향기와 함께. 내가 분명하게 알아차릴 수 없는 향기. 그 향기에서는 마법의 냄새가, 강력한 마법의 냄새가 났다. 전에 한 번도 느끼지 못한 향기 같았다. 그 향기는 인어 종족에게서 온 게 틀림없었다. 아니, 어쩌면…… 이 섬 그 자체에서.

나는 몸을 돌려 작은 만 뒤에 우뚝 솟아 있는 절벽을 훑어보았다. 절벽은 바다에 툭 튀어나온 상어 지느러미처럼 가파르게 솟아 있었다. 바위투성이 표면에는 나무나 풀의 흔적이 하나도 없었는데, 바람이나 파도에도 전혀 깎이지 않은 것 같았다. 마치 다른 바위에서 쪼개져 나온 것 같았다. 절벽 위, 저만치 안쪽에, 내가 멀리서 보았던 왕관 모양의 언덕이 있었다. 언덕 꼭대기가 왠지 기이해 보였다. 뭔가 부자연스러워 보였다. 하지만 왜 그런지 딱히 알 수는 없었다.

사방 어디에도 풀 한 포기, 나무 한 그루 보이지 않았다. 아주 오래전, 내 친구 그위리가 이 섬에 자란다고 말해준 겨우살이의 황금가지는 흔적조차 보이지 않았다.

갑작스레, 내가 떠나고 나서 아이들이 이곳에서 어떻게 살아갈까 걱정스러워 마음이 아팠다. 지금은 아이들이 도살자로부터 안전했다. 그것만은 분명했다. 하지만 만약 이 섬에서 마실 물과 장작을 구할 수 없다면, 아이들은 오래 버티지 못할 거다. 먹을 거라면, 홍합과 조개를 잡고 해초 줄기를 찾을 수 있겠지. 하지만 그것만으로는 충분하지 않다. 설령 엄마가 한동안 남아 아이들을 도와준다 하더라도, 엄마가 그리할지 잘 모르겠지만, 아이들에게는 이 해안이 제공해줄 수 있는 것보다 더 많은 보급품이 있어야 했다.

나는 검은 모래가 좁게 펼쳐져 있는 해안으로 시선을 옮겼다. 대부분의 아이들은 이미 놀이를 하면서 섬에 적응하고 있었다. 태양 덕분에, 그리고 바람이 없어서, 그다지 추워 보이지 않았다. 류를 포함해 몇몇 아이들은 형형색색 조개로 바쁘게 탑을 쌓았다. 빨간 머리 소녀 하나가 젖은 모래로 반짝이는 다리 하나를 만들어, 오렌지색 불가사리가 그 다리를 건너가는 흉내를 냈다.

한편, 다른 아이들은 모래톱 안을 철퍽거리며 신나게 뛰어놀았다. 어떤 아이들은 물웅덩이에 팔을 집어넣어, 거기에 사는 작은 물고기를 잡으려고 했다. 한 무리 아이들은 벌써 작은 만을 가로질러 뛰어다니며 서로를 거칠게 밀어대고 있었다. 몇몇 큰 여자아이들은, 메드바가 이끌었는데, 모래 위에서 공중제비를 하고 물구나무를 섰다. 쿠웨나는 엘런과 손을 잡고 걸으며, 가끔 멈추어서 달팽이, 게, 또는 해안으로 떠밀려 온 해삼을 살펴보았다.

나는 머리 위에 우뚝 솟은 절벽으로 다시 시선을 돌렸다. 어떻게든 저기 꼭대기에 올라가야 했다. 이 섬이 사람이 살 수 있는 곳인지 확인하기 위해서는 저 위를 탐험해보는 수밖에 없었다. 나는 모래밭을 이리저리 오가며, 가파른 표면을 여러 각도에서 살펴보았다. 절벽은 엄청나게 가팔라 보였다.

드디어, 나는 사선무늬의 뾰족한 지점을 발견했다. 그쪽으로는 오를 수 있을 것 같았다. 나는 지팡이로 바위 표면을 조심스럽게 두들겨보았다. 돌멩이가 조금 부서졌다. 좋은 징조는 아니었다. 그렇지만 어떻게든 시도해봐야 했다. 나는 지팡이를 허리춤에 찔러 넣고, 엄마에게 곧 돌아오겠다고 소리쳤다. 엄마는 나를 말려봤자 아무 소용없다는 걸 알았다. 하지만 눈에 비친 근심 어린 표정을 내가 놓칠 리가 없었다.

나는 절벽을 오르기 시작했다. 바위 벽은 물보라로 매끄러워, 제대로 잡을 만한 곳을 찾기가 쉽지 않았다. 게다가, 이따금 돌멩이가 무너져 내리며 내 손에서 떨어져 나갔다. 그래도, 가까스로 조금씩 오를 수 있었다. 틈 사이로 몸을 받쳐가며 올라갔다. 내 키보다 세 배쯤 높은 곳에 이르렀을 때, 나는 멍든 손가락을 잠시 쉬며 머리카락에 떨어진 돌조각을 털어냈다. 절벽 아래에서 엘런이 지켜보고 있다는 사실을 애써 모른 척 했다.

잠시 뒤, 나는 점점 더 높이 올라갔다. 이따금 내 무릎과 발이 축축한 바위 위에서 미끄러지곤 했다. 또는 움켜쥐고 있는 돌이 무너져 내리기도 했다. 하지만 나는 떨어지지 않고 가까스로 버텨냈다. 그러다 마침내, 벽에서 살짝 튀어나온 평편한 돌 가장자리에 머리를 부딪쳤다. 주변으로 돌아갈 만한 곳이 없었다. 높이로 판단해보건대, 분명 정상에 아주 가까이 온 듯했다. 나는 있는 힘껏 돌출바위를 잡았다. 돌 부스러기가 살짝 무너져 내렸지만 괜찮았다. 신중하게, 나는 한쪽 발을 위로 내밀고 몸을 힘껏 들어 올렸다.

심장이 쿵쾅거렸다. 긴장 때문이라기보다는 간절함 때문이었다. 마침내, 나는 이 섬에 먹을거리가 있는지, 날개에 대한 오래된 신화를 증명할 만한 게 남아 있는지, 이 섬의 진실을 마주하게 될 것이다.

숨을 헉헉대며 평편한 돌 위로 굴렀다. 내 앞에는 부러지거나 못 쓰게 되어 남아 있는 잔해더미만 잔뜩 있었다. 알고 보니, 왕관 모양의 언덕은 커다란 고분의 잔해였다. 고분은 마구 파헤쳐져 사방에 물건이 흩어져 나와 있었다. 도굴당한 거대한 무덤을 닮았다.

풀 한 포기 나지 않은 가파른 언덕을 가로질러, 흙과 부러진 나뭇가지와 뒤섞여, 그리고 화강암의 거대한 덩어리와 뒤섞여, 철 가마솥, 밝게 칠한 가면, 은 손잡이 음료수 잔, 뿔피리, 도자기 파편이 끝없이 늘어서 있었다. 보석 박힌 칼도 여기저기 있었는데, 그 중 몇몇은 두 동강이 나 있었다. 잔해 가운데에는 황소의 멍에, 깨진 그릇, 구슬로 장식한 목걸이, 신발 장신구, 목에 끼는 둥그런 링, 황금 벨트 커버, 부서진 방패, 갑옷, 녹슨 단검이 있었다. 파편 가운데 깨진 조각상이 여기저기 놓여 있었다. 거꾸로 처박힌 마차도 두 대 있었다. 이리저리 뒤틀린 해골도 있었는데, 몇몇은 여전히 갑옷을 입고 있었다.

나는 해골 더미를 피해 좀 더 가까이 다가갔다. 내 키보다 두 배나 큰 돌덩어리에 손을 대보았다. 화강암에 새겨진 깊은 틈으로 보건대, 그 돌덩어리가 통로의 상인방*으로 사용되었다는 걸 알 수 있었다. 그런데 어디로 가는 통로일까? 어쩌면 지하 요새일지도 몰랐다. 아니면 일종의 공동체로 가는 통로일 수도 있었다. 수많은 귀중품과 함께, 많은 사람들이 한때 모여 살던 곳.

하지만 지금은 완전히 파괴된 공동체.

나는 화강암 덩어리를 살펴보다 뭔가를 알아차렸다. 그 형태가 사르센석(石)**과 비슷했다. 고대의 사람들이 무덤 입구에 세워둔 돌! 사르센석은 그 자체에 마법을 품고 있어, 무덤 안에 누워 있는 사람의 영혼을 지키는 파수꾼 역할을 했다. 그렇다면 이 언덕 전체가 무덤 봉분이었을까? 아니, 그건 터무니없다. 이렇게 큰 무덤이 있다는 건 듣지도 보지도 못했다.

돌을 따라 손가락을 훑으니, 그 표면에 묻어 있던 흙에 줄이 생겼다. 놀랍게도, 뭔가 살짝 오목한 곳이 느껴졌다. 나는 흙을 후 불어보았다. 조각된 룬 문자가 거미줄처럼 얽혀 있었다. 나는 몸을 가까이 숙이고 큰 소리로 읽어보았다.

---

*창문 또는 벽 위에 댄 가로대.
**모래가 뭉쳐서 단단히 굳어진 암석의 일종.

그대여 이곳에 들어와 경배하라.

신성한 군주들이 무덤 깊이 매장되었다.

그 어느 때보다 그들의 삶은 공경받았다.

결코 죽을 운명으로 저주받지 않으리.

내 시선은 한 단어에 고정되었다. *매장되었다.* 그러니까 이곳은 결국 무덤이다! 그러나, 그 크기로 봤을 때, 이곳은 다른 목적으로 사용되었을 수도 있었다.

나는 입을 앙다물고 곰곰 생각해봤다.

신성한 군주들이…… 그들의 삶은 공경받았다.

어쩌면 이곳은 신성한 기념물의 일종일지도 몰랐다. 경배를 드리는 곳. 하지만 누구에게?

*신성한 군주*라는 단어를 통해 볼 때, 그들은 분명 신들을 지칭하는 것 같았다. 어쩌면 이곳은 다그다와 그의 족장들을 위한 기념물이었을지도 모른다. 하지만 아니다. 제아무리 위대한 정령이라 할지라도, 다그다는 이처럼 고압적인 숭배를 격려하거나 허락할 존재가 아니었다. 다그다는 무척 겸손했다. 게다가, 만약 옛 전설이 정말 사실이라면, 이곳을 파괴하고 영원히 분리시킨 건 바로 다그다였다. 분명 다그다는 자신을 기리는 기념물을 짓지 못하게 했을 거다.

나는 땅에 널브러져 있는 해골 더미를 다시 살펴보았다. 신발 끝으로 해골을 푹 찔러봤다. 머리 위 높이 떠 있는 태양이 뼈에 반짝이며 으스스하게 빛났다.

즉각, 내 마음 속에 새로운 의문이 일었다. 만약 이 기념물이 찬양했던 존재가 정말로 신이라면, 그러니까 불멸이라면, 왜 매장되었을까?

'*결코 죽을 운명으로 저주받지 않으리.*'라고 분명 적혀 있었다. 그렇다면…… 진짜 신적인 존재의 유한한 몸만 이곳에 묻혔거나, 아니면 그들은 전혀 신이 아니다.

나는 허리춤에서 지팡이를 꺼내 들고 고분 옆을 오르기 시작했다. 올라가며, 이곳의 기원을 설명하는데 도움이 될 만한 단서를 찾아보았다. 분명 이 근처 어딘가에 그 해답이 있을 거다! 한 곳에서 잠시 멈추어, 뒤를 흘끗 바라보았다. 이 언덕에는 내 발자국 말고는 아무것도 없었다. 저 아래, 내가 기어올랐던 절벽 끄트머리가 보였다. 그리고 그 너머에, 핀카이라의 서쪽 해안을 따라 길게 뻗어 있는 물마루가 보였다.

나는 계속해서 언덕 위로 발걸음을 옮겼다. 깨진 도자기, 흙이 잔뜩 들어차 있는 가마솥, 부서진 대퇴골을 지나쳤다. 나는 이마를 찡그리며, 내 그림자가 만약 지금 여기에 있다면 무엇을 하고 있을지 상상했다. 해골을 피하려고 오그라든 채, 나보다 먼저 조심스럽게 기어가고 있었을 거다. 용기는 내 그림자의 덕목이 아니었다. 신뢰도 없었다. 설령 그렇다 할지라도, 그림자가 옆에 없으니 왠지 혼자가 된 느낌이 드는 건 어쩔 수 없었다.

드디어 고분의 정상에 이르렀다. 흙, 바위, 깨진 나뭇조각으로 이루어진 두 개의 커다란 더미 사이의 틈에 이르렀을 때, 발아래 흙이 살짝 무너져 내렸다. 틈 가까이 살금살금 다가가 보니, 가파른 벽으로 이루어진 커다란 구멍이 보였다. 바닥이 어딘지 모를 정도로 깊었다. 남북으로 이어진 기다랗고 좁은 통로를 제외하고는 완벽하게 직사각형이었다. 벽에서 수없이 많은 나무토막과 뾰족한 돌이 툭 튀어나와 있었다. 그건 한때 그 구멍을 채웠을, 몇 층으로 이루어진 방의 무너져 내린 잔해였다. 파편으로 덮인 가장자리를 둘러싸고, 흩어져 있는 기둥과 갓돌을 따라 사르센석이 많이 보였다. 그 돌은 분명 입구에 늘어서 있었을 것이다. 하지만 여전히 나는 이 모든 것이 도대체 무엇을 의미하는지 알지 못했다.

그때 구멍 가장자리 근처에서, 이 섬에 도착한 뒤 처음으로 나는 살아 있는 식물을 발견했다. 잎이 바다에서 불어오는 산들바람에 흔들렸는데, 초록색이 아니라 반짝이는 황금색이었다. 겨우살이라고도 부르는 황금가지! 헐거운 흙바닥에서 내 몸무게를 시험하며, 나는 조심조심 가까이 다가갔다. 그건 진짜 황금가지, 정령의 세계를 상징하는 식물이었다. 그런데 희한하게도 황금가지는 흙 위가 아닌, 빛나는 검은 돌 주변을 감싸고 있었다.

뭔가 내 신발에 밟혔다. 나는 뒤로 펄쩍 물러섰다. 그 바람에 흙이 가루처럼 무너져 내렸다. 그러면서 파랗게 칠한 방패 하나가 구멍 속으로 미끄러져 버렸다. 믿을 수 없어, 나는 기다란 침묵에 귀 기울였다. 마침내 방패가 바닥에 쿵 떨어졌다.

나는 몸을 숙여 내 신발에 밟힌 게 뭔지 살펴보았다. 뼈. 이번에는 누군가의 손뼈였다. 시간의 흐름에 따라 하얗게 변한 생명 없는 손가락 하나에 에메랄드 반지가 끼어 있었다. 나는 뼈를 살며시 만지며, 누가 왜 이것을 이곳에 옮겼을까 궁금했다.

몇 걸음 더 나아가, 겨우살이에 이르렀다. 나는 깜짝 놀라 걸음을 멈추었다. 겨우살이가 그 주변을 감싸고 있던 검은 돌은 알고 보니 조각상의 머리였다! 까만 흑요석을 정성스럽게 조각해, 실물 크기의 남자를 표현했다. 그 사람은 이제 흙에 얼굴을 처박은 채 누워 있었다. 그럼에도, 그 사람에게는 권력과 부의 기운이 분명 있었다. 그 사람은 부드럽게 흐르는 옷, 루비와 작은 구리가 박힌 망토, 금실로 만든 벨트를 차고 당당하게 서 있었으리라. 그 사람이 턱수염을 길렀다는 걸 나는 뒤에서도 알 수 있었다. 내가 언젠가 어른이 되면 꼭 기르고 싶었던 그런 턱수염을.

그 사람의 무언가가 내 마음을 잡아끌었다. 뭔가 익숙한 느낌이 들었다. 빛나는 겨우살이 화관을 쓴 그 사람은 강하면서도 약하고, 위엄이 있으면서도 겸손한 것처럼 보였다. 문득, 나는 그 사람의 등에 기이하게 잘려 나간 뾰족한 자국이 있다는 걸 알아차렸다. 마치 창 자루가 어깻죽지를 관통한 것처럼 보였다.

나는 손을 내려 그 뾰족한 것을 만져보았다. 손가락이 그 가장자리에 닿자, 내 어깻죽지가 찌를 듯이 아팠다. 즉각, 나는 깨달았다. 이것은 날개였다! 분명했다. 조각상 옆의 흙을 만지다 들쭉날쭉한 조각 몇 개를 발견했는데, 모두 우아한 깃털이 조각되어 있었다. 몇 개를 맞춰보다 나는 확실히 깨달았다. 내가 부러진 날개 조각을 만지고 있다는 것을.

잃어버린 날개.

충동적으로, 나는 조각상의 어깨를 잡아 들어 올렸다. 조각상이 뒤집어지며 아래 날개가 와지끈 깨졌다. 나는 그 남자의 얼굴을 바라보다 숨이 막혔다. 그 얼굴이 단호한 눈썹과 위험한 눈초리로 나를 노려보았기 때문이 아니었다. 내가 아는 얼굴이었기 때문이다. 그것은 스탕마르의 얼굴이었다. 내 아버지의 얼굴이었다.

나는 겁에 질려, 이목구비를 살펴보았다. 그저 우연의 일치일까? 스탕마르를 어쩌다가 그냥 닮은 사람은 아닐까? 아니, 어쩌면 스탕마르의 선조는 아닐까? 그렇다면……

내 선조.

나는 털썩 주저앉았다. 떨리는 손으로 조각상의 턱을 만졌다. 내 턱과 너무나도 닮았다. 내 손가락은 부리를 닮은 코를 지나 겨우살이가 붙어 있는 넓은 이마로 옮겨갔다. 나는 알고 있었다. 이것은 우리 조상의 얼굴이었다. 우리 아버지의 얼굴, 내 얼굴······.

조각상의 자세조차도 스탕마르를 꼭 빼닮았다. 이율배반적인 사람! 스탕마르는 감히 자신을 반대하는 사람한테는 절대 자비를 베풀지 않았다. 그럼에도 엘런을 구하기 위해 자신의 목숨을 내놓았다. 크나큰 복수와 잔인함으로 나라를 다스렸지만, 마지막에는 부드러움을 드러냈다. 자기 아들인 나를 죽이려 했지만, 내 용서를 구했다.

나는 이를 뿌드득 갈았다. 아니, 나는 절대로 스탕마르를 용서할 수 없었다. 스탕마르가 엘런에게, 이 땅의 모든 거주자들에게, 그리고 내게 그렇게 끔찍한 짓을 저질렀는데 어떻게 용서하란 말인가?

나는 분노에 치를 떨며 조각상의 어깨를 주먹으로 쿵 내리쳤다. 조각상이 이리저리 흔들렸다. 황금 화관이 벗겨져 나가, 먼지를 일으키며 땅에 떨어져 내렸다. 나는 이 조각상의 남자를 향해 얼굴을 찡그렸다. 짐 말고는 내 평생 아무것도 주지 않은 남자.

이 땅을 잔혹하게 다스린 남자.

리타 고르의 일그러진 도구가 되었던 남자.

자신에게 가까이 다가간 사람에게 상처를 준 남자. ······ 그건 어쩌면, 자신의 상처 때문일지도 모른다.

자기 아버지에 대한 분노로 불타버린 남자. 나는 그 감정을 너무나도 잘 알고 있었다.

나처럼, 어깻죽지에 끊임없는 고통을 느꼈던 남자.

자신의 돌이킬 수 없는 모든 잘못에도 불구하고, 엘런에 대한 사랑을 멈추지 않은 남자.

나를 사랑했을지도 모르는 남자, 만약······.

나는 조각상을 뚫어져라 바라보았다. 흙에 얼굴을 처박고 쓰러진, 하지만 여전히 빛나는 왕관을 쓴 남자.

나는 마른 입술을 달싹이며, 스탕마르가 죽어가면서 자신이 사랑한 여인을 향해 했던 말을 생각했다. 마지막 순간에 나를 바라보았을 때, 스탕마르의 얼굴에서의 기대 섞인 표정을 똑똑히 기억했다. 그리고 나는 류의 흔쾌한 마음을 기억했다. 그렇게 아주 어린 나이에, 자신을 해코지하려고 했던 불량배에게 다시 기회를 주려고 한 대단한 녀석을.

우리는 모두 이곳에 함께 있어요.

류는 그렇게 말했었다.

나는 조각상의 이마를 부드럽게 쓰다듬었다. 그러고는, 속삭임이라기보다는 한번의 숨처럼 재빨리, 짧은 말을 내뱉었다.

"아버지······ 당신을 용서합니다."

아무것도 변하지 않았다. 어쨌든, 보이거나 만져지거나 헤아릴 수 있는 건 아무것도 없었다. 그럼에도 나는 뭔가 새로운 걸 느꼈다. 웬일인지 약간 가벼워지는 기이한 느낌을. 그 느낌이 나를 채우고, 내 안에서 확장하며, 내 자신의 혈관을 통해 흐르기 시작했다. 그 느낌은 미묘한 것 같았다. 영묘한 것 같기도 했다. 하지만 웬일인지 나는 그 느낌이 지속되리라는 걸 알았다.

27

하늘을 날다가 추락한 자

나는 폐허가 된 고분 꼭대기에 앉아, 절벽 아래에서 부딪치는 파도 소리에 귀 기울였다. 저 너머, 바다와 하늘이 한 줄기 푸른빛으로 녹아들며 펼쳐져 있었다.

문득, 내 옆 땅바닥에 놓인 겨우살이 화관이 살며시 움직이는 것 같았다. 자세히 살펴보니, 황금 화관이 아니라 그 안의 동그란 띠가 움직이는 것이었다. 나는 깜짝 놀랐다. 그곳, 동그란 띠 흙 위에, 어떤 그림이 생기기 시작했으니까. 생생한 붉은색과 심홍색, 그리고 노란색의 이미지가 어지럽게 빙빙 돌았다.

나는 놀라움을 금치 못하고, 가까이 몸을 숙였다. 불현듯, 색색이 소용돌이치다 말고 한데 모이기 시작했다. 이제, 화관 안에 정교한 장면이 펼쳐졌다. 이름 모를 새가 하얀색 커다란 날개를 펄럭이며, 깎아지른 절벽이 바다로 이어지는 곳 위를 훨훨 날았다. 요란하게 부서지는 흰 파도에서 커다란 소리가 들려오는 듯했다.

어쩐지, 내가 보고 있는 이곳은 바로 이 섬의 해안과 너무 닮아 있었다. 하지만 그럴 수는 없었다. 땅은 푸릇푸릇한 초록색이고, 절벽 위에

328

는 고분도 없었다. 게다가, 그것은 외딴 섬이 아니라, 핀카이라의 울퉁불퉁한 해안의 일부였다.

그때 뭔가가 보였다. 그 모습에 내 입이 쩍 벌어졌다. 하얀색 날개를 단 새는 사실 새가 아니었다. 남자와 여자였다! 사람들은 절벽 사이를 펄쩍펄쩍 뛰어내리며 하늘을 나는 즐거움을 만끽하고 있었다. 몇몇은 손에 손을 맞잡은 채 날고 있었다. 몇몇은 구름을 뚫고 불쑥 나타났다 곧장 아래로 내려가, 반짝이는 바다에 빠지기 직전 위로 솟아올랐다. 모두 장난치듯 쾌활한 몸짓으로 자유롭게 날았다. 등에 돋아난 우아한 하얀 날개 덕분이었다.

사람들이 하늘을 솟구쳤다 미끄러지고 급강하하는 모습을 지켜보며, 리아 생각이 났다. 리아가 이 장면을 보면 얼마나 좋아할까! 아니…… 이렇게 날면 얼마나 좋아할까!

장면이 갑자기 또 다른 소용돌이로 녹아들더니, 마침내 회전하던 색깔이 완전히 새로운 장면을 만들어냈다. 같은 장소였지만 이제 절벽 위에 떠들썩한 마을이 하나 나타났다. 날개 달린 사람들이 그곳에 살았지만, 그들만 있는 건 아니었다. 소인과 요정, 그리고 몇몇 거인 등 다양한 종족들과 함께 일하며 살고 있었다. 자그마한 밝은색 점들도 흘끗 보였는데, 분명 경쾌한 비행사 무리임에 틀림없었다. 나는 그 모습을 경이롭게 지켜보았다. 분명, 이 장면은 아주 오래전임에 틀림없었다.

문득, 뭔가가 내 관심을 끌었다. 날개 달린 사람들은 물을 기르고, 가구를 짜 맞추고, 지붕을 고치고, 과일나무와 곡식을 심는 등 분주하게 여러 가지 일을 하고 있었다. 그런데 이들은 자신을 위해서가 아니라 다른 종족을 위해 이런 일을 하는 것처럼 보였다. 이곳저곳에서 도움의 손길을 주고 있었다. 마치 다른 종족들을 돌보는 일종의 수호자라도 되는 것 같았다. 뾰족한 귀 아래 핀카이라 사람들 몸을 하고 있었지만, 이들은 내게 천사를 떠올렸다.

또다시 색색의 소용돌이가 일더니 장면이 바뀌었다. 절벽 위의 똑같은 마을이 보였다. 하지만 많은 게 변해 있었다. 웬일인지 날개 달린 사람들이 서먹서먹하고 냉담한 것처럼 보였다. 다른 종족들과 함께 일하지 않고, 마을 위 감청색 하늘을 유유히 날고 있었다. 이들은 높은 곳에서 뭔가를 외쳤다. 그것이 명령이라는 걸 나는 확실히 느꼈다. 아래쪽에서 다른 종족들이 복종하듯 몸을 굽신거리고 있었지만, 그들이 그런 명령을 기꺼워하지 않는다는 걸 알 수 있었다. 몇몇 소인들은 맞받아 고함을 치기도 했다. 여자 거인 하나는 화를 내며 주먹을 마구 휘둘러댔다.

마을 한가운데, 거대한 건물이 하나 솟아 있었다. 처음, 나는 그것이 성을 닮았다고 생각했다. 바다를 바라보고 있는 요새. 하지만, 그곳에 돌과 목재가 별로 없다는 걸 문득 깨달았다. 그렇다, 그것은 고분이다! 거대한 하나의 고분. 나는 숨을 크게 들이마셨다. 지금 내가 있는 여기와 같은 곳일까?

내가 지켜보는 가운데, 심홍색 옷을 입은 날개 달린 사람 하나가 소인들 무리를 향해 날아 내려갔다. 그 사람은 소인들 위를 날았는데, 얼굴이 일그러져 있었다. 놀랍게도, 그 사람은 옆구리에서 묵직한 채찍을 꺼냈다. 그 채찍을 뒤로 휙 움직여, 그것을 곧장……

모든 것이 소용돌이치며 장면이 다시 바뀌었다. 마을은 사라지고, 고분이 옆에서 스르르 나타났는데, 고분은 이전 크기보다 두 배나 커져 있었다. 날개 달린 사람들 한 무리가 고분의 거대한 그늘 아래 모여, 일종의 예식을 준비했다. 소인 하나가 팔이 묶인 채 억지로 끌려 나와, 사르센석 제단 위에 서 있는 날개 달린 사람 앞에 무릎을 꿇었다. 무릎까지 내려오는 은장식 띠를 두른 날개 달린 사람이 팔을 들어 올렸다. 예식 기도를 드리는 것 같았다. 순식간에, 날개 달린 사람 둘이 보석 박힌 칼을 꺼내 소인을 베었다. 소인의 피가 돌 위에 튀었다.

나는 그 광경을 보고 몸을 떨었다. 무엇 때문에 저 소인은 저렇게 끔찍하게 죽어야 하는 걸까? 무시무시한 죄를 저질렀을까? 하지만 아니었다, 내 본능은 아니라고 말했다. 나는 피의 희생을 목격했다! 신을 위한 희생이 아니라, 자신들을 신이라고 믿는 사람들을 위한 희생이었다. 그렇다, 신성한 군주들.

나는 겨우살이에서 시선을 뗄 수 없었다. 즉각, 장면이 어두워졌다. 육중하게 움직이는 커다란 구름이 머리 위에 몰려들고, 천둥번개가 쳤다. 이윽고, 고분과 그 주변의 모든 것이 흔들리기 시작했다. 너무 심하게 흔들려 땅에 틈이 벌어지고, 허공에 흙이 튀었다. 날개 달린 사람들은 공포에 질려 하늘로 달아났다. 그때 거대한 모습이 구름 사이에서 나타나더니, 사람들 위로 내려오려 했다. 이 모든 혼돈 한가운데, 나는 그것이 무엇인지 제대로 알 수는 없었다. 그런데 고분 위로 내려오는 그림자가 번갯불에 빛났다. 그 그림자는 거대한 손처럼 생겼다.

갑자기, 내가 지켜보는 가운데, 목소리가 들렸다. 내 두 귀가 아니라 내 마음으로. 그것은 내가 잘 아는 목소리였다. 낭랑하고, 현명하고, 슬픔에 잠긴 목소리. 다그다의 목소리를 듣고 있다는 걸 나는 불현듯 깨달았다.

"내 말을 잘 들어라, 하늘을 날다가 추락한 자여! 그대는 내 신뢰를 경멸하고, 내 경고를 무시했다. 그래, 그대는 그 날개를 피로 더럽혔다! 그러니 선물은 회수할 것이다. 귀중한 고분은 파괴되고, 그 아래 땅은

잊힐 것이다."

목소리가 잠시 멈추었다. 그 말이 내 마음 속에 울려 퍼졌다. 그 운명
적인 날에 그 목소리가 허공에 울려 퍼졌던 것처럼…….

"이제, 아주 오래전에 날개를 주었던 바로 이 손으로, 나는 이 땅을
다른 땅에서 갈라놓을 것이다. 그대가 사람들을 다른 종족들로부터 갈
라놓은 것처럼. 그러니 이것은 변하지 않고 남아 있을 것이다. 뼛속 깊
숙이 남아 있는 고통처럼. 왜냐하면 이 땅은 저주받아 단죄를 받았기
때문이다."

장면이 갑자기 끝나더니, 전보다 훨씬 더 붉고 어두운 색의 소용돌이
속으로 휩쓸려갔다. 이윽고, 색이 희미해지더니 완전히 사라졌다. 황금
잎사귀의 화관 안에 남아 있는 것이라고는 푸석푸석한 흙뿐이었다.

나는 텅 빈 화관을 응시했다. 그러고는 바람이 휘몰아치는 언덕을 바
라보았다. 그날의 파멸로 인한 잔재가 어지러이 나뒹굴었다. 무기, 보석,
장신구들이 사방에 흩어져 있었다. 하지만 이것 중 그 어떤 것도 그 사
람들을, 우리 종족을 그들의 운명에서 구하는데 충분하지 않았다. 나는
자신들을 기리기 위해 제단을 만들게 시킨 인간의 오만함을 생각하며
몸서리쳤다. 그 오만 때문에 자신들은 물론이고 핀카이라의 거주자들
모두가 너무 많은 걸 잃게 되었다.

나는 흙을 한 움큼 집어 손가락으로 비볐다. 그날 이후로 이곳에는
초록색 풀 한 포기 자라지 않았다. 앞으로도 그러할 거다.

저주받아 단죄를 받았기 때문이다.

이 땅은 다시는 생명이 꽃필 수 없으리라.

다만…….

천천히, 나는 가죽 가방에 손을 넣었다. 바다에 빠졌었기에 가방은

아직도 축축했다. 나는 가방 안에서 내 씨앗을 꺼냈다. 그 갈색 표면이 여전히 그 자체의 리듬으로 고동치고 있었다. 나는 햇빛을 받아 반짝이는 씨앗을 바라보며, 내가 이 씨앗을 얼마나 오랫동안 가지고 다녔는지 생각했다. 항상 이 씨앗을 어디에 심을지 생각했었다. 이곳의 불행한 과거를 바꿀 수는 없을지라도, 이곳의 미래를 바꾸는 자그마한 일을 할 수는 있지 않을까?

"이제 내 말 잘 들어, 마법의 씨앗! 나는 이 황폐한 땅에 너를 심을 거야. 이 땅에 생명을 줘! 이 땅이 꽃피도록 해줘. 아주 오래전에 꽃피웠던 것처럼."

나는 선포했다. 내 목소리는 바다에서 불어온 바람에 살랑살랑 실려 날아갔다.

나는 겨우살이 화관 한가운데, 맨땅 위에 씨앗을 조심스럽게 놓았다. 내가 손을 뺀 순간, 씨앗이 갑자기 떨리더니, 이내 미친 듯이 흔들렸다. 씨앗은 꿈틀거리며, 흙속으로 파고들기 시작했다. 씨앗이 더 깊이 들어가자, 흙이 그 위를 덮었다. 마치 땅이 씨앗을 단단하게 감싸 쥐는 것 같았다. 잠시 뒤, 씨앗은 눈앞에서 사라졌다.

나는 뭔가가 일어나기를 기대하면서 기다렸다. 하지만 땅에서는 아무런 움직임도 일지 않았다. 황금 원 안에서 초록의 싹도 전혀 트지 않았다. 그럼에도, 나는 왠지 내가 옳은 일을 했다는 확신이 들었다.

그러고 나서, 놀랍게도, 쩌렁쩌렁 울리는 다그다의 목소리가 다시 들려왔다. 이것이 그 어두운 날에 다그다가 했던 마지막 말이라는 걸 나는 분명히 느꼈다.

"그리고 한 가지 더 말하겠다. 만약, 앞으로 언젠가, 누군가 이곳에 와서 사람들이 무슨 짓을 저질렀는지 제대로 알게 된다면, 이 땅은 마침내 그 저주에서 풀려날 것이다."

다그다는 말을 잠시 멈추었다. 내 심장이 두근거렸다. 사실상 내가 진정으로 알았기를……, 그리고 이 땅에 내렸던 저주가 마침내 끝나기를 기대했다. 이윽고, 다그다가 결론을 내렸다.

"하지만 미래의 그 여행자들은, 비록 이 땅에 발을 디딜지라도, 다시는 잊힌 섬을 떠나지 못할 것이다."

다시는 떠나지 못할 것이다!

내 마음이 요동쳤다. 내가, 엘런과 아이들과 함께, 이곳에 영원히 머물러야 할 운명이란 말인가? 아니면 우리가 굶주림과 목마름으로 죽을 때까지? 아니! 나는 떠날 방법을 찾아야만 한다. 아이들을 위해 필요한 것을 얻고, 원형 돌무더기로 가야 한다.

나는 하늘을 바라보며 태양의 위치를 가늠했다. 벌써 오후 중반이다! 이틀 뒤면, 세상 사이에 문이 열릴 것이다. 그러면 리타 고르의 침략이 시작될 것이다.

나는 어금니를 깨물고 바다 건너, 저 멀리 핀카이라의 해안선을 돌아보았다. 저기로 돌아갈 방법을 찾을 거다. 그 어떤 저주도, 그 어떤 장벽도 나를 막지 못할 것이다.

땅 위에서 뭔가 움직이는 바람에 내 생각이 멈추었다. 그림자! 쓰러진 조각상, 겨우살이 화관을 가로질러 그림자가 다가왔다. 나는 마음이 놓였다. 내 그림자가 마침내 돌아온 것이다.

바로 그때, 나는 그 그림자가 뭔가 이상하다는 걸 알아차렸다. 하루의 이즈음에 그러는 것보다 그림자가 훨씬 더 넓고 커 보였다. 그때 나는 이 그림자가 팔이 아니라 한 쌍의 치명적인 칼날을 지니고 있다는 걸 깨달았다.

28

오랫동안 잊힌 땅

"더 이상 달아나지 못할걸, 꼬맹이!"

나는 펄쩍 뛰어올랐다. 내 심장이 쿵쾅거렸다. 도살자!

도살자는 고분의 폐허 한가운데 두 발을 딛고 내 앞에 서 있었다. 도살자는 거꾸로 박혀 있는 마차 바퀴 회전축을 발로 뻥 걷어차 바퀴 하나를 언덕 아래, 벼랑 너머로 날려 버렸다. 그러고는 해골 가면 뒤에서 사납게 웃으며 내게 한 걸음 다가왔다. 창백한 광대뼈에서 물이 뚝뚝 떨어졌다. 가슴받이, 신발, 그리고 커다란 양쪽 칼날에서도 물이 뚝뚝 떨어져 내렸다.

나는 할 말을 잃고 도살자를 바라보았다. 어떻게 이곳까지 온 것일까? 엄마와 아이들이 있는 섬에 놈이 발을 딛고 서 있는 것만으로도 기절초풍할 노릇이었다. 결국 나는 저자를 피하기 위해 이곳까지 온 게 아닌가!

도살자가 가면 뒤에서 으르렁거렸다.

"이제 똑똑히 배웠나, 애송이 마법사? 난 항상 네 짐작보다 가까이 있다는 걸 말이다."

그자는 가까이, 아주 가까이 있지. 네가 아는 것보다 훨씬 더.

우르날다가 저놈을 설명할 때 했던 말이었다.

"네놈 덕분에 엄청 오랫동안 헤엄쳐왔지 뭐야. 네 물고기 인간 친구들은 나를 안 도와주려 하더군. 대신 나는 바다에서 다른 녀석들을 찾아 달콤한 죽음의 숨결을 좀 불어넣어줬지."

도살자가 웅얼거렸다.

그렇게 이곳에 왔던 것이다! 나는 이곳으로 건너오기 위해 바다에 도움을 청했다. 저 녀석도 그렇게 했다. 내가 저놈에게 사용하려 했던 다른 모든 힘을 저놈이 써먹었던 것처럼, 이번에도 그렇게 했던 것이다! 화가 치밀어 올라 머리가 터질 것만 같았다. 그런데 저자에게 뭔가 익숙한 점이 있다는 게 다시 한번 느껴졌다. 하지만 그게 무엇인지 딱 꼬집어 말할 수는 없었다.

나는 놈을 노려보았다. 녀석의 칼날이 햇빛을 받아 번쩍거렸다. 나는 지팡이를 한 손에 꽉 움켜쥐고 다른 손으로는 검을 빼냈다. 언제나 그렇듯이, 저 멀리서 들리는 종소리처럼 커다란 칼날이 잠시 허공에서 쨍 울렸다. 도살자가 공격해 들어와 두 팔로 허공을 가르기 전, 내가 검을 휘두를 시간이 부족했다.

방금 전 내가 서 있던 곳으로 도살자가 뛰어들었을 때, 나는 옆으로 몸을 피하며 지팡이를 휘둘렀다. 놈은 울퉁불퉁한 지팡이 자루에 등을 맞고 커다란 갓돌에 쿵 부딪혔다. 화강암 덩어리가 덜거덕거리더니 옆으로 무너져, 흙먼지를 날리며 깊은 구멍 속으로 빨려 들어갔다. 놈은 그 충격으로 옆으로 굴렀지만, 가까스로 몸의 균형을 잡았다. 놈의 발이 푸석푸석한 흙 안으로 밀려 들어갔다. 놈이 분노의 함성을 내지르며, 다시 공격해왔다.

나는 놈의 공격을 막기 위해 검과 지팡이를 머리 위로 휘둘렀다. 검과 지팡이는 허공에서 놈의 칼날과 부딪쳐 쨍 소리와 함께 불꽃을 일으켰다. 놈은 뒤로 물러나 칼날 하나를 휘둘렀다. 나는 검으로 칼날을 막았다. 놈은 한 발에 힘을 주고 몸을 휙 돌려 나를 찔렀다. 나는 지팡이로 놈을 옆으로 밀쳤다. 우리는 고분 잔해와 흩어진 보물 사이에서 일진일퇴를 거듭했다.

한순간, 도살자가 나를 세게 밀어붙일 때 나는 재빨리 물러서며 공격을 막으려 최선을 다했다. 그러다 황금 테두리를 두른 가마솥 위에서 비틀거리다 흩어진 접시, 그릇, 물잔 더미 위로 나자빠졌다. 놈이 재빨리 다가왔기에, 내게는 일어설 시간이 없었다. 도살자의 칼날 두 개가 아래로 내려올 때, 나는 그릇 주둥아리를 발끝으로 걸어 힘껏 내동댕이쳤다. 도자기는 곧장 놈의 얼굴로 날아가 가면 위에서 산산조각 났다. 놈의 칼날이 휘청거리는 틈을 이용해 나는 재빨리 옆으로 몸을 굴렀다.

나는 다시 일어나 공격에 나섰다. 검을 힘껏 휘둘러, 도살자를 언덕 위쪽으로 몰았다. 마침내 놈은 고분 꼭대기에 이르렀다. 바로 뒤에 깊은 구멍이 어렴풋이 보였다. 놈이 내 공격을 피해 너무 뒤로 물러서는 바람에, 다리가 거대한 구멍 위에 걸리고 말았다. 한순간, 놈은 그곳에 붕 떠 있었다. 가장자리 너머로 굴러 떨어지기 직전이었다. 구멍 벽에서 흙과 바위 조각들이 무너지며, 저 깊은 곳으로 요란한 소리를 내며 떨어졌다.

나는 도살자에게 달려갔다. 실망스럽게도, 놈은 칼날 두 개를 발 옆 땅에 찔러 넣고 몸을 지탱했다. 놈이 서 있는 곳에 내가 이르렀을 때에는, 이미 몸을 펴고 어깨를 내게 내민 뒤였다. 우리는 서로 부딪쳐 함께 흙 위를 굴렀다. 마침내 우리는 날개 달린 여자 셋의 조각상 하나에 부덮쳤다. 조각상은 산산이 조각나 버렸다.

우리는 계속 굴렀다. 그 끔찍한 순간 함께 엉겨 붙었다. 도살자의 칼날 하나가 내 어깨를 베었다. 우리는 떨어졌다. 나는 비틀거리며 다시 일어섰다. 신발 아래 해골의 허벅지 뼈다귀가 와지끈 바스러졌다. 도살자 또한 숨을 헉헉거리며 일어섰다.

"첫 번째 피로군. 하지만 이제 더 많은 피를 볼 거다!"

도살자가 야비하게 웃음을 흘렸다.

한순간도 무기를 내려놓고 싶지 않았다. 손을 뻗어 상처 난 어깨를 만질 수도 없었다. 어깨가 지근거렸다. 왼쪽 팔에서 피가 흐르며 팔꿈치까지 옷을 적셨다. 시간이 지날수록 지팡이가 점점 무겁게 느껴졌다.

한쪽에서의 희미한 빛이 내 시선을 끌었다. 수평선 위로 떠오르는 은빛 원이었다. 떠오르는 달! 나는 하늘을 흘끗 바라보며 우리가 오후 내내, 그리고 해 질 녘까지 싸우고 있다는 사실을 깨달았다. 이미 땅거미가 망토처럼 섬의 폐허 위에 그늘을 드리우고 있었다. 땀으로 흠뻑 젖었기에, 그리고 차가운 밤공기 때문에 몸이 덜덜 떨렸다.

갑자기 엘런 생각이 났다. 저 아래, 우리를 둘러싸고 있는 절벽 아래 어딘가에, 엘런은 지금쯤 걱정에 노심초사하고 있을 거다. 나를 찾아서 이곳에 오를 수도 없으니, 무슨 일이 있는지 알지 못할 테니까. 그게 차라리 나을지도 몰랐다. 엘런이 만약 이 도살자를 보게 된다면, 놈을 향해 몸을 내던질 테니까. 지금은 엘런과 아이들이 이 모든 것에서 멀찍이 떨어져 있는 게 차라리 나았다.

놈은 무시무시한 팔을 휘두르며 다시 공격해 들어왔다. 나는 하나를 막고, 또 하나를 막았다. 또 하나를 막기 위해 몸을 숙였다. 불꽃이 허공에 튀며, 어둑어둑해진 고분을 비추었다. 놈은 나를 구멍 가장자리로 몰아붙이려 했다. 나는 보랏빛 자수정 조각 탁자 뒤로 몸을 피했다. 탁자를 방패 삼아, 구멍에서 멀리 달아나, 움직일 수 있는 공간을 가까스로 확보했다.

하지만 내 안도는 오래가지 못했다. 어깨가 끔찍하게 아팠다. 지팡이를 휘두를 때마다, 팔에 힘이 점점 빠져나갔다. 머지않아 지팡이를 들어 올리지도 못할 거다. 그리고 시간이 좀 더 지나면, 지팡이를 잡을 힘도 남지 않을 거다. 도살자는 내가 지쳐간다는 걸 잘 알고 있었다. 그래서 내 기운 없는 옆구리 쪽을 계속 노렸다.

거의 꽉 찬 둥근달이 섬 위에 떠올라 폐허가 된 무덤을 으스스한 빛으로 물들일 즈음, 도살자와 나는 계속해서 싸우고 있었다. 이제 나는 지팡이 자루를 엉덩이 부근에 대고, 창처럼 지팡이를 들어 올리려 했다. 하지만 내 어깨에 점점 힘이 빠졌다. 마침내, 비통한 신음을 흘리며, 나는 지팡이를 떨어트리고 말았다. 이제 내게는 무기 하나와 온전한 팔 하나밖에 남지 않았다.

우리는 밤새도록 싸웠다. 추위뿐만 아니라 상처 때문에 몸이 뻣뻣했다. 놈이 휘두르는 칼날도 점점 힘이 빠졌다. 놈도 나만큼 지쳤던 것이다. 놈은 이따금 비틀거렸다. 놈이 움직일 때마다 찢어진 각반이 펄럭였다. 하지만 나를 죽이려는 공세는 결코 줄어들지 않았다. 놈은 계속해서 공격을 해왔다.

내 야간 투시력이 놈보다 나았기에, 내게 조금은 유리했다. 내가 무기를 더 잘 볼 수 있었다. 조금 재빨리 움직임을 예측할 수 있었다. 그럼에도, 칼날 하나로 칼날 두 개를 상대하기에는 충분하지 않았다. 나는 놈의 공격을 계속 막아내느라 바빠, 제대로 된 공격을 할 수가 없었다. 정말이지 마법을 사용하고 싶었다!

마침내 달이 수평선 너머로 가라앉을 때, 나는 서 있는 것조차 버거웠다. 천천히, 동쪽 하늘이 밝아왔다. 짙붉은 빛줄기가 하늘로 솟아오르며 어둠을 밀어냈다. 바다는 마치 끓는 맥주처럼 붉게 거품이 일었다.

전사는 칼날을 휘두르며 나를 고분 아래, 벼랑 끝으로 곧장 몰아붙였다. 그곳은 내가 오른 절벽 쪽은 아니었지만, 가파르기는 매한가지였다. 내 뒤로, 그리고 저 아래, 파도가 바위벽에 부딪치는 소리가 들려왔다. 저 끄트머리 너머로 떨어진다는 건 분명 죽음을 의미했다. 놈도 그 사실을 분명히 알고 있었다.

놈의 칼날 하나가 내 머리 위를 획 스치며 허공을 갈랐다. 나는 재빨리 몸을 피하다, 잔해 더미에서 툭 튀어나온 부서진 하프에 걸려 넘어졌다. 그 바람에 검을 놓치고 벼랑 끝까지 굴러갔다. 손가락으로 땅을 움켜잡으며 떨어지지 않으려 버둥거렸다. 나는 마지막 순간에 간신히 멈출 수 있었다.

내가 막 일어서려 할 때, 놈의 칼끝이 내 가슴을 겨눴다. 도살자가 숨을 헉헉거리며 내 위에 서 있었다. 해골 가면은 동틀녘 햇빛을 받아 진홍색으로 물들었다.

"자 이제, 애송이 마법사를…… 죽일 시간이 되었군."

놈이 거칠게 숨을 몰아쉬더니 덧붙였다.

"난 지금 이 순간을 기다려왔어…… 아주 오랜 시간을."

내 갈빗대를 누르는 칼끝에도 불구하고, 나는 똑바로 서려 했다.

"네 정체가 뭐야? 내가 너한테 무슨 잘못을 했지?"

"네가 상상할 수 있는 것 이상으로."

퉁명스러운 대답이 돌아왔다.

나는 숨이 턱 막혔다. 그 목소리는, 그래, 의심의 여지없이, 그 목소리는 너무 익숙했다. 그래서 내가 거의 알아차릴 수도 있을 정도였다. 거의, 하지만 확실하지는 않았다.

"네 말을 믿을 수 없어."

내가 받아쳤다.

놈의 목에서 으르렁 소리가 기다랗고 나지막하게 튀어나왔다.

"그렇다면, 이 꼬마야, 어쩌면 이건 믿겠지."

도살자는 칼 하나를 내 가슴에 댄 채, 다른 칼을 자신의 해골 가면의 턱에 올렸다. 휙, 머리에서 가면을 완전히 벗겨냈다. 놈은 나를 노려보았다. 회색 눈동자가 이글이글 불탔다.

디나티우스.

나는 깜짝 놀라 땅바닥에 털썩 주저앉고 말았다. 아주 오래전, 엄마와 나를 모두 죽이려 했던 바로 그 디나티우스. 내가 일으킨 그 끔찍한 불꽃 속에서 죽은, 아니 죽었다고 생각한 바로 그 디나티우스. 나는 그 기억에 몸서리쳤다. 디나티우스는 불꽃에 갇혀, 건장한 두 팔이 나무의 무게 아래 짓눌려, 피부와 근육이 타들어가는 고통에 비명을 질러댔었다. 그 불꽃은 내 두 눈을 앗아갔다. 나는 이제 깨달았다, 그 불꽃이 디나티우스의 팔을 앗아갔다. 빌어먹을!

"이제 날 알아보겠지? 기쁘기 그지없군. 누가 마침내 널 정복했는지 넌 알아야 해. 바로 나 디나티우스가 널 정복했어! 나, 그리고 내 강력한 친구가."

디나티우스는 칼날 두 개를 서로 쓱 문질렀다. 마치 축제를 준비하는 것 같았다.

"친구? 그게 누군데?"

내가 재빨리 물었다. 바다에서 불어오는 바람에 등골이 서늘했다.

디나티우스는 내 앞에서 이리저리 걷기 시작했다. 마치 굶주린 여우가 먹잇감을 궁지로 모는 것 같았다. 그러는 내내, 디나티우스의 눈동자는 승리에 도취되어 흐뭇한 표정으로 빛났다. 그리고 계속 칼끝을 내 가슴에 겨누고 있었다.

"아직까지도 모르겠어, 애송이? 그가 이곳에 멧돼지의 모습으로 있어야 알아보겠어?"

나는 얼굴이 하얗게 질렸다. 리타 고르! 내가 두려워했던 것처럼, 리타 고르는 내가 핀카이라의 주민들을 각성시키지 못하도록 내 신경을 돌리려 했던 게 분명했다. 리타 고르는 디나티우스의 도움을 얻기 위해, 디나티우스에게 치명적인 쇠붙이 팔을 주고, 내 마법을 다시 나한테 사용할 수 있는 힘을 준 것이다. 리타 고르가 아이들을 공격할 아이디어를 생각해낸 게 분명했다. 리타 고르는 나를 함정에 빠트린 거다. 설상가상, 함정의 수단은 내 자신이 만들어낸 것이다! 만약 내가 아주 오래전에 분노에 휩싸여 디나티우스에게 그렇게 치명적인 손상을 입히지 않았다면, 디나티우스는 리타 고르에 결코 합류하지 않았을 거다. 이제 더 많은 생명이, 그리고 내 고향 그 자체의 생명이, 사라지게 될 거다.

"디나티우스, 리타 고르가 너를 자신의 앞잡이로 이용하고 있는 거 모르겠어? 그자는 네게 칼을 주었어. 네가 전에 지니고 있던 진짜 팔이 아니라 말이야. 그래서 네가 그자에게 복종할 수 있도록. 그자가 제안한 것은 모두……."

내가 간청하듯 말했다.

"복수! 그는 복수를 제안했어, 애송이. 그리고 내가 받아들였지."

나의 적이 소리쳤다. 목소리가 하도 커서 해협 건너 저 먼 해안선을 뒤흔들 정도였다.

"그 어떤 말도 소용없어, 이 빌어먹을 개자식아!"

짤막한 갈색 수염으로 덮여 있는 디나티우스의 뺨이 붉게 상기되었다. 동시에 발걸음이 빨라졌다. 칼날의 움직임도 빨라졌다. 나는 벼랑 끝까지 밀려났다.

"난 그저 네가 이해했으면 해! 내가 너한테 저지른 짓은 정말 끔찍한 일이었어. 끔찍했다고! 난 오래도록 그 일을 후회하고 있어. 하지만 지금 우리는……."

"이제 우리는 문제를 해결해야지!"

디나티우스가 걸음을 재촉하며 소리쳤다. 절벽을 따라 성큼성큼 걸어왔다.

"넌 네가 저지른 짓 때문에 죽게 될 거야, 애송이 마법사. 지금 당장."

그 말과 함께, 디나티우스는 사납게 포효하며 온 힘을 다해 칼날을 내 심장을 향해 찔렀다. 그 순간, 디나티우스 발밑, 벼랑 끝과 일직선으로 서 있던 바위가 무너져 내렸다. 디나티우스가 허우적거리자 칼날이 내 피부에 닿았다가 이내 아무렇게나 위로 올라갔다. 디나티우스는 떨어져 내렸다. 바위와 흙을 흩날리며 날카로운 비명을 질러댔다.

마침내, 먼지구름이 걷혔다. 바위가 쏟아져 내리며 비탈진 홈을 만들어놓은 게 보였다. 그 홈은 가팔랐지만, 저 아래 해안선까지 내려갈 수 있었다. 그곳은 내가 엘런과 아이들을 남겨두고 온 만(灣)보다 훨씬 더 좁게 모래가 뻗어 있었다. 저 아래, 수많은 잔해 더미 아래 반쯤 깔린 디나티우스가 있었다. 나는 재빨리 검을 잡아 들고, 등을 벼랑에 대고 발바닥으로 속도를 조절하며 미끄러져 내려갔다. 흙이 허공으로 튀고, 내 얼굴로 퍼부었다. 마침내, 나는 바닥에 이르러 디나티우스에게 달려갔다.

나는 디나티우스를 노려보았다. 디나티우스가 나를 노려보았던 것보다 더 매섭게. 다리가 뒤틀린 걸 보니, 부러진 게 분명했다. 가슴에는 묵직한 바윗덩어리가 얹혀 있고, 이마의 상처에서는 피가 줄줄 흘러내렸다. 그럼에도, 디나티우스는 여전한 분노의 눈길로 나를 노려보았다. 이윽고 내 발에 침을 뱉었다. 칼날이 달린 팔 하나가 허공을 갈랐다. 가까스로 내 상처 입은 어깨를 비껴갔다.

나는 검을 들어 올렸다. 칼날이 아침 햇살에 반짝였다. 우리 주변의 그 모든 요란한 파도 소리 위로, 나는 내 관자놀이가 뛰는 소리를 들을 수 있었다. 여기 디나티우스가 누워 있다. 나를 끊임없이 괴롭히던 자! 리타 고르의 하수인! 방금 전까지만 해도, 디나티우스는 나를 죽이려 했다. 그 불쌍한 여자아이 엘리리아나를 죽였던 것처럼. 그리고 만약 기회를 얻었다면, 수많은 아이들을 죽였을 거다.

파도가 해안에 몰려와, 바다 거품과 찢어진 해초 잎을 우리에게 뿌려 댔다. 나는 눈을 깜빡이며 소금기를 털어내고, 내 검을 내리칠 준비를 했다. 문득, 내 뺨을 타고 흐르는 바닷물 방울 하나가 내 울퉁불퉁한 흉터를 건드렸을 때, 나는 우리 모두를 불태웠던 불꽃을, 우리를 불구로 만들었던 불꽃을 떠올리며 주저했다.

나는 칼자루를 꽉 움켜잡았다. 그렇다, 이 모든 걸 끝낼 기회다. 하지만…… 도대체 어디서 이것이 끝날까?

"어서 해봐, 애송이, 할 수 있으면 죽여보라고."

디나티우스가 고함쳤다.

나는 디나티우스의 뒤틀린 몸을 살펴보았다.

"아 그래, 할 수 있어, 당연히 할 수 있지."

내가 단호하게 말했다.

이윽고 나는 검을 내리고 천천히 칼집에 넣었다.

"하지만 안 하겠어."

디나티우스가 믿을 수 없다는 표정으로 나를 노려보았다.

"계략 따위는 집어치워, 애송이."

"계략이 아니야."

나는 차분하게 대답했다. 바다에서 불어오는 신선한 바람이 느껴졌다. 나는 뒤쪽의 절벽을, 그리고 그 위의 폐허가 된 고분을 흘끗 올려다보며, 이곳이 상징하는 그 모든 고통과 괴로움을 생각했다. 내 조상들이 불러일으킨 고통⋯⋯.

나는 다시 디나티우스를 돌아보았다. 디나티우스에게, 섬 그 자체에게, 그리고 우리를 둘러싼 포효하는 바다를 향해, 나는 선언했다.

"아니, 난 널 죽이지 않을 거야. 이 땅에는 이미 너무 많은 피가 뿌려졌어."

즉각, 발아래 모래가 흔들리기 시작했다. 저 멀리서 천둥소리가 들려왔다. 그 소리는 점점 더 커져, 귀를 먹먹하게 할 만큼 우르릉 쾅쾅 울어댔다. 섬 전체가 흔들렸다. 나는 모래 위에 털썩 주저앉았다. 동시에, 주변의 파도는 기이할 정도로 차분해졌다. 마치 뭔가를 기다리는 것 같았다. 맞은편 해안으로 이어진 해협을 가로질러, 파도가 일렁임을 멈추었다. 파도는 거대한 얼음판처럼 정지했다.

하지만 섬은 계속 흔들렸다. 흔들림이 너무 격렬해서 제대로 서 있을 수가 없었다. 몇몇 바윗덩어리들이 절벽 위에서 떨어져 내려 모래 위로 튀고, 내 옆 모래톱에 풍덩 빠졌다. 고개를 들고 있으려 애쓰는 것 말고는 아무것도 할 수 없었다. 디나티우스는 칼 달린 두 팔로 땅을 가르며 고통스럽게 울부짖다, 마침내 팔다리가 축 늘어졌다.

잠시 뒤, 진동이 극적으로 줄어들었다. 그러는 사이 우르릉 쾅쾅 소리도 훨씬 약해졌다. 상쾌한 바람이 불어와, 내 찢어진 옷자락이 살랑살랑 나부꼈다. 나는 비틀비틀 가까스로 일어섰다. 하지만 다리가 여전히 후들거렸다. 도대체 무슨 일이 벌어진 건지 당혹스러워, 다시 바다를 바라보았다. 내가 본 광경에 나는 무릎이 다시 푹 꺾일 뻔했다.

섬이 움직이고 있다! 마치 잎사귀 하나가 작은 호수 위를 날아가는 것처럼, 섬이 바다를 가로질러 미끄러지고 있었다. 바람이 얼굴에 불어와, 내 귀에서 휙휙 소리가 났다. 해안선을 따라 고운 물살이 일렁이며, 우리를 빠르게 지나쳐 갔다. 하지만 그 가장자리 너머로 바다는 차분했다. 한편, 지금 우리 위에 솟아 있는 것과 똑같이 생긴, 시커먼 절벽이 나란히 늘어선 핀카이라의 서쪽 해안이 점점 가까이 다가왔다.

끝없이 이어질 것 같은 시간, 나는 그 광경을 멍하니 바라보았다. 잊힌 섬이 본섬으로 돌아가고 있다! 디나티우스와 내가 지금 있는 이 해안이 맞은편 해안과 충돌할 거다. 그리고 이 속도라면, 몇 분 뒤면 그런 일이 일어날 거다.

나는 의식이 없는 디나티우스에게 달려가, 가슴 위에 놓인 바위를 내 성한 어깨로 밀어냈다. 흔들리는 모래 아래 발을 찔러 넣고, 남아 있는 힘을 다해 바위를 들어 올렸다. 바윗덩어리가 미끄러져, 옆으로 굴렀다. 나는 해협을 흘끗 바라보았다. 해협은 빠른 속도로 좁아지고 있었다.

나는 디나티우스 옆에 털썩 주저앉았다. 어디서 힘이 나오는지 몰랐지만, 어쨌든 가까스로 디나티우스를 내 등에 들쳐 멨다. 디나티우스의 무게 때문에, 뿐만 아니라 지속되는 진동 때문에 비틀거리며, 나는 디나티우스가 굴러 떨어지며 생긴 비탈진 홈 쪽으로 걸어갔다. 가팔랐지만, 그 위로 천천히 기어 올라갔다. 그러는 내내 디나티우스의 축 늘어진 몸을 균형 잡으러 낑낑댔다. 무릎과 허벅지가 욱신거렸다. 상처 입은 팔이 죽은 나뭇가지처럼 아무 느낌이 없었다. 하지만 나는 끈기 있게 올라갔다. 점점 더 높이 기어 올라갔다.

지쳐서 숨을 헉헉거리며, 마침내 벼랑 꼭대기에 올라섰다. 나는 몸을 옆으로 굴려, 짐을 내려놓았다. 잠시 동안, 나는 흔들리는 땅 위에 그대로 드러누웠다. 너무 힘들어 꼼짝달싹할 수 없었다. 갑자기, 뭔가가 갈리는 것 같은 굉음이 다른 모든 소리를 압도했다. 바로 그 순간, 나는 내가 방금 기어오른 비탈진 홈 쪽으로 빨려 들어갔다. 나는 두 팔로 얼굴을 가렸다. 내가 다시 절벽 너머로 곤두박질치리라 생각했다.

하지만 절벽은 없었다. 갑자기 찾아온 으스스한 침묵 속에서, 나는 팔을 내리고, 진실을 마주했다. 우리가 방금 전까지 있었던 해안선은 사라지고 없었다. 땅을 갈라놓았던 해협도 사라졌다.

나는 낑낑대며 일어섰다. 해안선이 붙었다! 당연히, 아무런 이음매도 없었다. 바위 더미와 좁은 틈만 경계를 표시해줄 뿐이었다. 무슨 일이 일어난 건지, 너무도 분명했다. 이곳은 이제 바다를 향해 툭 튀어나온 곶(串)*이 되었다. 사라졌던 섬이 마침내 핀카이라와 다시 만났다.

만약 오랫동안 잊힌 땅이 그 해안으로 돌아온다면.

카이르프레가 그 노래를 암송했을 때 그토록 알쏭달쏭하던 '핀의 발라드'의 그 구절을 이제 완전히 이해할 수 있었다.

하지만 어떻게 이런 일이 일어나게 된 걸까? 나는 보물의 잔해 더미가 여기저기 흩어져 있는 고분을 응시했다. 나는 비틀거리며 언덕을 올랐다. 신발이 흙속에 푹푹 빠졌다. 황금 잎사귀의 반짝임이 내 눈길을

---

* 육지의 일부분이 하천이나 바다로 쑥 튀어나온 지형.

끌었다. 나는 겨우살이 화관으로 계속 걸어갔다. 내가 고동치는 씨앗을 심었던 그 둥근 원 안을 흘끗 들여다보았다. 뭔가 변화의 징조를 볼 수 있을까 기대했지만, 흙 말고는 아무것도 없었다.

무엇이 섬을 움직이게 했을까 하는 의문을 계속 품은 채, 꼬꾸라져 있는 조각상을 바라보았다. 조각상의 날개는 아주 오래전에 부서졌다. 그리고 나는 다그다의 마지막 말을 떠올렸다.

만약, 앞으로 언젠가, 누군가 이곳에 와서 사람들이 무슨 짓을 저질 렀는지 제대로 알게 된다면, 이 땅은 마침내 그 저주에서 풀려날 것이 다. …… 하지만 미래의 그 여행자들은, 비록 이 땅에 발을 디딜지라도, 다시는 잊힌 섬을 떠나지 못할 것이다.

그 말이 내 마음 속에 울려 퍼졌다. 나는 디나티우스에게 다시 터벅 터벅 걸어갔다. 몸은 망가졌지만 아직 살아 있었다. 디나티우스의 생명 을 살려둠으로써, 내가 날개 달린 사람들의 실수에 대해 제대로 배웠 다는 걸 보여준 걸까? 내 자비의 몸짓이 이 섬에 내려진 분리의 저주를 끝낼 만큼 충분했을까? 오직 다그다만이 그 대답을 알고 있었다. 어떤 경우든, 다그다의 말이 실제로 사실임이 증명되었다. 왜냐하면 이곳을 떠날 시간이 되었을 때, 나는 섬을 떠나는 게 아니라, 마침내 집으로 돌 아온 '잃어버린 곳(串)'을 떠나는 것이었으니까.

29

원 안의 별

태양이 높이 솟아 고분 주변에 흩어져 있는 부서진 돌멩이, 망가진 무기, 그리고 반쯤 파묻힌 장신구를 비추었다. 서쪽으로, 황금빛으로 일렁이는 파도가 끝없이 이어지다가 마침내 저 멀리 안개 벽과 만났다. 그리고 안개 벽은 감청색 하늘과 만났다. 하얀 파도가 절벽 아래에서 철썩철썩 부서졌다. 어두운 절벽은 가팔랐지만, 저 아래 툭 튀어나온 두툼한 바위는 샛노란 크림 같았다. 하지만 이제 저 절벽은 삼면에서 고분을 둘러싸고 있었다. 동쪽에는 더 이상 바다가 없었으니까. 동쪽의 갈색 들판은 저 멀리 흰 눈 덮인 언덕으로 솟아올랐다.

내 발 옆으로 디나티우스의 몸뚱이가 누워 있었다. 지금은 몸이 망가지고 의식이 없었지만, 디나티우스는 우리 모두에게 여전히 위험했다. 맞다, 내가 녀석의 목숨을 살려두었다. 하지만 놈이 우리한테 해를 끼칠 기회는 더 이상 남겨두고 싶지 않았다.

나는 빨간색 끈 하나를 찾아냈다. 끝에는 은색 장식술이 달려, 사르센석 위로 드리워져 있었다. 바로 저거다! 나는 그 끈으로 디나티우스의 몸을 재빨리 묶고, 평편한 칼날 부분을 조심조심 옆으로 밀었다. 나는 너무나 지친데다 피를 많이 흘렸기에, 매듭을 단단히 묶으려 디나티우스를 굴리는 것만으로도 힘에 부쳤다. 디나티우스를 다시 들 수는 없었다. 아니, 내가 서 있기조차 힘들었다. 잠시 뒤, 나는 디나티우스를 꽁꽁 묶었다. 녀석이 끈을 자르지 못하도록 지켜봐야 했지만, 그것이 내가 할 수 있는 최선이었다.

불현듯 두려움이 엄습해왔다. 엘런과 아이들은 모두 괜찮을까? 이들이 있던 만이 해안과 직접 충돌하지는 않았지만, 그 충격으로 절벽이 무너져 내렸을지도 모른다. 아이들이 다쳤을지도 모른다. 아니 더 심각한 상황일 수도. 나는 초조하게 바다를 훑어보며, 그들이 있던 해안 위에 우뚝 솟은 바위 가장자리를 살폈다.

문득, 나는 고분이 있던 자리를 쳐다보았다. 완전히 무너져 내려, 가장자리에 깊은 구멍이 생겼다. 나는 지팡이를 집어 들지도 않은 채, 그곳을 향해 비틀비틀 걸어갔다. 다리가 뭔가에 걸려 넘어지며, 푸석푸석 메마른 흙 위를 굴렀다. 흙이 잔뜩 묻은 어깨 상처가 끔찍하게 아팠다.

나는 끙끙 숨을 헐떡이며 일어섰다. 그때 자그마하고 곱슬곱슬한 머리 하나가 가장자리 위로 삐쭉 올라왔다. 류! 류가 언덕을 기어오르고, 그 뒤로 엄마가 따라왔다. 엄마의 푸른색 옷은 모래투성이였다. 잠시 뒤, 우리 셋은 바닷바람 속에서 얼싸안으며 춤을 추었다.

이윽고, 류가 내 팔을 놓아주었다. 류는 주변에 흩어져 있는 보석을, 그리고 자신을 공격했던 놈의 꿈쩍하지 않는 몸뚱이를 놀라운 얼굴로 바라보면서, 자기 머리통 옆 딱지를 손으로 만져보았다. 그러는 사이, 엘런의 사파이어빛 눈동자가 내 얼굴을 살폈다. 그러고는 내 상처 입은 어깨로 시선을 옮겼다.

"상처가 깊구나, 멀린."

엘런은 바닷물이 흠뻑 적은 옷소매로 상처를 소독하려 했다.

"앉아봐. 내가 치료해줄게. 아, 레몬 박하 잔가지가 있으면 좋으련만!"

"아니에요, 엄마. 소독만 해주세요, 그거면 충분해요. 저는…… 아야! 아파요. …… 가야 해요……."

"넌 어디도 못 가, 아들, 내가 치료해줄 때까지. 봐라, 다시 피가 나잖니. 게다가 넌 무엇보다 좀 쉬어야 해."

엄마가 입술을 깨물었다.

"그럴 수 없어요. 전투까지는 이틀밖에 남지 않았다고요! 제가 사슴처럼 달린다 해도 시간이 정말 빠듯해요."

"네가 지금 어떻게 달린다는 말을 할 수 있니?"

엘런은 능숙한 치유자의 야무진 손놀림으로 내 성한 어깨를 눌렀다. 내 허약해진 다리가 꺾이며, 나는 흙 위에 털썩 주저앉았다. 마지못해 나는 포기하고, 엘런이 치유를 다 마치고 나서 곧바로 떠나면 된다며 스스로 위안을 삼았다. 엘런은 내게 등을 대고 누우라고 했다. 그러면서 내게 폐허 더미와 섬에 대해, 그리고 물론 디나티우스에 대해 질문을 퍼부었다. 나는 다친 아이들은 없으며, 맨 위의 바위 언덕이 류와 엘런으로 하여금 이곳으로 오를 수 있는 통로가 되어주었다는 말을 듣고 나서야, 엘런의 질문에 최선을 다해 대답을 했다.

나는 엘런이 류에게 축축한 해초와 바닷물 담은 병을 가져오라고 부탁하는 소리를 기억한다. 나는 파도가 끊임없이 절벽에 내리치는 소리를 기억한다. 그리고 외로운 갈매기 한 마리가 이른 아침의 태양 속에서 급강하하는 모습을 얼핏 본 것을 기억한다. 그러고는 의식을 잃었다.

내가 의식을 차렸을 때, 또 다른 두려움이 엄습했다. 시간이 흘러갔다! 다행스럽게도, 태양의 위치를 보니 오전 중반 즈음이었다. 한 시간

이상을 허비하지는 않았다.

나는 자리에 앉았다. 내가 입고 있는 따뜻한 노란 조끼가 부스럭거렸다. 별 모양의 조끼! 엄마가 이걸 다시 내게 입혀준 게 분명했다. 나는 어깨를 움직여봤다. 뻣뻣했지만 전보다 훨씬 힘이 생겼다. 허기가 몰려왔다. 요 며칠 그 어느 때보다 더 배가 고팠다.

"그래, 아들, 깨어났구나. 좀 어떠니?"

나는 엘런이 옷자락을 나부끼며 다가오는 모습을 보며, 힘껏 일어섰다. 류가 평편한 나무판 위에 뭔가를 들고 엄마 옆에서 걸어왔다.

"훨씬 좋아졌어요, 고마워요."

내가 말했다.

엘런이 기쁜 듯 고개를 끄덕였다. 하지만 이마에는 걱정의 주름살이 남아 있었다.

"여기, 먹을 것 좀 가져왔어. 홍합하고 거머리말*이야. 아이들은 벌써 실컷 다 먹었어."

엄마가 나무판에서 말린 해초 잎 하나를 집어 들었는데, 끈적끈적한 뭔가가 그 사이에 꽉 차 있었다.

류가 투덜거렸다

"콧물처럼 보이지 않아요, 대장? 그래도 맛은 그런대로 괜찮아요."

주저 없이, 나는 한입 크게 베어 물었다. 톡 쏘는 바다 향이 입 안을 가득 채웠다. 하지만 홍합을 씹어 먹는 데에는 꽤 시간이 걸렸다. 다행스럽게도, 류는 내게 다른 해초 잎을 주었는데, 거기에는 녹아내린 얼음 조각이 붙어 있었다. 나는 그것으로 입 안 가득 있던 음식을 씻어 내릴

---

*거머리말과의 여러해살이 해초로 얕은 바닷물 속에서 자라며 뿌리줄기와 어린잎은 식용으로 쓰인다.

수 있었다. 나는 몇 분 동안 게걸스럽게 먹었다. 그러는 사이, 엄마는 내 내 근심 어린 표정으로 나를 지켜보았다.

"아이들은 어때요?"

나는 마지막 한 입을 먹으며 물었다.

엄마의 표정이 밝아졌다.

"애들은 역시 애들이야. 그래서 좋아! 모두 잘 있단다. 비록 몇몇은 내 생각보다 더 보채긴 하지만."

"류, 너는 괜찮지?"

"저요? 저는 괜찮아요. 잠도 훨씬 잘 자요."

류는 자신의 잘려 나간 귀 상처를 조심스럽게 만졌다.

"정말 많이 좋아졌어, 믿기지 않을 정도야. 이 아이는 강해."

엘런이 류의 곱슬머리를 헝클어트렸다.

"아주 강하지요."

내가 동의했다.

류는 내게 환하게 웃어 보였다. 둥근 얼굴이 환하게 빛났다.

"당신처럼요, 멀린 대장."

나는 턱을 쓰다듬었다. 그러고는 디나티우스를 남겨두고 온 저 위쪽으로 고개를 돌렸다.

"저 녀석은…… 어때요?"

"여전히 의식이 없어. 내가 다리뼈를 맞춰줬단다. 하지만 네게 말해야겠구나. 녀석의 뼈를 다시 부러트리지 않으려고 내가 얼마나 힘들게 인내했는지."

엄마가 험상궂은 표정으로 차갑게 대답했다.

"이해해요, 저를 믿어주세요. 그리고 엄마의 치유의 손길도 정말 고마

위요."

나는 조끼 아래로 팔을 뻗었다. 엘런이 상처 위에 대어준 부드러운 해초 압박붕대가 느껴졌다.

"내가 한 게 별로 없어, 정말이야. 내가 일단 소독하고 나니, 네 힘줄이 스스로 다시 묶였단다. 그래, 내가 지켜보는 동안 꼭 그랬어! 전에 그런 건 본 적이 없었단다, 멀린."

엘런의 눈동자는 당혹스러움과 자부심이 뒤섞여 반짝였다.

"엄마의 솜씨가 작용한 거예요, 그뿐이에요."

"아니, 네 마법이 작용한 거지. 무척 강력했어."

엄마가 나를 뚫어지게 바라보았다.

나는 뻣뻣하게 어깨를 움직였다.

"엄마가 저를 잠깐이나마 붙잡아두지 않았다면, 아무 일도 일어나지 않았을 거예요. 그리고 정말로, 고작 한 시간 만에 정말로 잘 치료해주셨어요."

엘런이 살짝 움츠렸다.

"고작 한 시간이 아니야. 꼬박 하루였어."

"하루라고요?"

엘런이 고개를 끄덕였다.

"넌 기절했어, 바로 여기서. 내가 널 치유하기 시작했을 때. 그게 어제 아침이었단다."

"하루 종일이었다고요?"

나는 동쪽 지평선 위, 눈 덮인 언덕을 바라보았다. 이제 몇 시간밖에 남지 않았다. 해가 지기 전 어떻게 핀카이라의 저 끝까지 갈 수 있을까? 리아가 그곳에서 나를 기다리고 있을 거다. 분명했다. 리아가 설득해서 함께 데리고 온 누군가와 함께. 나는 리아를 실망시킬 수 없었다. 그럴 수는 없다! 하지만…… 지금 난 뭘 할 수 있지? 가망이 없다!

엘런이 내 팔뚝을 움켜잡았다.

"미안하다, 아들."

나는 아무 말도 하지 않고, 연신 지평선을 뚫어지게 바라보았다. 세상 사이의 문이…… 우리 고향을 지키기 위한 싸움이…… 리타 고르와의 마지막 대결이…….

류가 내 각반을 잡아당겼다. 그러고는 둥근 얼굴을 위로 치켜들고 물었다.

"왜 그렇게 슬퍼하세요?"

엘런이 류의 어깨를 토닥이며 대신 대답했다.

"멀린은 자신이 해야 한다고 느끼는 일을, 지금 해낼 방법이 없어서 그러는 거란다."

류는 의아하다는 듯 자기 코를 긁었다.

"하지만 부인이 말했잖아요, 항상 방법은 있다고 말이에요. 헤라……, 아, 그 이름이 뭐더라, 그 사람의 일곱 가지 노동에 대한 이야기를 우리한테 해줄 때 말이에요."

"이번에는 방법이 없단다."

엘런이 침울하게 말했다.

나는 입을 앙다물었다. 그리고 좌절감에 분노했다.

항상 방법은 있어.

하지만 어떤 방법? 차가운 바람이 내 얼굴을 때리며, 꽃으로 엮은 조끼 틈을 파고들어 왔다. 나는 팔짱을 낀 채 체온을 유지하려 노력했다. 갑자기 나는 숨죽였다. 어쩌면…….

나는 머리 위로 팔을 높이 들어 올리며, 구름 한 점 없는 하늘을 올려다보았다.

"아일라! 아-일-라!"

나는 목청껏 외쳤다. 내 목소리가 바람에 흔들렸다.

새로운 존재가 느껴지지 않았다. 희미한 계피 향조차도 전혀 느껴지지 않았다.

"아일라! 내게로 와줘. 아, 바람 누이여, 어디에 있든, 내게로 와줘! 도움이 필요해!"

여전히 아무것도 없었다.

나는 두 팔, 그리고 손가락을 모두 높이 뻗으며, 다시 한번 해봤다.

"아일라, 제발! 나를 원형 돌무더기로 데려다줘, 날이 저물기 전에."

차가운 바람 한 점도 내 부름에 대답하지 않았다. 나는 풀이 죽어, 두 팔을 툭 떨어트렸다. 엘런과 눈길이 마주쳤다. 한숨을 쉬며, 내가 말했다.

"소용없어요."

엘런이 천천히 고개를 끄덕이며 말했다.

"만약 네가 옛날 사람들처럼 날 수 있다면, 아니, 도약을 사용할 수 있다면 좋을 텐데. 네가 진정으로 되고자 했던 그 마법사처럼."

"아니, 어쩌면……. 지금 그대로의 마법사처럼."

내가 대답했다. 새로운 아이디어에 내 가슴에 힘이 차올랐다.

엘런이 나를 유심히 살펴보았다. 표정이 놀라움에서 믿음으로 재빨리 바뀌었다.

"아, 그렇고말고! 네가 섬 하나를 해안으로 돌아오게 할 수 있었다면……."

나는 주먹으로 손바닥을 내리쳤다.

"그래요! 적어도 가능성은 있어요."

"저도 데려가줘요. 대장이 가는 곳 어디든, 저도 같이 가고 싶어요."

류가 매달렸다.

나는 류의 양털 목도리를 사랑스럽게 끌어당겼다.

"아니, 친구. 이번 여행은 너무 위험해. 만약 내 힘이 잘못된다면, 나는 바다 한가운데에 풍덩 빠지고 말 거야. 아니면 어딘가 바윗덩어리 밑에. 그리고 만약 제대로 작동한다면, 음, 그 위험은 훨씬 더 클 거야."

"상관없어요, 멀린 대장. 저도 데려가줘요."

류의 눈이 좁아지며 가늘게 떴다.

"미안하다, 류. 난 네가 여기 남아 있으면 좋겠어. 엘런을 돌봐줘."

나는 엘런을 흘끗 쳐다보았다.

"그건 어렵겠는걸. 왜냐하면 나도 함께 갈 테니까. 이제 우리는 본섬에 돌아왔어. 더 이상 걱정할 도살자 따위는 없잖아. 그러니 아이들은 괜찮을 거야. 아이들은 스스로 잘 꾸려 나갈 수 있어. 꼬마아이들은, 내가 메드바에게 아이들을 잘 살펴보라고 부탁해놓을 수 있어……."

엘런이 단호하게 말했다.

"아니요! 둘 다 못 가요."

내가 발꿈치로 땅을 쾅 두드리며 선언했다. 그러고는 엄마의 팔을 움켜잡았다.

"제발요. 이번에는 저를 좀 믿어주세요."

엘런은 주저하며 길게 숨을 내쉬었다. 그러고는 희미한 목소리로 말했다.

"난 널 믿는다, 아들. 하지만 네가 걱정돼서 그래."

"저도 엄마가 걱정돼서 그래요. 이 섬에 있는 모두가 걱정된다고요. 그래서 제가 이 일을 해야 하는 거예요."

나는 땅바닥에 누워 있는 디나티우스를 가리키며 덧붙였다.

"저놈은 내가 데려갈 거예요. 그래야, 내가 어디로 가든, 저 녀석도 나랑 함께 있을 테니까요. 엄마와 함께 있는 게 아니라……."

엘런이 침울하게 고개를 끄덕였다. 그 옆에 있던 류도 함께 고개를 끄덕였다.

"다시 봐요, 둘 다."

나는 자신 있게 말했다. 하지만 나도 내 말에 확신이 없었다.

그렇게 말하고, 나는 돌아서서 언덕을 가로질러 걸어가기 시작했다. 내가 가까이 다가가자, 디나티우스는 끙끙거리며 몸을 살짝 꿈틀거렸다. 나는 발걸음을 멈추고 그 모습을 내려다보았다. 이윽고 허리를 굽혀 지팡이를 주워 들었다. 차가운 지팡이 자루를 움켜잡고, 지팡이 끝을 땅에 푹 찔러 넣었다. 바람이 내 등을 세차게 짓누르자, 두 귀에 윙윙 소리가 났다. 하지만 나는 당당하게 섰다. 리타 고르 앞에 서 있기라도 한 것처럼.

잠시 나는 지팡이처럼 꼿꼿하게 그곳에 그대로 있었다. 최고 단계의 마법을, 도약 그 자체의 힘을 곰곰 생각했다. 내 자신이 정말로 준비가 되어 있는지 확신이 없었다. 내 시선은 고분의 위쪽 테두리를 방황했다. 그곳에 올라가 겨우살이 화관을 확인해봐야겠다는 충동이 갑작스레 일었다. 내 마법의 씨앗에서 어떤 생명의 징조가 생겨났는지 알아봐야 했다. 하지만 나는 중요한 한 가지 임무에 집중해야 한다는 걸 잘 알고 있었기에 망설였다.

도약. 원형 돌무더기로 곧장 가는 방법.

358

돌풍이 드세졌다. 나는 지팡이를 더 단단하게 부여잡았다. 내가 솔송나무 깊이 새겨진 도약의 상징 주변을 감싸고 있다는 걸 깨달았다.

원 안의 별.*

'금발의 그위리'가 내게 그 표시를 주고, 겨우살이 가지가 이곳에서 나를 기다리고 있을 거라고 예언한 뒤로 많은 시간이 흘렀다. 하지만 우리 만남의 순간은 그위리 주변을 항상 둘러싸고 있던 반짝이는 둥근 빛만큼이나 내 기억 속에 아주 밝게 빛나고 있었다. 당시 그위리는 도약의 진정한 마법은 모든 사물을 서로 엮어주는 숨겨진 연결 고리 안에 있다고 말했다. 공기, 바다, 안개, 흙, 사람들의 손처럼 가지각색의 것들이라 할지라도 말이다. 왜냐하면 그 모든 사물들은 그위리가 '*별의 위대하고 영광스러운 노래*'라고 부른 것의 한 부분을 이루기 때문이다.

나는 커다란 돌기둥을 생각했다. 이곳에서 아주 먼 곳, 내가 가야 할 곳. 그 돌기둥은 한때 거인들의 춤을 목격했었다. 그리고 몇 시간 뒤면 두 세계가 만나는 걸 목격하게 될 거다. 다그다의 경고가 마음속에 맴돌았다. 핀카이라의 유일한 희망은 수많은 종족 중에서 얼마나 많은 거주민들이 원형 돌무더기에 함께 모이느냐에 달려 있었다. 하지만 다그다가 그 말을 한 이후로, 나는 그 임무를 위해 그 어떤 것도 할 수 없었다. 리타 고르는 자신의 꼭두각시 디나티우스를 통해 벌써부터 그 사실을 알았다.

하지만 아직…… 하나의 기회가 남아 있었다. 그렇다, 그 이름은 리아였다. 나는 동쪽, 지 먼 언덕을 바라보았다. 리아가 분명 지금 원형 돌무더기로 가고 있을 거다. 단 하나의 동맹도 구하지 못했다 하더라도, 리

---

*원 안의 별은 도약의 상징입니다.

아는 반드시 갈 거다. 필요하다면 혼자서라도.

내가 또 누구를 의지할 수 있을까? 심은 아니다. 심은 우르날다의 음모에 말려들었을 거다. 할리아도 아니다. 저 북쪽에 있는 용의 땅을 아직도 찾아 헤매고 있을 거다. 카이르프레도 아니다. 카이르프레는 엘런처럼 다른 곳에 있을 거다. 그리고 내 그림자도 아니다. 나는 그것이 특히 후회스러웠다. 그림자가 자주 무례하며 참을성 없이 굴기는 해도, 여전히 내 일부였으니까. 그림자를 쫓아 버리지 않았더라면 얼마나 좋을까, 나는 정말로 후회스러웠다.

나는 지팡이에 기대어 할리아 생각을 하며 낙담했다.

잎사귀에 달라붙은 꿀처럼.

이 문구는, 드루마 숲에서의 그 날 아주 생생하게 울려 퍼졌는데, 지금은 공허하기만 했다. 할리아와 나의 사랑이 식어서도, 함께 사슴처럼 달리려는 열정이 사그라져서도 아니었다. 우리를 엮어주는 발굽 아래의 땅이 변했기 때문이다. 우리의 모든 세상이, 우리의 모든 미래가 지금 불확실하다. 하지만 아니! 우리는 결코 서로에게서 떨어져 살 수 없다. 우리의 고향 땅에서 우리가 결코 떨어져 살 수 없는 것처럼.

우리의 핀카이라.

발을 땅에 단단하게 딛고, 그리고 한쪽 발이 디나티우스에 닿도록 확실히 하고서, 나는 투명한 하늘을 올려다보았다. 이제 갈 시간이다. 천천히, 나는 내 심장을, 내 마음을, 내 정신을 도약의 마법에 활짝 열었다. 나는 도약의 힘을 소환하며, 그것이 숨어 있는 그 모든 곳에 소리쳤다. 주변을 둘러싼 공기, 끝 모를 바다, 쉼 없이 소용돌이치는 안개, 경이로운 땅, 그리고 내 자신의 살아 있는 손.

처음에는, 바닷바람의 서늘함 말고는 아무것도 느껴지지 않았다. 바닷바람에 내 머리카락이 휘날리고 조끼가 펄럭였다. 그러고 나서 차츰, 낯선 어딘가에서 따뜻한 기운이 느껴졌다. 그것은 공기 안에 있지 않았다. 그렇다고 내 밖에 있는 것도 아니었다. 오히려, 그것은 내 혈관과 모공, 그리고 뼈 안에서 부풀어, 뿔로 만든 음료수 잔처럼 나를 가득 채웠다. 천천히 그것이 힘차게 모여, 온기가 물결처럼 내 온몸을 통해 흘렀다.

우리를 그곳으로 보내줘요. 우리를 원형 돌무더기로 보내줘요.

내가 간청했다.

이글거리는 빛의 불꽃이 허공에 폭발하며, 불타는 구름처럼 우리를 둘러쌌다. 잠시 뒤, 불꽃은 사라졌다. 우리도 사라졌다.

30

첫 번째 진동

불타는 듯 선명한 구름이 희미해지며, 빛나는 불꽃과 불꽃의 자취를 허공에 쏘아 올렸다. 내 발밑에는 의식을 차리지 못한 디나티우스가 끈에 묶인 채 끙끙거리며 몸부림쳤다. 땅바닥이 계속 우리를 받치고 있었지만, 이 땅은 느낌이 달랐다. 더 단단하고 더 평편했다. 사나운 구름이 흩어지자, 망가진 무기와 잊힌 보물이 흩어져 있는 낡은 고분의 폐허가 사라진 걸 볼 수 있었다.

대신, 거대한 돌이 우리를 둥글게 감싸고 있었다. 우리를 둘러싼 돌은 어떤 것은 수직으로, 어떤 것은 옆으로 누워 있었다. 어떤 것은 거대한 가로장을 받치고 있었다. 원형 돌무더기!

나는 의기양양하게, 지팡이를 땅에 쿵 밀어 넣었다. 내가 해냈다. 내가 도약으로 이곳까지 왔다!

돌무더기 사이 틈으로 새하얀 눈과 잎이 떨어져 나간 앙상한 나무가 듬성듬성 나 있는 언덕이 저 멀리 흘끗 보였다. 하지만 이 산비탈에는 나무 한 그루 없었다. 이곳은 오직 돌기둥밖에 없었다. 이끼 덮인 큰 바위가 원형 돌무더기 가장자리에 외롭게 서 있었다. 마치 거칠고 작은 산처럼 보였다.

이윽고 나는 뭔가 기이한 점을 알아차렸다. 원형 돌무더기 밖에는 눈이 쌓여 있었다. 돌기둥에도 눈이 덮여 있었다. 그러나 원형 돌무더기 안에는 눈송이가 하나도 없었다. 그리고 또 한 가지. 땅의 색깔이 특이해 보였다. 왠지 모르게 밝아 보였다. 그렇다, 그거다. 땅이, 그리고 푹석푹석한 풀포기가 기이할 정도로 새하얗게 변해 있었다. 마치 안개가 낀 것처럼. 나는 허리를 숙여 풀밭에 손을 얹었다. 무언가 따뜻한 느낌이 전해졌다.

나는 코를 긁적이며 생각했다. 그러니까, 나의 도약 때문일 수도 있었다. 도약은 엄청난 힘의 집중이 필요하니까. 하지만 뭔가 더 있을 것 같다는, 뭔가 불길한 느낌을 떨쳐 버릴 수 없었다.

나는 머리 위에 빛나는 태양을 흘끗 올려다보았다. 햇빛 아래, 공기는 차가웠지만 견딜 만했다. 몇 시간 뒤면 해가 질 거다. 어쩌면, 핀카이라의 마지막 날이 될지도 모른다.

나는 둥글게 모여 있는 돌무더기로 시선을 옮겼다. 거칠게 다듬은 거대한 돌은 마치 땅에서 솟은 것처럼 보였다. 그리고 한결같이 오래되어 보였다. 돌이면서도 시간의 기둥처럼 보였다. 그리고 적막했다. 너무나도 적막했다. 마치 돌무더기가 흐느끼며 지켜보고 있는 것 같았다.

리아는 어디에 있을까? 나는 저 멀리 언덕을 훑어보며 리아의 흔적을 찾았다. 아무것도 없었다. 그 누구의 흔적도 없었다. 돌기둥에 내려앉은 협곡 독수리 한 마리도 없었다. 돌무너기 안에는 아무도 없었다. 살아 있는 건 아무것도 없었다. 배가 뒤틀렸다. 정말로 필요한 시간에, 핀카이라를 도우러 오는 이가 아무도 없다는 게 과연 있을 수 있는 일일까?

나는 왼쪽 어깨를 힘주어 움직여봤다. 서둘러 치료를 받기는 했지만, 어깨는 여전히 불편했다. 어깨 상태가 좋지 않아서 전투에서 별 도움이 안 되는 건 아닐까, 나는 두려웠다. 나는 지팡이를 들어 디나티우스와의 싸움에서 그렇게 했던 것처럼 힘껏 휘둘러보았다.

갑자기 허공에 창 하나가 휙 소리를 내며 날아들어, 내 머리 바로 위를 스쳐 지나갔다. 동시에, 요란한 고함 소리가 일제히 들려왔다. 기둥 뒤에서, 적어도 스무 명 남짓 되는 고블린 전사들이 달려 나왔다. 단검, 칼, 뾰족한 곤봉으로 완전 무장을 한 고블린들은 나를 향해 곧장 달려들었다. 전사들의 가느다란 눈이 뾰족한 헬멧 아래에서 반짝였다.

고블린 전사들은 포악한 짐승처럼 으르렁대며 앞으로 달려왔다. 손가락 세 개 달린 손이 무기를 단단히 움켜잡고 있었다. 회청색 팔에는 셀 수 없이 많은 상처가 나 있었다. 나는 고블린 전사들과의 지난 대면을 통해 저 상처의 일부는 싸움에서 얻은 게 아니라, 싸움이 끝나고 난 후 자해를 하는 의식에서 생긴 것임을 안다. 상처는 자신이 무찌른 적을 상징했다.

본능적으로, 나는 고블린 전사들을 향해 팔을 뻗었다. 손가락에서 윙윙 바람이 뿜어져 나와, 녀석들을 맹렬하게 강타했다. 그 때문에 고블린들은 앞으로 전진할 수 없었다. 몇몇은 발을 제대로 내딛지 못했다. 몇몇은 돌무더기 밖으로 밀려났다. 그중 한 놈이 비틀거리다 옆의 전사와 부딪치는 바람에, 둘 다 넘어지고 말았다. 첫 번째 놈이 일어나기도 전에, 밀려 넘어진 녀석이 곤봉으로 자기를 민 전사의 머리를 사정없이 내리쳐 기절시켜 버렸다.

하지만 내가 일으킨 바람이 고블린 전사들의 전진을 오랫동안 저지할 수는 없었다. 고블린들은 재빨리 대열을 넓혀 다방면으로 나를 공격했다. 많은 수가 독이 묻은 창을 던졌다. 나는 바람을 멈추고 검을 뽑았다. 칼날이 쨍 울리는 소리가 다시 한번 들렸다. 나는 돌무더기 주변으로 달려가 가까이 있는 고블린 전사를 공격했다. 지팡이 자루로 한 놈의 가슴을 내리쳤다. 비록 비실비실한 팔로 휘둘렀지만, 가슴받이가 찢어지면서 놈이 뒤로 나자빠졌다.

"죽어라!"

또 다른 전사가 뒤에서 소리치며 공격해 들어왔다. 녀석의 넓적한 칼날이 내 각반을 가르며 허벅지를 스쳤다. 나는 휙 돌아 검을 휘둘렀다. 칼날이 녀석의 억센 팔에 깊이 박혔다. 녀석은 고통에 신음하며 무기를 떨어트렸다. 나는 녀석의 배를 힘껏 발로 차 뒤로 넘어트렸다. 그 바람에 그 녀석은 뒤에 있던 전사 둘과 함께 뒤엉켜 굴렀다.

왼쪽 어깨가 지근거리기 시작했다. 아직까지는 버틸 수 있었지만, 그리 오래 가지 못하리라는 걸 나는 알고 있었다. 고블린 전사들은 너무 많고, 나는 너무 빨리 지쳐갔다.

고블린 둘이 양쪽에서 나를 공격했다. 나는 재빨리 뒤로 물러섰다. 둘이 서로 쿵 부딪쳤다. 나는 재빨리 지팡이로 녀석들의 머리를 내리쳤다. 그때 뒤에서 뭔가가 다가오는 걸 느끼고 휙 돌아섰다.

전사 여섯이, 팔을 서로 맞대고, 떼거지로 공격해왔다. 나는 발뒤꿈치로 땅을 차면서, 심홍색 불꽃 덩어리가 타오르게 명령을 내렸다. 활활 타오르는 불덩이가 공격자들을 향해 날아갔다. 하지만 내 목표가 어긋났다. 불덩이는 전사 둘의 어깨를 스쳐 지나가, 놈들을 시끄럽게 울부짖게 했을 뿐, 그 이상의 해는 끼치지 못했다. 불덩이는 전사들을 지나쳐 돌기둥에 쿵 부딪치며 불꽃을 내뿜었다.

고블린 전사들의 행렬이 내게 점점 다가왔다. 잠시 뒤면, 우리는 충돌

할 거다. 뒤를 흘끗 돌아보니, 또 다른 전사 몇몇이 칼과 창을 위로 치켜들고 헉헉대며 공격해오고 있었다. 내가 저들을 한꺼번에 물리칠 수는 없는 노릇이었다. 언뜻, 유난히 근육질인 고블린 전사 하나가 눈에 뜨였다. 심홍색 완장을 찬 놈이 내게 달려들었다. 그놈은 사납게 으르렁거리며, 창끝을 내 가슴에 겨누었다.

바로 그때, 요란한 진동이 원형 돌무더기를 뒤흔들었다. 그 충격에 나는 땅에 쓰러지고 말았다. 온몸으로 쿵쿵거리는 떨림이 전해졌다. 나와 마찬가지로, 건장한 고블린 전사도 균형을 잃고 옆으로 미끄러졌다. 그 바람에 창이 가까스로 나를 비껴갔다. 서로 손을 맞잡은 전사들은 땅이 흔들리자 휘청거리며, 한 덩어리로 몸부림치며 넘어지면서 서로 뒤엉켰다. 사방에서 고블린 전사들이 쓰러졌다.

누군가 일어나기도 전에, 또 다른 진동이 엄습했다. 이윽고 또 다른 진동이 점점 더 크고 강해졌다. 진동이 점점 더 빨라졌다. 고블린 전사들은 일어서려 버둥거리고, 울부짖고 욕을 퍼부으며, 공포에 벌벌 떨었다. 핀카이라에서 이렇게 땅을 뒤흔드는 강력한 단 하나의 힘이 누군지 알고 있었으니까. 나도 그게 누군지 알고 있었다.

"심! 나 여기 있어!"

내가 커다란 발자국 소리가 잠시 멈추었을 때 소리쳤다.

지팡이 덕분에, 나는 끙끙거리며 일어설 수 있었다. 하지만 그리 오래가지는 못했다. 기울어진 돌기둥 하나가 끊임없는 진동에 흔들리며 내 바로 옆에 처박혀 박살났으니까. 나는 뒤로 고꾸라지며 디나티우스 위로 뒹굴었다. 그 바람에 디나티우스의 칼날에 팔뚝을 베었다. 하지만 나는 고블린 전사들에 비해 운이 좋았다. 고통스러운 비명으로 보건대, 적어도 셋은 무너지는 돌에 깔린 듯했으니까.

바로 그 순간, 헝클어진 머리카락의 거대한 심의 모습이 언덕 꼭대기에 나타났다. 심은 원형 돌무더기 위로 몸을 숙여, 육중한 손을 땅에 내려놓았다. 놀랍게도, 심이 손바닥을 펴자, 근육질 한 무리가 튀어나왔다. 모두 양날 전투용 도끼로 무장하고 있었다.

　소인들! 몇몇은 날카로운 창과 끝에 돌멩이를 매단 작살도 가지고 있었다. 몇몇은 이빨 사이에 단검을 물고 있었다. 소인들은 가볍지만 견고한 쇠사슬 갑옷 조끼를 입고, 가죽 각반 위에 넓은 벨트를 차고 있었다. 턱수염은 검은색, 아니면 빨간색 또는 회색이었는데, 끝을 날카롭게 손질해 싸울 태세를 갖추고 있었다.

　즉각, 소인들은 당황해 허둥대는 고블린들을 일제히 공격했다. 동시에, 더 많은 소인들이 심의 팔에서 능숙하게 내려오고, 또 헐렁한 조끼 틈에서 미끄러져 내려왔다. 가장 큰 소인이라 하더라도 고블린의 절반밖에 되지 않았지만, 소인들은 엄청나게 싸움을 잘했다. 바람처럼 민첩했으며, 두려움 따위는 보이지 않았다. 소인들은 고블린 전사들을 무자비하게 난도질했다. 고블린들도 마찬가지로 무지막지하게 싸웠다. 상황이 극적으로 바뀌었기에 더더욱 그랬다. 심은 잔뜩 겁을 집어먹은 고블린 전사 몇 명을 엄지와 검지 사이로 집어 들은 뒤, 마치 썩은 과일 조각이라도 되는 양, 저 멀리 툭 던져 버렸다.

　나는 소인들이 와서 무척 기뻤지만, 한 명이 보이지 않아 깜짝 놀랐다. 어디에도 우르날다의 모습이 보이지 않았던 것이다.

　전쟁의 비명과 외침, 도끼와 창이 넓적한 칼과 부딪치는 소리가 원형 돌무더기 안에서 울려 퍼졌다. 핏물이 눈 없는 땅을 적셨다. 그러는 사이 돌기둥에도 피가 튀었다. 몇 분 뒤, 마지막 남은 고블린 전사들이 달아나거나 쓰러지면서 전투는 끝났다.

소인들이 낮고 굵직한 포효를 내질렀다. 도끼와 창을 허공에 흔들며 승리를 축하했다. 하지만 환호는 곧 멈추었다. 전투로 인한 손실이 선명했기 때문이다. 소인 몇 명이 크게 상처를 입었으며, 적어도 여섯 명 정도는 딱딱한 땅바닥에서 죽음을 맞았다. 즉각, 생존자들은 도움이 필요한 동료들을 돌보기 시작했다.

심은 언덕 아래쪽에서 무릎을 꿇고, 돌 가로장에 묵직한 턱을 올려놓고 쉬었다. 심이 환하게 웃으며, 불룩한 코 아래 들쭉날쭉한 이를 드러냈다. 만족스럽다는 듯이, 기분 좋게 눈을 깜빡여 보였다. 바로 그때 나는 심의 코 꼭대기에 앉아 있는 헝클어진 빨간 머리와 보석으로 장식한 땅딸막한 인물을 알아차렸다. 우르날다! 우르날다가 나를 내려다보았다. 금실로 수놓은 검은 옷 위로 팔짱을 낀 채, 한 손에는 지팡이를 들고 있었다. 우르날다는 당당하면서도 놀란 표정이었다. 또한 우스꽝스럽게 보이기도 했다.

나는 가까이 다가가려, 원형 돌무더기 가장자리에 놓인 이끼로 덮인 큰 바위 꼭대기로 기어올랐다.

"좋아, 둘이 평화 조약을 맺었나보네. 기뻐, 고맙기도 하고."

내가 둘 모두에게 소리쳤다.

"평화 조약 같은 소리 하고 있네. 우리는 평화를 조각했다고!"

우르날다가 되받아쳤다. 우르날다는 자기가 한 농담에 허벅지를 탁 치며, 신나게 낄낄거렸다. 그러느라 파란색 조개 귀걸이가 이리저리 흔들리며 딸랑딸랑 울렸다.

나는 당황스러워 우르날다를 노려보았다.

"무슨 말인지 모르겠어요. 평화를 조각했다고요?"

"그래, 단단하게 조각했지!"

우르날다가 다시 한번 껄껄 웃었다. 귀걸이 하나가 떨어져 나갔지만, 우르날다는 손가락을 흔들어 귀걸이가 다시 날아와 자신의 귀에 탁 달라붙게 만들었다.

"심과 나는 이제 친구야, 멀린. 내가 저 녀석을 위해 선물을 준비해두었다는 거 넌 기억하고 있겠지? 음, 사실 그것은 함정, 엄청 커다란 함정이었지."

나는 그 어느 때보다 더 당황스러워하며, 지팡이로 바위를 툭 쳤다.

"그래서 어떻게 둘이 친구가 되었다고요?"

심이 고개를 끄덕이며 대신 대답했다.

"하지만 그 함정은 거인에게는 그렇게 안 컸어, 하하! 나는 그 함정에 빠져 터널 속으로 빨려 들어갔지. 아주 깊이. 그러고 나서 나오려고 버둥댔어. 사방의 바위들을 부수면서 말이야. 내가 탈출했을 때, 땅에 엄청 커다란 구덩이가 생겼지."

"내 원형극장!"

여자 마법사가 두 팔을 흔들며 까르르 웃어댔다.

"이제 우르날다는 내 백성들에게 매주 연설을 하기 위해, 나를 기리는 연극을 보기 위해, 등등을 더 이상 기다릴 필요가 없어. 그래서 인정 많은 우르날다가 심이 한 스파이 짓을 용서해줬지."

우르날다의 목소리가 갑자기 잦아들었다.

"심이 내가 싫어하는 말이나 행동을 하기 전까지는."

심은 그 어느 때보다 환하게 웃었다.

"나도 저 여자한테 무척 고마워."

불현듯, 내 발아래 바위가 움직였다. 나는 바위에서 미끄러지며 기친 바닥에 등을 긁혔다. 동시에, 창 하나가 내가 서 있던 곳으로 곧장 날아들었다. 땅에 닿기도 전에, 나는 누가 창을 던졌는지 알았다. 심홍색 완장을 찬 건장한 고블린이었다. 그 고블린은 가슴에 난 상처에서 피를 줄줄 흘리며 원형 돌무더기 저쪽에 서 있었다. 자신의 목표물을 놓치자 마구 저주를 퍼부으며, 돌기둥 두 개 사이로 미끄러져 언덕 아래로 도망쳤다. 몇몇 소인들이 그 뒤를 따라갔다.

나는 천천히 일어섰다. 고맙다는 표시로 고개를 끄덕이며, 바위를 덮고 있는 텁수룩한 이끼 위에 손을 올렸다. 이끼의 축축함 아래, 미세한 떨림이 느껴졌다. 펄럭이는 나비 날개보다 훨씬 더 부드러운 떨림.

"고마워, 살아 있는 바위야, 내 목숨을 구해줘서 정말 고마워."

이끼 낀 바위 깊숙한 곳에서, 고동치는 오래된 목소리가 느껴졌다. 몇 년 전 들어본 적 있는 목소리였다. 절대 잊지 못할 목소리. 이 목소리는 바위의 힘과 경험을 통해 시간의 광대함을 말했으니까. 그 말이 천천히, 무뚝뚝하게, 진솔하게 나왔다.

환영한다, 젊은이. 난 항상 네 생각을 했지. 네가 내 안에 들어와 저항한 뒤로 줄곧.

나는 살며시 한숨을 쉬었다.

"그래, 나도 알아. 나는 그날 너한테 저항했어. 너는 나를 바위 속에 가두려 했어. 하지만 나는 그렇게 할 수 없었어. 나는 인간으로 살고 싶었어. 변신하고 싶었어."

"변신!"

목소리가 마치 파도 같은 소리로 외쳤다. 그 소리가 내 손으로 전달되었다.

나는 변신에 대한 진실을 알고 있다. 나는 별의 배 안에 끓어 넘치고, 불꽃으로 타오르고, 티끌 같은 먼지로 우주를 떠돌았다. 그리고 무한한

영겁 동안 새로운 세상을 지었다. 넌 수많은 마법사들의 일생에서는 내가 배운 걸 배울 수 없다. 너는 내가 본 걸 볼 수 없다.

"나도 알아, 위대한 바위야. 하지만 나는 어떻게든, 우리가 오늘 살아남는다면, 여기로 다시 와서 너한테 배울 수 있으면 좋겠어."

큰 바위가 살짝 흔들리며, 땅으로 밀고 들어갔다.

그러기 위해서는 너는 힘이 아니라 인내가 필요할 거다, 젊은이. 하지만 너는 네 종족 중에서 처음으로 나와 이야기를 나누었다. 그리고 감히 내 힘에 저항한 유일한 살아 있는 존재이지. 그러니 네가 배울 가능성은 있어. 시간과 더불어.

나는 감사한 마음으로 고개를 끄덕였다.

"그런데 누가 너한테 우리가 처한 곤경을 말해줬지? 네가 오늘 여기 오도록 말이야?"

내 손 바로 위로, 바위의 표면이 떨렸다. 축 늘어진 이끼 다발 아래에서, 자그마한 점이 빛났다. 경쾌한 비행사가 나를 향해 펄럭펄럭 날아와 내 얼굴 앞에서 맴돌더니, 내 코끝에 부드럽게 내려앉았다. 전에, 리아가 깨우려고 했던 늙은 참나무에서 그랬던 것처럼.

"고마워, 경쾌한 비행사."

내가 속삭였다.

이 정교한 생명체는 윙윙 소리를 내며 두 날개를 부드럽게 움직였다. 갑자기 날아올라, 밝게 빛을 냈다. 경쾌한 비행사는 돌기둥 하나를 맴돌더니, 서쪽으로 방향을 틀었다. 지는 해 때문에 눈에 보이지 않았다.

"가장 긴 겨울밤이 되기 전까지 이제 한 시간도 남지 않았군."

우르날다가 심의 코 위, 자신의 왕좌에서 큰 소리로 말했다. 그러고는 손으로 햇빛을 가리며 저 멀리 언덕을 살펴보았다.

"하지만 아무도 오지 않는군."

"올 거예요."

내가 우르날다에게 장담했다. 하지만 내 불확실한 목소리에 내 생각이 그대로 드러났다.

우르날다가 얼굴을 찡그렸다.

"저 고블린들은 리타 고르의 동맹 중 일부에 지나지 않아. 총공격을 물리치려면 우리에게 더 많은 지원군이 필요해."

우르날다가 짜증스레 두 손에 침을 뱉더니, 손바닥을 비볐다.

"아직도 오늘밤 이후 아무런 환영도 보이지 않아, 멀린. 그게 가장 걱정스러워! 내 꿈속에서 씩씩거리던 유령 같은 뱀들을 제외하고는 환영이 전혀 안 보인다고."

우르날다의 창백한 이마에 주름이 잡혔다.

"오늘밤이 우리의 마지막이 될까 정말 두려워."

31
출입구

우르날다가 불길한 이야기를 하는 동안, 나는 원형 돌무더기 주변을 훑어보았다. 소인들은 다친 동료를 돌보는 일을 거의 끝마쳤다. 이제 돌무더기 안쪽에서 조심스럽게 죽은 동료들을 옮겨, 무기와 함께 전통 방식대로 얼굴을 아래로 향해 파묻었다. 고블린 전사들의 시체는 이미 깨끗하게 치웠는데, 과연 그들을 명예롭게 처리했는지 나는 궁금증이 일었다. 끈에 묶인 디나티우스는 돌무더기 안쪽 한가운데에 횡하니 남겨졌다. 여전히 의식은 없었지만, 전보다 훨씬 더 꿈틀대는 것 같았다.

갑자기, 발아래에서 새로운 움직임이 느껴졌다. 거인이 일으키는 진동은 아니었다. 이번 진동은 먼 곳에서 왔지만 계속 천천히 이어졌다. 시간이 지나며 점점 강해졌다.

돌무더기 안쪽의 소인들이 당혹스러워 깜짝 뛰어올라, 지도자를 찾아 아우성쳤다. 하지만 돌무더기 밖에 서 있는 소인들은 아무런 흔들림도 못 느끼는 것 같았다. 심 또한 그 진동을 느꼈다. 심의 불룩한 코가 당황하며 실룩거리는 바람에 자칫 우르날다가 떨어질 뻔했다. 우르날나는 욕을 하며 심을 세게 후려쳤다. 그러더니 코에서 기어 내려와, 심이 턱을 기대고 있던 가로장 한가운데에 자리 잡았다. 이윽고, 우르날다는 자신의 군대를 향해 큰 소리로 명령을 내려, 모두 돌무더기 가장자리로 이동시켰다.

진동은 더 심해졌다. 심은 투덜거리며 자리에서 일어섰다. 심이 발걸음을 옮기자 땅이 또 한 번 진동했다. 소인들이 뒤로 물러서고 나니, 디나티우스와 살아 있는 바위, 그리고 나만 돌무더기 안에 남게 되었다.

진동이 점점 빨라지면서 나지막하게 웅얼거리는 소리가 들려왔다. 그 소리는 땅에서 나는 게 아니라 더 깊은 어딘가에서, 뿐만 아니라 더 높은 곳 어딘가에서 나왔다. 돌무더기 안의 공기가 점점 탁해지고 기압이 높아지면서 불꽃이 튀었다. 나는 우리가 느끼고 있는 것이 무엇인지 불현듯 깨달았다. 두 세계가 서로 위험할 정도로 가깝게 방향을 틀고 있었다. 다그다가 어떻게 묘사했더라?

사실, 두 영토가 거의 맞닿을 정도로 무척 가까워질 거야.

나는 또 다른 변화를 알아차렸다. 내가 이곳에 도착하자마자 보았던, 안개 낀 것 같은 땅의 순백이 더 깊어지고, 더 빨리 퍼지고 있었다. 내가 지켜보는 동안에도, 잔디가 계속 환해지며, 갈색에서 회색으로, 우윳빛 흰색으로 바뀌었다. 이윽고 나는 깜짝 놀랐다. 가장 환한 땅에서, 움직임의 흔적이 보였다! 줄무늬 그림자, 하나둘 모이는 형체…… 리타 고르의 군대! 그들이 가까이, 아주 가까이 있었다. 서서히 출입구를 지나고 있었다.

나는 태양의 위치를 가늠해봤다. 이미 지평선 가까이 내려와 있었다. 이제 몇 분밖에 남지 않았다! 나는 주변 언덕을 살펴보려 살아 있는 바위 위로 재빨리 기어 올라갔다. 투시력을 최대한 뻗어, 리아나 다른 동맹군의 흔적을 찾아보았다. 하지만 앙상한 나무 몇 그루밖에 보이지 않왔다. 나무의 윤곽이 재빨리 어두워지고 있었다.

핀카이라를 지킬 자는 더 이상 없었다. 리아도 없었다. 오직 죽음 또는 끔찍한 상처만이 내 여동생이 이곳에 오지 못하게 막으리라는 걸 알았기에, 나는 몸서리쳤다. 그리고 리타 고르의 군대가 이 세계로 쏟아져 들어온 뒤에 무엇이 우리를 기다리고 있을지 생각하면서 다시 몸서리쳤다.

그 순간, 저 멀리서 요란한 울음소리가 들려왔다. 땅이 쿵쿵 울리는 소리 너머로 간신히 알아들을 수 있는 소리. 나는 고개를 들어보았다. 바로 그때, 분홍색으로 물든 하늘에 자그마한 검은 점 하나가 솟아올랐다. 아래를 향해 다급하게 내려오며, 점점 더 크게 울어댔다. 또 다른 울음소리가 허공을 찌르며, 언덕 사이로 수없이 울려 퍼졌다. 언덕이 화답하며 소리치는 것 같았다. 곧, 붉게 물든 빛 속에서 거대한 날개가 희미하게 빛났다. 또한 그 생명체의 넓은 꼬리, 굽은 부리, 그리고 강력한 발톱이 빛났다. 협곡 독수리!

그리 멀지 않은 곳에, 또 다른 협곡 독수리들이 아래로 휙 내려앉으며, 하나씩 또는 짝을 지어 날고 있었다. 머지않아, 하늘은 협곡 독수리의 아치 모양 날개로 뒤덮였다. 한 방향으로 날아 내려오며, 독수리들은 원형 돌무더기를 향해 기민하게 움직였다. 우두머리 독수리가 돌기둥에 내려앉아 쭉 뻗은 발톱으로 기둥을 단단히 움켜잡고, 날개를 위엄 있게 펄럭이며 나를 똑바로 바라보았다.

나는 환영의 뜻으로 고개를 숙였다. 내 두 귀에는 독수리의 외침이 울려 퍼졌다.

내 발아래, 살아 있는 바위가 흔들렸다.

저 독수리들은 널 기억해, 젊은이. 저 독수리들은 감히 아무도 나서

지 않았을 때 네가 자신들을 위해 어떻게 싸웠는지 기억하고 있어.

나는 고개를 끄덕였다. 하지만 나는 여전히 침울했다. 이 날개 달린 전사들이 실로 강력한 동맹군이긴 하지만, 이들로는 충분하지 않았다. 아니, 턱도 없이 모자랐다.

나머지 독수리들이 돌기둥에 자리 잡았을 때, 나는 하늘에서 뭔가 다른 걸 발견했다. 새 떼. 더 많은 새. 훨씬 더 많은 새! 온갖 종류의 각양각색의 새 떼가 하늘을 새까맣게 물들이며 다가오고 있었다. 저들을 바라보며, '말하는 조개의 해변'에 모여 있던 새들을 떠올렸다. 나는 그 새들이 바로 이 순간을 위해 모여 있었던 건 아닐까 문득 의구심이 들었다. 거대한 무리가 가까이 다가오자, 나는 알아차렸다. 두루미, 부엉이, 펠리컨, 제비갈매기, 제비, 가마우지, 그리고 매. 하지만 내가 정말이지 다시 보고 싶어 하는, 지금도 내 가방 안에 그 깃털 하나를 간직하고 있는 그 매는 저 안에 없다는 걸 나는 잘 알았다.

새보다는 훨씬 큰 다른 무언가가 북쪽 하늘에서 다가왔다. 들쭉날쭉 톱니 모양의 날개, 기다란 목, 커다란 머리는 내가 당연하게 알아볼 수밖에 없는 모습이었다. 용의 모습, 귀니아! 의심의 여지없이, 핀카이라에 마지막 남아 있는 용이 우리의 명분에 합류했다. 가느다란 연기가 콧구멍에서 활활 뿜어 나왔다. 하지만 귀니아가 불을 뿜어내는 방법을 진짜로 배웠는지 나는 알 수 없었다. 아 슬프다, 할리아가 어디에 있는지 알 수 없었다. 할리아가 용의 등에 타고 있지 않았으니까.

이제는 연보라색과 분홍색으로 물든 언덕 위로, 귀니아의 그림자와 여러 종류의 새가 속도를 냈다. 나는 땅의 윤곽에 따라 커졌다 작아지는 그림자가 하늘은 물론이고 산비탈을 뒤덮는 모습을 지켜보았다. 그러다 깜짝 놀랐다. 땅 위에는 그림자만 있는 게 아니었다!

당당한 검은 종마가 언덕 뒤에서 불쑥 나타나 뛰어왔다. 이온! 그리고 등에는 리아! 지평선 위에 커다란 붉은 방패처럼 걸쳐 있는 햇빛 속에, 리아의 잎사귀 옷이 마치 루비 가운처럼 반짝반짝 빛났다.

산비탈을 돌진해 오며, 종마의 발굽이 마치 북처럼 풀밭을 탕탕 두드렸다. 먼지가 날려 때때로 얼굴을 가리기도 했지만, 나는 리아의 모습에 진심에서 우러나온 결의가 묻어 있는 것을 똑똑히 볼 수 있었다. 리아가 늘 품고 있는 그 결의. 나는 언제나 그걸 알았다.

"리아!"

나는 바위 위에 서서 리아를 향해 손을 흔들며 소리쳤다.

리아가 내게 손을 흔들어 보였다. 다른 손으로는 주변 언덕에 가려 보이지 않는 뒤쪽 다른 이들을 향해 손짓했다. 동시에, 스컬리가 기다란 두 귀를 펄럭이며, 리아의 어깨 위에 올라섰다. 스컬리는 카랑카랑한 목소리로 말했다.

"야아-히! 스컬리럼퍼스 에이버 이 핀달레어가 드디어 여기 왔다!"

"저기 봐, 멀린. 더 많이 오고 있어!"

심의 커다란 목소리가 쩌렁쩌렁 울렸다.

언덕 너머로 한 무리 종족들이 쏟아져 나왔다. 각양각색의 크기와 종류의 동물이었다. 모두 성큼성큼 요란스레, 기거나 날아서, 땅 위로 미끄러지거나 달려서, 산비탈을 올라 원형 돌무더기 쪽으로 다가오고 있었다. 뱀, 늑대, 살쾡이, 등이 곧은 켄타우로스(반인반마), 물의 요정, 수름 도마뱀, 수사슴과 새끼 사슴, 눈이 큰 다람쥐, 여우, 고슴도치, 나비, 쥐, 뱀, 벌 떼, '글린-엄마'(600년에 한 번씩 꽃잎을 음식으로 먹는다.), 말, 파우나, 숲의 요정, 그리고 하얀 유니콘 한 마리.

투명 뱀 한 쌍도 보였는데, 날름거리는 혓바닥과 꼬리 끝을 제외하고

377

는 모두가 투명했다. 젤리보그(jellibog) 한 마리도 있었는데, 땅 위를 느릿느릿 구르며, 초록색 점액질로 희미한 흔적을 남겼다. 그리고 잃어버린 땅 북쪽 해안에 사는 전설적인 개구리 다리 인간도 있었다. 사슴 종족 한 무리도 보였다. 좁고 긴 얼굴을 높이 쳐들고 있었지만, 그 중에 할리아는 없었다. 그러고 나서, 기쁘게도, 어마어마하게 큰, 보기 흉한 거미도 보였다. 그랜드 엘루사는 늘 그렇듯이 배가 고파, 커다란 입으로 뭔가를 우적우적 먹고 있었다. 어쩌면 소인들을 피해 도망쳤던 고블린 전사의 잔당일지도 모르겠다.

행진해오는 군중 속에는 남자와 여자도 수백 명 있었다. 앞쪽에는 키가 큰 회색 머리칼의 남자가 있었다. 깜짝 놀라, 나는 자세히 들여다보았다. 그것은, 정말로, 카이르프레였다! 카이르프레는 결국 남아 있을 수 없었던 거다! 카이르프레는 앞에서 성큼성큼 걸었는데, 그의 흰색 옷이 석양빛을 받아 반짝이며, 알쏭달쏭한 가락의 발라드를 선창하고 있었다.

나는 더 많은 사람들을 알아볼 수 있었다. 내가 슈라우디드 성으로 가는 길에 나를 숨겨주었던 맨 가슴의 노동자, 혼도 있었다. 그리고 마법 검의 진짜 이름을 알아내도록 도와준 브레드 마스터, 플루톤도 있었다. 마침내 용을 웃게 만드는 법을 제대로 배운 뚱한 어릿광대, 붐벨리도 있었다.

이윽고 행진 뒤쪽에, 이 모든 것 중에서 가장 감동적인 광경이 보였다. 수많은 나무들이 꾸준하게 행진해왔다. 나무들은 쭉 뻗은 뿌리로 땅을 찰싹 찰싹 부딪치며, 엄청난 먼지구름을 일으켰다. 나뭇가지로 허공을 노 저으며, 다 함께 바스락 소리를 냈다. 참나무와 물푸레나무, 솔송나무와 소나무, 백향목과 마가목이 언덕을 가로지르며 꾸준하게 움직였다.

산이 움직이는 것처럼, 파도가 땅에 밀려오는 것처럼.

나는 혼자 씩 미소 지었다. 리아가 마침내 나무를 깨우는 법을 찾아 냈다는 뜻이니까.

움직이는 숲 뒤에서 몇몇 거인들이 요란스럽게 다가왔다. 거인들의 우뚝 솟은 몸에 지는 해가 비쳤다. 마치 목동이 양 떼를 모는 것처럼, 거인이 나무들을 모는 것처럼 보였다. 어떤 거인 하나는 수차로 만든 코걸이를 하고 있었다. 또 어떤 거인은 김이 모락모락 피어나는 머리 위에 돌 왕관을 이고 있었다. 어떤 거인은 거대한 손을 심을 향해 흔들었는데, 심도 똑같이 손을 흔들어주었다. 나는 거인들이 털이 숭숭 난 다리를 살며시 내딛으며 심보다 훨씬 조심스럽게 걷고 있다는 걸 알아차렸다. 아마도 땅이 흔들려 나무뿌리와 나뭇가지에 걸리지 않게 그렇게 걷는 것 같았다.

나는 돌기둥 안쪽 땅을 흘끗 내려다보았다. 거의 완전히 하얗게 변해 가고 있었다! 그 표면 아래에서 기이한 모습들이 움직이며 합쳐졌다. 그러는 내내, 공기는 점점 더 더워지고 탁해졌다. 핀카이라 거주민들이 다가오며 일으키는 소음 위로, 두 세계가 충돌하려는 조짐이 부르르르 들려왔다.

하늘을 올려다보니, 저 먼 언덕 위로 떠오르는 달무리가 보였다. 갑자기, 호리호리한 모습의 한 무리가 달 표면을 가로질러 움직이며, 은빛 달빛을 가렸다. 처음에 나는 그것이 구름이라고 생각했다. 하지만 어둑해지는 하늘을 가로질러 다가오는 어렴풋한 형상에서 으스스한 깜빡이는 눈이 보였다. 나는 늪지 유령들이 우리와 합류하고 있다는 걸 알았다.

나는 대경실색해 그들을 뚫어지게 바라보았다. 우리에게 닥친 문제의 깊이가, 그리고 어쩌면 내가 자신들을 노예 상태에서 구해준 것에 대한 기억이, 늪지 유령들로 하여금 자신들의 소중한 고립을 벗어나게 한 것 같았다. 하지만 누가 늪지 유령들에게 우리의 위급한 처지를 알렸을까? 리아가 어찌어찌하여 가장 깊숙한 늪지로 들어가 저들을 설득할 시간이 있었을까?

나는 늪지 유령들을 이끌고 그 앞에 서 있는 외로운 형체 하나를 알아차리고 깜짝 놀랐다. 다른 모습들과 비슷했지만, 그것은 훨씬 어둡고 훨씬 예리하고 정교했다. 아니, 그건 늪지 유령이 아니었다. 그건 그림자였다. *내 그림자*. 내 그림자가 마침내 돌아왔다. 게다가 늪지 유령들을 데리고. 이런! 세상에나!

리아는 종마를 타고 원형 돌무더기 안으로 뛰어들어 왔다. 동시에, 새로운 소리가 저 아래 땅에서 터져 나왔다. 목소리, 수천 개의 목소리가 한꺼번에 울부짖었다. 종마는 뒤로 펄쩍 물러서며, 발굽을 허우적거렸다. 종마의 검은 털이 마지막 남은 태양의 심홍색 광선에 반짝거렸다.

부드럽게, 리아는 종마의 목을 쓰다듬었다. 마침내 종마가 얌전해졌다. 합창 소리가 점점 커졌다. 리아는 이온을 이끌고 내가 서 있는 바위로 다가왔다. 리아의 시선이 나와 마주쳤다. 바로 그때 해가 완전히 떨어졌다.

가장 긴 겨울밤이 시작되었다.

32

가장 긴 겨울밤

해가 지자마자 원형 돌무더기 안쪽의 공기는 더 탁해졌다. 숨 쉬기가 힘들 정도였다. 기둥 아래쪽에서 불꽃이 일며, 열기 속에서 위로 솟구치며 지글지글 부글부글 소리를 냈다. 돌무더기 가장자리 근처, 이끼로 덮인 바위 위에 서서 보니, 땅 그 자체에서 곧 불꽃이 일어날 것 같았다.

땅 표면 바로 아래, 무언가 움직이는 것에서 끊임없이 굉음이 크게 쏟아져 나왔다. 이미 땅은 완전히 새하얘졌는데, 이제 막 얼기 시작한 얼음장보다 더 얇아 보였다. 보름달이 저 먼 언덕 위에서 솟아올랐다. 달은 마치 돌덩이가 높이 떠 항해하는 모습을 희미하게 닮아 있었다.

한편, 더 많은 핀카이라 거주민들이 돌기둥 주변으로 모여들었다. 곧 원형 돌무더기 전부가, 그리고 그 아래 산비탈 대부분이, 상상 가능한 모든 종족들로 넘쳐났다. 전에도 자주 그랬듯이, 나는 군중 속에서 할리아를 찾았다. 하지만 할리아는 없었다.

리아는 이온을 타고 앉아, 점점 커져가는 소음 너머로 내게 크게 소리쳤다.

"멀린! 우리 돌무더기 밖으로 나가야 하지 않아?"

"아니. 이곳은 우리가 사는 세계야. 우리는 이곳에 서서 이 세계를 보호해야 해."

내가 살아 있는 바위의 이끼 표면에 지팡이를 단단히 세우고서 대답했다.

리아가 얼굴에 미소를 머금은 채 고개를 끄덕였다. 우리 위에, 심이 커다란 머리를 동의의 의미를 담아 끄덕였다. 협곡 독수리들은 돌기둥 위에 자리 잡고서, 시끄럽게 울어대며 자신들의 단호한 지지를 드러냈다. 이온 또한 도전적으로 히힝 울었다. 그리고 내 아래, 살아 있는 바위가 자신의 몸통을 땅에 깊이 박았다.

나는 우리 적들이 어떤 모습일지, 어떻게 다가올지 궁금했다. 적들이 우리 세계로 통과해 들어올 때 혹시나 땅이 녹아내리지는 않을까 걱정스러웠다.

"조심해! 저기 뱀이 있어!"

우르날다가 가로장 꼭대기에서 땅딸막한 팔을 흔들며 소리쳤다.

우르날다는 돌무더기 안쪽 한가운데를 가리켰다. 의식을 잃고 쓰러져 있는 디나티우스에게서 그리 멀지 않은 곳이었다. 땅이 흔들리는 바람에 단단히 묶여 있던 디나티우스의 몸도 흔들렸다. 가느다란 안개 기둥 두 개가 나선형을 그리며 하늘을 향해 천천히 솟아올랐다. 아주 천천히, 안개 한 쌍이 죽 늘어났다. 마침내 주변의 기둥만큼이나 굵어졌다. 동시에, 안개는 점점 더 짙어졌다. 꼭대기에서 삼각형 머리가 서서히 생겨났다. 빛나는 은빛 눈동자가 나타났다. 대가리에 더부룩하게 털이 나더니, 치켜 올라간 이마 위로 무시무시한 아치 모양을 이루었다. 유령같은 짐승이 허공에서 몸부림쳤다. 비늘 덮인 몸 껍질이 단단해지면서 달빛 속에서 싸늘하게 빛났다.

유령 같은 뱀 두 마리는 서로를 바라보며, 주둥이를 쩍 벌리고 포악하게 쉬쉬 소리를 내기 시작했다. 이온은 히힝 울어대며 갈기를 흔들었다. 하지만 리아가 이온을 튀어나가지 못하게 막았다. 리아의 동료, 스컬리는 리아의 어깨를 가로질러 허둥지둥 도망가며, 털북숭이 손을 리아의 목에 감쌌다. 스컬리의 눈동자가 달덩이만큼 커졌다. 귀를 머리에 펄럭이면서 벌벌 떨었다.

돌무더기 아래서 들려오는 꿍음처럼, 식식거리는 뱀 소리도 점점 커져갔다. 문득, 쩍 벌어진 주둥이 속에서 무언가 희미하게 생기기 시작했다. 처음, 그것은 머리 사이로 쭉 뻗어가는 반짝이는 은빛 실처럼 보였다. 실 한가운데가 끊어지더니, 위로 아래로 휘고, 마침내 알의 윤곽이 나타났다. 알은 점점 더 둥글게 모양을 갖추어 나갔다. 돌무더기 안의 흐릿한 동그라미.

그러는 내내, 뱀들은 서로를 향해 사납게 식식 거렸다. 그 동그라미는 땅 위에서 둥둥 떠다니며 빙글빙글 돌기 시작했다. 처음에는 천천히, 그러다 점점 더 빨리. 잠시 뒤, 그것은 둥근 얼룩이 되더니 이내 둥근 물체가 되었다. 떠들썩한 목소리는 점점 더 커져갔다. 둥근 물체는 점점 더 빛났다. 하지만 밝은 빛 그 이상으로, 둥근 모양 그 이상으로, 이 둥근 물체는 일종의 깊이를 지니고 있는 것처럼 보였다.

즉각, 나는 그것이 사실은 공이 아니라 구덩이라는 걸 깨달았다. 저 아래 세계로 이어지는 구덩이. 그 순간 구덩이가 완전히 모양을 갖추고, 뱀은 다시 연기로 흐려지고, 연기도 마침내 사라져 버렸다.

하지만 구덩이는 땅 바로 위 허공에 그대로 남아 있었다. 갑자기, 그 한가운데에서, 끔찍한 괴물 하나가 나타났다. 괴물이 밖으로 스르르 나오며 길어졌다. 괴물은 들쭉날쭉한 날개를 뻗어 하늘을 날았다. 비늘 덮인 용의 몸통이 밤하늘에 은빛으로 빛났다. 거기에 무시무시하고 날카로운 꼬리, 커다란 개구리 머리, 뾰족한 쇠붙이가 박힌 이마가 무시무시하게 튀어나왔다. 앞발에는 고약하게 굽은 발톱이 있었는데, 한 번만 휘둘러도 여러 명을 찌를 정도로 길고 뾰족했다.

원형 돌무더기 주변에 모여 있던 핀카이라의 수많은 거주민들은 정령의 세계에서 온 이 괴물이 날개를 퍼덕거리며 하늘로 솟아오르는 모습을 보고 겁을 집어먹고 숨을 헐떡거렸다. 설상가상, 그 뒤를 따라 은빛의 짐승이 나왔다. 얇은 막으로 뒤덮인 눈은 툭 불거져 나오고 팔은 발까지 쭉 늘어진 도깨비들, 땅 위를 스르르 미끄러지며 불을 일으키는 뱀처럼 생긴 망령들, 그리고 단검처럼 날카로운 이빨을 드러내놓고 뒷다리로 성큼성큼 걸어 다니는 거대한 도마뱀들. 날개 달린 괴물처럼, 이들의 몸통은 한번 맞으면 엄청나게 아플 듯 무척이나 튼튼하면서도 하얀 안개로 만든 것처럼 호리호리하며 희미한 은빛을 띠었다.

뒤이어, 사후 세계로 통하는 터널에서 각양각색의 희미한 모습이 나타났다. 그중 하나는 유한한 생명을 지닌 존재로서는 내가 익히 잘 아는 존재, 고블린이었다. 수십, 수백, 수천 명이나 되는 것 같았다. 고블린 정령들이 칼을 휘두르며 구덩이에서 쏟아져 나왔다.

이제 치열한 전투가 시작되었다. 희미한 은빛 전사들은 칼날, 발톱, 이빨을 휘두르며 방어자들을 향해 돌진했다. 소인, 늑대, 곰, 인간들처럼 숙련된 핀카이라의 주민들도 똑같이 공격했다. 돌무더기 안에서는 물론이고 산비탈 전체에 걸쳐 격렬한 싸움이 벌어졌다.

리아는 이쪽 싸움터에서 저쪽 싸움터로 머리카락을 휘날리며 말을 타고 달리며, 곤경에 빠진 동료들을 구해주고, 침략자들을 창으로 찔렀다. 심을 비롯한 거인들은 한 무리의 공격자들을 저 먼 언덕으로 날려 버렸다. 협곡 독수리와 늪지 유령들은 복수심에 불타 으르렁거리며 하늘에서 공격을 해댔다. 귀니아는 거대한 도마뱀들을 낚아채, 처음으로 불을 내뿜어 태워 버렸다. 그러고는 자신의 분노를 날개 달린 괴물에게 돌려, 그 괴물을 쫓아 하늘을 날았다.

하지만 나무들은 그 누구보다도 난폭하고 잔인하게 싸웠다. 나무들은 고블린 정령들을 향해 곧장 걸어 들어가, 단단한 나뭇가지를 전투용 도끼처럼 씩씩 휘둘렀다. 적들은 나뭇가지를 부러트리고 나무둥치를 베었지만, 나무들은 뿌리를 힘차게 휘두르며 싸웠다. 심지어 몇몇 나무들은 몸을 앞으로 내던져 침략자들을 쓰러트리기도 했다. 나뭇잎과 나무껍질이 땅에 비처럼 쏟아져 내렸다.

나는 검을 마구 휘두르며 바위에서 나를 몰아내려는 공격자들과 맞서 싸웠다. 동시에, 도움이 필요한 곳에 이리저리 불덩이를 날렸다. 고블린 정령이 사슴 종족 둘을 찌르려는 걸 발견하고, 불타는 돌풍을 내뿜어 적의 칼을 화염에 휩싸이게 했다. 바로 그때, 도깨비 하나가 돌기둥에서 뛰어내려 말을 타고 가는 리아에게 달려드는 게 보였다. 나는 불덩이를 던져 돌기둥을 맞혔다. 돌기둥은 둥글게 불에 휩싸여 폭발하고, 도깨비는 뒤로 나뒹굴었다.

하지만 사방에서 핀카이라의 거주민들은 끔찍한 공격을 당하고 있었다. 내 도움의 손길이 미치기엔 너무 늦어, 용감한 싸움꾼들이 수없이 목숨을 잃었다. 커다란 곰 한 마리는 다리와 등에 수없이 상처가 났음에도, 침략자들을 향해 연신 발을 휘둘렀다. 그러다 마침내, 곰은 쓰러졌다. 땅으로 데구루루 구르며, 우람한 몸통으로 고블린 정령 셋을 깔아뭉갰다.

나는 곰이 쓰러지는 모습을 보며 분노에 휩싸였다. 마침내, 나는 최악의 상황을 목격했다. 고블린 정령들은 다시 일어섰지만 곰은 일어나지 못했다.

빌어먹을! 언젠가 죽을 운명인 유한한 생명체가 결코 죽지 않는 불사의 정령들을 감히 이길 수 있다고 어떻게 생각했을까? 다그다는 그걸 생각했을까? 우리가 할 수 있는 일이라고는, 기껏해야, 우리 목숨을 부지하는 것뿐이었다. 하지만 그건 한계가 있다. 저런 엄청난 숫자에 대적해서는 어림없었다. 내 마법도 침략을 모두 물리칠 수 없었다. 내 불덩이는 승리가 아닌, 오직 시간만 벌어줄 뿐이다.

가혹한 진실은 부정할 수 없었다. 도저히 이길 수 없는 싸움에 내가 친구들을 끌어들였던 것이다! 그럼에도, 나는 알고 있었다. 이것은 우리가 어떤 경우든 맞서야 하는 싸움이라는 것을. 우리의 고향을 지키기 위한 싸움.

돌무더기 저 반대편에 있는 나의 친구 카이르프레의 모습이 흘끗 보였다. 카이르프레가 위험에 빠졌다! 다친 누군가 앞에서 고블린 정령들을 필사적으로 막고 있었다. 갖고 있는 무기라고는 부러진 나뭇가지밖에 없었지만, 엄청난 분노로 적들을 막고 있었다. 하지만 스승은 너무 지쳐 있었다. 가슴에서 피가 터져 나오며 힘없이 비틀거렸다. 고블린 하나가 비스듬히 기운 돌기둥 위에서 카이르프레에게 창을 던지려 했다.

나는 화가 나 울부짖으며 살아 있는 바위에서 펄쩍 뛰어올랐다. 카이르프레를 공격하는 자들을 향해 불덩이를 던지며 달려들었다. 불꽃 하나가 돌기둥 위에 있던 적을 강타했지만, 그놈은 자신의 창을 이미 내던진 뒤였다. 잠시 뒤, 나는 다른 고블린들을 물리치고 카이르프레 곁으로 달려갔다.

하지만 너무 늦었다. 카이르프레는 땅에 쓰러져 있었다. 하얗던 옷에 피가 흠뻑 젖어 있었다. 창이 갈빗대 아래쪽에 툭 튀어나와 있었다. 나는 곧장 창을 빼내려 했다. 창을 빼낼 때 카이르프레는 고통에 몸부림쳤다. 마침내, 나는 창을 옆으로 내동댕이쳤다.

나는 카이르프레의 잿빛 머리를 내 무릎에 뉘였다. 그러고는 카이르프레가 적한테 용맹스럽게 지켜내려던 이의 얼굴을 들여다보았다. 할리아! 허벅지가 베이고 이마에 멍이 들었지만, 그래도 살아 있었다. 나는 할리아에게 손을 뻗었다. 내 심장은 안도감과 두려움으로 고동쳤다. 할리아가 내 손을 잡고, 내 곁으로 스르르 다가왔다. 아무 말 없이, 우리는 부상당한 음유시인을 바라보았다.

맥박이 약했다. 카이르프레의 생명이 빠르게 꺼져가고 있었다. 나는 주변의 싸움을 애써 무시하고 정신을 집중해 카이르프레의 상처 난 가슴을 조심조심 부드럽게 어루만졌다. 기관, 근육, 조직들이 한꺼번에 절규했다. 하지만 치료할 시간이 절대적으로 부족했다. 나는 의지를 다해, 가까스로 피는 멎게 할 수는 있었다.

"멀린, 나는 너무 늦었다. 하지만 할리아는……."

카이르프레가 말했다. 메마른 목소리가 거칠었다.

"전 괜찮아요, 고마워요."

할리아가 카이르프레의 손을 잡아 자신의 뺨에 가져다 대며 떨리는 목소리로 대답했다.

카이르프레는 고통스럽게 웃어 보였다. 무슨 말을 하려 했지만 밭은 기침으로 말을 제대로 할 수 없었다. 경련이 좀 줄어들자, 카이르프레의 고개가 내 무릎 위로 무겁게 떨어져 내렸다.

"스승님은 오지 말았어야 해요."

나는 눈가에 뒤엉킨 머리카락을 쓸어 넘겨주며 말했다.

나는 조금이라도 도움이 될 만한 방법을 찾아 이것저것 모든 생각을 다 해보았다.

"리아를 위해 했던 것처럼, 제가 스승님의 정령을 제 안으로 데려와 볼게요. 기억하세요? 그러면 스승님의 몸을 치료할 시간을 벌 수 있을 거예요. 제대로 될 거예요! 한번 해볼게요."

카이르프레는 눈을 가늘게 뜨고 나를 곰곰 살펴보았다. 우리가 함께 했던 수많은 시간을 통해, 나는 그 표정이 무엇을 말하는지 잘 알고 있었다. 스승 그 이상의 표정.

"아니, 이건…… 내 시간이야."

카이르프레가 거친 목소리로 대답했다. 눈을 꼭 감았다 뜨며 이어 말했다.

"그 오래된 시 기억하니? 잎은, 여전히 초록이지만, 언젠가 떨어질 것이다. 그와 같은 슬……."

다시 기침이 터져 나와 말이 끊겼다.

카이르프레의 기침이 잦아들었을 때, 내가 그 시를 마저 읊었다.

"그와 같은 슬픔, 그리고 기쁨은 영원할 것이다."

다시, 카이르프레는 억지웃음을 지어보였다.

"너는 마침내 익혔구나. …… 시의 몇 구절을, 그렇지?"

"아직 충분히는 아니에요. 카이르프레, 제가 치료할 수 있을 거예요."

내가 대답했다.

"아니다, 멀린. 작별 인사를 했으면 좋으련만…… 엘런에게."

카이르프레의 짙은 눈썹이 한데 모였다. 마치 고통이 또다시 찾아온 것처럼 짙은 눈썹을 찡그렸다.

내가 침울하게 고개를 끄덕였다.

"엘런은 말할 거예요. 절대 작별 인사 따위는 하지 말라고요."

"그래. 그리고 언제나…… 그 점에 대해서는 확고하지."

카이르프레는 뭔가 생각에 잠긴 듯 웃음을 머금고 말했다. 그러고는 고개를 돌려 밤하늘을 밝게 비추고 있는 보름달을 응시했다. 한동안, 아무도 말을 하지 않았다. 주변에서 잔인한 싸움 소리만 들려왔다.

"무슨 생각 하세요? 시를 짓는 건 아니지요?"

내가 마침내 물었다.

"넌 날 잘 알잖니. 나는 단어를 찾고 있었단다. …… 친구라는 운문에 맞는."

카이르프레가 내게 시선을 돌리며 대답했다. 카이르프레의 축 늘어진 손이 내 손을 잡았다.

심장이 울컥하며 터질 것만 같았다. 터져 나오는 눈물을 막을 수가 없었다.

"넌 진정한 마법사야, 애야…… 위대함이 가득 찬 마법사. 그리고 네 위대함은 네 힘에서 나오는 게 아니야. 그 힘은 광대해…… 생명을 가엾게 여기는 네 마음에서 나오는 거란다."

카이르프레가 눈을 깜빡이며, 내 얼굴을 똑바로 바라보려 애썼다.

나는 주먹으로 뒤에 있는 돌기둥을 쾅 내리쳤다.

"내 소중한 친구의 목숨도, 내 고향도 구하지 못하는데 그게 무슨 마법사예요?"

"핀카이라는 아직…… 빼앗기지 않았어."

나는 주변의 전쟁터를 흘끗 바라보며 확실히 알았다. 사방에서, 핀카이라를 지키려는 종족들이 죽고, 죽어가고 있었다. 분노의 외침이 내 귀를 마구 두드렸다. 정령의 전사들은, 특히 고블린들은, 전혀 지친 기색

없이 잔인하게 난도질을 해댔다. 핀카이라의 거주민들은 영웅처럼 맞서 싸웠으나, 힘을 잃어가고 있었다. 늪지 유령들의 경우, 결코 죽지 않는 존재이지만, 언덕에 버티고 있는 저들 대부분도 해가 뜨면 분명 사라질 것이다. 아니면 만약 어찌하여 살아남았다 할지라도, 리타 고르의 군대가 머지않아 그들을 노예로 만들어 버릴 거다.

내 무릎에 놓인 카이르프레의 머리와 목이 갑자기 굳어지는 게 느껴졌다. 나는 다시 카이르프레를 쳐다보았다. 눈동자는 흐릿해지고 숨은 가빴다.

"멀린…… 나는 바란다. …… 아, 신경 쓰지 마라. 나는 결코 잘하지 못했어. …… 끝을."

카이르프레가 힘겹게 말을 시작하다가, 혀를 달싹거리며 끝내 말을 멈추었다.

카이르프레의 눈이 감기더니, 계속 그대로 있었다. 사방에서 싸움이 격해졌지만, 내 귀에는 시인의 마지막 시의 울림 말고는 아무 소리도 들려오지 않았다.

잎은, 여전히 초록이지만, 언젠가 떨어질 것이다.

불쑥, 우리 옆에 우뚝 솟은 돌기둥 근처에서 또 다른 목소리가 흘러나왔다. 내 두 뺨을 타오르게 하는 목소리. 그것이 리타 고르의 목소리라는 걸 나는 알았다.

33

멀리서 들려오는 나팔 소리

"정말 수치스럽군, 쯧쯧! 친구를 잃다니. 아 그렇지, 생명이 감당해야 할 부분이지, 아마도."

리타 고르가 말했다. 가식적인 걱정의 목소리였다.

나는 분노에 치를 떨며 벌떡 일어나 키가 크고 어깨가 넓은 리타 고르를 마주했다. 치열한 싸움의 한복판에서도, 리타 고르는 완벽할 정도로 차분하고 침착해 보였다. 연파란색 옷을 입고 있었는데, 티끌 하나 묻어 있지 않았다. 달빛 속에서 옷자락이 우아하게 나부꼈다. 머리카락은 나처럼 검었는데, 가르마를 탄 머리가 완벽하게 빗질이 되어 있었다. 눈썹조차 깨끗하게 손질되어 있었다. 오직 공허하게 텅 비어 있는 두 눈동자만이, 그리고 분노로 일그러진 입술만이, 그자의 진짜 본성을 드러내고 있었다.

"당신은 생명에 대해 아무것도 몰라."

나는 리타 고르를 노려보며 날카롭게 쏘아붙였다.

평상시처럼, 리타 고르는 손가락 두 개 끝을 핥았다.

"유한한 생명, 그래…… 좋아. 하지만 불멸의 정령이 사는 것과 뭐가 다른지 아나?"

리타 고르는 의기양양하게 말했다. 그러고는 촉촉한 손가락으로 눈썹을 다듬었다.

나는 몸을 똑바로 세웠다.

"전부 다."

리타 고르는 여전히 눈썹을 쓰다듬으며 새로운 감정을 담아 말했다.

"마법사, 네가 그 차이를 아직 배우지 못했다니 정말 슬프구나. 네가 정말 안쓰러워. 네 친구들도 안쓰럽고."

리타 고르는 내 발아래에 놓인 카이르프레를 향해, 그리고 주변의 수많은 시체들을 향해 손을 흔들었다. 사방에서, 난도질당한 생명들이 원형 돌무더기 위에 축 늘어져 있거나 피가 흥건한 땅에 쓰러져 있었다.

"저 친구들은 너 때문에 오늘밤에 목숨을 잃게 되었지."

흉터 난 내 두 뺨이 화끈거렸다.

"그건 사실이 아니야. 저 사람들은 모두 나 때문이 아니라 핀카이라를 위해 이곳에 왔으니까."

"아, 하지만 물론이지. 내가 그걸 어떻게 잊을 수 있겠어! 핀카이라는…… 이곳의 이름이 아니었던가? 한때 존재했던 세계?"

난 말문이 탁 막혔다. 왜냐하면 리타 고르가 말한 현실에 나는 반박할 수가 없었으니까. 내 바로 옆, 돌기둥에 쓰러져 있는 소나무 한 그루가 떼로 달려드는 도마뱀들에게 찢겨 나가고 있었다. 건장한 소인 한 쌍이 고블린 정령이 휘두른 창에 찔렸다. 그리고 내 오랜 친구이자 스승이 땅바닥에 죽어 있었다. 시간이 갈수록 사상자의 수가 급격히 늘어났다. 우리의 세계가 살아남을 기회 또한 줄어들었다.

리타 고르가 킬킬거렸다.

"네 불쌍한 군대는 이미 망했어."

리타 고르는 평상시의 목소리로 돌아와 말했다. 공허한 눈동자가 나를 노려보았다.

"그리고 너도 마찬가지지. 번갯불 하나로도 널 망하게 할 수 있어. 그래, 흔적도 없이 사라지게 할 수 있지."

리타 고르는 팔을 들어 올려 나를 위협적으로 가리켰다.

"안 돼! 그 사람을 죽이지 마세요, 제발."

할리아가 카이르프레의 생명 없는 손을 놓으며 불쑥 끼어들었다. 할리아는 일어나서 내 옆으로 절름거리며 다가왔다. 할리아의 온몸이 떨렸다. 내가 할리아를 뒤로 밀어내려 했지만, 할리아는 꼼짝하지 않았다.

슬픔의 표정을 가장한 채, 사후 세계의 우두머리가 옆에 있는 커다란 돌기둥에 머리를 기댔다.

"아, 사슴 여인, 네가 일을 복잡하게 만드는구나. 나는 여기 있는 네 친구를 죽일 기회를 노려왔어. 너도 알겠지만 꽤 오랫동안 그랬단다. 그런데 쌍칼잡이가 제대로 해내지 못했으니, 이제 내가 직접 손을 써야하지 않겠어?"

리타 고르는 손톱을 옷에 쓱 문질렀다.

"하지만 네 뜻이 정 그렇다면, 훌륭한 어린 숙녀처럼, 내가 널 먼저 죽여주지. 저 무기력한 녀석이 네 죽음을 불러온 걸 아주 기쁘게 여기게 해주겠어."

"당신은 겁쟁이야."

내가 소리쳤다.

리타 고르의 표정이 어두워졌다.

"너는 멍청이야. 곧 죽게 될 멍청이지."

리타 고르의 집게손가락 끝이 붉게 빛나기 시작했다. 마치 번갯불이 모여 폭발하기 직전처럼. 주변에서는 전투가 계속되었지만, 그 찰나의 순간, 나는 리타 고르 말고는 아무것도 보이지 않았다. 손가락에서 점점 커져가는 불꽃, 공허한 눈동자의 사악함. 리타 고르의 손가락이 실룩 움직이며 번갯불을 내뿜을 태세를 갖추었다.

순간, 밤하늘에서 무언가 은빛 하나가 불쑥 튀어나왔다. 그것이 찢을 듯이 울어대며 아래로 곤두박질쳐, 리타 고르의 팔에 전속력으로 부딪쳤다. 리타 고르의 번갯불이 요란한 소리를 내며 폭발했지만 빗나가, 쓰러진 나무를 먹어치우고 있던 도마뱀 무리한테 떨어졌다. 진홍색 불꽃이 도마뱀들을 집어삼켰다. 리타 고르는 화가 나 고함치며, 찢어진 옷 사이로 자신의 팔을 부여잡았다.

그 무언가는 도착한 속도만큼이나 재빠르게, 저 높이 은은한 달빛 속으로 사라져 버렸다. 하지만 내 눈에 그 윤곽이 흘끗 보였다. 나는 그 울음소리로 그 용맹한 존재를 단번에 알아차렸다. 내 친구 트러블이 돌아왔다! 트러블은 분명 사후 세계에서부터 리타 고르를 따라온 게 틀림없었다. 그러고는 마침내 우리에게 자신이 필요한 순간까지 조용히 하늘 위에서 빙빙 날았던 거다. 내가 자신을 필요로 하는 순간까지. 내가 너무나 잘 아는 매처럼!

할리아와 나는 하늘을 올려다보았다. 리타 고르 또한 이글이글 분노를 불태우며 하늘을 올려다보았다. 우리 모두 매를 찾았지만, 매 대신 뭔가 기이한 것이 보였다. 너무나 불가사의할 정도로 기이해서, 나는 뒤로 비틀거리다 비스듬히 기운 돌기둥에 부딪치고 말았다.

달빛 아래, 칠십 내지 팔십 개가 되는 무언가가 우리를 향해 날아왔다. 점점 더 가깝게 다가왔다. 몸체가 공기의 돌풍으로 까딱까딱 움직였다. 무시무시한 새 떼 같았다. 하지만 새가 아니었다. 날개가 달린 동물이 아니었다. 그건 아이들이었다.

아이들. 나는 돌기둥에 몸을 기댄 채 아이들이 다가오는 모습을 지켜보았다. 재빨리, 아이들은 언덕 위를 향해 날아왔다. 팔다리를 쭉 펴고, 너덜너덜한 옷자락을 펄럭였다. 아이들이 하늘을 날고 있다! 하지만 날개는 없었다. 그렇다면 어떻게 날 수 있지?

맨 앞에, 자그마한 소년이 보였다. 그 얼굴이 달빛에 반짝였다. 류! 한때 카이르프레의 것이었던 목도리가 류의 뒤에서 바람에 부풀어 길게 나부끼며, 밤하늘에 펄럭였다. 한쪽에는 메드바가 보였다. 거꾸로 날고 있었는데, 머리카락이 미친 듯이 마구 흩날렸다. 맞은쪽에는 꼬마 쿠웨나가 있었다. 훨씬 큰 누군가의 손을 잡고 있었다. 엘런. 나는 내 발아래 누워 있는 음유시인을 흘끗 내려다보았다. 어떤 잔인한 소식이 엘런을 기다리고 있는지 생각하며, 나는 몸서리쳤다.

이윽고 내 온몸이 뻣뻣하게 굳었다. 무엇이 아이들을 기다리고 있는지 생각이 났기 때문이다. 아이들은 끔찍한 전투 속으로 곧장 날아오고 있었다. 아니, 분명한 죽음을 향해 날아왔다! 아이들이 어떻게 이렇게 날 수 있는지 모르지만, 나는 확실히 느꼈다. 아이들이 일단 내려앉으면 모두 죽임을 당할 것임을……

하늘을 나는 아이들이 원형 돌무더기에 가까이 다가오자, 싸움을 하던 이들이 하나씩 하나씩 하늘을 올려다보았다. 싸움은 지연되다 마침내 멈추었다. 당황한 전사들이, 유한한 동물이든 불사의 생명체이든 똑같이, 동작을 멈추고는 그 신비로운 장관을 바라보았다. 산비탈을 가로질러 싸우던 이들이 모두 한꺼번에 입을 다물었다. 리타 고르조차 연신 하늘을 노려보며, 도대체 무슨 일인지 모르겠다는 표정을 지었다.

그 순간, 나는 허공에서 계피 향을 살짝 맡았다. 따뜻한 바람이 내 뺨을 스쳤다. 나는 아이들이 어떻게 하늘을 날 수 있게 되었는지 불현듯 깨달았다.

"아일라, 왜 아이들을 데려왔어요? 아이들은 모두 죽을 거예요!"

리타 고르가 듣지 못하도록 내가 초조한 마음으로 들릴 듯 말 듯 자그맣게 속삭였다.

바람 누이는 내 주변을 맴돌며, 내 옷자락을 너풀거렸다.

"나를 부른 건 너야, 엠리스 멀린, 오랫동안 잊힌 땅에서부터. 기억 안 나니?"

나는 주춤했다.

"그래요, 그래요. 난 당신이 도와주기를 바랐어요. 하지만……"

내가 속삭였다.

"내가 그곳에 도착했을 때, 엠리스 멀린, 넌 이미 가고 없었어. 류라는 사내아이가 내게 간청했어. 자기를 너한테 데려다 달라고. 다른 아이들도 마찬가지였지. 네가 엄마라고 부르는 여자도 부탁했고. 나는 그 부탁을 거절할 수 없었어, 그래, 정말 그럴 수 없었어. 왜냐하면 모두가 진심과 애정을 담아 말하고 있다는 걸 알았으니까."

"모두 죽을 거라고요! 하나도 빠짐없이 모두 죽게 될 거라고요!"

내가 비통하게 소리치며 절규했다.

내 절규가 조용한 산비탈 위로 울려 퍼졌다. 전사들은 모두 깜짝 놀랐다. 돌무더기 한가운데에 있던 고블린 정령 하나가 자기 친구에게 돌아서서 당혹스러운 목소리로 물었다.

"우리가 전부 죽게 될 거라고?"

두 번째 고블린이 그 말을 반복했다. 그 옆의 고블린도, 또 그 옆의

396

고블린도. 마치 작은 호수 위에 떨어진 물방울 하나가 파문을 일으키듯, 그 말은 돌무더기를 가로질러 산비탈 아래를 휩쓸었다.

"*모두 죽을 거라고요! 하나도 빠짐없이 모두 죽게 될 거라고요!*"

이 말이 반복되었다.

"멍청이들! 너희는 죽지 않아. 하찮은 유한한 짐승들만 죽는다고!"

리타 고르가 자신의 군대에 이는 동요를 눈치채고 고함쳤다.

하지만 리타 고르의 말은 이제 정령들 사이에서 솟아나는 목소리의 합창 속에 묻혀 버렸다.

"하늘을 나는 아이들. 아이들이 어떻게 저렇게 날 수 있지?"

"위대한 힘이 있는 거야. 분명 저주가 내린 거라고! 안 그러면 저 아이들이 어떻게 저럴 수 있어?"

"말도 안 돼! 저 아이들 때문에 우리의 정복은 실패할 거야, 나는 느낄 수 있어."

"우리는 이제 끝장날 거야!"

리타 고르는 두 손으로 머리를 감싸 쥐고, 자신의 완벽하게 빗질된 머리카락을 흩트렸다.

"말도 안 돼, 이 바보들아! 저 아이들이 어떤 힘을 갖고 있든, 내 힘에 비하면 아무것도 아니야!"

바로 그때, 류가 아래를 내려다보며, 아이들을 우리 옆의 산비탈에 착륙하도록 이끌었다. 한 명씩 한 명씩, 아이들은 싸움이 벌어지지 않은 산비탈 쪽에 내려앉았다. 아이들의 발이 우아하게 땅에 닿자, 지켜보던 군중은 모두 어리둥절했다. 사실, 아이들은 바람에 날린 씨앗처럼 부드럽게 내려앉았다. 그런데 아이들에게는 날개라든가 자신을 지탱해줄 게 아무것도 없었다. 고블린들은 점점 더 크게 초조한 듯 웅성거렸다.

류는 두 손을 옆으로 쭉 뻗었다. 메드바가 한 손을 잡고, 가죽 샌들을 신은 호리호리한 사내아이가 다른 손을 잡았다. 재빨리, 아이들이 모두 손에 손을 잡고, 기다란 줄을 만들었다. 그러고는, 마치 하나처럼, 전쟁터를 향해 다가왔다.

아이들이 다가오는 모습을 바라보며, 정령들 사이에 동요가 점점 커져갔다. 정령들은 자신들 한가운데로 대담하게 성큼성큼 걸어오고 있는 이 희한한 공격자들을, 아무런 무기도 들지 않은 공격자들을 도저히 이해할 수 없는 것 같았다.

"저기 봐봐. 무기가 없어!"

"마법뿐이야, 그걸로 충분해."

"바보 같은 소리 하지 마, 분명 무기가 있을 거라고! 날개처럼 숨겨놓은 거야, 내가 장담해."

"게다가 엄청 강력해…… 음, 굳이 기다려서 확인하고 싶지는 않아!"

고블린들은 하나씩, 또는 여럿이, 뒤로 물러서기 시작했다. 몇몇은 칼을 내려놓고 언덕 위, 원형 돌무더기 안쪽을 향해 달아났다. 이윽고 사후 세계로 통하는 터널로 뛰어들었다. 점점 더 많은 전사들이 그 뒤를 이었다. 도망가지 말고 싸우라는 리타 고르의 분노에 찬 명령에도 아랑곳하지 않고 점점 더 많이 뒤따랐다. 새롭게 용기를 얻은 다양한 종족의 핀카이라 거주민들은, 그러니까 소인과 거인, 네 다리와 두 다리, 경쾌한 비행사와 늪지 유령들은, 정령의 전사들을 뒤쫓기 시작했다. 몇 분 뒤, 호기롭던 침략은 완전히 무산되었다.

혼란의 한가운데에서, 리타 고르는 돌무더기 안쪽에 남아서, 땅을 쿵쾅거리며 자신의 군대를 향해 미친 듯이 소리쳤다.

"이리 돌아와, 이 겁쟁이 멍청이들아! 머저리 같은 놈들아! 내가 말하잖아. 감히 내가 명령을 내리기도 전에 도망쳐? 이리 와서 싸우란 말이다, 이 비겁하고, 소심하고, 골빈 멍청이들!"

몇 분 동안, 리타 고르는 지독하게 욕을 퍼부으며 명령을 내렸다. 번갯불을 쏘아 돌기둥을 무너뜨리고, 허공에 대고 화염을 쏘아댔다. 앞에서 우왕좌왕하는 정령들을 무자비하게 때리고, 명령에 따르지 않으면 끝까지 고문하겠다고 협박했다. 그럼에도 불구하고, 리타 고르의 탈주병들은 늘어만 갔다. 모두 우르르 터널 속으로 몸을 던졌다. 리타 고르의 군대는 앞다투어 도망치기 바빴다.

마침내, 싸움에서 패한 장군은 자신이 두 세계 사이에 열어놓은, 입을 크게 벌린 구덩이 앞에 혼자 서 있었다. 검댕과 핏자국이 옷에 얼룩덜룩했다. 머리카락은 엉망진창으로 헝클어졌다. 리타 고르는 멍하니 주변을 훑어보았다. 달빛을 받은 리타 고르의 모습은 뒤에 있는 검은 구덩이와 대비를 이루었다.

리타 고르는 원형 돌무더기 맞은편에 있는 나를 보고는, 두 주먹을 불끈 쥐고 흔들었다.

"골칫거리! 쓸모없는 마법사. 네가 이 꼴로 만들었어!"

리타 고르는 활활 타오르는 손을 들어 올려 곧장 나를 겨누었다. 쭉 내민 손가락 주변의 공기가 탁탁 소리를 냈다. 나는 번갯불이 곧 터져 나오리라는 걸 알았다.

그 순간, 날카로운 비명을 질러대는 늪지 유령들한테 쫓기고 있던 예닐곱 명의 고블린 정령들이 리타 고르와 정면으로 부딪쳤다. 번갯불이 하늘을 향해 터져, 눈 덮인 언덕을 환하게 밝혔다. 몰려드는 파도처럼, 필사적으로 도망치던 정령들이 리타 고르를 휩쓸었다. 고블린 정령들은 대장의 비명 따위는 아랑곳하지 않고, 터널 속으로 풍덩 뛰어들었다.

리타 고르가 터널에 이르기 바로 직전, 트러블이 하늘에서 맹렬하게 내려와, 리타 고르의 이마를 날카롭게 쪼았다. 리타 고르의 성난 비명이 허공을 갈랐다. 리타 고르를 비롯한 전사들이 어둠 속으로 떨어지자 비명이 갑자기 뚝 끊겼다.

트러블은 휙 돌아 나를 향해 날아왔다. 날개 끝으로 내 귀를 스칠 정도로 가깝게 내 주변을 한 바퀴 선회했다. 내 작은 가방에 들어 있는 소중한 깃털보다 훨씬 더 부드러운 느낌이었다. 몸이 아니라 공기 같았다. 트러블은 자신만만하게 울었다. 내 마음은 트러블과 함께 높이 솟구쳤다. 트러블은 다시 한 번 크게 돌고는, 터널 안으로 곧장 날아갔다. 이윽고 완전히 사라져 버렸다.

할리아가 내 옆으로 다가와, 내 두툼한 조끼 아래로 팔을 스르르 두르며 내 허리를 감쌌다. 나도 할리아의 어깨를 팔로 감쌌다. 우리는 조용히 바라보았다. 달이 지며, 동쪽 하늘이 차츰 밝아왔다. 희미한 분홍색 띠가 감청색의 선에 둘러싸여 지평선 위에 나타났다. 저 아래 산비탈 어딘가에서, 마도요 한 마리가 아침을 맞는 울음을 울어댔다. 멀지 않은 곳에서, 동료가 화답하며, 하루가 밝은 것에 대한 경의를 표했다. 핀카이라의 가장 긴 겨울밤이 끝났다.

저 위 어딘가에서, 멀리서 들려오는 나팔 소리가 마도요의 노래에 합류했다. 그 소리는 깊고 우아하게 울려 퍼지며, 점점 높이 떠올랐다. 이윽고, 부드럽게 팅기는 하프 소리가 밝아오는 하늘에 둥둥 떠다녔다. 플루트가 소리를 냈다. 수많은 새의 노랫소리가 들렸다. 이 모든 것과 더 많은 것이 솟아오르는 합창에 합류했다. 그 소리가 산비탈을 가로질러 울려 퍼졌다.

나는 핀의 예언적 발라드 가사를 떠올렸다.

만약 오랫동안 잊힌 땅이
그 해안으로 돌아온다면,
그리고 오래된 적들이
다시 한번 힘을 합친다면,
하늘에서
거대한 음악이 들리리라.
균형은 다시 살아난다.
숨은 날개를 되찾으리.

할리아와 나는 꼭 껴안았다. 왜냐하면 이제 우리들의 순간이었으니까. 결코 잃어버릴 수 없는 순간이었으니까.

34

두 세계의 결합

이후 며칠 동안, 핀카이라 거주민들은 원형 돌무더기에서 야영을 했다. 축하할 일이 많았지만, 또한 슬퍼할 일도 많았다. 그리고 할 일도 많았다. 죽은 자들을 묻고, 실종자를 찾고, 부상자를 돌봐야 했다. 뿐만 아니라 카이르프레처럼 자신의 목숨을 바친 이들을 애도해야 했다.

그럼에도, 슬픔보다 더 대단한 것이 바스락거리는 겨울 공기 속에 가득 차 있었다. 주변 언덕에는 더 이상 하늘의 음악이 울려 퍼지지 않았다. 다른 종류의 음악이 다 함께 울려 퍼졌다. 그건 바로 다양한 종족들이 어우러져 함께 일하는 소리였다. 소인은 여전히 인간을 경계하듯 흘끔거리고, 여우는 여전히 참새들을 주린 눈빛으로 쳐다보았지만, 뭔가 놀라운 일이 일어났다. 다 함께 행군한 경험, 그리고 전투의 경험이 과거의 수많은 두려움과 분노를 옆으로 밀어냈다. 이제 언덕 꼭대기에는 조화로운 합창이 울려 퍼졌다. 으르렁, 히힝, 획획, 짹짹, 윙윙, 위위, 히히힝, 빽빽, 씩씩, 훗훗…… 다양한 동물 울음소리, 그리고 이따금씩 들리는 인간의 목소리와 함께…….

남자와 여자들이 서리가 내린 땅 위에 온기를 불어넣기 위해 불을 피웠다. 아이들이 나무에서 떨어져 나온 부러진 나뭇가지를 주워 오면 소인들이 양날 칼로 그걸 잘랐다. 오소리, 사마귀, 곰이 무덤을 팠다. 경쾌한 비행사가 밤늦게까지 빙빙 돌며 빛을 밝혀주는 동안, 모든 종족의 치유자들이 부상자들을 돌보았다. 말과 염소는 장작이나 얼음덩어리를 옮겼다. 얼음은 녹여서 식수로 썼다. 거인들은(심은 제외하고. 심은 언덕 두 개 사이에 드러누워 거의 이틀 동안 '잠시' 낮잠을 잤다.) 동쪽 해안으로 가서 해초를 엮은 커다란 그물망을 들고 돌아왔다. 그 안에는 물고기, 조개, 홍합, 그리고 과일 맛이 나는 짙붉은 갈대풀이 넘쳐났다.

귀니아는 불을 내뿜어 물고기를 구웠다. 독수리는 남쪽 시냇가에서 물냉이와 거머리말은 물론 엄청난 양의 겨울 버섯, 비트, 열매를 모아왔다. 벌은 원하는 사람들에게 벌집 조각을 나눠주었다. 그랜드 엘루사는 먹을 수 있는 고블린 전사들을 찾아서 주변 언덕을 어슬렁거렸다. 그러는 사이, 켄타우로스는 모두의 즐거움을 위해 근사하게 대형을 맞추어 춤을 추었고, 요정들은 껑충껑충 곡예를 하고 텀블링을 했다. 마도요는 노래자랑 무대를 열고, 종다리와 나이팅게일*은 모두에게 노래를 불러주었다.

핀카이라를 지켰던 이들 중 오직 소수만 금방 자리를 떴다. 고독한 유니콘에게는 원형 돌무더기 주변에 모여 있는 군중들은 너무 견디기 힘들었다. 그래서 유니콘들은 섬의 가장 먼 곳으로 미끄러지듯 달려갔다. 늪지 유령들은 싸움이 끝나자마자 도착할 때처럼 조용히 둥둥 떠서 바로 떠났다. 하지만 늪지 유령들이 시야에서 사라지기도 전에, 동료 핀카이라 거주민들 사이에서는 고함과도 같은 커다란 환호성이 솟아나 언

---

*딱새과의 작은 새로서 울음소리가 아름다워서 유럽의 삼명조(三鳴鳥) 가운데 하나로 꼽힌다.

덕을 가로지르며 천둥 같은 소리를 냈다.

내 그림자는 태양이 우리의 승리 위로 떠오르고 나서 그 어느 때보다 오만하게 굴었다. 옆에서 펄쩍 뛰며 그 순간을 만끽했다. 그림자는 가장 큰 돌기둥에 자리를 잡고 연신 인사를 했다. 그림자의 행동을 보며, 나는 웃기도 하고 기가 막히기도 했다.

그림자가 내 옆으로 젠체하며 돌아왔을 때, 나는 단호히 말했다.

"너도 알겠지만, 너는 내가 약속했던 일주일의 휴가를 받을 만하지 않아."

그림자는 깜짝 놀라며, 두 손을 옆구리에 대고 나를 노려보았다. 그림자의 테두리가 성질을 부리듯 파르르 떨렸다.

"아니, 너는 이 주일의 휴가를 받을 만해."

내가 말을 이었다.

즉각, 떨림이 멈추었다. 곧바로 그림자는 두 배로 몸을 키워, 살짝 인사를 했다.

바로 그때, 내 얼굴에 소용돌이가 느껴졌다. 그리고 달콤한 계피 향이 났다.

"아일라, 당신이 이 모든 걸 해냈어요."

나는 감사의 마음을 목소리에 온전히 실어 말했다.

"내가 아니라 내가 데려온 아이들이 해낸 거야."

아일라가 부드럽게 속삭였다.

"그래요. …… 이제, 당신은 떠나려고요?"

"바람은 날아다녀야 해, 엠리스 멀린. 왜냐하면 내게는 탐험해야 할 새로운 세계가 있으니까, 너처럼. 엠리스 멀린, 너처럼."

아일라가 천천히 내 주위를 빙그르르 감싸듯 돌며, 내 옷을 펄럭펄럭

흔들었다.

나는 얼굴을 찡그렸다.

"나는 방금 내 고향이 다시 살아난 걸 보았어요! 나는 어디든 가고 싶지 않아요."

계피 향이 더 진해졌다.

"네 고향은 네 진짜 집이 아닐지도 몰라, 엠리스 멀린. 아 그래, 엠리스도, 멀린도 네 진짜 이름이 아닌 것처럼."

갑자기, 아일라가 말하는 동안, 언젠가 내 진짜 이름을 알려주겠다는 다그다의 아주 오래전 약속이 떠올랐다. 내 영혼의 이름을. 실로 그만한 가치를 했을 때, 자신이 나한테 줄 수 있는 이름이라고 다그다는 말했었다. 동시에, 내가 언젠가는 유한한 지구의 브리타니아로 돌아가야 한다는 다그다의 섬뜩한 약속도 떠올랐다. 내가 제자로 삼을 젊은 왕이 사는 땅, 나의 예고된 운명의 땅으로…….

나는 꿈속에서 자주 보았던 그 세계를 생각했다. 내가 내 자신의 것이라고 부를, 수정이 반짝이는 동굴, 아서라는 이름의 소년. 그 소년의 눈동자는 고상한 이상으로 초롱초롱 빛났다. 희망은 물론이고 비극으로 가득한 사회, 그곳에 나는 영구적인 표시를 남겨놓을 것이다. 그 세계의 너무나 많은 것이 나를 고무시켰다. 내 마음이 고양되었다. 하지만 중요한 한 가지가 내게 두려움으로 남았다. 꿈속에서, 할리아의 흔적은 그곳 어디에도 없었다. 할리아의 고동색 머리카락 한 묶음만 제외하고 아무것도 없었다.

"나는 가고 싶지 않아요. 적어도 아주, 아주 오랫동안은요."

내가 반복해서 말했다.

"그렇다면 그렇게 되겠지, 엠리스 멀린. 하지만 네가 결정해야 할 시간이 왔을 때, 네 가장 깊숙한 곳에서 부는 바람에 귀 기울이도록 해. 아 그래, 그리고 그걸 따르도록 해. 그것이 널 어디든 데려다줄 테니까."

나를 둘러싼 부드러운 목소리가 말했다.

아일라는 내 옷소매를 마지막으로 한 번 더 펄럭이고는 멀리 떠났다.

나는 거주민들이 가득 들어찬 돌무더기 안쪽 가운데에 서서, 아일라의 말을 곰곰 곱씹었다. 돌무더기 바깥쪽에 앉아 있는 거인의 다리에서 미끄럼을 타며 놀고 있는 류와 몇몇 아이들을 멍하니 바라보았다. 너무 생각에 골똘하게 빠져 있는 바람에, 류가 털이 무성한 몸을 가로질러 미끄러지며, 거대한 무릎 위로 튀어 올라, 비탈진 땅 위를 구르며 낄낄 웃어대는 소리를 나는 듣지도 못했다.

누군가의 손이 내 손에 닿았다. 뒤를 돌아보지 않고도 그것이 할리아의 손임을 알았다. 나는 할리아의 손을 잡고, 희미하게 미소를 지어 보였다.

"어디 갔었어, 젊은 매? 어디 멀리 갔다 온 거야?"

할리아가 좁은 턱을 들어 올려 나를 살폈다.

당혹스러워, 나는 고개를 저었다.

"여기 계속 있었는데? 네가 네 종족을 만나러 떠난 뒤로 줄곧 이 자리에 말이야."

할리아가 내 손을 놓고 가까이 다가와 내 이마를 어루만졌다.

"여기서 말이야, 내 말은. 어디에 갔었어?"

"아, 미래로, 그런데 할리아……. 내가 보았던 그 모든 게 마음에 들지 않아."

할리아의 갈색 눈동자가 나를 그윽하게 바라보았다. 그러더니 깊게 가라앉은 목소리로 말했다.

"나도 거기 갔다 왔어."

"내가 거기 있었어?"

할리아가 잠시 말을 멈추었다.

"오직 하나의 소원으로서, 바람으로서. 너로서는 아니었어."

나는 지팡이로 잔디밭을 건드렸다.

"그렇게는 되지 않을 거야."

할리아는 아무 말도 하지 않았다.

천천히, 우리는 돌무더기 사이를 가로질러 걸었다. 그날 오후 내내, 우리는 치유자로서 함께 일하며 부상자를 돌보았다. 어떤 어린 독수리 한 마리는 날개가 심하게 찢어졌는데, 내가 곧 다시 날 수 있을 거라고 말해주자 의기양양하게 소리쳐 울었다. 너무 날카롭고 기운 넘치는 울음소리를 듣자, 트러블이 생각났다. 나는 트러블의 밝은 눈동자를 언제 다시 볼 수 있을지 궁금했다.

놀랍기도 하고 기쁘게도, 우리는 무척이나 용감하게 싸웠던 곰에게 아직 생명의 불씨가 남아 있는 걸 알았다. 나는 최선을 다해 깊이 파인 상처를 치료했는데, 내가 부드러운 곳에 손을 가져다 댈 때마다 곰이 내 머리를 세게 치는 바람에 정말이지 너무도 힘들었다. 그러는 사이, 할리아는 거인이 막 잡아온 물고기를 곰에게 먹였다. 곰의 식욕으로 보아하니, 곰은 확실히 기력을 되찾은 게 분명했다.

그날 내내, 그리고 그 뒤로, 할리아와 나는 우리의 미래에 대해서는 한 마디도 나누지 않았다. 하지만 리아와 함께 나무 사이를 산책할 때조차, 미래에 대한 의구심은 내 마음을 가득 채웠다. 리아는 아주 우아하게 움직였다. 마치 자신이 걸어 다니는 나무인 것처럼, 나무껍질을 쓰다듬고, 엉킨 나뭇가지를 풀어주고, 마가목과 참나무, 백향목과 소나무의 오래된 언어로 대화를 나누었다. 리아는(그리고 리아의 어깨에 자리 잡고 앉은 스컬리는) 잊힌 섬에서의 기이한 사건들에 대해, 그리고 잃어버린 날개에 대해 질문을 하루 종일 끊임없이 퍼부어댔다. 나는 최선을 다해 대답했다. 내가 좀 더 조심성 있게, 능숙하게 행동했어야 한다며 스컬리가 계속 깐죽거렸지만 말이다.

구름이 잔뜩 낀 어느 날 저녁, 달이 오직 베일에 가려진 동그라미처럼 보이고, 별자리가 어슴푸레한 말처럼 머리 위를 달릴 때, 나는 카이르프레의 무덤에 있는 엘런 옆으로 갔다. 우리는 카이르프레가 가장 아끼던 발라드를 함께 노래했다. 잠시 동안이나마 나는 근심을 잊을 수 있었다. 엄마의 얼굴에 슬픔이 가득했다. 사파이어빛 눈동자조차 흐릿했다! 하지만 내가 도울 수 있는 건 아무것도 없었다. 엄마의 상처가 너무 깊어서 치유의 연고와 찜질약도 소용이 없었다. 엄마의 유일한 위안은 어린 아이들을 돌보는 데에서 오는 것 같았다. 몇몇 아이들은 무덤 옆에서도 함께 있었다.

이따금, 나는 산비탈을 오가며 디나티우스를 생각했다. 디나티우스는 전투가 벌어진 다음 날 아침에 깨어났지만, 기운을 차리지 못하고 어리둥절해했다. 아무 말도 하지 않고, 잘 먹지도 않았다. 다리가 부러져 걸을 수도 없었다. 그럼에도, 디나티우스는 디나티우스였다. 그래서 위험했다. 나는 몇몇 소인들에게 낡은 끈 대신 디나티우스의 팔을 묶을 수 있는 사슬을 만들어 달라고 부탁했다. 몸을 다치고 낙담한 디나티우스는 등을 돌기둥에 기댄 채 땅바닥에 앉아 있었다.

나는 돌무더기 안 분주함 속에서 혼자 앉아 있는 디나티우스를 보며, 뜻하지 않게 동정심을 느꼈다. 분명, 디나티우스는 나를 죽이기 위해 나름 최선을 다했고, 거의 성공하는 듯했다. 하지만 나처럼, 디나티우스 또한 수년 동안 우리 어린 시절의 그 초라한 마을에서 고통을 겪었다. 나처럼, 디나티우스 또한 끔찍한 화염 속에서 불구가 되었다. 디나티우스가 다른 사람들에게 준 그 모든 고통을 내가 결코 잊을 수는 없었지만, 내가 디나티우스에게 준 고통 또한 결코 잊을 수 없었다.

우리가 야영을 하던 그 시간 내내, 뭔가 다른 일이, 뭔가 아주 이상한 일이 생겼다. 이것은 산비탈 위에 모여 있는 다양한 생명체들, 우뚝 솟은 돌덩이에게만 해당되는 건 아니었다. 땅 그 자체에도 해당되었다. 안개가 땅 전체에 퍼졌다.

처음, 나는 돌무더기 한가운데에서 안개를 알아차렸다. 안개가 발을 감쌌다. 안개는 점점 더 짙어지더니, 머지않아 돌무더기 안쪽 전체를 채우고 주변의 돌기둥을 짓눌렀다. 마침내, 안개가 산비탈을 굴러 내려가기 시작했다. 숲을 지나, 근처 언덕을 넘고 심지어 핀카이라 거주민들의 모닥불 불꽃과도 뒤섞였다. 하지만 나는 곧 걷힐 거라 생각하고 한동안 대수롭지 않게 여겼다.

하지만 안개는 걷히지 않았다.

시간이 지날수록, 안개는 더욱 가득하고, 온 땅 위에 호수처럼 내려앉았다. 그럼에도, 그냥 신기한 정도였다. 하지만 마침내 나는 알아차렸다. 평상시의 안개와 달리, 그 안개는 땅을 통해 돌무더기 안쪽에서 위쪽으로 새어 나오고 있다는 것을. 이윽고, 이 새어 나오는 안개의 의미를 깨닫고 나는 몸서리쳤다.

"할리아, 저기 뭔가 보이지, 저 멀리 밑이야?"

내가 할리아의 손을 잡고 돌무더기 밖으로 이끌고 나서, 돌기둥 너머 주름진 지평선 같은 언덕을 가리키며 물었다.

할리아는 이상하다는 듯 입을 움직였다.

"그야 물론 언덕이지. 언덕들이 많이 있잖아."

나는 험상궂게 고개를 끄덕였다.

"그리고 또?"

"뭘 말하는 거야, 젊은 매? 내 눈에 보이는 건 전부 다 언덕이야. 그리고 여기저기 흩어져 있는 나무들하고."

"또?"

할리아는 불만스럽게 발을 굴렀다.

"아무것도! 네가 말하는 게……."

"안개. 그래, 내가 말하는 게 바로 그거야. 이런 안개 전에도 본 적 있어? 이렇게 짙고, 이렇게 오래가는 안개 말이야."

나는 할리아를 똑바로 바라보았다.

"흠, 없는 것 같은데. 해안에서도 못 봤어. 안개 기둥은 항상 저기 있어, 바로 해안 너머에. 하지만 안개가 내륙까지 들어온 적은 없었지."

할리아가 이마를 찌푸리며 말했다. 할리아의 눈동자가 내 얼굴을 훑었다.

"이건…… 그냥 날씨 때문이 아닌 거지?"

천천히, 나는 고개를 가로저었다.

"그래, 아니야, 할리아. 이 안개는 사후 세계에서 나오고 있어."

할리아는 깜짝 놀라더니, 발 근처 깃털 같은 안개를 발로 톡 찼다.

"그러니까, 이게 리타 고르가 열어놓은 출입구에서 솟아나고 있다는 거야?"

"맞아. 너는 분명 보았을 거야. 이 안개는 돌무더기 안쪽에서 시작되었어. 그리고 나서 언덕 너머 저 멀리 퍼져갔어."

나는 할리아의 손을 꾹 눌렀다.

"그날 밤, 스타게이징 스톤에서 다그다는 내게 분명하게 경고했어. 만약 리타 고르가 두 세계 사이의 장벽을 무너트리면 끔찍한 일이 일어날 수 있다고."

"잠깐만. 영적 세계에서 온 안개가 언덕을 뒤덮는다고 해서 실제로 무슨 끔찍한 일이 일어난다는 거야?"

할리아는 이해할 수 없다는 듯 찰랑거리는 머리카락을 흔들었다.

나는 숨을 길게 쉬었다.

"이 안개는 그저 땅을 덮는 게 아니야, 모르겠어? 이 안개는 땅을 삼키고 있는 거야."

할리아가 나를 멍하니 바라보았다. 안개가 끈처럼 우리 손을 감싸더니, 손가락 사이로 미끄러지듯 빠져나갔다.

"내 사랑, 난 확신해. 이것이 다그다가 경고한 거야. 모든 것을 완전히 얻었을 때, 모든 것을 완전히……."

나는 둥그런 돌기둥 주변에 모여 있는 종족들을 가리켰다.

"잃게 된다."

할리아가 날카로운 목소리로 내 말을 끝마쳤다.

우리는 무너져 내린 돌기둥 위에 앉았다. 돌기둥의 거친 모서리가 그 옆에서 솟아나는 안개 때문에 부드러워 보였다. 우리는 우리가 알아차린 무거운 사실에 주눅이 들어 아무 말도 하지 못했다. 우리가 사랑했던 땅이 새로운 종류의 힘에, 우리가 맞서 싸울 수 없는 힘에 압도되고 있는 것처럼…….

할리아가 우리 아래 놓인 돌기둥을 톡톡 두드렸다.

"벌써 이 돌기둥이 돌인지 안개인지 잘 분간이 안 돼."

할리아가 손가락으로 돌기둥의 표면을 긁자, 스며들어 있던 안개가 실처럼 피어올랐다.

"이제 핀카이라 사람들에게 이 신성한 땅이 무슨 의미가 있는 거지, 젊은 매? 너와 내가 함께 사슴처럼 달렸던 그 모든 숨겨진 오솔길과 숲속 빈터와 초원이 무슨 의미가 있어?"

"핀카이라의 모든 것이 안개에 파묻히는 거야."

내가 침울하게 대답했다. 나는 각반에 붙어 있는 하얀 안개 뭉치를 툭 털었다.

"우리는 고향을 빼앗겼어, 나는 느낄 수 있어. 우리가 지키기 위해 싸웠던 것, 그리고 카이르프레를 비롯해 많은 사람들이 피 흘리며 죽어갔던 이 땅을 빼앗겼다고."

우리는 한참을 아무 말 없이 앉아 짙어가는 안개를 지켜보았다. 미래에 대한 내 의구심이 되살아났다. 하지만 또 달리 생각해보면, 더 이상 핀카이라가 존재하지 않는다면, 할리아는 어떻게 되는 걸까? 우리는 어떻게 되는 걸까? 어쩌면 우리 고향을 집어삼키고 있는 사후 세계에서 살 수도 있을 거다. 어쩌면 할리아와 함께 브리타니아로 떠나는 시간이 된 건지도 모른다. 아니 어쩌면……

그 순간, 우리 야영지로 손님이 찾아왔다. 그 사람은 언덕 위로 터벅터벅 걸으며, 점점 퍼지는 안개 사이를 기운차게 움직였다. 그 사람이 원형 돌무더기에 가까이 오자, 따뜻한 바람이 우리 위로 훅 불어왔다. 동시에, 온갖 새들이 돌 위에 모여들며, 그 사람을 볼 수 있는 곳에 내려앉았다. 켄타우로스와 요정들, 나비와 늑대 등 다른 많은 종족들도 그 사람을 따라 원형 돌무더기 안으로 들어섰다. 심지어 곰도 온몸에 붕대를 감고 절뚝거리며 그 사람 뒤를 따랐다. 살아 있는 바위 또한 그 사람 뒤를 따라 구르며, 땅을 무겁게 밟아댔다.

그 사람은 노인이었다. 회색 머리카락이 그 사람의 무릎을 휘감고 있
는 안개만큼이나 가늘었다. 팔 하나는 옆에 쓸모없이 대롱대롱 매달려
있었지만 자신감 넘치는 발걸음은 힘이 넘쳤다. 그 사람이 가까이 오는
걸 보자마자, 나는 알아차렸다. 그렇다, 지혜와 동정과 희망으로 가득
찬 저 깊은 갈색 눈동자를 다시 응시하기도 전에 나는 알아차렸다.

"다그다."

나는 얼른 달려가 그 앞에 무릎을 꿇으며 공손하게 말했다.

다그다는 내 어깨에 가볍게 손을 얹었다. 얼굴에는 슬픈 미소로 주름
이 졌다.

"네가 잃은 것은 안타깝다."

나는 대답할 말을 찾을 수 없었다.

다그다는 잠시 나를 살펴보고는 쩌렁쩌렁한 목소리로 말했다.

"하지만 보이는 게 다는 아니다."

"저는…… 무슨 말씀인지 이해가 안 돼요."

"이해하게 될 거다, 시간이 지나면. 이제 일어나라, 멀린. 너에게 보여
주려고 누군가를 데리고 왔다."

내가 다시 일어나자, 다그다는 팔을 아래로 뻗어 구불거리는 안개를
한 움큼 떴다. 안개는 다그다의 손바닥 안에 머물며 천천히 움직였다.
이윽고 다그다는 안개를 향해 아주 부드럽게 후 바람을 불었다. 안개가
점점 더 커지고 풍만해졌다. 둥근 몸체가 나타나더니, 은색과 갈색 줄무
늬 깃털의 매끄러운 날개가 나타났다. 그러고는 노란색 띠가 둘러쳐진
눈과 부리부리한 부리가 달린 당당한 머리가 나타났다. 트러블!

새가 울어대며 다그다를 흘끗 바라보고는, 두 날개를 퍼덕거렸다. 하
늘로 떠올라 차가운 바람을 일으키며 내 왼쪽 어깨에 내려앉았다. 다시

울어대고는 발톱으로 나를 단단하게 움켜잡았다.

어깨에 다시 트러블의 무게를 느끼며, 나는 웃음이 터져 나올 뻔했다. 하지만 내 마음은 여전히 너무 무거웠다.

"고맙습니다, 녀석이 너무나 보고 싶었어요."

내가 조용하게 말했다.

"그리고 저 녀석도 너를 보고 싶어 했지."

늙은 정령이 대답했다.

나는 할리아에게 손짓했다. 그리고 돌무더기 건너편에 서 있는 리아에게도 손짓했다. 할리아와 리아는 이 매가 내게 어떤 의미인지 누구보다 잘 알고 있었다. 둘 모두 내가 그랬던 것처럼 무릎을 꿇고 다그다를 맞았다. 그러고는 트러블의 깃털 달린 등을 쓰다듬었다. 트러블은 내 어깨 위에서 행복한 듯 뽐내며 걸어 다녔다. 그러다 한 번 멈추어서는 자신의 날개 끝으로 리아의 코를 간질였다. 스컬리는 두려움에 떨며 리아의 소맷자락 끝에서 배꼼 쳐다보고는, 평소와 달리 조용했다.

마침내, 나는 다그다를 돌아보았다.

"아까 그 말이 무슨 뜻인지 알려주세요."

다그다가 시선을 떨구었다.

"두 세계 사이의 장막이 찢어져 우주의 균형이 변했다는 걸 너도 이제 알겠지. 그 무엇도 그걸 바꿀 수는 없다."

다그다가 손가락을 펼치자 안개가 우리 다리를 감쌌다. 마치 먼 바다 위의 파도처럼.

"그리고 이제…… 우리의 세계들은 합쳐질 거야. 두 세계가 결합되고 있어. 잊힌 섬이 본섬과 합쳐진 것처럼. 유한한 지구와 불멸의 사후 세계 사이의 핀카라는 더 이상 따로 존재하지 않는다."

"그렇다면 핀카이라는 파괴되고 있는 거군요. 제가 생각했던 것처럼 말이에요."

나는 무기력하게 고개를 저었다.

다그다는 손을 들어 올렸다.

"파괴되는 게 아니다, 멀린. 변환을 맞는 것이지."

나는 할리아와 리아를 바라보며 궁금한 눈빛을 주고받았다.

"어떻게 바뀌는 거지요?"

"좀 더 자세히 보도록 해라. 너는 이 안개에서 뭔가 다른 걸 알아차리지 못하겠니?"

다그다가 돌 위로, 그리고 모여 있는 모든 종족들 위로 둥둥 떠다니는 안개를 향해 손을 흔들어 보이며 물었다.

나는 점점 더 하얗게 변하는 주변을 훑어보았다.

"아니요."

나는 솔직하게 대답했다.

"저는 알겠어요."

할리아가 말했다. 할리아의 얼굴이 갑자기 붉어졌다. 할리아는 방금 전까지 우리가 앉아 있던 쓰러진 돌기둥을 가리켰다. 돌기둥은 이제 직사각형 구름처럼 보였다. 안개로 뒤덮이는 게 아니라, 안개가 돌기둥 안에 스며들었다.

"우리 세계를 익사시키는 게 아니라, 그것이, 그러니까…… 우리 세계가 되고 있어요."

"저도 알겠어요!"

리아가 소리쳤다. 리아가 너무 격렬하게 뛰는 바람에 스컬리의 두 귀가 펄럭이며 리아의 팔에 부딪쳤다.

"음, 저는 모르겠어요."

나는 화가 나 말했다.

다그다가 다가와 내 어깨에, 트러블의 부리 바로 옆에 손을 얹었다.

"네가 해낸 훌륭한 일들 덕분에 이제 너는 알게 될 거다. 내가 오랫동안 기다려온 순간이 되었으니까."

35

기적

다그다의 두 눈이 밝아졌다. 어슴푸레한 하늘에 떠오른 별 같았다.

"핀카이라의 거주민들은 하나가 되었다."

다그다가 선언했다. 원형 돌무더기 주변에 모여 있던 모두가 들을 수 있을 정도로 큰 소리였다. 즉각, 모두가 조용해졌다. 벌 한 마리 윙윙대지 않았다. 새 한 마리 울어대지 않았다. 붕대를 감고 있는 커다란 곰조차 숨죽이고 있는 것 같았다.

"핀카이라의 수많은 실들이 견고한 밧줄로 함께 묶였다. 모두가 하나의 적에 대항해 함께 싸웠을 뿐만 아니라, 그것보다 훨씬 더 힘든 일을 해냈다. 모두 하나의 공동체처럼 살기 시작했다. 음식과 일과 꿈을 나누고 있다. 아주 오래전 이후로 이런 일은 없었다."

나이 든 정령이 널리 알렸다.

다그다는 잠시 말을 멈추었다. 다그다의 입술에 희미한 미소가 보일 듯 말 듯 번졌다.

"그 당시에는 모두에게 선물이 주어졌다. 평화보다 더 귀한 것은 없었다. 그리고 인간들에게, 당시에는 특별한 선물이 하나 있었다."

내 옆에서 리아가 깜짝 놀라 숨을 몰아쉬었다.

다그다는 머리 위로 손을 높이 들어, 허공에 동그라미를 우아하게 그렸다.

"그리고 이제 그 선물이 다시 주어질 것이다."

리아가 비명을 질렀다. 트러블의 울음소리만큼이나 높고 날카로웠다. 동시에, 할리아가 깜짝 놀란 암사슴처럼 펄쩍 뛰었다. 왜냐하면 둘 모두 나와 같은 걸 경험하고 있었기 때문이다. 등 한가운데에서 뭔가가 묵직하게 뛰기 시작했다. 내 어깻죽지 사이에서 오래전부터 느꼈던 통증과는 달랐다. 그것과는 전혀 달랐다! 이것은 기쁨과 만족이 한데 합쳐진 느낌이었다. 씨앗이 햇빛을 받아 드디어 싹을 틔우기 전의 느낌이 어쩌면 이럴까?

내 가슴을 감싸고 있던 옷이 갑자기 쪼이는 느낌이 들었다. 무슨 일이 일어난 건지 내가 알아차리기도 전에, 뭔가가 찢어지는 소리가 들렸다. 내 옷과 조끼를 뚫고, 덩굴로 엮은 리아의 옷과 할리아의 옷을 뚫고, 아주 진기한 뭔가가 튀어나왔다.

날개.

위엄에 눌려, 나는 날개를 쭉 펼쳤다 접었다, 다시 펼쳐보았다. 날개의 끝이 햇빛에 반짝이는 모습을 보며, 나는 그것이 살과 피와 뼈로 만들어진 게 아니라는 걸 깨달았다. 아니다, 이 날개는 공기처럼 가볍고, 별빛처럼 빛났다.

트러블은 기쁨에 겨워 울어대며 훨훨 날아올랐다. 이윽고 더 큰 기적이 왔다. 내가 트러블과 함께 하늘을 날아오른 것이다!

나는 넓고 빛나는 날개를 저으며, 원형 돌무더기 위의 공기 속으로 솟아올랐다. 더 높이 더 높이 올랐다. 바람이 내 얼굴 위로 불어와, 내 머리카락을 펄럭였다. 눈물이 샘물처럼 솟아났다. 바람이 불 때마다 빛나는 깃털이 떨렸지만, 기운 센 날개는 율동적으로 계속 움직였다. 나는 위로 날갯짓을 할 때마다 숨을 들이마시고 아래로 날갯짓을 할 때마다 숨을 내쉬었다.

트러블이 내게 다가오더니, 숨을 제대로 쉴 수 없을 정도로 아주 가파르게 솟구치도록 나를 도와주었다. 그러고 나서, 함께, 우리는 곧장 방향을 바꾸어 아래로 곤두박질쳤다. 바람이 우리 위로 흘렀다. 우리는 더 빨리, 더 빨리 내려왔다. 나는 밝게 웃으며, 길게 기른 턱수염이 바람을 타고 내 뒤로 흩날리는 모습을 상상했다.

우리는 돌기둥 꼭대기에 급히 내려앉았다. 나는 땅 위에 있는 내 그림자를 흘끗 내려다보았다. 그림자는 끔찍할 정도로 혼란스러워 보였다. 내가 다시 땅으로 돌아가면, 마치 자신에게 약속했던 휴가를 되돌려줄 것만 같았다. 하지만 나는 그런 거래는 절대 하지 않을 거다. 이제 하늘을 나는 전율이 내 혈관을 타고 흘렀다.

"와서 나랑 같이 날자!"

내가 리아와 할리아에게 소리쳤다. 그러자 리아와 할리아는 나를 따라 위로 올라갔다. 그 뒤로 엘런과 아이들을 포함해 더 많은 사람들이 따라왔다. 그러고는 새들이 우리 무리에 합류했다. 하늘은 곧 독수리, 가마우지, 부엉이, 마도요로 가득 찼다. 귀니아도 할리아를 따라잡기 위해 날개를 펄럭이며 하늘을 날았다. 즉시, 산비탈 위의 공기가 수없이 많은 날갯짓으로 몸부림쳤다.

나는 더 높이 올라가, 다시 한번 내가 너무나 잘 아는 매와 만났다. 우리는 서로의 곁을 맴돌며, 빙그르르 돌다가 갑자기 방향을 바꿔 원을 그렸다. 트러블의 재주넘기는 나보다 훨씬 더 정교하고 날렵했지만, 나는 신경 쓰지 않았다. 우리가 함께 날고 있다는 사실 그 자체가 중요했으니까. 둘이 하나가 되어 하늘을 맘껏 솟구치고 있었으니까.

나는 힘차게 날갯짓을 했다. 그러고 나서 상승 기류를 탔다. 상승 기류가 나를 더 높은 곳으로 데려다주었다. 바람을 타며, 내 자신이 마치 공기로 만들어진 것 같은 느낌이 들었다. 그리고 비행에 대한 리아의 열정적인 묘사를 다시 한번 떠올렸다.

몸과 함께 영혼도 솟구치는 거야.

저 아래 풍경을 내려다보니, 핀카이라 섬이 거의 전부 다 한눈에 들어왔다. 상실감이 다시 밀려왔다. 왜냐하면 원형 돌무더기에서 흘러나온 안개가 이제는 녹슨 평원을 가로질러 곧장 남쪽 해안과 서쪽 절벽으로 뻗어 있었으니까. 드루마 숲이 하얗게 빛났다. 거인들의 도시 바리갈과 저기 북쪽 끝의 외딴 대지도 하얗게 빛났다. 그리고 그 모든 해안선을 따라, 오래된 바다 안개가 새롭게 피어나는 땅 안개와 하나로 합쳐지고 있었다.

하지만 그 모습에서 한 가지를 깨닫고 나는 깜짝 놀랐다. 핀카이라가 이전과 크게 달라지지 않아 보였다. 언덕은 오래된 윤곽을 유지했고, 절벽은 날카롭게 깎여 있으며, 숲은 여전히 바람의 리듬에 맞추어 흔들렸다. 서쪽 해안을 좀 더 자세히 보기 위해 아래로 방향을 바꾸며, 나는 바위와 나무, 뒤틀린 나뭇가지들을 살펴보았다. 모두 하얗고 희미해 보였다. 하지만 여전히 그대로 존재했다.

즉각, 나는 다그다의 말이 어떤 의미인지 이해했다. 핀카이라는, 사실상 바뀌었다. 생동감 넘치는 색상과 웅장한 계절을 지닌 내 오랜 고향은 사라졌다. 하지만 새로운 땅으로 살아남았다. 안개가 스며든 땅, 그리고 사후 세계와 영원히 이어진 땅. 이제 핀카이라는 정말로 뭔가 그 이상이었다. 두 세계가 복잡하게 뒤얽힌 결합.

해안선 위를 날아가며, 공기가 내 빛나는 날개를 스쳐 지나가는 게 느껴졌다. 문득, 안개가 덮이지 않은 산비탈 하나가 눈에 띄었다. 숲이 우거진 그곳은 초록색으로 눈부시게 빛났다. 절벽으로 이어진 해변 끄트머리. 이 푸릇푸릇한 곶(串)은 그 자체의 뭔가 신비로운 힘으로 안개가 스며들지 못하게 막아내고 있었다.

그런데 나는 가까이 날아가며, 또 다른 기적을 발견했다. 숲은 내가 위에서 봤던 것보다 훨씬 더 무성했다! 참나무와 솔송나무와 마가목이 괄목할 만한 속도로 자라고, 이끼에 덮인 나뭇가지는 하늘을 향해 쭉쭉 뻗고, 뿌리는 땅속으로 뻗어 나갔다. 크고 튼튼한 덩굴은 점점 커가는 나무둥치를 휘감았다. 굵은 나뭇가지에는 잎이 나거나 솔방울이 달렸고, 빨간색과 심홍색 꽃이 피어났다. 기울어가는 햇빛 속에서 깃털 같은 고사리가 시냇물 강둑에 퍼져 있고, 버섯과 만개하는 가시금작화가 피어 있는 땅과 이어졌다. 달콤한 송진 향이 언덕에서 솟아올라 내 콧구멍을 간지럽혔다.

즉각, 나는 이 산허리의 윤곽을 알아차렸다. 이곳은 한때 잊힌 섬의 곶(串)이었다! 하지만…… 내가 이곳을 떠났을 당시, 이곳은 너무나 황량해서 초록이라고는 눈을 씻고도 찾아볼 수 없었다.

나는 방향을 틀어 아래로 쭉 내려갔다. 마침내 가장 높은 나무 꼭대기 위로 스르르 날아올랐다. 그곳에, 위로 쭉 뻗은 마가목 나뭇가지가 둘러싸고, 햇빛을 받아 반짝이는 겨우살이 나뭇가지 하나가 보였다. 내가 심었던 것과 같은 황금색 가지…….

씨앗! 이 모든 삶의 폭발은 그 범상치 않은 씨앗의 작품이었다. 일단 바른 장소에 심으면, 그 어떤 땅도 그것의 마법에 저항할 수 없다. 그 어떤 겨울도 그 생명력을 약하게 할 수 없다.

가장 진귀한 씨앗이 마침내 집을 찾을 것이다.

다그다가 예언했었다.

나는 산비탈을 선회하며, 내 그림자가 저 아래 뻗어 나가는 숲을 가로질러 움직이는 모습을 지켜보았다. 도대체 어떻게 이 외딴 곳이 안개를 막아낼 수 있었을까? 나는 궁금했다. 온 사방에, 땅이 점점 더 하얗게 변해갔지만, 딱 이곳만은 계속 초록빛으로 무성했다.

또 다른 그림자가 내 그림자 옆에 다가오더니 재빨리 합쳐졌다. 나는 어깨 너머를 흘끗 돌아보았다. 리아! 리아의 얼굴이 이제 막 모습을 드러낸 별처럼 환하게 빛났다. 그리고 스컬리는 털북숭이 머리를 리아의 주머니 밖으로 톡 내놓고, 넋을 잃고 바라보고 있었다.

리아는 내 옆을 날았다. 너무 가까워서 날개 끝이 서로 부딪쳤다. 우리는 함께 솟구쳤다가 선회했다. 우리 몸은 정말 완벽하게 조화롭게 움직였다. 바람이 우리를 더 높이, 그리고 나서 더 낮게 데려다주었다. 동쪽의 안개 자욱한 땅 위로, 그리고 다시 숲이 울창한 언덕으로.

우리는 아래로 가파르게 내려가, 무럭무럭 자라는 숲을 보며 감탄했다. 리아는 날개를 접어, 쭉 뻗은 손으로 느릅나무의 흔들리는 잎사귀를 스칠 정도로 아주 가까이 다가갔다. 리아는 그곳을 지나가며 나지막하게 휙휙 소리를 냈다. 느릅나무는 위쪽 나뭇가지를 흔들어 화답했다. 나는 크게 웃을 수밖에 없었다. 이제 내 여동생은 하늘을 날며 나무들과 대화를 나눌 수 있었으니까.

나는 리아와 함께 조금 더 날았다. 그러고 나서 바람을 타고 재빨리 높이 날아올랐다. 저 깊은 바다에서 솟아나는 거품처럼, 나는 손쉽게 위쪽으로 둥둥 떠다녔다. 차갑고 따뜻한 공기층 사이를 뚫고 지나갔다.

곧, 저 높은 곳에서, 나는 다시 한번 핀카이라 전체를 내려다보았다. 그러고 나서 구름 위를 훨훨 날고 있는 할리아를 발견했다.

나는 날개를 저어 할리아에게 다가갔다. 그때 또 다른 광경이 나를 사로잡았다. 서쪽 바다를 뒤덮고 있던 안개가 갈라졌다. 바다를 가로질러 환하게 빛나는 통로 하나가 드러났다. 저 멀리, 빛나는 푸른색 물결 너머, 또 다른 섬이 보였다. 그 섬은 그 자체의 안개로 살짝 가려져 있었다. 그 섬이 희미하게 반짝이며, 바다 너머 내게 손짓하고 있었다.

그 섬에 대해 거의 알지 못했지만, 나는 그 섬이 나를 서쪽으로 끌어당긴다는 걸 느낄 수 있었다. 나는 그 섬의 이름을 잘 알고 있었다. 브리타니아. 그 섬의 또 다른 이름도 알고 있었다. 이야기와 노래에서 언젠가 듣게 될 이름, 멀린의 섬, 그래머리(Gramarye).[*]

멀린의 섬.

나는 그 단어를 중얼거렸다. 돌풍이 불어와, 내 깃털이 부드럽게 살랑거렸다. 나는 그 바람을 타고 싶었다. 그 바람을 타고 바다를 건너고 싶었다. 바람은 점점 더 세게 불어, 나를 해안선 너머로 밀어댔다. 불현듯, 나는 먼 바다 위에 떠 있는 내 자신을 발견했다. 핀카이라가 빠르게 물러나고 있었다. 나는 구름 속으로 뛰어드는 할리아를 흘끔 바라보았다. 힘차게 날개를 움직여, 내 모든 의지를 다해 돌아가려고 싸웠다.

마침내, 나는 휘몰아치는 바람에서 빠져나와 다시 해안선으로 되돌아갔다. 날개가 덜덜 떨며 힘겹게 펄럭였다. 나는 할리아를 향해, 우리 집을 향해, 그리고 그것이 무엇인지는 모르지만, 내 앞에 놓인 것을 향해 날아갔다.

---

*마법, 마술이라는 뜻을 지닌 단어.

36

멀린의 선택

할리아와 나는 으리으리한 원형 돌무더기로 바람처럼 재빠르게 돌아왔다. 우리는 희미하게 빛나는 날개를 펄럭이며, 돌무더기 안쪽 한가운데에 내려앉았다. 땅에서 안개가 조각조각 흩날렸다. 나는 돌무더기 안쪽의 공기가 전보다 훨씬 더 따뜻해져 있다는 걸 곧장 알아차렸다. 다그다가 있어서 그런 건 아닐까 궁금했다. 나는 안개가 땅속 더 깊숙이 스며들고 있다는 것도 알아차렸다. 돌기둥은 이제 구름처럼 부드러워 보였다. 땅 위에 흩어져 있는 풀포기도 갈색에서 우윳빛으로 바뀌어 있었다.

할리아와 나는 서로를 바라보았다. 나는 할리아 눈동자 속의 망설임을 읽었다. 내 자신이 불안감을 느꼈기에 더욱 그랬다.

내가 날개를 접자, 주변 언덕을 가로질러 날카로운 비명이 들려왔다. 나는 위를 올려다봤다. 하지만 누가 부르고 있는지 나는 이미 알고 있었다. 트러블이 떨어지는 깃털처럼 부드럽게 내 어깨에 내려앉아, 다시 한번 발톱으로 나를 꽉 잡았다.

리아가 잠시 뒤에 도착했다. 리아의 얼굴은 하늘을 날아오른 들뜬 기분 때문에 여전히 붉게 상기되어 있었다. 스컬리는, 꼴사나운 모습이었지만 아주 기분 좋은 표정이었는데, 리아의 덩굴 옷 위로 올라와, 리아의 목 주변을 두툼한 목도리처럼 감싸 안았다.

돌무더기 맞은편에서 다그다가 다가왔다. 그 뒤로 붕대 감은 곰, 이끼 낀 살아 있는 바위, 참새 몇 마리, 신이 나서 서로를 뛰어넘으며 재잘거리는 다섯 마리 어린 너구리를 포함한 너구리 가족 등 다양한 종족들이 따라왔다. 은빛 머리카락 요정이 미소 지으며 성큼성큼 걸어오자, 다리 사이로 안개가 휘몰아쳤다. 마치 여름 바다의 모래톱 안을 걷는 것 같았다.

"그래, 너희는 하늘을 날았구나."

다그다가 묵직한 목소리로 말했다.

"네, 그리고 이제 우리 세계에 도대체 무슨 일이 일어난 건지 보다 잘 알았어요."

내가 대답했다.

다그다가 천천히 고개를 끄덕였다.

"너희는 핀카이라가 무엇을 얻었는지 보다는 무엇을 잃었는지 더 잘 알게 되었다. 하지만 이제는 너희가 사후 세계를 탐험할 차례가 되었다. 너희는 이 세계에서 너희가 가장 좋아하는 곳에 살 수 있어. 그래, 할리아, 너는 네가 너무나도 잘 아는 그 모든 오솔길과 초원에 살 수 있다. 하지만 저 아래 안개 낀 땅에서 더 많은 걸 발견할 수도 있단다."

"저희에게 날개를 주셔서 감사합니다."

리아가 감사의 뜻을 전했다.

"그래, 리아논. 네 날개 덕분에, 너는 유한한 삶을 사는 동안에도 사후 세계로 모험을 떠날 수 있다. 열린 출입구는 때가 되면 더 활짝 열릴 것이다. 온갖 종류의 영적 생명체가 이곳으로 올 거야. 이곳을 걷고 날며 헤엄치겠지. 네가 저 아래 사후 세계에서 그렇게 하듯이."

할리아는 흥분한 듯 자기 발을 땅에 두드렸다. 하얀 안개 한 움큼이 위로 흩날렸다.

"그렇다면, 우리 종족은 우리의 신성한 땅을 여전히 사슴처럼 달릴 수 있다는 말씀인가요?"

다그다는 할리아를 향해 부드럽게 미소 지었다.

"그건 절대 변하지 않을 거다. 하지만 이제, 너희가 남자와 여자의 몸으로 변할 때, 너희는 뭔가 새로운 걸 하게 될 거야. 너희는 매처럼 우아하게 하늘로 솟아오를 거다. 너희가 아직 발견하지 못한 땅에서."

트러블이 내 어깨 위에서 가슴 깃털을 부풀리며 날개를 자랑스럽게 뽐냈다.

"숲이 무성한 저곳은요? 거기에는 안개가 전혀 없었어요."

리아가 물었다.

"맞아요, 안개가 전혀 없었어요, 그곳은 마치……."

내가 리아의 말을 따라했다.

다그다가 은빛 눈썹을 치켜뜨며 물었다.

"마치 어떻다는 거지?"

"음, 마치 완전히 분리되어 있는 것 같았어요. 나머지 핀카이라로부터……. 마치 그곳이 잊힌 섬이었을 때 그랬던 것처럼요. 단지 지금은 초록으로 덮여 있을 뿐이에요."

"그렇단다. 너는 네 씨앗의 마법을 본 것이다, 멀린. 씨앗은 운명의 장소에 심어져 말로 표현할 수 없는 경이로움을 불러왔단다."

다그다가 나를 골똘히 바라보았다.

"하지만 어떻게 그 땅이 안개를 밀어낼 수 있지요? 다른 곳처럼 안개가 스며들지 않은 이유가 뭔가요?"

내가 당돌하게 물었다.

다그다의 입꼬리가 살짝 올라갔다.

"새로 일군 그 땅은 또 다른 세계가 될 테니까."

나는 다그다의 말을 곰곰 생각했다.

"그러니까, 새로운 핀카이라라는 말씀인가요?"

"어떤 점에서는 그렇지. 우주의 균형을 위해 따로 분리된 곳이 필요하단다. 전적으로 지구도 아니고, 전적으로 사후 세계도 아닌, 하지만 그 사이 어딘가에 존재하는 땅 말이다. 그런 종류의 세상은 안개를 닮았지. 엄밀히 말해 공기도 아니고 물도 아니지만, 둘 모두이기도 하고, 둘 모두와 다른 무엇인가를 지니고 있기도 하지. 핀카이라가 정령의 세계와 완전히 합쳐졌으니, 이제 그 새로운 땅이 *중간 지대*가 될 것이다."

엄마가 핀카이라를 묘사하며 자주 사용했던 '중간 지대'라는 말을 들으며, 리아와 나는 눈빛을 주고받았다.

"그리고 그 땅은 더 이상 저주받거나 잊히지 않고, 마침내 그 자체의 이름을 갖게 될 거다."

다그다가 말을 이었다. 그러다 말을 멈추고, 말하기 전 천천히 그 단어를 음미했다.

"아발론. 그 이름은 아발론이 될 거다. 그리고 그곳은 그 땅에 새로운 생명을 가져다 준 그 씨앗보다 더 경이로운 운명을 품게 될 게다."

트러블은 발톱을 들어 움직여, 내 머리에서 좀 더 가까운 쪽으로 자리를 옮겼다. 부드러운 깃털이 내 뺨을 스치는 걸 느끼며, 나는 트러블과 함께 하늘을 날던 때 내 뺨에 닿았던 바람을 떠올렸다. 그리고 다시 한 번 자유를, 그 모든 것의 순수한 전율을 느꼈다.

현명한 정령은 다시 나를 똑바로 바라보며 말했다.

"이제, 아들아, 네가 또 무엇을 보았는지 말해 보겠니?"

나는 입술을 달싹거렸다. 갑자기 입이 말랐다.

"저는 또 다른 땅을 보았어요. 그 땅이 저를 불렀어요."

나는 할리아 쪽으로 얼굴을 돌렸다. 할리아의 초롱초롱한 갈색 눈동자가 나를 빨아들일 듯했다.

"하지만 너를 여기 두고 그곳에 갈 수는 없어."

알 수 없는 긴 시간 동안, 할리아는 나를 유심히 살펴보았다. 마침내, 할리아가 차갑게 대답했다.

"나는 너랑 함께 그곳에 갈 수 없어, 젊은 매. 내 삶, 내 종족은 이곳에 있어. 우리의 과거와 미래의 모든 이야기는 여기에 있잖아."

"나랑 같이 가자."

내가 간청했다.

"나랑 함께 여기 있어줘."

할리아가 대답했다.

몇 초가 흘렀다. 우리 둘 가운데 누구도 말하지 않았다. 한마디도 하지 않았다.

다그다가 한 발 가까이 다가왔다.

"선택은 네가 하는 거다, 멀린. 꼭 갈 필요는 없다. 왜냐하면 핀카이라는 그 자체의 세계로서는 더 이상 존재하지 않기에, 지구의 딸이나 아들이 이곳에 남아 있으면 안 된다는 오래된 금기는 더 이상 적용되지 않으니까."

나는 침을 꼴깍 삼키며 물었다.

"그렇다면 저는 어떤 선택을 할 수 있나요?"

마치 한 마디 한 마디가 전체 세계의 무게를 싣고 있기라도 한 것처럼, 다그다가 천천히 말했다.

"너는, 리아나 할리아와 마찬가지로, 세 가지 중 하나를 선택할 수 있다. 할리아는 이미 자신의 선택을 분명히 했어. 이곳 사후 세계에 남아 있기로 말이다. 그 어떤 것으로도 묘사할 수 없는 것들을 수없이 포함하고 있는 세상에."

트러블은 내 어깨 위에서 열정적으로 울며 사뿐사뿐 걸었다.

"아니면, 너는 아발론이라는 새로운 세계로 갈 수도 있다."

다그다는 리아 쪽을 흘끗 바라보며 덧붙였다.

"네 엄마는 그곳으로 가기로 결심했다는 걸 말해줘야겠구나. 너희가 돌아오기 직전에 너희 엄마랑 이야기를 나누었거든. 네 친구 류, 어린 소녀 쿠웨나, 그리고 몇몇 아이들도 함께 가기로 했지."

"그건 제 선택이기도 해요."

리아가 단호하게 말했다. 리아의 목에 달라붙어 있던 스컬리도 힘차게 고개를 끄덕이며, 기다란 귀를 펄럭거렸다. 이윽고 리아가 긴장했다.

"그런데 그건, 만약……."

리아가 덧붙였다.

"그래, 너는 여전히 날개를 갖고 있을 거다."

다그다가 웃으며 말했다.

다그다의 시선이 다시 내게로 향했다.

"처음 두 가지 중 무엇을 선택하든, 네 날개는 네 것이다. 하지만 세 번째의 경우는 다르단다. 왜냐하면 그것은 유한한 지구, 브리타니아라 불리는 땅으로 돌아가는 것이니까."

나는 할리아를 바라보았다. 할리아는 이곳에 남아 있을 거다. 그러고 나서 리아를 바라보았다. 리아는 엄마와 함께 아발론의 숲에서 새로운 삶을 시작할 거다. 나는 내 칼자루를 더듬었다. 마법의 검이 칼집 안에서 부드럽게 울었다.

내 심장이 두근거렸다. 내가 어떻게 그런 선택을 할 수 있단 말인가? 만약 내가 내 운명, 내 소명을 선택한다면, 나는 나와 가장 가까운 사람들을 잃게 될 것이다. 내 날개도 잃게 될 거다.

"신중하게 선택해라. 네가 어떤 선택을 하든, 그건 영원할 테니까."

다그다가 손가락으로 날개의 테두리를 허공에 그리면서 조언을 해주었다.

나는 신성한 원형 돌무더기 주변을 둘러보았다. 돌기둥들이 희미한 안개와 함께 빛났다. 독수리들이 가장 높은 돌 위에서 날개를 퍼덕이고 있었다. 엄마가 류와 함께 서 있었다. 디나티우스가 돌에 기대 누워 있었다. 가느다란 안개가 디나티우스의 칼날을 부드럽게 감쌌다. 디나티우스는 위험하다기보다는 이제 쓸쓸하고 비참해 보였다.

그러는 내내, 나는 내가 사랑하는 이들의 숨결에, 내 고동치는 심장 소리에, 너무나 미세하지만 또렷한 마법의 검이 울리는 소리에 귀를 기울였다. 그리고 어쩌면, 내가 확신할 수는 없었지만, 아일라가 '내 가장 깊숙한 곳에서 부는 바람'이라고 말해주었던 바로 그 소리에 귀를 기울였다.

천천히, 나는 다그다를 돌아보았다.

"이제 제가 무엇을 해야 하는지 알겠어요."

"그게 뭐지?"

나는 몸을 떨며 숨을 깊게 쉬었다.

"제 운명을 따르겠어요."

나는 할리아를 바라보았다. 할리아의 둥근 눈동자가 흐려졌다.

"나는 그게 옳다는 걸 알아, 내 사랑. 하지만 설령 그렇다 할지라도…… 내가 그 일을 해낼 수 있을지는 나도 정말 모르겠어."

할리아가 힘겹게 침을 삼키며 말했다.

"너는 해낼 거야, 젊은 매. 분명 해낼 거야."

나는 할리아의 손등을 쓰다듬어주었다.

"내 마음은 언제나 여기, 너와 함께 머물 거야."

할리아가 고개를 끄덕이며 눈물을 훔쳤다.

"우리는 언제나 함께 할 거야."

"그래, 잎사귀에 달라붙은 꿀처럼."

내가 말했다.

할리아는 고동색 머리카락을 흔들어 날개에서 떼어냈다. 그러더니 내 칼자루에 손을 뻗어, 칼집에서 칼날을 살짝 뽑아, 머리카락 한 줌을 싹둑 잘랐다. 그러고는 눈물에 촉촉하게 젖은 머리카락을 내 손에 쥐어주었다.

"이거 가지고 가. 다음 세계로."

할리아가 부드럽게 말했다.

"그럴게."

내가 할 수 있는 말이라고는 그것밖에 없었다. 침울하게, 나는 그 머리카락 한 줌을 내 가죽 가방 안, 트러블의 깃털 옆에 집어넣었다.

나는 내 빛나는 날개를 펄럭이며 다그다를 향해 돌아섰다.

"가능하다면, 부탁 하나 드릴게요."

다그다의 은빛 눈썹이 올라갔다.

"무슨 부탁이지?"

"그건, 그러니까, 제 날개에 대한 거예요. 제가 날개를 잃게 될 테니까……."

"그래서, 아들아?"

내 손이 올라갔다. 디나티우스의 풀 죽은 모습을 가리켰다.

"제 날개를 저 아이한테 주고 싶어요."

할리아와 리아는 둘 다 깜짝 놀랐다. 트러블이 내 어깨 위에서 말도 안 된다는 듯이 시끄럽게 울어대며 발톱으로 나를 꾹꾹 찔렀다.

다그다가 얼굴을 찡그렸다.

"그러니까 지금 나보고 리타 고르를 위해 봉사했던 아이한테 네 날개를 주라는 거냐?"

"저 아이는 상처투성이에요. 그리고 그 상처 중에서 가장 큰 건 저 때문에 생긴 거예요. 그러니 아시겠지만, 저 아이를 치유해주는 것은, 또한 저를 치유하는 거예요."

다그다의 표정이 부드러워졌다.

"넌 진정 마법사구나, 아들아."

다그다가 잠시 말을 멈추고 생각하다가 나를 빤히 쳐다보았다. 그러고는 말을 이었다.

"하지만 네 부탁을 들어줄 수는 없단다."

"들어줄 수 없다고요?"

내가 이의를 제기했다.

"그래. 날개를 가지려면, 저 아이가 직접 얻어내야 해. 그건 시간이 걸릴 거다. 저 아이의 경우에는 훨씬 더 많은 시간이 걸리겠지. 만약 그런 일이 일어나려면 말이다. 하지만 네 부탁은 다른 방식으로 들어주겠다."

다그다의 목소리가 낮아졌다.

다그다는 고개를 숙여 카펫처럼 깔린 안개 사이로 손을 휘둘렀다. 잘 맞는 안개의 실을 찾는 것처럼 보였다. 결국 나선 모양의 실 하나를 손바닥에 올렸다. 천천히, 다그다는 디나티우스를 향해 걸어갔다. 디나티우스는 다그다가 다가오는 걸 알아차리지 못했다. 다그다는 손을 움직여 안개 조각을 디나티우스의 머리 위에 내려놓았다. 안개 조각은 아래로 둥둥 움직여, 디나티우스의 몸속으로 스며들었다.

"이건 멀린이 주는 선물이다."

위대한 정령이 선언했다.

즉각, 안개가 디나티우스 주변에 짙게 깔리더니, 머리를 제외하고 온몸을 완전히 감쌌다. 그러자 디나티우스의 얼굴에 믿을 수 없다는 표정이 나타났다. 디나티우스는 몸을 뒤틀며, 안개로 감싸여 있는 자신의 몸을 내려다보았다. 디나티우스는 깜짝 놀라며 돌기둥에 몸을 기대 일어났다. 마침내 가슴 부분이 안개 위로 올라왔다. 몸을 감고 있던 사슬이 끊어져 바닥에 떨어져 내렸다. 그런데 어깨 아래, 치명적인 칼날 대신, 팔 두 개가 달려 있었다. 자신의 살로 이루어진 팔이.

디나티우스는 어안이 벙벙한 채 자신의 살아난 근육을 구부려 팔을 움직였다. 팔을 허공으로 올리고, 구부리고, 손으로 자신의 두 뺨을 만졌다. 처음에는 다그다를, 그리고 나서 나를 바라보았다. 아무 말도 하지 않았다. 하지만 놀라움으로 커진 두 눈이 모든 걸 말해주었다.

다그다는 빛나는 미소를 머금은 채 안개를 뚫고 성큼성큼 걸어와, 내 어깨를 부드럽게 만졌다.

"나랑 함께 걷자꾸나, 젊은 마법사."

나는 재빨리 지팡이를 집어 들고 다그다를 따라 걷기 시작했다. 우리는 돌무더기를 가로질러 성큼성큼 걸었다. 하얗게 변한 땅 위에 안개 자욱한 발자국이 남았다. 돌무더기 안쪽에 있던 종족들은 이번에는 누구도 다그다를 따르지 않았다. 그래서 우리 둘뿐이었다. 물론, 내 어깨 위의 은빛 매는 제외하고. 다그다는 나를 데리고 원형 돌무더기 서쪽 끝으로 쭉 걸어갔다. 그곳에는 똑바로 선 돌기둥 두 개가 하늘을 향해 우뚝 솟아, 황금빛 오후의 햇살을 가르고 있었다. 그곳에서 우리는 멈춰 섰다. 햇볕에 등이 따뜻했다.

다그다는 애정 어린 눈길로 나를 바라보았다.

"아주 오래전, 내가 환영으로 네게 갔을 때, 너는 네 가장 큰 적과 대면하게 될 것이라고 내가 경고했었지?"

나는 고개를 끄덕였다.

"그리고 이제 나는 알아요. 당신이 말한 건 리타 고르가 아니라는 것을요. 그건 내 가장 거친 분노, 내 가장 깊은 두려움을 의미했어요. 그것이 우리 아버지, 내 오랜 적…… 또는 내 미래와 관련되어 있는지는 모르겠지만요."

"너는 하나가 아닌 여러 방식으로 도약했다, 아들아."

골똘히 생각에 잠겨, 다그다는 자신의 불편한 팔을 쓰다듬었다.

"그래서 너는 마침내 알게 되었다. 네 진짜 이름을. 네가 얻은 이름. 그리고 네게 항상 힘을 줄 이름. 비록 그것이 믿을 만한 소수를 제외하고는 절대 알려지지 않을 이름이지만. 왜냐하면 대부분의 사람들에게, 너는 언제까지나 멀린이니까."

다그다는 숨을 깊이 들이쉬어, 자신의 가슴과 팔 위로 안개 한 조각을 잡아당겼다.

"나는 이제 네 진짜 이름을 네게 주겠다. 올로 *에오피아(Olo Eopia)*.

정령의 지도자들의 언어로, 그것은 *수많은 세계, 수많은 시간의 인간이*라는 뜻이란다. 그리고 그것은 너 같은 존재에게만 주어질 수 있는 이름이란다. 우주가 완전하듯, 완전한 인간에게."

내 두 눈에 눈물이 가득 찼다. 나는 지팡이를 꼭 움켜잡고 꼿꼿하게 섰다.

올로 에오피아.

수많은 세계, 수많은 시간.

사랑과 슬픔이 한데 뒤섞여, 나는 나를 둘러싼 얼굴들을 훑어보았다. 다그다, 그의 시선은 오후의 태양처럼 나를 따뜻하게 해주었다. 리아, 돌무더기 주위에서 날개를 접었다 폈다 하며 솔송나무와 함께 이야기를 나누었다. 할리아, …… 나를 간절하게 바라보았다. 트러블, 밝은 눈동자는 결코 나를 떠나지 않았다, 단 한순간도. 엄마, 류 옆에 서 있었다. 내가 아이 때 자주 그랬던 것처럼, 류는 엄마 옷자락에 누워 있었다. 그리고 심의 거대한 코끝. 심이 언덕 아래에서 달콤하게 코를 골고 있었기에, 코끝만 보였다.

"제가 아무리 오래 살지라도, 저는 핀카이라에서 보낸 이 시간들보다 더 경이로운 시간은 절대 알지 못할 거예요. 제가 어떻게 그것을 설명할 수 있을까요? 불가능해요. 그것은 말로 표현하기에는 너무나 소중해요. 나는 그것을 말로 표현할 수 없어요. 그래요, 영원히요. 저는 그것을 제 '잃어버린 시간'이라고 여기겠어요."

나는 한숨을 푹 내쉬었다.

다그다가 고개를 약간 갸우뚱했다.

"그렇다면 그렇게 되겠지. 하지만 네 마음이 바뀔 때가 올 게다."

나는 고개를 단호하게 저었다.

다그다는 다정한 목소리로 조용하게 말했다. 얼굴이 황금빛 태양을 받아 환하게 빛났다.

"너는 요 몇 년 동안 많은 일을 했다, 그건 확실해. 아, 너는 눈이 없이도 보는 법을 배웠단다. 네 여동생의 정령을 네 자신에게 데려왔고, 사슴처럼 우아하게 달렸다. 그리고 이제, 네 자신의 날개로, 너는 날아올랐지."

내 그림자는, 안개 자욱한 땅 위에서 흐릿하게 보였지만, 자부심으로 한껏 부풀어 있었다.

"그리고 너는 네 그림자를 길들이는 법을 거의 배웠단다. 거의, 하지만 완전히는 아니야."

다그다가 말을 이었다.

흐릿한 형체가 몸을 떨더니, 평상시의 크기로 쪼그라들었다.

현명한 정령은 몸을 돌려 팔을 서쪽, 태양을 향했다. 꼼짝 않고 서서, 기울어진 돌기둥 너머, 저 먼 언덕 너머, 심지어 지는 해 너머, 무언가를 뚫어지게 바라보았다. 그러더니 내게 말했다. 내가 결코 잊지 못할 말을.

"네가 핀카이라에서 보낸 시간 동안의 그 모든 경이로움에도 불구하고, 앞으로 있을 경이로움은 훨씬 더 대단할 것이다. 너는 날개가 허락하는 것보다 더 높이 솟아오를 것이다. 너는 네 마법의 씨앗보다 더 큰 불가사의한 것들을 만들어낼 것이다."

다그다가 미묘한 웃음을 지으며 덧붙였다.

"그래, 너는 네가 그렇게도 오랫동안 바랐던 무성한 턱수염을 기르게 될 거다."

나는 무심코 턱을 만졌다.

"이것만은 분명하게 말할 수 있다, 아들아. 너 자신이야말로 가장 진귀한 씨앗이란다. 마침내 네 자신의 진짜 고향으로 갈 운명이구나."

다그다는 미소 지었다.

"그러니 네가 이것을 가져야 해."

다그다가 손을 내밀었다. 그곳에서 갑작스럽게 초록색이 번쩍 빛났다. 갈라토! 전설적인 목걸이가 내 손바닥에 놓여 있었다. 보석 박힌 목걸이가 별처럼 찬란한 빛으로 환하게 빛났다.

"하, 하지만, 이것은 용암 산 아래서 잃어버렸잖아요?"

내가 더듬거렸다.

"바로 거기서 내가 찾아냈지. 지금은 여기 있어, 이걸 지녀라."

다그다는 사실대로 말해주었다. 그러고는 가죽 끈을 내 목에 걸었다. 트러블이 동의의 울음을 울며 지켜보았다. 다그다는 목걸이를 내 옷 아래 넣어주었다. 그래서 갈라토는 내 가슴 바로 위에 위치했다. 내 심장 바로 위에.

나는 초록색 보석을 옷 사이로 두드렸다.

"말해주세요, 제발요. 이것의 진짜 힘은 무엇인가요?"

"네가 사랑하는 것들을 볼 수 있단다, 멀린. 그들이 먼 세계에 있다 하더라도. 그래서 네가 이곳을 떠난 뒤에도, 너는 그 수정 안에서 네 소중한 친구들을 다시 찾아갈 수 있단다."

나는 기침을 하며 목을 가다듬었다.

"어떻게든 해서, 제가 정말로 이 세상에 직접 다시 올 수 있을까요?"

다그다는 대답하지 않았다. 하지만 나는 눈동자 속의 특이한 빛을 알아차렸다. 그러고 나서 다그다는 내 동료들이 있는 곳을 향해 고갯짓을 했다.

"이제 가자."

함께, 우리는 다시 일행에게 돌아왔다. 안개의 조각이 마치 나를 못 가게 막으려고 하는 것처럼 발 근처에서 빙빙 맴돌았다. 내 발걸음이 더뎠다. 나는 작별의 준비가 되어 있지 않았다.

할리아는 내게 두 팔을 벌렸다. 우리는 포옹하며, 서로를 토닥여주었다. 우리 몸이 떨렸다. 이윽고, 우리는 떨어졌다.

나는 할리아에게 주었던 검게 탄 팔찌를 부드럽게 매만지며, 우리가 자주 함께 했던 오래된 수수께끼를 말했다.

"음악의 근본은 어디에 있을까?"

할리아가 갈라지는 목소리로 대답했다.

"음악은 줄 안에 있을까, 아니면 그 줄을 퉁기는 손 안에⋯⋯. 아, 젊은 매, 못 하겠어."

나는 할리아에게 부드럽게 입을 맞추었다.

"난 너와 함께 있어, 내가 떠난 뒤에도."

"나도 알아, 내 사랑. 푸르른 초원이⋯⋯ 그대를 맞아주기를."

할리아가 침을 꿀꺽 삼켰다.

그림자 하나가 불쑥 내 위를 덮었다. 올려다보니, 거대하고 볼록한 코가 있었다.

"너 영영 떠나는 거야?"

심이 물었다. 심의 숨결 때문에 안개가 우리 발아래로 흩어졌다.

나는 우울하게 고개를 끄덕였다.

"확실히, 분명히, 완전히?"

"그래, 친구."

"안 돼!"

심이 쩌렁쩌렁 소리쳤다. 그 바람에 돌기둥 위에 앉아 있던 새들 수백 마리가 푸드덕 날아올랐다. 잠시 뒤, 심의 목소리가 좀 조용해지며 진지하게 말했다.

"나도 너랑 함께 가고 싶어."

나는 입술을 깨물었다.

"그럴 수는 없어, 미안해."

심은 나무만 한 눈썹을 들어 올렸다.

"누가 너를 보살펴주겠어, 네가 미친 짓을 할 때 말이야?"

나는 손을 들어 올려 심의 코에 똑바로 댔다.

"네가, 심. 계속 너한테 조언을 구할게, 네 꿈속에서."

"정말? 넌 정말 그런 마법 같은 일을 할 수 있는 거야?"

"못한다면, 배워서라도 할게. 그리고 네게 갈 때, 꿀 한 통을 가득 채워 갈게."

내가 약속했다.

심의 거대한 입꼬리가 올라갔다.

"난 여전히 네가 아주 많이 보고 싶을 거야, 멀린. 넌 내 첫 번째 친구야! 하지만…… 네가 더 쉽게 찾아올 수 있도록, 내가 낮잠을 많이 자도록 해볼게."

나는 미소를 지었다. 그때 누군가의 손가락이 내 머리 뒤쪽을 만지는 게 느껴졌다. 휙 돌아보니 리아가 있었다. 리아의 목을 감싸고 있는 털북숭이 짐승을 방해하지 않으려 최대한 조심하며, 나는 리아의 잎사귀 덩굴 어깨에 손을 얹고, 리아의 모습을 눈에 담았다.

마침내, 내가 말했다.

"너랑 함께 날던 게 그리울 거야, 내 동생."

리아의 청회색 눈동자가 반짝였다.

439

"나도 오빠 위에 내려앉던 게 그리울 거야."

우리는 서로 꼭 안았다. 나는 리아의 날개 테두리를 손으로 쓸어내리며 말했다.

"더 이상 잎사귀와 막대기로 직접 만들 필요는 없겠네."

"응, 필요 없지."

리아가 종소리 같은 웃음소리를 내며 대답했다. 그러더니 뒤로 물러서며 내 얼굴을 살폈다.

"머지않아 아발론으로 올 거지?"

리아가 장난스러운 웃음을 지어 보이며 덧붙였다.

"거기에는 그네로 쓸 덩굴이 많을 거야."

이제 내가 웃을 차례였다.

"아니, 아니. 그것만은 말아줘, 제발."

리아의 시선이 진지해졌다.

"이봐, 멀린. 난 오빠가 정말 보고 싶을 거야."

나는 마른 침을 힘겹게 삼켰다.

"해볼게. 최대한."

누군가 내 옷을 잡아당겼다. 돌아보기도 전에 나는 그것이 류라는 걸 알았다. 류 옆에는 엄마가 서 있었다. 엄마는 걱정스러운 표정이었다. 내가 기억하는 것보다 훨씬 나이 들어 보였다.

류가 나를 뚫어지게 바라보았다.

"가지 마세요, 멀린 대장."

"나는 가야 해, 류. 너는 날개를 얻었어, 친구. 이제 그걸 즐겨야지."

나는 류의 모랫빛 곱슬머리를 헝클어트렸다.

류가 눈살을 찌푸렸다.

"대장이 여기 남으면 훨씬 잘할 거예요."

나는 입술을 깨물며 엄마를 바라보았다. 엄마는 아무 말도 하지 않았다. 하지만 나는 그 눈동자 속의 슬픔을 놓칠 수 없었다.

"기억하세요? 제가 엄마를 떠나 이곳을 찾아 왔을 때 말이에요. 우리가 헤어질 때, 엄마가 제게 말했어요. 모든 새에게 그런 날이 올 거라고요……."

내가 부드럽게 말했다.

"날아가는 날. 그래, 그건 사실이야. 모든 새는 날아야 하지."

엄마가 천천히 고개를 끄덕이며, 몸을 똑바로 세웠다. 입술은 떨렸지만, 나를 자랑스러운 눈빛으로 바라보고 있었다.

"그리고 내 훌륭한 마법사, 너는 내가 상상할 수 있는 것보다 더 많은 방법으로 날아갈 거야."

바로 그때, 깃털 달린 날개 하나가 내 귀를 스쳤다.

"트러블, 내가 어떻게 너한테 작별 인사를 안 하고 갈 수 있겠니?"

나는 트러블의 확고한 시선을 마주보며 말했다.

매의 부리가 시끄럽게 달그락거렸다. 그러고는 나를 꾸짖듯 울어댔다. 트러블은 잠시 동안 내 어깨 위에서 이리저리 오가며, 발톱으로 나를 꼬집었다. 마침내, 다시 제자리에 앉았다. 트러블은 날개를 쭉 펴고, 내 옆 목덜미를 살짝 밀었다.

나는 손을 위로 뻗어 트러블의 날개 끝을 어루만졌다. 이윽고, 트러블이 마지막 울음소리와 함께 날아올라, 다그다의 어깨 위에 사뿐히 내려앉았다.

나는 나이 든 정령을 똑바로 바라보았다.

"이제 시간이 되었어요."

"그래, 멀린, 시간이 되었구나."

다그다는 손을 들어, 허공에 자그마한 소용돌이를 만들었다. 즉각, 내 빛나던 깃털이 녹아들었다. 하얀 빛의 불꽃이 원형 돌무더기를 불태웠다. 즉각, 나는 솟아올랐다. 눈에 보이지 않는 날개를 달고, 안개 위로, 언덕 위로, 태양이 비치는 바다 위로.

그 순간, 나는 그렇게 날았다. 또 다른 세계 속으로. 내 예언된 운명 속으로.

-5권 끝-